Helene Winter
Das weiße Haus am Rhein

HELENE WINTER

DAS WEISSE HAUS AM RHEIN

ROMAN

PIPER

Mehr über unsere Autoren und Bücher:
www.piper.de

Wenn Ihnen dieser Roman gefallen hat, schreiben Sie uns unter Nennung des Titels »Das Weiße Haus am Rhein« an *empfehlungen@piper.de*, und wir empfehlen Ihnen gerne vergleichbare Bücher.

Der Roman ist eine fiktive Geschichte vor dem Hintergrund des realen Rheinhotels Dreesen. Die darin vorkommenden Figuren sind teils komplett fiktiv, teils historischen Vorbildern nachempfunden.

ISBN 978-3-492-06285-5
© Piper Verlag GmbH, München 2021
Dieses Werk basiert auf der gleichnamigen TV-Serie
der Zeitsprung Pictures GmbH und wurde vermittelt
durch die Montasser Medien GmbH.
Redaktion: Ulrike Gallwitz
Satz: Uhl + Massopust, Aalen
Gesetzt aus der Adobe Devanagari
Druck und Bindung: CPI books GmbH, Leck
Printed in the EU

Für meine Großmütter
Helene und Eleonore

Dezember 1918

Heimat.

Emil sog die Luft ein. Tief, ganz tief, bis in die letzten Winkel seiner Lungen. Er roch die klare Winterluft des Rheins, den harzigen Duft der Fichten. Er musste fast zu Hause sein. Eilig schritt er voran, bis der Wald lichter wurde. Da! Er hatte sich nicht geirrt! Vor ihm lag der Drachenfels, die Burgruine!

Kinderlachen erfüllte plötzlich seinen Kopf. Sein helles Lachen, Heinrichs meckerndes, nur Ulla hatte nie gelacht, wenn Heinrich die kleine Schwester mitspielen ließ. Viel zu sehr war sie in ihrer Rolle des stolzen Ritters aufgegangen, welcher neben den Brüdern die Burg stürmen musste, um den Drachen mit Holzschwert und Gebrüll daraus zu vertreiben. Sein Blick haftete an der Ruine. So oft hatten die drei Geschwister die Burg ausgekundschaftet, angegriffen, erobert, Heinrich mit seinem von Ulla selbst geschnitzten Holzschwert immer an vorderster Front.

An vorderster Front. Wie im preußischen Heer.

Heinrichs Lachen in Emils Kopf verstummte abrupt. Es war mit seinem Bruder im Graben geblieben, zerfetzt von einem französischen Geschoss.

Und Robert? Würde er ihn je wiedersehen? Emil schluckte. Das blasse Gesicht seines Freundes schob sich vor seine Augen. Die Angst in Roberts Blick, als sie das letzte Mal Abschied nahmen, als Robert blieb und er ... Emil schluckte erneut. Als er ... Er schüttelte den Kopf. Wie sollte er seinem Vater gegenübertreten, wenn er das Wort nicht einmal in seinem Kopf aussprechen konnte?

Er hatte das Richtige getan. Dennoch wurde sein Schritt langsamer, als könnte er damit dem Unausweichlichen doch noch ausweichen. Wie sollte er seinem Vater erklären, dass er nicht als Kriegsheld, nicht einmal als Soldat, sondern als ... *Fahnenflüchtiger* nach Hause zurückkehrte?

Sein Vater würde es nicht verstehen. Verzeihen schon gar nicht. Es würde das Andenken an Heinrich, den gefallenen Helden, beschmutzen. Sein Sohn ein Feind des Heeres. Des Deutschen Reiches. Vater würde ihn davonjagen. Lieber gar keinen Sohn mehr als einen Vaterlandsverräter.

Emil ließ den Drachenfels hinter sich, erreichte die Kurve und blieb abrupt stehen. Vor ihm erstreckte sich der Lauf des Rheins. Mächtig und wunderschön. Das Wasser winterschwarz und wild. Sein Blick folgte dem Strom flussabwärts, saugte sich an dem größten und schönsten Gebäude am gegenüberliegenden Ufer fest. Die Wintersonne glitzerte in der filigranen Fensterfront der an beiden Enden mit Erkertürmchen eingefassten Rheinfassade. Sein Blick wanderte nach oben und verweilte auf den märchenschlossartigen Turmaufbauten des Satteldaches.

Das Weiße Haus am Rhein, wie seine Gäste es nannten. Offiziell das Rheinhotel Dreesen, wie der Großvater es hatte eintragen lassen.

Seine Heimat.

Wie oft hatte er sich im Schützengraben dieses Bild vor Augen geholt, hatte sich jedes kleinste Detail in Erinnerung gerufen, sich vorgestellt, er säße im eingedeckten Speisesaal, vor sich einen von Jupp Pützers legendären Wildbraten, als könnte der Gedanke an gestärkte Servietten und grüne Polster, an elektrische Kronleuchter und bollernde Zentralheizung die Kälte und den Schmutz der rattenverseuchten Gräben wenigstens für ein paar Minuten lindern.

Und nun war er zurück. Die weichen Polster und wärmespendenden Heizkörper in greifbarer Nähe. Und natürlich Ulla, Mutter, Großmutter, Onkel Georg und Vater.

Er ging weiter, wurde immer schneller, als ahnten seine Füße, dass der Gewaltmarsch bald ein Ende hatte. Schon kam die Straße in Sichtweite und mit ihr der schier endlose Zug an Soldaten.

Erschöpft und zerlumpt schleppten sie sich dahin, nicht der winzigste Funken an Kampfgeist war geblieben. Die einst so siegessichere deutsche Armee war unübersehbar geschlagen, ausgeblutet in einem letzten patriotischen Aderlass.

Emil schlug den Kragen hoch. Nur noch ein paar Schritte, dann würde er die Soldaten erreicht haben.

Verstohlen suchte er den Zug nach einem bekannten Gesicht ab, sah die Leere in den Mienen, den Hunger, die Kälte, die Erschöpfung. Sie mussten seit Tagen unterwegs sein, manche hielten sich kaum mehr auf den Beinen, andere wurden gestützt, sie trugen zerfetzte Hosen und fleckige Jacken, viele von ihnen blutgetränkte Verbände. Der Anblick trieb Emil das Wasser in die Augen. Es hätte nie so weit kommen dürfen. Schon vor Monaten hätten sie einen Verhandlungsfrieden suchen und diesen Krieg beenden müssen.

Er hatte das Richtige getan, als er das sinnlose Gemetzel verkürzen wollte. Nicht er sollte angeklagt werden, nicht er war der Landesverräter, sondern die Oberste Heeresleitung! Unauffällig trat er neben einen der Soldaten. Der schien ihn nicht einmal zu bemerken, seine Augen waren auf den Boden gerichtet, von seiner Hand löste sich ein blutiger Verband. Zu gerne hätte Emil ihn gefragt, zu welchem Regiment er gehöre, ob er Robert Harthaler begegnet sei, von wo sie gerade kämen. Doch Emil schwieg. Jede Frage wäre verdächtig, würde verraten, dass er nicht dazugehörte.

Er war auf der Flucht. Das durfte er nicht vergessen, auch wenn er nicht vor dem Feind, sondern vor den eigenen Leuten floh.

Dumpfes Trampeln weiter vorn kündigte die Pontonbrücke an. Der Rhein umspülte die Pontons, zog und zerrte an ihrer Verankerung, die darauf befestigten Abschnitte schwankten unter dem unablässigen Strom an Soldaten. Emil betrat die Behelfsbrücke. Sogleich spürte er das leichte Schaukeln in Beinen und Magen.

Nun bewegte sich der Zug noch langsamer. Emil passte seinen Schritt an. Auch gut. So konnte er sich noch einmal überlegen, was er Vater sagen wollte. Die Wahrheit? Und... Emils Mund wurde noch trockener.

Wenn sein Vater bereits Bescheid wusste? Wenn die Nachricht seines Verrats den Weg von Berlin nach Godesberg schneller gefunden hatte als er selbst? Wäre er noch willkommen?

Der Zug kam fast zum Stillstand, und diesmal erkannte Emil, warum. Sein Magen zog sich zusammen. Ein Wachtposten! Ausgerechnet hier, wenige Minuten Fußmarsch entfernt von seinem Zuhause. Dann hatte sich also herumgesprochen, dass er geflohen war und wahrscheinlich Zuflucht im Hotel des Vaters suchen würde. Emil senkte den Kopf tiefer in den Kragen. Geschickt ließ er sich zurückfallen, bis er neben einem Versehrten landete, der von einem älteren Soldaten gestützt wurde.

»Ich helfe euch«, murmelte er und legte seinen Arm um die Hüfte des Verwundeten. Verbissen starrte Emil zu Boden, den Kopf nach unten gebeugt, den Arm fest um den Soldaten neben sich gelegt. *Für dich habe ich mich dem Aufstand angeschlossen*, lag ihm auf der Zunge, *für dich und ihn und ihn und den und...*

Sie verließen die Brücke, der Wachtposten war nun nur noch wenige Meter entfernt. Emil wagte nicht zu atmen. Hier war er zu Hause, man kannte sich, ein aufmerksamer Blick genügte, um ihn zu identifizieren. Der Wachtmeister winkte ihn zu sich. Emil verkrampfte.

»Weiter, weiter«, der Wachtmeister winkte erneut, doch nicht ihm, er scheuchte sie alle voran, »immer die Uferstraße lang, in fünfzig Metern gibt es Tee, haltet eure Tassen bereit.«

Tee? Emil horchte auf. Wer in Godesberg teilte Tee an Heimkehrer aus? Sicherlich nicht das Militär. Und sicherlich nicht der Bürgermeister. Langsam bewegte er sich mit dem Zug weiter, den Blick suchend nach vorne gerichtet. Überall am Wegrand standen Menschen, die Mienen betroffen, manche suchend, als hofften sie, einen schmerzlich vermissten Rückkehrer in dem endlosen Tross der Niederlage zu erkennen. Wie sehr sich das Bild doch gewandelt hatte, seitdem die ersten Truppen unter dem Jubel der Menge in diesen sinnlosen Krieg gezogen waren.

Weiter vorne erkannte Emil den Pferdewagen des Hotels. Hörte den unverwechselbaren Bariton ihres Chefkochs. Jupp Pützer! Nervös streckte er sich. Wenn er nur sehen könnte, wer mit Jupp den Tee austeilte. Vater? Es sähe ihm ähnlich, diese letzte Chance zu nutzen, um mit Jupp die deutschen Truppen zu unterstützen.

Er musste von der Straße, jetzt, bevor er Jupp und seinem Vater direkt in die Arme lief.

»Viel Glück, Kamerad«, murmelte er und löste vorsichtig seine Hand von der Seite des Verwundeten. Dann trat er seitlich aus dem Zug und bog links ab, weg vom Ufer, die schmale Gasse über den Meisengarten hinauf. Hastig marschierte er im Schatten der Bäume weiter, den Kopf tief im hochgezogenen Kragen versteckt. Er sah erst wieder hoch, als er den Garten des Hotels erreichte. Nun lief er die letzten Meter, vorbei an den alten, mächtigen Kastanienbäumen, der Säulenhalle, dem Musikpavillon, den Gemüsegärten und Obstwiesen.

Endlich zu Hause!

Er erreichte die herrschaftliche Auffahrt und lief zum Säulenportal des Hoteleingangs. Emil zögerte kurz, dann ging er weiter, vorbei an den bodentiefen Rundbogenfenstern des Empiresaals, vorbei am Nebeneingang. Aufgeregt trat er um die Ecke in den breiten, von den Stallungen und dem verwinkelten Wirtschaftsgebäude umrandeten Hof. Es war ungewöhnlich still, keine Lieferanten, die Karren abluden, kein Gärtner, der den Hof kehrte, kein Stallbursche, der die Pferde vor Kutschen spannte.

Am Lieferanteneingang sah Emil sich um, drückte die Tür auf und stahl sich heimlich hinein in das so vertraute Haus. Der Flur lag verlassen vor ihm, niemand, der ihn gesehen, erkannt oder begrüßt hätte oder zumindest gefragt, was er hier suche. Ein Soldat in Uniform verlief sich schließlich nicht alle Tage im Küchentrakt des Rheinhotels. Auf Vorsicht bedacht, schlich er den Flur entlang, unschlüssig, was er als Nächstes tun sollte – durch die Küche gehen zum Empfang? Oder einen Küchenjungen nach Mutter schicken lassen? Der Geruch von frischer Hühnersuppe stieg in seine Nase, begleitet von einem lauten Knurren seines Magens. Wann hatte er das letzte Mal etwas gegessen? Zielstrebig hielt er auf die Küche zu.

»Verzeihen Sie!«, rief da eine Stimme hinter ihm. Er versuchte, sie zuzuordnen, für Mutter war sie zu hell, für Ulla zu kräftig. Emil blieb stehen und drehte sich um. Eine junge Frau, etwa Anfang zwanzig wie er selbst, kam auf ihn zu. Sie sah ihn freundlich, aber fragend an. »Haben Sie sich verlaufen?« Sie zeigte den Flur zurück. »Der Eingang ist auf der anderen Seite, die Straße vor und dann links.«

Emil musterte die junge Frau neugierig. Sie trug die Kluft der Zimmermädchen, das schlichte schwarze Kleid, darüber die weiße Schürze, im dichten dunkelbraunen Haar das weiße Häubchen, so wie er es kannte. Nur ihr Gesicht hatte er noch nie gesehen. Wache blaue Augen, die durch die dunklen Haare besonders intensiv wirkten, ein ovales, gleichmäßiges Gesicht mit einem außerordentlich schönen Mund.

»Oder suchen Sie das Restaurant? Durch den Haupteingang, dann im Foyer rechts, oder Sie nehmen direkt den zweiten Eingang. Es hat offiziell geschlossen, aber ich denke, dass sich für einen Soldaten ein Teller Suppe finden wird.« Noch immer zeigte sie lächelnd den Flur entlang.

Emil rührte sich nicht. Er konnte seinen Blick nicht von ihrem Lächeln lösen. Es war einladend und zurückweisend in einem, das Lächeln einer Prinzessin, die einen unbotmäßigen Verehrer in seine bürgerlichen Schranken verwies. Hätte er sie schon einmal im Hotel gesehen, hätte er sich ihr Gesicht eingeprägt – Namen mochten ihm ab und an, wenn auch nur selten entfallen, Gesichter jedoch wusste er sich einzuprägen und zuzuordnen, wie dies für einen guten Hotelier unerlässlich war. Und dieses Gesicht konnte er nicht zuordnen.

»Wenn ich Ihnen weder mit Empfang noch Restaurant helfen kann, darf ich dann fragen, was Sie hier suchen?«, riss ihre Stimme ihn aus seinen Gedanken, der Ton nun eine Nuance bestimmter, fast zu bestimmt für ein einfaches Zimmermädchen.

»Meinen Vater.« Emil bemerkte die Veränderung in ihrem Blick, die Augen wurden größer, als sie begriff, wen sie vor sich hatte.

»Natürlich, verzeihen Sie bitte, ich... ich habe Sie nicht sogleich erkannt.« Nun zog sich eine leichte Röte über ihre Wangen. »Willkommen zurück, Herr Dreesen, ich sage Ihrer...«

Hupen und Motorenlärm unterbrachen ihre Worte. Emil erstarrte.

Ein Militärlastwagen! Laute Befehle in französischer Sprache drangen durch die Tür, gefolgt von schweren Schritten, die kreuz und quer über den Hof zu laufen schienen.

Das Zimmermädchen sah zur Tür, dann zu Emil, musterte ihn von seinen schmutzigen Soldatenstiefeln bis hoch zum Stehkragen des feldgrauen Waffenrocks. Dann stieß sie ihn an.

»Kommen Sie, schnell!«

Ihre Worte lösten seine Erstarrung. Eilig lief er hinter ihr her zur Nebentreppe, die Stufen hoch bis ins Dachgeschoss zu den zum Hof gelegenen Personalräumen. Sie öffnete eine Tür und ließ ihn in das bescheidene Mansardenzimmer treten. Links und rechts ein Bett, in der Mitte ein kleiner, runder Tisch mit zwei Stühlen, neben der Tür auf der einen Seite ein einfacher Kleiderschrank, auf der anderen ein schmuckloser Waschtisch.

»Warten Sie hier«, sagte sie atemlos, »ich gebe Ihrer Mutter Bescheid.«

Emil nickte, schon auf dem Weg zu der kleinen Gaube zwischen den Betten. Halb hinter dem Vorhang versteckt, sah er hinab. Er konnte nicht den ganzen Hof überblicken, aber was er sah, genügte, um zu erahnen, dass der Aufmarsch der Franzosen nicht mit der Plünderung der hoteleigenen Speisekammer beendet wäre. Zwei Militärlastwagen parkten in der Auffahrt, Soldaten schleppten zwar Kisten in das Hotel hinein, aber nichts heraus. Hufe klapperten auf den Pflastersteinen, dann kamen vier Reiter in Emils Sichtfeld. Sie trugen Offiziersuniformen, einer zeigte auf die Stallungen, dann aufs Haupthaus, nickte zustimmend und stieg ab. Schon eilte ein einfacher Soldat herbei und übernahm das Pferd, während der Offizier aus Emils Sichtfeld Richtung Haupteingang verschwand.

Inzwischen war der Tumult auch im Inneren des Hauses angelangt. Schwere Stiefel trampelten durch die Flure, Treppen hinauf und hinab, Türen knallten, Befehle hallten durch die Gänge.

Unruhig wandte Emil sich vom Fenster ab. Was sollte er tun? Sich verstecken?

Wieder sah er vorsichtig durchs Fenster auf den Hof hinab.

Ein weiterer Schwung Soldaten marschierte die Auffahrt entlang.

Und dann? Selbst wenn er sich auf Dauer verstecken konnte, was brächte es? Allem Anschein nach machten die Franzosen sich ausgerechnet hier, im Hotel seiner Familie, breit. Wozu sie als Sieger wahrscheinlich berechtigt waren. Sollte er die nächsten Wochen und Monate wie eine Kakerlake mit den Soldaten Verstecken spielen?

Die Tür flog auf. Instinktiv griff Emil an die Seite, wo bis vor Kurzem noch seine Waffe gesteckt hatte. Hereingestürmt kam Onkel Georg, hinter ihm blieb das Zimmermädchen in der Tür stehen.

»Emil!«, rief Georg gedämpft. Mit zwei Sätzen war er bei ihm und legte ihm die Hände auf die Schultern. »Junge! Lass dich ansehen!«

»Onkel.« Emil lächelte. »Was ist da unten los?« Aus den Augenwinkeln sah er, wie das Zimmermädchen die Tür von außen schloss.

»Franzosen.« Georg schüttelte verärgert den Kopf. »Als ob es nicht schon schlimm genug wäre... Wahrscheinlich leeren sie unsere Speisekammer und nehmen das Tafelsilber mit.«

»Psst!« Emil legte die Hand an den Mund und sah angespannt zur Tür. Schnelle Schritte näherten sich über den Flur.

Erleichtert lief Emil zur Tür. Er kannte diese Schritte. Forsch und unbeschwert, als wäre das ganze Leben ein Spiel.

Die Tür flog auf und Ulla direkt in seine Arme. Sie hatte sich verändert, ihre braunen Haare waren kürzer und lockiger und ließen ihr schmales, sommersprossiges Gesicht voller und älter als ihre achtzehn Jahre wirken. Doch ihre Augen sprühten wie eh und je vor Wildheit und Lebenslust.

»Emil!« Sie drückte und herzte ihn. »Was hast du nur so lange gebraucht?!«

»Wann bist du so erwachsen geworden?« Emil hielt sie von sich weg.

Da stand schon seine Mutter vor ihm, der Mund schmal, die braunen Haare streng hochgesteckt, die Augen tränennass. »Mein Sohn«, flüsterte sie und streckte die Hände nach ihm aus. »Mein Sohn.«

Emil nahm ihre Hände. »Mutter.« Er spürte Tränen in sich hochsteigen. Es war vorbei. Endlich.

Er war zu Hause.

Nie wieder musste er in einen Krieg ziehen. Nie wieder Menschen töten, über Leichen steigen, Kameraden bergen, begraben, betrauern. Nie wieder musste er Befehle befolgen, die er aus tiefstem Herzen verabscheute.

Onkel Georg verließ leise den Raum, als wollte er Emil Zeit mit seiner Mutter und Schwester geben.

»Sie nehmen uns unser Hotel weg«, sagte Maria Dreesen gepresst. »Du kannst nicht hierbleiben.«

»Wo soll ich denn hin, Mutter?«, fragte Emil, mit einem Mal sterbensmüde. Er ließ ihre Hände los und setzte sich auf einen der zwei einfachen Holzstühle. Nicht einen Moment länger konnte er sich auf den Füßen halten.

2

Elsa verstaute den Hut mit der strassbesetzten Straußenfeder in der aufwendig bemalten Hutschachtel. Er war so übertrieben wie seine Trägerin oberflächlich. Sie schloss die Schachtel und stellte sie zu den anderen drei Hutschachteln neben die Kofferablage.

Ob Emil Dreesen noch in ihrem Mansardenzimmer war? Wie erschöpft er ausgesehen hatte. So anders als auf dem Familienporträt im Speisesaal. Das Gesicht schmaler, die braunen Augen müder, die dunklen Haare lockiger und länger.

»Elsa!« Die hohe Stimme der Hutträgerin schnitt durch die Suite. »Wie lange soll ich nun noch auf meinen Tee warten?«

Elsa ging zu der grünen Sitzecke im Wohnraum der Suite. Frau von Hevenkamp saß auf dem zierlichen, geblümten Sofa, eine Stickerei in der Hand. Anklagend sah sie von ihrer Handarbeit auf. »So etwas ist mir in all den Jahren noch nicht passiert!«

»Ich weiß nicht, warum der Zimmerservice heute so lange braucht«, log Elsa höflich, denn Frau von Hevenkamp brauchte weder zu wissen, dass sie ihre Teebestellung wegen der unerwarteten Rückkehr von Emil Dreesen verspätet aufgegeben hatte, noch, dass französische Soldaten wahrscheinlich gerade die Speisekammer mitsamt dem Tee plünderten.« Aber wenn Sie wünschen, gnädige Frau, kann ich nachsehen.«

»Jaja, tun Sie das, ich warte nun geschlagene zwanzig Minuten!« Frau von Hevenkamp schüttelte verärgert den Kopf. »Früher wäre so eine Nachlässigkeit undenkbar gewesen.«

Es war klar, was sie mit »früher« meinte: zu Zeiten des Kaisers, als die Welt noch in Ordnung gewesen war. Elsa wandte sich schnell ab, bevor Frau von Hevenkamp ihr ansah, wie wenig sie von den früheren Zeiten hielt. Allerdings waren die jetzigen auch nicht gerade leicht. Selbst wenn die wenigen Gäste, die noch das Hotel besuchten, so taten, als hätte es keinen Krieg und keine Niederlage gegeben. Dabei fehlte es genau deswegen an allem. Elsa ging zur Tür, als es laut im Flur polterte.

»*Allez! Allez!*«, dröhnte eine laute Stimme. Erschrocken legte Elsa den Kopf an die Tür. Was wollten die Franzosen im Gästebereich? Sie hörte, wie Türen aufgerissen wurden. »*Sortez!* Verlassen Sie die Zimmer, das Hotel ist besetzt.«

Besetzt? Elsa wich entsetzt von der Tür zurück. Die Franzosen wollten bleiben? Sie hatte damit gerechnet, dass sie das Hotel plündern würden. Dass sie mitnahmen, was ihnen in die Hände fiel, aber das...

»Was ist das denn nun für ein unwillkommener Lärm?«, klagte Frau von Hevenkamp. Elsa drehte sich um und ging zu ihr zurück.

»Französische Besatzer. Sie räumen die Zimmer. Ich befürchte, Ihr Tee kommt heute nicht mehr.«

»Sie... Bitte?« Frau von Hevenkamp starrte sie entgeistert an. In dem Moment wurde die Tür aufgerissen. Elsa wirbelte herum, sah, wie ein französischer Soldat ins Zimmer stürmte.

»*Allez! Prenez vos affaires, vous avez cinq minutes pour sortir.*« Er hielt zur Verdeutlichung seiner Worte fünf Finger in die Luft, dann verschwand er wieder nach draußen.

»Was wollte dieser Rüpel?«, fragte Frau von Hevenkamp.

»Er gibt Ihnen fünf Minuten, um Ihre Sachen zu packen.«

»Das... ist doch...«, japste Frau von Hevenkamp.

»Das ist ein Ultimatum«, sagte Elsa. »Was in fünf Minuten nicht gepackt ist, werden Sie hierlassen müssen. Wir sollten keine Zeit verschwenden.« Ohne weiter auf Frau von Hevenkamp zu achten, lief sie zur Kofferablage und schleppte den größeren der beiden Koffer zum Schrank. Sie riss ihn auf und warf die Kleidungsstücke wahllos hinein.

»Holen Sie Ihren Schmuck!«, rief sie Frau von Hevenkamp zu. »Und Ihre Schreibsachen und Kämme und Tiegel.«

Etwas in ihrer Stimme schien bei der Frau zu wirken. Tatsächlich begann die sonst so behäbige Dame, sich zu bewegen. Schneller als Elsa ihr zugetraut hätte, stürzte sie zu dem Schminktisch im Schlafbereich.

»Meine Kämme! Das Parfum und... ojemine!«

Elsa schlug den ersten Koffer zu, holte den zweiten, verstaute Schuhe und Unterwäsche darin und schleppte ihn zu Frau von Hevenkamp. »Reichen Sie mir die Sachen!«

Eilig gab Frau von Hevenkamp Elsa die Kämme und den Schmuck und all die Tiegel und Fläschchen, die sie so sorgfältig auf dem Schminktischchen aufgereiht hatte.

Die Tür wurde erneut aufgerissen. »Schluss jetzt, *c'est terminé! Je vous ordonne de sortir immédiatement, exécution!* Sofort raus!« Es war derselbe Soldat wie eben, schwarze, glatte Haare, buschige Brauen, volle Lippen, die hämisch grinsten, als machte ihm der übereilte Rauswurf einen Heidenspaß.

Mit drei Sätzen war er bei Elsa und packte sie am Ärmel. »Raus!«

»*Laissez-moi!*« Elsa riss sich los und packte den großen Koffer. »Wir gehen ja schon.« Sie drehte sich zu Frau von Hevenkamp. »Kommen Sie, und nehmen Sie den zweiten Koffer.« Frau von Hevenkamp sah sie mit großen Augen an, packte dann den Koffer und schleifte ihn zur Tür. Bei den Hutschachteln stoppte sie kurz, zog den strassbesetzten Hut aus der obersten Schachtel und setzte ihn auf. »Den lasse ich nicht zurück.«

Im Flur schwirrten erboste Drohungen der anderen Gäste durch die Luft, manche waren kaum korrekt bekleidet, geschweige denn hatten sie ihre Koffer dabei, andere trugen nur ein kleines Gepäckstück oder eines, das sichtbar zu leicht für seine Größe war.

»Ohne Ihre Tatkraft hätte ich jetzt wohl auch nur eine Hutschachtel unter dem Arm«, sagte Frau von Hevenkamp. »Ich muss mich bei Ihnen bedanken.« Sie schüttelte den Kopf. »Wo haben Sie das gelernt?«

»Im Frontlazarett. Wenn Minuten über Leben und Tod entscheiden, lernt man, zu reagieren und zu funktionieren.« Elsa schauderte. Leben und Tod. Es war eine viel zu freundliche Umschreibung für das blutige Gemetzel, das der Krieg den Schwestern und Ärzten im Lazarett tagein, tagaus beschert hatte.

»Wie heißen Sie noch, Elsa?«

»Wahlen. Elsa Wahlen.«

»Wenn Sie in der Zukunft eine neue Position anstreben, Frau Wahlen«, sagte Frau von Hevenkamp freundlich, »dann scheuen Sie sich nicht, bei mir vorzusprechen.«

»*Vite*, schneller!« Der Soldat mit den schwarzen Haaren und buschigen Brauen stupste sie an. »*Je vous demande de moins bavarder et plus marcher.*«

Frau von Hevenkamp sah fragend zu Elsa. »Weniger schwätzen, mehr laufen.« Elsa lächelte Frau von Hevenkamp an. »Danke für Ihr Angebot. Ich werde es mir merken.«

Unten im Foyer standen bereits weitere Gäste und umringten Fritz, Maria und Adelheid Dreesen, die aufgeregt auf einen französischen Offizier einredeten. Elsa stellte Frau von Hevenkamps Koffer an der Rezeption ab und ging zurück Richtung Treppe.

»Nein«, blaffte der Offizier Fritz Dreesen an. »Sie haben hier absolut gar nichts mehr zu sagen.«

Der Hotelier zuckte zusammen, sein Gesicht wurde puterrot. Elsa hielt den Atem an. Fritz Dreesen war die unbestrittene Autorität des Hotels, niemand, nicht einmal seine Mutter Adelheid Dreesen, würde je wagen, sich ihm gegenüber derartig im Ton zu vergreifen.

Den Offizier jedoch schien Fritz Dreesen nicht weiter zu interessieren. Er richtete sich an Adelheid Dreesen, unverkennbar die Grande Dame des Hauses, die Frau des lange verstorbenen Gründers, die noch immer im Hintergrund die Fäden zog. »Es interessiert mich nicht, ob Sie den Kronprinzen oder irgendwelche wichtigen Leute kennen, die mir nichts zu befehlen haben, denn sie werden an der Sache nichts ändern. Das Hotel ist vom französischen Oberkommando als französischer Stützpunkt ausgewiesen worden, und Sie tun besser daran, Ihre Sachen zu packen. Ich werde nicht eine Sekunde Verzug dulden! Guten Tag, Madame.«

»Aber …«, rief Maria Dreesen fassungslos, doch der Offizier drehte sich abrupt um und bahnte sich einen Weg durch den eilig auseinanderweichenden Halbkreis der Gäste.
»Sie!« Er blieb vor Elsa stehen, musterte sie vom Häubchen bis zum Schürzenende. »Arbeiten Sie hier?«
Elsa nickte. Schluckte. Was wollte der Offizier von ihr?
»Bringen Sie mich zur besten Suite, die das Hotel zu bieten hat.«

***

So geräuschlos wie möglich richtete Elsa das Schlafzimmer der Suite. Durch die offene Verbindungstür hörte sie das Rascheln von Dokumenten auf dem filigranen Schreibtisch im Salon, das Kratzen einer Feder auf Papier. Colonel Soter hieß der hagere Offizier mit dem schütteren Haar, soweit sie das von den ein und aus gehenden Soldaten richtig verstanden hatte. Und er hatte hier offensichtlich das Sagen. Was er bei seinen Männern im Gegensatz zu dem Wortgefecht mit den Dreesens im Foyer durchweg mit maßvollem Ton zustande brachte. Sie strich die Tagesdecke glatt und sah sich prüfend in dem Raum um, den vor kaum einer Stunde noch Frau von Hevenkamp bewohnt hatte.

Plötzlich knallte es. Sie zuckte zusammen.

Ein Schuss!

Stocksteif stand sie neben dem Bett. Wer hatte auf wen geschossen?

Im Nebenraum scharrte Colonel Soters Stuhl über den Boden, die Tür zum Flur wurde aufgerissen.

»Was ist das für ein Irrenhaus! Escoffier! Warum halten Sie

dem Mann eine Pistole an den Kopf? Hat er geschossen? Wer ist das?«

»Ihr Capitaine hat geschossen«, sagte eine Stimme, die Elsa bekannt vorkam, die sie jedoch nicht zuordnen konnte. »Auf mich. Er wollte mich nicht zu Ihnen durchlassen. Ich bin Emil Dreesen.«

Elsa legte die Hand auf den Mund. Emil Dreesen! War er verrückt?

»Was wollen Sie?« Colonel Soters Stuhl fuhr erneut über den Boden, Papier raschelte. Er musste sich wieder gesetzt haben. »*C'est bon*, Escoffier, Sie können gehen.«

»Ich möchte mit Ihnen reden. Über diese... äh... unglückliche Situation.«

»Ich habe Ihrem unerträglichen Vater alles gesagt, was nötig ist: Wir bleiben, Sie gehen.«

Erneut ging die Tür auf. »Monsieur!«, rief die dominante Stimme von Adelheid Dreesen.

Elsa hörte ihre resoluten Schritte. »Sie sollten wissen, zu meinen guten Freunden gehören auch wichtige Befehlshaber Ihrer Armee. Muss ich diesen Herren wirklich einen Beschwerdebrief über diesen vollkommen unnötigen Beweis mangelnder Umgangsformen schreiben?«

Colonel Soter stöhnte entnervt auf. »Was wollen Sie noch, Madame? Egal, was Sie sagen, es wird die Situation nicht ändern.«

»Schenken Sie meinem Enkel fünf Minuten Ihrer Zeit.«

»Das ist alles?«

»Erschießen Sie ihn nicht.«

»Ich werde mich beherrschen.«

»Monsieur.«

Elsa stellte sich Adelheid Dreesens' würdevolles Nicken vor. Schritte entfernten sich, dann fiel die Zimmertür zu. Mit angehaltenem Atem spähte Elsa zu der halb offenen Verbindungstür. In ihrem Spiegel sah sie Emil Dreesens Profil. Er stand vor dem Schreibtisch des Colonels, als sei er ebenso unschlüssig, was er als Nächstes tun sollte, wie sie selbst. Sollte sie sich endlich bemerkbar machen und an Soter und Dreesen vorbei die Suite verlassen? Oder sich weiterhin still verhalten, zumindest, bis die fünf Minuten vorbei waren? Sie sah, wie Emil Dreesen die Hände ineinander verschränkte.

»Fünf Minuten, Dreesen«, sagte Soter kühl. »Sie können sie gerne schweigend verbringen.«

»Ich bin nicht Ihr Feind.« Emil Dreesen sprach so leise, dass Elsa sich vorbeugte, um besser zu hören.

»Sie sind ein deutscher Soldat, wie können Sie *nicht* mein Feind sein?«

»Ich war Soldat und habe für mein Land gekämpft. Genau wie Millionen Soldaten der Entente.«

»Um die Länder zu verteidigen, denen Sie den Krieg erklärt hatten. Wenn das dann alles war...«

Elsa hörte ein Rascheln, als würde Colonel Soter sich wieder seinen Dokumenten widmen.

»Wir wurden belogen. Wir dachten, wir ziehen für eine gerechte Sache in den Krieg, und dann, dort...« Emil Dreesen verstummte. Senkte den Kopf. »Colonel, Sie waren auf den gleichen Schlachtfeldern wie ich. Wir haben Männer mit Bajonetten aufgespießt, die zu einer anderen Zeit Freunde hätten sein können. Als ich in den Krieg gezogen bin, wusste ich nicht, was es bedeuten würde. Die feurigen Worte der Generäle hatten mit der grausamen Realität nichts zu tun.«

Wieder trat eine Pause ein. Es gluckerte, dann sah Elsa im Spiegel, wie Colonel Soter Emil Dreesen ein Glas mit Wasser reichte. Dreesen trank einen Schluck, drehte das Glas dann nachdenklich in seiner Hand.

»Als mein Bruder starb, wurde mir klar, dass wir nur noch zum Sterben an die Front geschickt wurden.«

»Das ist nun mal der Krieg«, sagte Soter, »wir alle haben jemanden verloren.«

»Ich habe meine Eltern angefleht, mich nach Hause zu holen. Aber sie hatten Angst, dass ich als jämmerlicher Feigling dastehe. Verstehen Sie? Lieber noch ein toter Sohn als ein feiger...«

»Warum erzählen Sie mir das?« In Soters Ton mischte sich Ungeduld. »Soll ich Mitleid heucheln?«

»Ich habe mich für den feigen Sohn entschieden.«

»Sie... Ich verstehe nicht.«

Dreesen räusperte sich. »Ich habe mich gegen die Generäle und einen verlorenen Krieg und ein sinnloses Gemetzel entschieden und mich der Novemberrevolution angeschlossen. Das... das weiß hier niemand. Ich... ich zähle auf Ihre Diskretion als Soldat und Ehrenmann.«

Elsa verschluckte sich fast. Emil Dreesen ein Putschist? Ein Roter? Er war... einer von ihnen? Unmöglich!

»*Un déserteur*«, murmelte Colonel Soter. »Warum sollte ich auch nur ein weiteres Wort mit Ihnen reden? Sie haben Ihre Kameraden feige im Stich gelassen.«

»Oder mein Leben aufs Spiel gesetzt, um Tausende unnötige Tote auf beiden Seiten zu verhindern. Deutsche Kameraden wie französische... War das falsch?«

»Der Krieg war für Sie verloren.«

»Und doch wurden wir weiter in den Kampf geschickt, statt einen Frieden auszuhandeln. Ich habe Kopf und Kragen riskiert, um dazu beizutragen, den Krieg zwischen unseren Völkern endlich zu beenden, und heute hat mir Ihr Capitaine fast das Gehirn weggeschossen, als ich mit Ihnen über diesen Frieden reden wollte.«

»Sie ... wozu?« Soter klang verwirrt.

»Was bringt ein Frieden auf dem Papier, wenn die Menschen diesen Frieden nicht leben? Wir müssen uns wieder annähern, und wo könnte das besser geschehen als in diesem Hotel?«

Elsa lächelte. Langsam wurde ihr klar, worauf Emil, der Revolutionär und Fahnenflüchtige, hinauswollte.

»Sie und Ihre Leute bekommen den besten Service, den man sich am Rhein kaufen kann«, fuhr Emil Dreesen fort, »nur, dass er für Sie kostenlos ist. Sagen wir, eine stilvolle Form der Reparation. Dafür sorgen Sie für die Lebensmittel, und meine Familie darf in einem kleinen Teil des Hauses weiterhin Hotel und Restaurant betreiben, um die Angestellten bezahlen zu können. Was sagen Sie?«

»Stilvolle Reparation...«, sagte Colonel Soter nach einer bedächtigen Pause. »Bis zu diesem gottverdammten Krieg bin ich mein ganzes Leben lang mit den Deutschen gut ausgekommen. Warum es nicht versuchen... Aber vergessen Sie nicht, junger Dreesen: Sie wandeln auf hauchdünnem Eis – machen Sie Ihren Leuten das klar!«

Elsa sah, wie Emil Dreesen Soter die Hand reichte, dann verschwand er aus dem Spiegel, sie hörte Schritte, das Knallen der Tür.

Emil Dreesen. Ein Revolutionär.

Elsa setzte sich auf das perfekt geglättete Tagesbett.
Emil Dreesen. Ein Roter.

Das war fast so gut wie die Tatsache, dass sie nun ihre Stellung und ihr Einkommen behalten würde.

***

Elsa rückte ihr Häubchen zurecht, strich die Schürze glatt und reihte sich neben Hilde zwischen den anderen Zimmermädchen auf dem Weg in die Küche ein. Punkt elf Uhr sollten sie sich dort versammeln, hieß es, warum, hatte man ihr nicht gesagt, aber jeder im Hotel konnte es sich denken: das Auftauchen der Franzosen gestern, die das Hotel besetzten, sogar die Wäscherei, die mittlerweile in den Hosen, Jacken und Hemden der französischen Soldaten schier versank. Sie war heilfroh, dass sie keinen Wäschedienst hatte. Die Kleidung sollte angeblich zum Himmel stinken, voller Kot und Blut, was die Zuber schneller braun färbte, als neues Wasser aufgesetzt werden konnte. Da hatte sie mit dem Beziehen der Betten eindeutig das leichtere Los gezogen.

»Wenn wir jetzt zu den Franzosen auch noch besonders aufmerksam sein sollen, kündige ich«, zischte Hilde ihr in einem Ton zu, der so gar nicht zu ihrem kindlich unschuldigen Gesicht passte. »Vergiften sollte man die Brut, die elende.«

Elsa tat so, als hätte sie Hildes Bemerkung nicht gehört. Es waren genug Menschen für ein ganzes Jahrhundert gestorben, durch den Krieg und nun durch die Influenza, warum konnten Menschen wie Hilde nicht verstehen, dass ihr Hass nur neuen Hass schürte?

»Der junge Dreesen hätte die nicht herholen dürfen.« Aus

Hildes hellen blauen Augen sprühte pure Feindseligkeit, auf ihren ohnehin immer leicht geröteten Wangen leuchteten vor Ärger dunkelrote Flecken. »Der alte Dreesen sagt, dass er die Franzosen vertrieben hätte, wenn der Junge nicht so vorgeprescht wäre. Der Alte hatte schon wichtige Leute angerufen, und dann haben der alte und der junge Chef sich so gestritten, dass der junge gegangen ist.«

»Gegangen?« Elsa kräuselte die Nase. Er war doch gerade erst zurückgekehrt! Gesund! Begriff Fritz Dreesen denn nicht, dass sein Sohn nur das Beste für alle gewollt hatte?

Gemeinsam mit Hilde betrat sie die Küche und steuerte zur Spülecke, in der sich die Mägde und anderen Zimmermädchen bereits versammelt hatten. Aufgeregt tuschelten sie miteinander, Elsa hörte sogar vereinzeltes Kichern, aufgeregt wie das Kichern junger Mädchen, die das erste Mal ein Kompliment von einem feschen Burschen einheimsten.

Für manche ging das Leben einfach weiter. Als hätte es den Krieg nie gegeben, und vielleicht war das ja auch gut so, das Leben musste weitergehen, wenn es nur nicht immer wieder so wehtäte. Sie spürte den Druck in der Nase, die Tränen in den Augen.

»Nehmen Sie es nicht so schwer, die Besatzung wird schon nicht so schlimm«, flüsterte da eine helle Stimme in ihr Ohr. Überrascht bemerkte sie Ulla Dreesen, die Tochter des Besitzers, neben sich.

Nicht so schlimm? Was wusste diese Dreesen schon vom wahren Leben? Mit ihren achtzehn Jahren war Ulla Dreesen gerade mal ein Jahr älter als Hilde, aber im Gegensatz zu Hilde und den anderen Zimmermädchen hatte sie in ihrem ganzen Leben noch nie einen Finger krumm machen müssen, um sich das Essen auf ihrem Teller zu verdienen. Stattdessen saß sie mit einem Zeichenblock herum und kritzelte vor sich hin. Wann war sie je mit der echten Welt in Berührung gekommen? Behütet und geschützt im Hotel der Familie, dieser Kreuzung aus Märchenschloss und Bunker, umgeben von den Reichen und Mächtigen, die sich von Menschen wie Elsa und Hilde von vorne bis hinten bedienen ließen.

Erst jetzt bemerkte sie, dass das Kichern hinter ihr verstummt war und Fritz Dreesen die Küche betreten hatte. Er stellte sich neben den heute leeren Pass, auf dem sonst die Speisen für die Kellner bereitgestellt wurden, und ließ seinen Blick so langsam durch die volle, enge Küche schweifen, als prüfe er nach, ob auch wirklich alle Zimmermädchen, Mägde, Küchenhilfen und Köche, Stallburschen, Ober und Pagen sich versammelt hatten. Abschließend nickte er zufrieden und hob wie ein Lehrer den Finger in die Luft.

»Wie Sie alle wissen, haben wir den Feind im Haus.« Fritz Dreesen ließ das »s« am Ende von »Haus« so giftig nachzischen, dass Elsa schauderte. »Vier Jahre haben wir für unseren Kaiser und unser glorreiches Vaterland gekämpft, der Sieg wäre unser gewesen, wenn die abtrünnigen Matrosen, Fahnenflüchtigen, Sozialisten und Kommunisten unserem ruhmreichen Heer nicht aufs Schändlichste in den Rücken gefallen wären...«

»Tod den Roten!«, brüllte Chefkoch Jupp Pützer und schwang eine Gusseiserne über dem Kopf, das Gesicht hummerrot, wie immer, wenn er sich aufregte.

»Ist gut, Pützer.« Fritz Dreesen räusperte sich. »Wir haben gekämpft. Wir wurden, im Felde unbesiegt, dem Feind ans Messer geliefert. Nun werden wir unsere Vaterlandspflicht erfüllen und hier die Stellung halten.« Dreesen ließ seinen Blick erneut prüfend über das versammelte Hauspersonal gleiten. Elsa presste die Lippen weiter zusammen. Sie war kurz davor zu platzen. Wie konnte der alte Dreesen so vermessen sein und die hier Versammelten mit den Soldaten auf die gleiche Stufe stellen? Niemand in dieser Küche hatte auch nur einen Tag auf dem Schlachtfeld verbracht. Hatte einen Schützengraben gesehen, einen Schuss abgegeben oder gar eine Kugel eingesteckt.

»Wir werden die Franzosen scharf im Auge behalten«, fuhr Fritz Dreesen fort, »aber wir werden ihnen keine Angriffspunkte geben, die uns das Haus kosten könnten.« Sein Blick glitt zu Pützer, der die Gusseiserne wieder auf den Herd gestellt hatte. »Pützer?«, fragte er streng.

Pützer stand stramm. »Jawoll, habe verstanden, kein Angriff. Aber verteidigen«, schon hievte er die Gusseiserne erneut über den Kopf, »das lasse ich mir nicht verbieten.«

Elsa unterdrückte ein Augenrollen. Wie stellte Pützer sich das vor? Er, der untersetzte Koch, als untauglich ausgemustert, allein mit der Bratpfanne gegen die Pistolen und Gewehre eines Bataillons? Es wäre ein kurzes Schauspiel.

»… gefährdet das gesamte Haus«, drang Dreesens eindringlich mahnende Stimme an Elsas Ohr.

»Was gefährdet das Haus?«, fragte sie Hilde flüsternd.

»Ungehorsam.« Hilde legte missbilligend den Finger auf ihre Lippen. »Hör halt hin!«

»Stellung halten heißt aufmerksam sein und vaterlandstreu.« Fritz Dreesen hielt die Hand an sein Herz und nickte Pützer zu, vielleicht aber auch dem Kaiserbild an der Wand hinter dem Chefkoch. »Mit dem Besatzer wird nur das Nötigste gesprochen; wem eine Unregelmäßigkeit auffällt, der hat die Pflicht, das unverzüglich seinem Vorgesetzten zu melden. Dazu gehört zum Beispiel die Entwendung von Hoteleigentum oder das öffentliche Urinieren oder...« Sein Blick, der bislang bei Pützer und seinen jugendlichen Hilfsköchen, Gasser, dem alterskrummen Oberkellner, und Alfred, dem schwerhörigen Sommelier, verweilt hatte, driftete zu den Zimmermädchen. »Vertraulichkeiten mit dem feindlichen Besatzer sind strikt untersagt und werden nicht geduldet.« Er musterte die Frauen misstrauisch.

Elsa verschluckte sich vor lauter Wut. Sie hustete, schmeckte das Blut der aufgebissenen Lippen. Hilde warf ihr einen giftigen Blick zu, Fritz Dreesen einen irritierten, während Ulla Dreesen ihr besorgt den Rücken tätschelte. Allerdings viel zu schwach, um außer weiteren Aufsehens irgendetwas zu erreichen. Schließlich beruhigte sich der Hustenreiz in Elsas Luftröhre, nicht jedoch ihre Wut. Nicht ein einziges Mal in den letzten zehn Minuten hatte der Hotelbesitzer sich direkt an die Frauen im Raum gewandt, als wären sie unfähig, ihn zu verstehen. Und dann warnte er sie vor Vertraulichkeiten mit dem Besatzer? Für was hielt der alte Dreesen sie? Sie und all die anderen Frauen, die er gerade unter den Generalverdacht gestellt hatte, den Besatzern schöne Augen zu machen?

3 Emil setzte sich an den Bettrand und streckte sich. Draußen war es dämmerig, es musste noch vor sieben Uhr morgens sein. Seltsam, er fühlte sich unbesiegbar frisch, dabei konnte er nicht mehr als ein paar Stunden geschlafen haben. Es war spät geworden gestern, als er nach dem Streit mit seinem Vater zu Zerbes ausgewichen war. Wie immer war der älteste Freund der Familie sein erster Anlaufpunkt gewesen. Und wie immer hatte Zerbes ihn kommentarlos aufgenommen.

Emil wackelte mit den Füßen, mit dem Kopf und rollte die Schultern. So gut hatte er sich schon sehr, sehr lange nicht mehr gefühlt.

Voller Elan stand er auf und schickte ein paar Kniebeugen hinterher. Wenn da nicht dieser Streit mit seinem Vater wäre. Sogleich verfinsterte sich seine Miene. Wieso begriff Vater nicht, dass seine alten Seilschaften ihm bei den Franzosen nicht weiterhelfen konnten! Sein eigener Handel mit Soter war die einzige Möglichkeit gewesen, das Hotel für sie zu retten!

Der Duft nach Speck kitzelte seine Nase. War Zerbes bereits auf den Beinen? Hunger!, meckerte sein Bauch sogleich. Emil legte die Hand auf den knurrenden Magen. Er war wirklich sehr hungrig.

Gemächlich entzündete er die Lampe und sah sich in der kleinen Kammer um. Sie hatte sich kein bisschen verändert in den letzten vier Jahren. Ein Bett, ein Tisch, ein Stuhl, ein Schrank, schnörkellos praktisch, kein störendes Detail, das Staub aus der Luft fischen und auf sich versammeln könnte. Und doch voll von Erinnerungen an die vielen Nächte und Tage, die er hier verbracht hatte, bei Onkel Karl, wie er ihn damals noch nannte, gemeinsam mit Heinrich und Ulla, während seine Eltern sich um die illustren Gäste des Hotels kümmerten.

In Gedanken bei seinen glücklichen Kindheitstagen, goss Emil Wasser in die Schüssel und begann, sich zu waschen. Das eiskalte Wasser weckte endgültig seine Lebensgeister. Noch nass schlüpfte er in die frische Kleidung, als Zerbes seinen Kopf in den Raum steckte.

Wie Vater war auch Zerbes gealtert, seit er ihn das letzte Mal gesehen hatte. Erstes Grau zog sich durch den rötlichen Kinnbart, und die Geheimratsecken waren deutlich weiter nach oben gerutscht. Aber sein Schmunzeln, das sich vom Mund bis zu den Lachfalten um die freundlichen Augen zog, war so unergründlich wie eh und je.

»Da hat wohl jemand das fertige Essen gerochen.« Grinsend trat Zerbes ganz in die Kammer, und mit ihm der Duft nach Bohnen und Speck. Emil lief das Wasser im Mund zusammen.

»Guten Morgen«, sagte Emil, während er sich das Gesicht abtrocknete und das Handtuch ordentlich über die Stuhllehne legte. »Warum bist du schon wach?«

»Schon?« Zerbes lachte. »Es ist sieben Uhr abends, mein Junge!«

Emil sah ihn verständnislos an.

»Du hast den ganzen Tag verschlafen, und es scheint, du hast den Schlaf dringend gebraucht.« Er trat näher zu Emil und nahm sein Kinn zwischen die Finger. Prüfend betrachtete er Emils Gesicht. »Wobei du mir immer noch nicht so richtig gefällst.« Er ließ Emils Kinn los und klopfte ihm auf die Schulter. »Nun komm, Junge, rein in die Stube, die Bohnen schmecken kalt nicht besser.«

Die Bohnen waren köstlich, ebenso die Kartoffeln und der Speck, den Emil bis auf den letzten Rest auskratzte.

Zerbes schenkte ihm ein Glas Wein ein. Dunkles, samtiges Rot, das dicke Schlieren im Glas hinterließ. Einen Bordeaux aus dem Weinkeller des Hotels. Emil studierte das Etikett, er kannte Herkunft und Jahrgang, eine der Flaschen, die sein Vater für besondere Gäste bereithielt.

Er hob das Glas. »Auf dass dieser schreckliche Krieg uns allen eine Lehre bleibe.«

Zerbes ließ sein Glas gegen Emils klingen. Der Ton dunkel und voll, wie ein Versprechen auf das Bouquet des Weines. »Auf dass dieser große Krieg auch der letzte gewesen sein möge.«

»Oh, das wird er.« Emil roch an dem Wein, erst dann nahm er einen Schluck. Er behielt ihn einen Moment im Mund und genoss den Geschmack von Beeren und Holz, bevor er ihn hinunterschluckte. »Zu unseren Lebzeiten gewiss. Niemand, der halbwegs klar bei Verstand ist, wird in seinem Leben freiwillig wieder in diese Hölle hinabsteigen.«

In dem Moment klopfte es.

»Warte«, sagte Zerbes und ging zur Tür. »Ja bitte?«

»Guten Abend«, sagte eine helle Frauenstimme, die Emil als die Stimme des Zimmermädchens von gestern wiederzuerkennen glaubte. Neugierig trat er in den Flur und näherte sich der Tür. Tatsächlich, sie war es, nur dass sie heute nicht die Kluft der Zimmermädchen trug, sondern einen grauen Mantel, dessen Kapuze ihr Gesicht in einen geheimnisvollen Halbschatten tauchte. »Ich soll das für Herrn Dreesen junior abgeben.«

Emil drängte sich an Zerbes vorbei zur Tür. »Ich nehme es selbst, danke.« Er streckte den Arm aus und nahm einen Briefumschlag entgegen. »Und, wie steht es mit den Franzosen?«

Die junge Frau zögerte. »Das... Ich befürchte... Ihr Vater scheint nicht zu begreifen, wer gerade Sieger und wer Verlierer ist.« Sie brach abrupt ab und machte einen Schritt zurück. »Ich wünsche noch einen guten Abend.«

Bevor Emil reagieren konnte, hatte sie sich bereits umgedreht und verschwand in der Dunkelheit.

Emil starrte ihr nach. So wenig ihr Auftreten zu ihrer Position im Hotel passte, so treffend war ihre Einschätzung seines Vaters. Er riss den Briefumschlag auf. Ein Brief von Onkel Georg. Emil überflog die Zeilen und reichte ihn an Zerbes weiter.

»Er bittet mich, zurückzukommen und mich mit Vater zu versöhnen. Vater möchte das wohl auch.«

»Natürlich möchte Fritz das. Und du ebenfalls. Sturköpfe krachen nun mal aneinander, das müsst ihr aushalten.« Zerbes las stumm, dann gab er den Brief an Emil zurück. »Wie sehr muss der Krieg noch in Georg festsitzen, wenn er es nicht aushalten kann, mit den Franzosen unter einem Dach zu wohnen.«

»Und nun geht er nach Österreich in das Hotel eines Kriegskameraden. Wahrscheinlich haben sie sich an der Front gegen-

seitig von ihren Hotels vorgeschwärmt und Pläne für die Zeit danach geschmiedet. Ich hatte auch einen Kriegskameraden, Robert, er hat mir das Leben gerettet. Wir haben uns stundenlang ausgemalt, was wir nach dem Krieg alles machen und tun und verändern würden...« Emil legte den Brief auf den Tisch.
»Dabei liebt Georg das Dreesen.«
»Vielleicht erträgt er deshalb nicht, dass es vom Feind besetzt ist.« Zerbes lehnte sich zurück. »Würdest du mir vom Krieg erzählen? Ich möchte verstehen, was Georg dazu bringt, aus freien Stücken seine Heimat aufzugeben.«
Emil nahm einen zweiten Schluck. Einen dritten. Er erzählte Zerbes von den Schützengräben, die mit jedem Wort in seinem Kopf lebendiger wurden, von den Verletzten und Sterbenden, und hörte in seinem Kopf ihre Schmerzensschreie. Er sprach von dem Blut und den Gedärmen, an denen die Ratten fraßen, wenn die Leichen nicht verscharrt werden konnten, und roch den Gestank der Verwesung. Und doch redete er immer weiter, als müssten die Erinnerungen aus ihm heraus, die Bilder der Explosionen und Einschläge und des Giftgases, der offenen Kämpfe auf niedergebrannten Schlachtfeldern, von Gewehrkugeln, die Freund und Feind gleichermaßen trafen, von Bajonetten, die sie in ihre Feinde rammen mussten, von Angesicht zu Angesicht, sodass die Todesangst und der Schmerz im Blick jedes Getöteten auf immer in die eigene Seele eingebrannt war. Er erzählte vom Hunger und der unerträglichen Kälte, bis er zu zittern begann.

Zerbes hörte zu. Er fragte nicht, kommentierte nicht, er schenkte nur das Glas wieder und wieder voll.

Emil erzählte von Robert, seinem Kameraden, vom Halt, den sie sich gegenseitig zu geben versuchten, den Geschichten aus der Heimat, den Plänen für ihre Zukunft, Robert, der sich im Weißen Haus in der Küche hocharbeiten wollte, während Emil zusammen mit seinem Vater das Hotel leitete, hell leuchtende Pläne im Dunkel des Schützengrabens, die für einen Moment die Grauen des Krieges verdrängten. Und er erzählte von der Angst vor dem nächsten Angriff. Dem Moment, wenn man aus dem Graben klettern musste, ohne zu wissen, was einen erwartete, sich in die Schlacht stürzte, die Kameraden brüllen hörte, fallen sah, sie nicht retten konnte. Von der Schuld des Überlebens, der Schuld des Tötens.

»Es war ein Gemetzel«, schloss er heiser. »Ein verdammtes Gemetzel. Dabei war vielen von uns schon nach dem Kriegseintritt von Amerika klar, dass wir den Krieg nicht mehr gewinnen konnten. Und spätestens seit dem Sommer wussten wir alle, dass wir nur noch verlieren konnten, und trotzdem kamen die Befehle.« Emil schüttete ein halbes Glas auf einmal in sich hinein. »Sie haben uns geopfert wie Schlachtvieh, als es schon lange vorbei war.«

»Du hast es geschafft«, sagte Zerbes ruhig. »Du bist zurückgekommen, und vielleicht kommt Robert auch zurück, und ihr verwirklicht eure Pläne, und eines Tages seht ihr zurück, und die Bilder sind nur noch schwach und verschwommen.«

Vehement schüttelte Emil den Kopf. »Zerbes, hast du mir nicht zugehört? Wie soll ich die Jahre in der Hölle des Todes einfach vergessen?«

»Ich habe dir zugehört.« Zerbes lehnte sich vor und sah Emil direkt in die Augen. »Aber wenn du dir davon jeden Tag deines restlichen Lebens zerstören lässt, wofür hast du dann gekämpft? Du musst dir selbst vergeben. Du trägst keine Schuld.«

»Ich habe mich dagegengestellt.«

Zerbes sah ihn fragend an.

»Ich habe das Heer verlassen und bin nach Berlin geflohen. Und dort habe ich mich dem Aufstand angeschlossen.«

»Emil!«, rief Zerbes erschrocken. Die braunen Augen groß vor Schreck, der Mund offen.

Emil entkorkte die nächste Flasche. Die dritte. Sein Blick fiel auf das Bild über Zerbes' Anrichte. Der Rhein und das Weiße Haus. Groß und mächtig und doch voller außergewöhnlicher Details. Das filigrane Fensterband zum Rhein, die Türme, die Dachgauben. Ein Schmuckkästchen von der Größe eines Schlosses. Treffpunkt der Eliten, der Stolz seines Vaters. Der nie vergaß zu betonen, wie bescheiden Großvater den Grundstein gelegt und wie hart sie, die Dreesens, dafür gearbeitet hatten, dass es sogar den Ansprüchen des Kaisers gerecht wurde. Dem höchsten und wichtigsten Gast des Hauses, dessen Ruhm und Ehre mit jedem Besuch ein wenig mehr auf das Hotel abfärbte.

Emil hob das Glas und prostete dem Bild zu.

Niemals würde Vater ihm verzeihen. Wer sich gegen den Kaiser stellte, stellte sich gegen ihn.

»Du weißt, dass du das für dich behalten musst.« Zerbes' Stimme war belegt.

»Ich habe das Richtige getan.« Mit einem Mal fühlte Emil sich matt. Warum sah niemand, nicht einmal Zerbes, dass er dem Vaterland einen Dienst erwiesen hatte? »Ohne den Aufstand wären Tausende weitere Soldaten hingemetzelt worden. Der Krieg war verloren, Zerbes«, sagte Emil seufzend und spürte, wie ihm der Alkohol zu Kopf stieg. »Sie haben uns für die Ehre der Kriegsleitung geopfert. Nicht ich bin der Verräter, die Generäle haben uns verraten.«

»Ich glaube dir.« Zerbes zog eine Flasche aus Steingut zu sich, schenkte sich einen Schnaps ein und leerte ihn in einem Zug. »Du bist deinem Gewissen gefolgt, vielleicht hätte ich es auch getan. Vielleicht auch nicht. Aber es gibt Menschen, die dich verantwortlich machen werden, dass wir die Waffen niedergelegt haben. Wenn es öffentlich bekannt werden würde, schadet das dem Hotel.«

Emil streckte die Hand nach der Steingutflasche aus und schenkte sich ein. Der Schnaps brannte seine Kehle hinab bis in den Magen. Das Hotel würde sich davon erholen. Der Kaiser war ohnehin nicht mehr auf der Gästeliste – jedenfalls nicht in nächster Zeit, auch wenn Vater das sicherlich anders sah.

»Es würde deinen Vater umbringen«, legte Zerbes düster nach. »Den einen Sohn verliert er an den Krieg, den anderen an die Roten. Welchen Sinn hätte sein Lebenswerk noch?«

Zerbes' Worte brannten schlimmer als der Schnaps. Dabei war Emil kein *Roter*. Er hatte Frieden gewollt und, ja, eine Republik und damit das Ende der Herrschaft des Kaisers und seiner einschnürenden, morschen Gesellschaftsordnung. Aber er war kein Sozialist, und doch wusste er, dass Zerbes die Situation richtig erfasst hatte: Er war gefangen in seiner Lüge.

Mai 1919

4 Elsa warf einen letzten prüfenden Blick durch den Raum. Das Bett war makellos, der Boden gesäubert von all dem Schmutz, der sich aus den Sohlen der Marschstiefel löste, die Kissen des Sofas aufgeschüttelt, der Sessel gerade gerückt, Tisch und Schrank abgestaubt, Aschenbecher geleert, Waschbecken gewischt, die Wasserkaraffe aufgefüllt, zwei frische Handtücher lagen bereit, und die Uniform hing frisch gestärkt am Garderobenhaken.

Sie hatte es immer für ein Gerücht gehalten, aber diese Franzosen machten tatsächlich mehr Dreck als die Gäste, die normalerweise das Dreesen besuchten. Vielleicht lag es auch daran, dass normale Gäste sich weder im Stall aufhielten noch in Soldatenstiefeln zu Kontrollgängen aufbrachen.

Von der Treppe hörte sie Schritte den Flur entlangkommen. Sie packte Staubwedel, Besen, Schaufel und Eimer, als der Bewohner des Zimmers, ein groß gewachsener Offizier mit blonden Haaren, eintrat.

»*Oh, là, là*«, sagte er und lächelte. »*Säähr schönn.*«

Er blieb direkt vor ihr stehen. Elsa nahm den säuerlichen Pferdegeruch wahr, bemerkte dann die erdigen Klumpen, die er mit jedem Schritt auf dem Boden verteilt hatte.

Plötzlich streckte er seine Hand nach ihr aus. Elsa zuckte zurück, duckte sich zur Seite weg und hastete zur Tür. Ihr Herz raste. *Sei nie mit einem Besatzer allein in einem Raum!* Sie selbst gab diese Parole jeden Morgen an die anderen Mädchen aus, seit die Übergriffe auf die Dienstmädchen sich im Dreesen häuften.

Elsa rannte am nächsten Zimmer vorbei, Schaufel und Besen klapperten hektisch gegeneinander, sie rannte weiter zum Putzraum und warf die Tür hinter sich ins Schloss. Mit pochendem Herzen lehnte sie sich dagegen. Von der Decke strahlte das müde Licht einer Glühbirne und ließ den feinen Staub in der Luft tanzen. *Haltet euch fern von unserem Feind,* hatte Fritz Dreesen sie gewarnt, *die Gedanken der Besatzer sind voller Hass, egal, wie freundlich sie sich euch gegenüber ausgeben.*

Dabei brauchte sie keine Warnung vor den Franzosen, um sich vor ihnen in Acht zu nehmen. Einer hatte Otto getötet. Jeder hier im Hotel konnte es gewesen sein. Jeder Einzelne von ihnen. Auch der Offizier mit den blonden Haaren und dem freundlichen Lächeln. Ihr Magen krampfte sich zusammen. Wegen einem wie ihm musste sie den Dreck fremder Männer wegputzen, die es nicht einmal zustande brachten, ihre Stiefel am Eingang vom gröbsten Schmutz zu befreien. Warum sollten sie auch? Es gab ja sie und ihresgleichen, die sich um den Dreck der Sieger kümmern mussten.

Ihr Blick glitt über die Regale mit Handtüchern, Wäsche und Seife. Was machte sie hier nur?

Aus dem großen Saal unter ihr drang Tanzmusik. Sie lauschte dem flotten Dreivierteltakt, stellte sich die eleganten Tänzer vor, die ihre noch eleganteren Damen durch den Raum wirbelten, als hätte es den Krieg nie gegeben. Und inmitten der illustren Gäste Adelheid Dreesen, die Grande Dame des Hauses. Angeblich war sie es, die darauf bestanden hatte, den Tanztee wieder zu eröffnen, trotz der Besatzer im eigenen Haus.

Elsa beobachtete den wilden Taumel der Staubkörner im Lichtstrahl der einsamen Glühbirne. Als zelebrierten sie einen Freudentanz über das Licht und das Leben.

Wann war die Freude aus ihrem Leben gewichen? Sie hatte davon geträumt, Schüler mit altem Wissen und neuen Gedanken zu füllen, stattdessen putzte sie als Zimmermädchen den Dreck von Fremden weg, für einen Lohn, der ihre Arbeitskraft verhöhnte.

Es klopfte an der Tür.

»Elsa?«, fragte eine heisere, aber unverkennbare Stimme.

Erschrocken stieß sie sich von der Tür ab und griff hastig nach zwei Handtüchern.

Adelheid Dreesen! Wieso vermutete sie Elsa in der Putzkammer? Verunsichert öffnete sie die Tür, die Handtücher demonstrativ an ihre Brust gepresst. Adelheid Dreesen stand vor ihr, im tannengrünen, gerafften Tageskleid, die Taille moderat geschnürt, die weißen Rüschen des Kragens wippten gestärkt unter der akkuraten silbergrauen Hochsteckfrisur.

»Ja bitte, gnädige Frau, was kann ich ...« Elsa stockte mitten im Satz. Hinter Adelheid Dreesen stand der Offizier mit den blonden Haaren.

»Capitaine Gueritot ist der Annahme, er hätte dich eben erschreckt«, sagte Adelheid Dreesen mit unbewegter Miene und wies auf den Offizier. »Er bat mich, dir mitzuteilen, dass er sich nur bedanken wollte.«

Capitaine Gueritot lächelte freundlich. Offenbar verstand er kein Wort von dem, was Adelheid Dreesen sagte.

»Er wollte dir ein Trinkgeld geben, als Entschuldigung für den Dreck, den er in das frisch geputzte Zimmer getragen hat. Er glaubt, du hättest das wohl falsch verstanden.« Adelheid Dreesen hielt Elsa einen Geldschein hin. Elsas Augen weiteten sich. Das war ein halber Tageslohn!

»Ich weiß zwar nicht, womit du dir ein solch horrendes Trinkgeld verdient hast, aber es nicht anzunehmen wäre unverzeihlich.« Ungeduldig wackelte Adelheid Dreesen mit dem Schein vor Elsas Nase.

Elsa griff danach und ballte ihre Faust darum. »*Merci beaucoup, Monsieur*«, sagte sie, unsicher, ob und was sie noch hinzufügen sollte. Immerhin hatte sie sich ihm gegenüber so hysterisch benommen, dass er sich nun die Mühe machte, die Situation klarzustellen. Sie schluckte. Im schlimmsten Fall konnte sie das ihre Stellung kosten. Vielleicht hatte Adelheid Dreesen genau das vor: ihr zu kündigen. Und deshalb der Hinweis, das Trinkgeld zu nehmen. »Verzeihen Sie mir«, sagte sie in ihrem besten Französisch, »manchmal ist es nicht so… einfach.«

»Sie haben Ihren Mann in diesem Krieg verloren, wurde mir zugetragen«, sagte Capitaine Gueritot in dem vornehmen Französisch der Pariser Gesellschaft. »Die Situation ist für uns alle schwierig.«

»*Bien sûr*, Sie haben recht.« Elsa presste ihre Lippen zusammen. Natürlich. Sie spürte Hitze in sich aufsteigen.

Die Situation war für alle schwierig. Für die Verlierer des Krieges ebenso wie für die Gewinner, die genauso ihre Toten zu beklagen hatten und nun dazu verdammt waren, in dem

Land zu bleiben, das sie hassten, statt in ihre geliebte Heimat zurückzukehren.

»Du sprichst Französisch?« Adelheid Dreesen zog fragend die Brauen hoch. »Warum ist mir das nicht bekannt?«

»Es steht in meinen Zeugnissen, gnädige Frau«, antwortete Elsa, »ich spreche es leidlich.«

Adelheid Dreesen musterte sie einen Moment, schüttelte dann resigniert den Kopf. Ohne ein weiteres Wort zu Elsa wandte sie sich ab und ging mit dem Offizier davon, als hätte sie bereits viel zu viel Zeit mit dem Anliegen eines unbedeutenden Zimmermädchens verschwendet.

***

Angespannt blickte Elsa zur Flügeltür des Tanzsaals. Wenn die Bestellung für Tisch drei nicht umgehend kam, dann würde sie ihre neue Position im Service schneller wieder verlieren, als sie eine Waschschüssel leeren konnte. »Enttäuschen Sie mich nicht«, hatte Adelheid Dreesen noch gesagt, bevor sie Elsa kurz nach dem Vorfall mit Capitaine Gueritot der Obhut von Siegfried Gasser übergab, dem lang gedienten Maître d'Hôtel, dessen Rücken krumm und Hände zittrig waren. »Mein Sohn Fritz hat mich für verrückt erklärt, ein Zimmermädchen als stellvertretende Oberkellnerin einzusetzen, ich möchte ungern, dass er recht behält.«

Auch Elsa wollte nicht, dass Fritz Dreesen recht behielt mit seiner Annahme, sie sei der Aufgabe nicht gewachsen. Sie war ihr sehr wohl gewachsen. Trotz der minimalen Einarbeitung durch Gasser und trotz der abweisenden Haltung der ihr unterstellten Commis de Rang, der Jungkellner, die offenbar

Fritz Dreesen mit aller Gewalt beweisen wollten, dass er recht hatte.

Ungeduldig eilte sie zur Küche und prüfte die auf dem Pass bereitgestellten Speisen. »Wo bleibt die Bestellung für Tisch drei?«

Elsa kontrollierte hastig die Tabletts, es konnte doch nicht sein, dass ausgerechnet Tisch drei unbotmäßig lange warten musste – der Tisch, an dem Adelheid Dreesen mit ihren vornehmen jüdischen Freunden saß! Die Verzögerung der Bestellung sollte wohl wieder einmal eine deutliche Botschaft schicken: Du hast hier nichts verloren! Ein Zimmermädchen als Oberkellner ist unzumutbar! Selbst wenn es nur bei den Tanztees zum Einsatz kam.

Vielleicht wäre es einfacher, wenn sie nur als Kellnerin arbeiten würde und nicht auch weiterhin als Zimmermädchen. Die Musik verstummte, die Musiker legten ihre Instrumente zur Pause beiseite.

Gut gelaunt strömten die Tänzer zu ihren Tischen zurück und machten sich gierig über ihre Stärkung her.

Endlich schob der Küchenjunge das gewünschte Tablett auf den Pass. Elsa prüfte, ob alles seine Richtigkeit hatte, in letzter Zeit hatten sich öfter Fehler eingeschlichen, vor allem, wenn die Bestellung von einem Tisch kam, an dem Franzosen saßen. Langsam erhärtete sich ihr Verdacht, dass dahinter Absicht steckte. Es auf sie abzuschieben war dann ja ein Leichtes: Da hatte sie offenbar die Bestellung missverstanden.

Hatte sie aber nicht. Kein einziges Mal.

Sie begleitete den Kellner zu Tisch drei und servierte die Getränke und Speisen. Dreimal Kaffee, einmal Tee, zweimal Kuchen, zweimal bunte Häppchen.

Elsa bemerkte das Erstaunen der Dame im grauen, mit Rüschen verzierten Taftkleid. »Sehr ungewöhnlich«, sagte diese und wandte sich an Adelheid Dreesen. »Aber du warst ja schon immer für deine seltsamen Ideen bekannt.«
»Weil ein Zimmermädchen Oberkellner spielt?« Der joviale Mann neben der Dame in Grau grinste breit. »Ich würde mal sagen, so ein Tablett mit Kaffee und Kuchen ist doch eine sehr viel angenehmere Angelegenheit als die Reinigung eines Etagen-WCs.« Er lachte, der Herr ihm gegenüber, ein älterer Mann mit gezwirbeltem Spitzbart und Stehkragen, fiel in sein Lachen ein.

Elsa spürte, wie ihr die Röte ins Gesicht schoss. Vorsichtig setzte sie den nächsten Teller ab. Die Häppchen vor den Mann mit dem Spitzbart.

»Nun, mein lieber Paul«, sagte Adelheid Dreesen, »dich als formidablen Geschäftsmann muss ich wohl nicht über die Verschwendung von Talent aufklären. Schon gar nicht in Zeiten des Mangels an passendem männlichem Personal. Würdest du deinen ersten Maschinisten an der Maschine einsetzen, oder würdest du ihn zum Hofkehren abkommandieren?«

»Die Antwort liegt wohl auf der Hand, liebe Adelheid«, sagte der joviale Herr neben der Dame in Grau.

»Eben! Unsere gute Elsa ist des Französischen ebenso mächtig wie des manierlichen Auftretens, da ist es doch von Logik, sie an einem Ort einzusetzen, an dem diese Fähigkeiten von Vorteil sind.« Adelheid Dreesen nickte Elsa kurz zu, das Zeichen, sich zu entfernen.

Auf dem Weg zurück zur Küche zwang sich Elsa zu einem gemäßigten Schritt. Sie lächelte krampfhaft über ihre Empörung hinweg. Begriffen diese Menschen eigentlich, wie arrogant es war, sich über sie zu unterhalten, als wäre sie Luft? Eine Kopfbewegung an Tisch sieben weckte ihre Aufmerksamkeit. Tisch sieben hatte neue Gäste.

Es war wirklich erstaunlich, in welch kurzer Zeit sich ihre Augen auf diese suchende Kopfbewegung des Gastes spezialisiert hatten. Sie steuerte die drei französischen Offiziere an und nahm die Bestellung auf. Kaffee und Kuchen, Cognac, dreimal.

Im Gegensatz zu den Bekannten von Adelheid Dreesen waren die Offiziere wenigstens von angenehm ignoranter Neutralität. Offenbar fanden sie es nicht erstaunlich, dass Elsa neben ihrer Rolle als Zimmermädchen auch als Oberkellnerin ihre Bestellung annahm. Ebenso wenig schienen sie sich darüber zu wundern, dass man sich nur sechs Monate nach der Kapitulation im Salon des Rheinhotels Dreesen wieder zu Tanztee und gepflegter Konversation traf, wie Adelheid Dreesen das Wehklagen der Reichen über politische Wirren und wirtschaftliche Malaisen nannte. In Elsas Ohren klang ihr Gejammer über die Flucht des Kaisers und die Ausrufung der Republik jedoch wie ein Siegesmarsch.

Sie servierte den Franzosen Kaffee, Kuchen und Cognac und positionierte sich in unauffälligem Abstand, gerade weit genug entfernt, um nicht zu stören, jedoch nah genug, um jedes Wort der Offiziere mitzuhören. Sie sprachen schnell, und nicht alle Wörter waren ihr bekannt, aber sie verstand den Sinn der Unterhaltung – es ging um die Reparationszahlungen Deutschlands an die Entente. Dass die Deutschen alles tun würden, um nur nichts zu bezahlen, sie all ihr zwieträchtiges Können anwendeten, um sich aus den Reparationen herauszuwinden, die Bezahlung zu verschleppen und am Ende Streit zwischen den Verbündeten zu säen, um ihre eigene Position zu stärken. Und da sie jetzt schon wüssten, was die Deutschen in den kommenden Jahren tun würden, gäbe es nur eine Möglichkeit: die Forderungen mit aller Stärke und Brutalität durchzusetzen und um jeden Preis das linke Rheinufer zu halten.

Konzentriert lauschte Elsa jedem Wort. Letzte Woche erst hatte eine kleine Runde von Adelheid Dreesens jüdischen Industriellen- und Bankiersfreunden dasselbe Thema erörtert – und nun verstand sie auch die große Sorge, die die Herren umgetrieben hatte: dass es zu weiteren Unruhen kommen würde, wenn die Siegermächte Deutschland wirtschaftlich ausbluten ließen.

An Tisch zwei drehte der Mann mit der dicken Zigarre den Kopf. Elsa eilte hinzu.

»Die Herrschaften wünschen?« Beflissen lächelte sie.

»Den Kaiser, wenn Sie mich schon so direkt fragen«, tönte der Mann mit giftigem Seitenblick auf die französischen Offiziere. Gewichtig zog er seine Geldbörse aus dem Wams.

»Aber Hermannchen!« Die Frau an seiner Seite schüttelte nachsichtig den Kopf. »Du weißt doch, dass er nicht zurückkommen kann.«

»Nur eine Frage des Willens«, sagte Hermannchen trotzig.

Seine Frau, die Haare aufgesteckt, das Kleid schlicht, aber von exquisitem Stoff, zeigte mit einer Kopfbewegung zu dem Tisch mit den französischen Offizieren. »Es scheint mir doch eher eine Frage der Besatzung.«

»Nur eine Frage der Zeit«, korrigierte Hermannchen.

»So wahr«, warf seine Frau ein. »Die Zeit des Kaisers ist vorbei, und eine neue Zeit bricht an. Ach, Hermannchen«, seufzte sie, »euch Männer möge einer verstehen. Ihr brennt für den

Krieg, der unserem Land die Söhne nahm, und kämpft gegen den Frieden, der sie uns nach Hause bringt.«

»Bezahlen möchte ich«, brummte der Mann.

»Sehr wohl, sofort«, sagte Elsa und zog sich zurück, um einen Kellner mit der Rechnung zu schicken.

Was der Mann weiter brummte, verstand sie nicht, sehr wohl jedoch das aufmunternde Lächeln seiner Gattin, die gerade erst zu bemerken schien, dass ihr Oberkellner eine Frau war. Als würde Elsa damit den von ihr beschworenen Wandel der Zeit bestätigen.

5

»Schon wach, Brüderchen?«

Emil sah von seiner Skizze hoch. Ulla wandelte gut gelaunt vom Tanzsaal in den angrenzenden, für die Öffentlichkeit geschlossenen Salon Petersberg direkt zu seinem Tisch. Schwungvoll setzte sie sich zu ihm und zeigte durchs Fenster auf den Park. »Heute soll es richtig sonnig werden. Wollen wir nachher zu Zerbes rudern? Ich hatte versprochen, ihm etwas Salat und Gemüse vorbeizubringen.«

»Wie hast du mich gefunden?« Hastig rollte Emil seine Zeichnung zusammen und legte sie in die Holzkiste auf dem Stuhl neben sich.

»Whoolsey. Jetzt, wo er zurück ist, habe ich endlich wieder einen Verbündeten an der Rezeption. Er hat mir einen kleinen Tipp gegeben.« Ulla zwinkerte Emil zu. »Du sollst eine geheimnisvolle Schachtel mit dir herumgetragen und so ausgesehen haben, als wolltest du auf gar keinen Fall gestört werden.«

»Weshalb du hier reinplatzt und mich störst?«

»Was hast du denn gedacht?« Sie spähte zu dem Stuhl zwischen ihnen.

Entschieden klappte Emil die Kiste zu.

»Komm schon! Emil!« Ulla hob den Deckel an.

»Meins.« Emil drückte ihn erneut herunter.

»Ich will es doch nur ansehen!« Sie versuchte, Emils Hand zur Seite zu schieben. »Dann sage ich dir auch, warum Whoolsey mich zu dir geschickt hat.«

Whoolsey hatte seine Schwester geschickt? Emil sah Ulla fragend an, doch sie tippte auf die Kiste. Er verdrehte die Augen und nahm die Hand weg. Neugierig holte Ulla seine Mappe heraus und legte sie vor sich auf den Tisch.

»Was ist das?« Mit gerunzelter Stirn stöberte sie durch Dutzende Zettel und Zeitungsausschnitte. »Charlie Chaplin… Warum hast du so viele französische Zeitungsartikel über ihn?«

»Weil er unsere Zukunft ist.«

Ulla zog ihre fein geschwungenen Brauen zusammen. »Dieser seltsame Mann? Was trägt er für riesige Schuhe?«

»Er ist Filmkomiker. Aus Amerika. Er muss unglaublich gut sein.«

»Und was hat er mit unserer Zukunft zu tun?«

»Er selbst vielleicht nichts, aber Künstler, die wie er Menschen auf der ganzen Welt begeistern.« Emil zog eine der vielen Papierrollen aus der Kiste und breitete sie vor Ulla auf dem Tisch aus.

»Ist das eine Bühne?«, fragte Ulla perplex.

Emil nickte. »Hier«, er zeigte auf den eingezeichneten Übergang vom Tanzsaal zum Empiresaal, auf die Wandpaneele, die verschoben werden konnten, um die beiden Räume zu einem großen werden zu lassen. »Wir nutzen die schon vorhandene Öffnung von dem einen Saal zum anderen und schaffen so Platz für eine große Bühne.« Sein Finger fuhr über die Saalfläche des Tanzsaals. »Die Zuschauer genießen während der Vorführung an ihren Tischen ein Glas Wein und können in der Pause etwas zu essen bestellen.«

»Und was willst du dort aufführen?«, fragte Ulla.

»Kabarett, moderne Musik... Was uns Gäste bringt.«

»Großmutter wird ihren geliebten Tanzsaal dafür nie hergeben, das weißt du, oder?« Ulla schüttelte den Kopf.

»Der Tanztee, ich weiß.« Emil breitete eine zweite Zeichnung aus. »Daher habe ich eine Alternative für draußen.«

»Ist das...« Ulla pfiff durch die Zähne und strich die Zeichnung auf dem Tisch glatt. »Kann es sein, dass deine Bühne an der Stelle von Vaters Musikpavillon steht?«

»Der ist doch vollkommen passé! Ich stelle mir dort eine große Bühne mit Rundbogendach vor, so richtig modern.« Emil zeichnete in der Luft die Krümmung des Daches nach. »Sind nur Spinnereien... Mit irgendwas musste ich mich ja im Schützengraben von dem Irrsinn um mich herum ablenken. Stundenlang habe ich davon geträumt, wie wir das Hotel zu einem Ort machen, an dem Deutsche und Franzosen und Amerikaner und Briten wieder miteinander an einem Tisch sitzen und Spaß haben können.« Er rollte die dilettantischen Zeichnungen wieder ein, als Ulla schon die nächste herausfischte.

»Lass, Ulla, nicht die!«

Doch es war schon zu spät. Ulla breitete die Zeichnung vor ihnen aus. »Emil! Das sieht toll aus!«

Emil lächelte. Behutsam fuhr er mit den Fingern über die Zeichnung eines modernen, erweiterten Rheinhotels Dreesen, so wie er es sich in den unzähligen Nächten im Schützengraben vorgestellt hatte. Die verspielte Fensterfront zum Rhein stark modernisiert, klare Linien, die Fenster breiter, der ganze Bau um ein viertes Stockwerk und einen Anbau zur Straße hin erweitert. »Lass uns diesen Ort zum Traumziel von Menschen aus der ganzen Welt machen. Stell dir vor, du sitzt unter den Bäumen, und Musik erklingt. Nicht für die Alten, die alles vermurkst haben. Für uns, weil wir unser Leben genießen müssen! Am schönsten Ort der Welt, am herrlichsten Fluss der Welt, mit der besten Schwester der Welt. Lass uns das aufregendste Hotel aller Zeiten daraus machen. Was denkst du?«

Auf Ullas Wangen erschienen rote Flecken, ihre Augen leuchteten. »Wann fangen wir an?«

Emil schob ihr die Skizze zu. Niemand in der Familie konnte so präzise und schnell Menschen und Dinge auf Papier verewigen wie Ulla. »Na, jetzt! Kannst du mein Gekritzel in ordentliche Zeichnungen verwandeln?«

Strahlend nahm Ulla die Skizze und studierte sie genauer. Sie zeigte auf eine kleine Hütte neben der Gartenanlage. »Was ist das?«

»Ein Räucherhaus für den Rheinsalm, war Roberts Idee.«

»Robert!«, rief Ulla und sprang auf. »Whoolsey sagt, ein Robert Harthaler wartet auf dich im Speisesaal.«

***

»Auf unsere Zukunft.« Emil hob seine Kaffeetasse und prostete Robert zu.

»Und das beste Hotel unserer Republik! Eine Oase für die Moderne.« Robert hielt seine Kaffeetasse in die Höhe, als wollte er damit zum Angriff blasen. Was wahrscheinlich nicht mal so abwegig war. Emil sah das Glitzern in den Augen seines Freundes. Er war genauso leidenschaftlich ein Roter wie Pützer ein Kaisertreuer. Der Zusammenprall der beiden würde sicher interessant werden.

Von der Seite sah Emil Ulla in den Speisesaal und auf ihren Tisch zuschlendern.

»Das ist Robert Harthaler«, sagte er, als Ulla neben ihm stehen blieb. Er zeigte auf den blonden Mann ihm gegenüber. Robert sah so viel besser aus als bei ihrem Abschied im Schützengraben letzten Herbst, als Robert ihm bei der Flucht geholfen hatte. »Und das ist meine Schwester Ulla.«

Robert erhob sich und deutete eine Verneigung an. »Sie sind noch schöner, als Emil Sie beschrieben hat.«

Ulla errötete. »Vater ist bei Großmutter im Salon«, wandte sie sich hastig an Emil.

»Dann wagen wir uns mal in die Höhle des Löwen.« Emil schob seine Kaffeetasse zurück und erhob sich ebenfalls. Nach kurzem Zögern wandte er sich noch einmal an seinen wiedergefundenen Freund. »Überlass das Reden bitte mir.«

Mit Ulla im Gefolge führte er Robert in Großmutters Privatbereich. Zwei Zimmer, ein Salon, ein Privatbad und ein kleiner Flur, durch eine Flügeltür abgetrennt von dem Gang zum Gästetrakt. Der dicke Läufer dämpfte die Schritte ihrer kleinen Delegation, minderte jedoch nicht Emils Vorahnung, dass sein Vater alles andere als erfreut sein würde über einen unerwarteten neuen Angestellten. Aus Großmutters Salon ertönte Fritz' Stimme, gereizt, wie so häufig in letzter Zeit.

»Die Franzmänner zerstören alles!«, schimpfte er. »Jahrzehnte haben wir das Hotel aufgebaut, und jetzt müssen wir mitansehen, wie es vor die Hunde geht.«

»Nun lass mal die Kirche im Dorf«, wehrte Adelheid ab.

»Sieh dich doch um! Diese Barbaren sind noch kein halbes Jahr hier! Die werden dieses Haus bis auf die Grundmauern herunterwirtschaften.« Vaters Stimme war aufgebracht. »Unsere Erbfeinde! Wie konnte Emil sie in unser Haus lassen! Dabei hätte es nur ein paar weniger Anrufe und Briefe bedurft, um diese zweibeinige Pest vor die Tür zu setzen!«

Ulla schnitt eine Grimasse und zeigte zum Flur zurück, doch Emil verneinte stumm. Es machte keinen Sinn, auf einen besseren Moment zu warten, denn der würde in absehbarer Zeit nicht kommen. Nicht, solange Vater ihn allein für die Anwesenheit der Franzosen verantwortlich machte.

Entschlossen klopfte er an die Tür zum Salon.

»Herein«, rief sein Vater genervt.

Emil trat als Erster ein, dicht gefolgt von Robert und Ulla.

Großmutter saß in ihrem zierlichen Armsessel, auf dem Tisch eine Tasse Tee, serviert in ihrem geliebten, bunt geblümten Meißner Porzellan, das nur und ausschließlich für sie und ihre Privatgäste benutzt wurde. Mit hochgezogenen Brauen musterte Großmutter zuerst Emil, dann Robert, während Vater zornig die Stirn runzelte.

»Großmutter, Vater«, begann Emil und zog Robert neben sich. »Ich möchte euch Robert Harthaler vorstellen. Ihr erinnert euch? Ich hatte von ihm erzählt.«

Adelheid und Fritz sahen ihn fragend an, dann huschte ein Lächeln über Adelheids Gesicht. »Winter 1917. Der junge Mann hat dir das Leben gerettet, und du hast ihm zum Dank eine Stellung bei uns im Hotel angeboten.« Sie musterte Robert einen Moment, als suche sie ihr Gedächtnis nach weiteren Informationen ab. »Der junge Herr ist Koch und kommt aus Berlin.«

»Ganz genau«, sagte Emil. »Und jetzt ist er da. Und ich denke, wir könnten etwas Unterstützung in der Küche gut gebrauchen.«

»Soso.« Vater fuhr mit den Fingern über seinen Schnurrbart. »Denkst du das? Nur ist es nicht mehr relevant, was du denkst, seitdem wir hier nur noch geduldet sind.«

»Immerhin sind wir alle noch hier«, sagte Emil kühl.

»Wir wären auch alle noch hier, wenn du mir nicht so voreilig ins Handwerk gepfuscht hättest! Ein paar Tage nur hätte es gedauert, bis meine Kontakte die Sache für uns geregelt hätten.«

»Bitte, Papa«, rief Ulla. »Ich verstehe nicht, worüber ihr streitet. Wir konnten bleiben, das ist doch die Hauptsache!«

»Ach, was weißt du schon!«, fuhr ihr Vater sie an. »Wegen Emil müssen wir unseren Feinden auch noch den Steigbügel halten, während sie uns ausbluten lassen.«

»Das ist nun mal die Rolle des Verlierers.« Emil spürte die Wut in seinem Magen hochschäumen. Wann würde Vater sich endlich mit der Situation abfinden?

»Hätten die Roten uns nicht den Dolch in den Rücken gestoßen, würden wir jetzt als Sieger triumphieren. Und dass du mir hier, in unserem Zuhause, in den Rücken fällst und dich auf einen Handel mit Soter einlässt...«

»Ich habe für uns eine Lösung ausgehandelt, die uns unser Zuhause erhalten hat«, zischte Emil. »Wir haben den Krieg verloren, Vater, nichts wird je wieder so sein, wie es war. Auch nicht die Macht deiner Kontakte.«

»Dein Defätismus...« Fritz rümpfte die Nase. »Wir sind unbesiegt im Felde, unbesiegt! Kein Wunder, dass...«

»Schluss jetzt!« Adelheid schlug mit der flachen Hand auf

den Tisch, dass die Tasse schepperte. »Dank Emil sitzen wir noch in unserem eigenen Haus! Fritz, das ist ein Verdienst, kein Verbrechen, und du, Emil, zeigst bitte mehr Respekt deinem Vater gegenüber.«

Mit verkniffenem Mund nickte Fritz seiner Mutter zu, dann marschierte er an Emil, Robert und Ulla vorbei aus dem Salon.

»Was ist denn nur mit Vater los?«, brach es aus Ulla heraus.

»Etwas mehr Respekt«, forderte ihre Großmutter erneut. Sie erhob sich aus dem Stuhl und ging langsam über den farbenprächtigen Perserteppich auf Robert zu. Sie streckte ihm die Hand hin. »Herr Harthaler, soso, ein Held.«

»Nur ein Soldat und Kamerad, gnädige Frau.« Robert nahm Adelheids Hand und deutete so galant einen Kuss an, wie Emil es von seinem Freund nie erwartet hätte. »Emil hat mir in der Düsterheit des Schützengrabens so schillernd von diesem Haus und Ihrer Familie erzählt, dass ich gar nicht anders konnte, als Ihnen nun meine Aufwartung zu machen.«

In Adelheids Blick mischte sich ein Quäntchen Amüsement. »Ihre Aufwartung? Ist das nicht eine etwas hochtrabende Umschreibung für Arbeitssuche in einem vom Krieg gebeutelten Land?«

Robert lächelte, frei von jeglicher Verlegenheit. »Würde dieses Haus weniger als eine hochtrabende Bewerbung verdienen? So viele Stunden hat Emil uns mit Geschichten von seinem Zuhause gewärmt, dass es mir schon fast so vertraut scheint wie mein eigenes Zuhause.«

»Dann hat Emil in der Ferne viel von der Heimat gesprochen?«, fragte Adelheid nach.

»Ununterbrochen. Von dem großartigen Rheinhotel, von seiner patenten Schwester, die besser schnitzen konnte als die

Brüder, und von seiner weltgewandten Großmutter, die mit sechzehn Geschwistern aufwuchs und den Willen einer Löwin besitzt.« Robert sah von Ulla zu Adelheid. »Allein schon Sie alle hier und heute mit eigenen Augen zu sehen, war die Reise wert.«

»Nun«, sagte Adelheid, »nachdem Emil Ihnen hier eine Stellung versprochen hat, werden Sie wohl noch eine Weile bei uns bleiben.«

***

»Da kommen noch mehr.« Scheppernd stellte Robert die schmutzigen Pfannen vor Emil auf die Spüle.

»Pass doch up, du Dämlack!« Pützer knallte die kräftige, von Jahrzehnten der Küchenarbeit rote Hand auf den Spültresen. »In der Pfanne hab ich für den Kaiser selbst schon Eier gebraten, die ist heilig.« Er hielt inne und musterte Robert streng. »Oder haste keinen Respekt vor dem Kaiser?«

»Dem Kaiser, der im Exil Gänsebraten isst und uns den Besatzern überlassen hat, nachdem wir für ihn vier Jahre im Schützengraben die Hölle erlebt haben?« Robert stemmte die Arme in die Hüften, doch Pützer schien seine Erwiderung gar nicht wahrgenommen zu haben. Er zeigte zu dem Doppelporträt des Kaisers und des Thronfolgers, das er trotz des Verbots der Franzosen wieder an seinen Ehrenplatz neben der Tür gehängt hatte. »Höchstpersönlich hat er mich an seinen Tisch rufen lassen, der Kronprinz, gedankt hat er mir, für den Braten, den ich, Jupp Pützer, ihm zubereitet habe.«

Robert holte gerade zu einer Antwort aus, als Emil ihn in die Seite boxte. Er sah Robert an, wie sehr er darauf brannte,

Jupps Kaisertreue mit dem sozialistischen Traum von Gleichheit zu begegnen. »Lass gut sein«, raunte er ihm besänftigend zu, »wenn du klug bist, machst du dir Jupp nicht gleich in der ersten Woche zum Feind.«

Emil wies mit einem Nicken zu Jupp, der jetzt seinen Blick über die französischen Adjutanten gleiten ließ, die dabei waren, in ihren Töpfen das Gemüse für ihre Offiziere zu zerkochen. Die meisten hatten sich inzwischen an Pützers Temperament gewöhnt. Was man von Pützer hinsichtlich der Anwesenheit der französischen Hilfsköche leider nicht sagen konnte. Im besten Fall könnte man sagen, er duldete die Franzosen in seiner Küche mit dem gleichen Abscheu wie diese sein kaiserliches Doppelporträt.

Jäh schien Pützer sich an Robert zu erinnern. »Oder biste etwa 'n Roter?« Pützer ballte die Fäuste. »Ich dulde keine Roten in meiner Küche. Reicht schon, dass ich all die ausländischen Jecken hier ertragen muss. Aber Rote... nach dem feigen Verrat an unserem Kaiser. Aus dem Land jagen sollte man sie, bis auf die letzte rote Kanaille!«

Emil griff nach der nächsten Pfanne. Er spürte, wie es in seinem Freund kochte. Sollte er Jupp langsam zur Mäßigung mahnen? Ihn daran erinnern, wer wirklich das Sagen in der Küche hatte? Nachdenklich kratzte er die Kartoffelreste in den Eimer. Ob Pützer sich traute, auch ihn aus seiner Küche zu werfen? Oder würde der Koch wutentbrannt das Haus verlassen, in dem er zu Großvaters Zeiten als Küchenjunge angefangen hatte, lange bevor Emil geboren wurde?

Juli 1919

6 »Ja, Schwesterchen, das ist es!« Begeistert beugte sich Emil über Ullas Zeichnungen, die sie auf dem Leinpfad zwischen Fluss und Hotel ausgebreitet hatte. Die grelle Julisonne brannte auf seinen Rücken, hinter ihm tutete ein vorbeifahrendes Schiff einen freundlichen Gruß. Emil winkte und vertiefte sich wieder in die akkurate Abbildung seines Traumes. Genau so hatte er es sich vorgestellt. Klare Linien, große Fenster, die Mansardenzimmer zum Rhein als Vollgeschoss aufgestockt. Er sah von den Zeichnungen hoch zur Fassade des Hotels, stellte es sich ohne Schnörkel und mit einem weiteren Stockwerk vor.

Irgendwann. In ferner Zukunft.

Wenn das Hotel wieder ganz und gar ihr Hotel war. Wenn Vater ihm verzeihen und sie den Streit beilegen konnten.

Eines Tages, da war er sich sicher, würden sie gemeinsam die Zukunft des Hotels vorantreiben, Vater und Sohn, wie zuvor Großvater und Vater. Eines Tages, es war nicht wichtig, wann genau das sein würde, es war nur wichtig, seinen Traum wachzuhalten.

»Du weißt, dass das alles nur eine Idee von dir bleibt, weil Vater niemals zustimmen wird.« Ulla ließ ihren Blick über die am Boden verstreuten Zeichnungen wandern. Sie bückte sich, zog zielsicher eine hervor und tippte auf die mit festem Strich gezeichnete Bühne am Park. »Und dort stellen wir ein Schild auf: Kammermusik verboten.«

Emil grinste und zeigte zu dem offenen, achteckigen Konzerttempel in der Mitte der von Kastanienbäumen beschatteten Rheinterrasse. Drei befrackte Musiker schoben dort gerade ihre Stühle und Notenständer zurecht, schon erklang das eingestrichene A der ersten Geige.

»Am liebsten würde ich diesen albernen Musiktempel jetzt gleich wegreißen.« Er krempelte die Ärmel seines Hemdes hoch.

Die Julisonne brannte heute besonders stark. Normalerweise würde solch ein perfekter Sonnentag Gäste anziehen wie ein Magnet Eisen. Doch kaum jemand saß in dem schattenspendenden Grün des kleinen Parks auf den Gartenstühlen, die die Angestellten um den Musiktempel aufstellten, in dem sich das Musikertrio zu dem vergnügten Zwitschern der Vögel einspielte. Emil beobachtete das Hin und Her der Angestellten, legte die Hand über die Augen. War das nicht Elsa, das schöne Zimmermädchen mit den klugen Augen? Sogar Robert war sie aufgefallen. Sie sei eine von ihnen, eine Genossin, hatte er geschwärmt, sich bei weiteren Annäherungsversuchen allerdings eine ordentliche Abfuhr geholt. Unwillkürlich musste Emil grinsen. Elsas Abfuhr hatte Roberts Ego eine empfindliche Delle verpasst, zumindest ein paar Tage, bis Robert ein anderes Zimmermädchen erspäht hatte.

Elsa stellte den nächsten Stuhl ab und wischte sich mit dem Ärmel über die Stirn. Sie blickte an Emil und Ulla vorbei zum Rhein, oder sah sie zu ihnen?

»Starrst du gerade Elsa an?«, fragte Ulla und stupste ihn neckend in die Seite.

»Nein, natürlich nicht!« Ertappt senkte Emil seinen Blick auf die Zeichnungen am Boden.

»Mama hasst Elsa. Allein schon deshalb mag ich sie. Elsa soll angeblich den anderen Zimmermädchen Flausen in den Kopf setzen.«

»Ich habe nur zum Musiktempel geguckt«, sagte Emil und zeigte zu dem Oktogon aus Stahl und Schiefer. »Der muss weg.«

»Du weißt schon, dass Vater Mutter dort seinen Antrag gemacht hat? Der Musiktempel ist heilig.«

»Er ist hässlich und unnütz.« Emil tippte auf die von Ulla gezeichnete Bühne. »Und er ist im Weg.«

***

Im Foyer herrschte gähnende Leere, bis auf Colonel Soter, der sich mit zwei seiner Offiziere in das offene Vestibül zurückgezogen hatte. Emil grüßte freundlich und ging weiter zur Rezeption.

Es war wirklich ein Trauerspiel. Endlich hatten sie Soter dazu gebracht, den regulären Gastbetrieb erweitern zu dürfen, hatten das Restaurant und den Gartenbetrieb bis nach Köln hin beworben, und dennoch blieben die Gäste aus. Als wütete die Pest in ihrem Haus. Dabei waren es nur die Franzosen. Was für viele Gäste allerdings ähnlich abschreckend zu sein schien.

Sie mussten neue Gäste anlocken, und er wusste auch, wie. Fragte sich nur, wie er Vater seinen Plan verkaufen sollte.

An der Rezeption klopfte er einen schnellen Rhythmus auf

den Tresen. Whoolsey tauchte hinter dem dunklen Mahagoniholz auf, erst der graue Haarschopf, dann das wie immer freundlich-beflissene Lächeln. »Ja bitte? Was kann ich für Sie tun?«

»Haben Sie meinen Vater gesehen?«
Whoolsey neigte den Kopf zum Direktionsbüro neben der Haupttreppe, verzog dann warnend das Gesicht. »Kein gutes Wetter. Apropos Wetter – Herr Zerbes...«

In dem Moment kam sein Vater herausgestürmt, durchquerte das Foyer und knallte das Belegungsbuch auf den Tresen. »Ist das alles?«

Entschuldigend präsentierte Whoolsey sein professionellstes Empfangscheflächeln.

»Ich habe acht Wochen darum gekämpft, wieder mehr reguläre Gäste beherbergen zu dürfen, und das ist das Ergebnis?« Vater blätterte demonstrativ eine leere Seite nach der anderen um.

»Bitte, Fritz.« Emils Mutter eilte hinzu. Sie machte eine beschwichtigende Geste. »Die Gäste.«

»Welche Gäste?«, brauste sein Vater auf, so laut, dass Colonel Soter und seine Offiziere zur Rezeption blickten. »Wer will schon mit dem Feind unter einem Dach wohnen.«

»Beherrsche dich bitte, Fritz!« Maria legte ihre Hand auf den Arm ihres Mannes. »Es sind schwere Zeiten. Selbst wenn diese... diese Männer nicht hier wären... Unsere normalen Gäste haben zurzeit andere Prioritäten. Wer kann sich heute schon ein so exklusives Hotel wie das unsere leisten?«

»Wenn unsere normalen Gäste nicht kommen können oder wollen, sollten wir uns dann nicht neue Gäste suchen?«, warf Emil ein.

»Ach?« Sein Vater spitzte zwar den Mund, doch in seinen Augen sah Emil Neugier. »Lass uns den Menschen mehr geben als nur Essen und verstaubte Jammermusik von gelangweilten Frackaffen.«
»Emil!«, rügte seine Mutter ihn. »Das ist respektlos.«
»Vielleicht ist es aber auch nur die Wahrheit.« Emil zeichnete mit den Händen Ullas Bühne in die Luft. »Eine moderne Bühne in unserem kleinen Park, ein Unterhaltungsprogramm, von dem die Menschen in der ganzen Republik sprechen und, vor allem, zu dem sie aus der ganzen Republik anreisen...«
»Was für ein Humbug!« Sein Vater zog geringschätzig die Brauen hoch.
»Wenn ich dazu etwas sagen dürfte, Herr Dreesen?« Whoolsey hob zaghaft den Zeigefinger.
»Nein, Whoolsey«, fuhr Fritz dem Empfangschef über den Mund. »Nichts, was Sie dazu sagen könnten, ändert die Tatsache, dass dies eine absolute Schnapsidee ist und wir so kurz vor der Pleite stehen.« Er hielt Daumen und Zeigefinger wenige Zentimeter auseinander. »Ich werde die nächsten Tage unsere Kontakte in Köln abklopfen, aber wenn von dort keine Hilfe kommt...« Er presste die Finger zusammen, als wollte er eine Laus zerquetschen. Dann wandte er sich wieder an seinen Sohn. »Hör endlich auf zu träumen, Junge, und verhalte dich einmal so, wie man es von einem zukünftigen Hoteleben sollte erwarten können.«

***

»Komm! Noch mal! Hau ruck!« Schwitzend zerrte Emil an dem grünen Stahlpfosten, der wie ein Mahnmal als letztes

Zeugnis des zerstörten Musiktempels in die Höhe ragte. »Drücken!«

»Ich drück ja schon!«, ächzte Robert auf der anderen Seite, doch der Pfosten bewegte sich keinen Zentimeter.

Schließlich ließ Robert nach. Er wischte sich den Schweiß von der Stirn. »Entweder wir graben ihn noch tiefer aus, oder du organisierst mehr Leute für die Schinderei.«

»Oder ihr betet den Pfosten aus seinem Fundament«, ertönte Ullas Stimme hinter ihnen. »Dabei könnt ihr dann auch schon mal die Gebete üben, die ihr braucht, wenn Vater morgen aus Köln zurückkommt und feststellt, dass ihr seinen geliebten Musiktempel getötet habt.«

»Dein Vater weiß nicht, was wir hier machen?« Robert sah entsetzt auf die am Boden verteilten Überreste des Schieferdachs, der Pfosten und der Bodenlatten. »Du hast gesagt, der Tempel muss weg!«

»Soll er ja auch«, sagte Emil trotzig. Er streckte die Hand nach der Limonade aus, die Ulla auf einem Tablett balancierte.

»Ich dachte, das war im Auftrag deines Vaters!« Robert schnappte sich ebenfalls ein Glas und trank es in einem Zug aus. »Der setzt mich morgen vor die Tür. Fristlos.«

»Tut er nicht«, sagte Ulla beruhigend und schenkte ihm aus einer halb vollen Karaffe nach. »Du hast nur getan, was Emil dir befohlen hat.«

»Dein Wort in Gottes Ohr.« Robert prostete Ulla zu und stürzte das zweite Glas herunter.

»Aber Emil täte gut daran«, fuhr Ulla fort, »bei Zerbes schon mal anzufragen, ob er ab sofort nicht nur montags bei ihm übernachten kann...«

Kichern drang zu ihnen herüber. Emil sah, wie drei Zimmermädchen auf die Sonnenterrasse traten, in der Hand Wedel und Besen. Er sah genauer hin, war das...? Nein, Elsa war nicht dabei.

Robert drehte den Kopf ebenfalls zu den kichernden Zimmermädchen. Dann stellte er grinsend sein Glas auf das Tablett zurück. »Entschuldigt mich, ich sehe da ein paar Fräulein, die dringend etwas Hilfe brauchen.«

Emil blickte ihm nach. Robert war wirklich unverbesserlich. »Dich hat er hoffentlich nicht belästigt.« Emil stellte sein Glas ebenfalls auf das Tablett.

»Hat er nicht, Bruderherz, und wird er nicht.« Ulla lächelte wissend. »Er ist zu klug, um deswegen deine Freundschaft und seine Position im Hotel zu riskieren.«

»Hoffen wir es.« Emil beobachtete, wie Robert die Zimmermädchen erreichte und der blonden Hilde dabei half, die für sie zu hoch liegenden Verzierungen abzustauben.

»Ich hoffe eher, dass du weißt, was du hier tust.« Ulla zeigte mit einem Kopfnicken auf das Bild der Zerstörung vor sich, wo heute früh noch der Musiktempel gestanden hatte. »Vater wird toben. Er ist wegen der Franzosen ohnehin schon schlecht auf dich zu sprechen, musste das jetzt sein?«

»Ich habe nur getan, was er von mir verlangt hat.«

»Er wollte das?«, fragte Ulla ungläubig.

»Er wollte, dass ich mich wie ein zukünftiger Hotelerbe benehme.« Unschuldig drehte Emil die Handflächen nach oben. »Ich habe eine Entscheidung getroffen, um die Zukunft des Hotels zu sichern.«

Ulla sah ihn mit offenem Mund an. Dann schüttelte sie den Kopf. »Du bist verrückt! Ihr habt den Streit wegen deiner letzten Entscheidung, das Hotel zu retten, noch nicht aus der Welt geschafft! Wie kannst du dich über Vater beschweren, wenn du genauso stur bist wie er!« Immer noch kopfschüttelnd ging sie zum Haus zurück.

Emil sah auf das Chaos um sich herum. Hatte Ulla recht? War er so stur wie sein Vater?

Ein Räuspern schreckte ihn aus seinen Gedanken. »Guten Tag, Herr Dreesen.«

Emil fuhr herum. Vor ihm stand ein Mann Mitte dreißig, die Kleidung verschlissen, das Lächeln so falsch wie der Hase, der heute auf der Speisekarte stand.

»Ja?«

Der Mann zückte ein Notizbüchlein und einen Stift aus seinem abgerissenen Mantel. »Schneider mein Name. Ich bin Journalist.« Er folgte Emils musterndem Blick und lächelte noch eine Nuance falscher. »Ist schwierig seit dem Ende des Kriegs. Erst haben wir jahrelang im Graben gesessen, und dann braucht dich zu Hause keiner mehr.« Er sah sich um. »Schön haben Sie es hier. Da kann man sogar die Inflation aushalten.«

»Was wollen Sie?« Ein ungutes Gefühl überkam Emil, etwas an diesem Mann war nicht koscher.

»Nun, Herr Dreesen, ich habe da ein Gerücht gehört, das sich für eine schöne Geschichte für die hiesigen Zeitungen eignen würde.« Schneider lächelte zuckersüß.

»Ein Gerücht?« Emils Hände wurden schwitzig. Ein Gerücht. Über ihn? Seine letzten Tage als Soldat? Er räusperte sich. »Warum kommen Sie damit zu mir?«

»Nun, das Gerücht handelt von Ihnen.« Schneider machte eine theatralische Pause. »Sie sollen Ihr Regiment unerlaubt verlassen haben. Fahnenflucht.« Schneider schüttelte missbilligend den Kopf. »Ein scheußliches Wort. Käme noch das Wort Novemberverbrecher dazu, und mit den Froschlutschern im Hotel sollen Sie ja auch gut können.«

»Ich gebe nichts auf Gerüchte«, presste Emil hervor.

»Nun, vielleicht sind es ja mehr als Gerüchte. Vielleicht gibt es ja Beweise...«

»Was wollen Sie?«, fragte Emil erneut.

»Liegt das nicht auf der Hand?« Schneider sah sehnsüchtig zu dem mächtigen Hotelbau. »Ich habe eine Geschichte, und Sie haben möglicherweise mehr Interesse daran, dass ich sie nicht erzähle, als die Zeitungen bereit sind zu zahlen, dass ich sie erzähle.«

»Sie wollen mich erpressen?«, zischte Emil. Er kannte Typen wie diesen Schneider, Parasiten, die sich in den Pelz ihres Wirtes hockten und sein Blut bis zum letzten Tropfen aussaugten. Ob Schneider ihn für einen geeigneten Wirt hielt?

»Rufmord oder Geld? Sie kommen zu spät. Wir stehen kurz vor der Pleite.«

»Ach, Dreesen, jetzt verkaufen Sie mich nicht für blöd. Kaum will ich ein wenig teilhaben an Ihrem Protz, winkt der Pleitegeier.« Das zuckersüße Lächeln verwandelte sich in eine Fratze. »Ich nehme auch Tafelsilber, da bin ich nicht wählerisch, aber genug muss es sein, sonst steht Ihr kleines Geheimnis unversehens in der Lokalzeitung, und ich bin sicher, dass das für Ihr Hotel keine gute Werbung sein wird.« Er tippte sich an die Krempe seines ausgebleichten Hutes. »Bald komme ich wieder vorbei, enttäuschen Sie mich nicht.« Ohne auf Emils Antwort zu warten, drehte er sich um und verschwand hinunter in Richtung Rhein.

Emil stierte ihm nach. Seine Glieder fühlten sich taub an. Er hatte gewusst, dass es ihn eines Tages einholen würde. Aber so schnell? Sollte er Schneider nachgeben? Oder endlich zu dem stehen, was er getan hatte?

Es handelte sich nicht einfach um Fahnenflucht. Er hatte zuvor einen Befehl abgefangen. Ein Todeskommando, das niemand von ihnen überlebt hätte.

Aber es war ein Befehl gewesen.

Den er unterschlagen hatte.

Es würde dem Hotel schaden. So wie bereits die Besatzung dem Hotel schadete. Aber es war mehr als das. Zerbes' Worte kamen ihm in den Sinn. »Es würde deinen Vater umbringen«, hatte Zerbes gesagt. »Den einen Sohn verliert er an den Krieg, den anderen an die Roten. Welchen Sinn hätte sein Lebenswerk noch?« Emil wusste, dass Zerbes recht hatte mit seiner Einschätzung. Als so unverzeihlich wie Vater bereits seinen Handel mit Soter verurteilte, war es ein Leichtes, sich auszumalen, wie er auf diesen Verrat reagieren würde. Er musste mit Zerbes reden, gleich heute Abend, vielleicht wusste dieser einen Rat.

»Was ist denn passiert?« Robert war unbemerkt zu ihm getreten und hielt ihm eine Packung Zigaretten hin. »Du siehst aus, als hätte dich ein Geist verdroschen. Ist dein Vater früher zurückgekommen und hat dich enterbt?«

»Schlimmer«, krächzte Emil. Mit einem Mal war seine Stimme weg. Mit zittrigen Händen zog er eine Zigarette aus der Packung und zündete sie an.

»Was kann schlimmer sein, als enterbt zu werden?«

»Ein Zeitungsfritze weiß von meiner Fahnenflucht.«

»Verdammt!« Robert schnippte seine Zigarette auf den Boden. »Und jetzt?«

Emil nahm zwei Züge, schnell hintereinander und so tief, dass ihm schwindelig wurde. »Ich soll Schweigegeld auftreiben. Silber. Gold. Wertsachen.«
»Das werden wir ja noch sehen!« Roberts Augen verengten sich zu Schlitzen. »Organisier was, und wenn er zurückkommt, gibst du ihm das Zeug. Um den Rest kümmere ich mich.«
Emil packte Robert am Arm. »Halt! Du wirst ihm nichts antun, hast du mich verstanden? Ich zahl ihn aus, und er verschwindet.«
Robert antwortete nicht. Aber sicher glaubte er ebenso wenig daran, dass der Erpresser sich mit einer Zahlung zufriedengeben würde, wie Emil selbst.

7

Die Luft in Capitaine Escoffiers Zimmer war abgestanden und verraucht. Elsa öffnete das Fenster und blieb überrascht stehen. Was machten die jungen Dreesens und dieser Harthaler da im Park, und wo war der Musiktempel? Sie steckte den Kopf ganz aus dem Fenster, beobachtete, wie Ulla Dreesen Bodenlatten aufsammelte und in einen Handwagen stapelte, während Emil Dreesen und Harthaler sich mit dem letzten noch stehenden Pfahl abmühten.

Amüsiert lächelte sie. Wer hätte das gedacht. Die kleine Dreesen war sich nicht zu schade, sich die Hände schmutzig zu machen. Aber warum um alles in der Welt rissen sie in einer Zeit, in der es an allem knappte, ein voll funktionstüchtiges Gebäude ab? Und sei es nur ein Schieferdach auf acht Säulen?!

Emil Dreesen zog mit zwei Küchenhilfen wie ein Ochse an einem Seil, Harthaler drückte gegen den Pfosten, während Ulla Dreesen weiter fleißig den Handwagen mit Holzlatten füllte.

Der Anblick war einfach zu schön. Niemals hätte sie erwartet, dass Ulla Dreesens zarte Hände etwas anderes als eine Zeichnung zustande bringen würden. Bei Emil Dreesen war es etwas anderes. Von ihm wusste sie, dass er seit Wochen in der Küche stand und sich als Casserolier die Hände so rot spülte, wie sein Herz offenbar heimlich schlug. Um den Franzosen aus dem Weg zu gehen, behaupteten manche.

Welch ein Unsinn! Nicht nur wimmelte es in der Küche geradezu vor Franzosen, Emil selbst war derjenige gewesen, der vorgeschlagen hatte, ihnen die Zeit hier so angenehm wie nur möglich zu gestalten.

Viel wahrscheinlicher war es, dass Emil Dreesen Jupp Pützer im Auge behalten wollte, damit er in seiner Küche keinen Ärger mit den Franzosen anzettelte. Zumindest hatte Dreesen als Topfspüler den Juniorchef-Vorteil. Wer sonst konnte sich seine Pausen so nehmen, wie er wollte, und offenbar dabei auch gleich noch eine Küchenhilfe mitabziehen.

Robert Harthaler. Was für eine Type. *Eine von ihnen,* hatte er sie genannt. Nein, sie kämpfte für die Rechte der Frauen, während er sich nur für deren Brüste interessierte.

Elsa hörte ein Brüllen, sah, wie der Pfosten kippte und zu Boden krachte, wo Emil Dreesen eben noch gestanden hatte.

Damit war dann wohl auch der letzte Teil des kleinen Musiktempels gefallen. Warum auch immer. Es sollte ihr egal sein. So wie die Dreesen-Geschwister ihr egal sein sollten. Ob sie nun Musikbühnen einrissen oder zeichneten oder Pfannen spülten. Familien wie sie waren der Klassenfeind.

Zu spät hörte sie, wie die Zimmertür ins Schloss fiel und schwere Schritte den Raum erfüllten. Ertappt schloss sie das Fenster und drehte sich geschäftig um, als Capitaine Escoffier auf sie zuschlenderte.

»*Bien, bien,* wen haben wir denn da?« Er blieb vor ihr stehen und streckte die Hand aus. Reflexartig duckte Elsa sich weg. »Bleib stehen!«, befahl Escoffier.

Elsa zögerte, spürte Escoffiers Hand an ihrem Arm. Er riss sie zu sich, packte sie mit der zweiten Hand am Nacken. Elsa stemmte sich gegen seine Hand, doch sie kam gegen seine Kraft nicht an. Brutal presste er sie an sich, drückte seine Lippen auf ihren Mund. Elsa bäumte sich auf, schlug um sich, spürte das kühle Porzellan der Tischvase, hörte das Klirren auf dem Boden.

Unbeirrt schob Escoffier sie zum Bett. Sie sträubte sich, hielt dagegen, doch schon spürte sie die Bettkante hart in ihren Kniekehlen.

Er stieß sie rücklings auf die Matratze. Wischte sich über den Mund, öffnete seine Hose. Siegessicher ließ er sie ein Stück herunter.

Elsa trat ihn mit voller Wucht.

Verblüfft taumelte Escoffier nach hinten, stolperte krachend gegen das Tischchen und riss es mit zu Boden.

»*T'es morte! Putain!*«, brüllte er.

Elsa sprang vom Bett, rannte zur Tür.

Sie rüttelte an der Klinke.

Abgesperrt!

Hinter ihr brüllte und fluchte Escoffier, sie hörte, wie er sich hochrappelte. Panisch drehte sie den Schlüssel im Schloss.

»Du bist tot, Hure!«, wiederholte er.

Endlich ging die Tür auf, Elsa rannte aus dem Zimmer, Escoffier ihr nach. Da trat Colonel Soter ihnen in den Weg.

»Was ist hier los?« Er sah von Elsa zu Escoffier, sein Blick blieb an dessen notdürftig verschlossener Hose hängen.

»Gehen Sie zurück an Ihre Arbeit«, befahl er Elsa, wandte sich dann an Escoffier. »Wie laufen Sie herum, Capitaine? Richten Sie Ihre Kleidung, und dann melden Sie sich bei mir. Ich verlange eine Erklärung für diesen Auftritt. Ohne Verzögerung. Verstanden?«

»*Oui, Mon Colonel*«, stieß Escoffier aus.

Elsa wagte nicht, sich nach Escoffier umzudrehen. Sie spürte seinen hasserfüllten Blick in ihrem Rücken, hörte seine Worte in ihrem Kopf nachklingen: *Du bist tot, Hure.*

***

Genug! Mit zitternden Beinen eilte Elsa über den Gang, die Treppe hinunter ins Foyer. Kein Zimmermädchen war mehr sicher. So konnten sie nicht weiterarbeiten!

Sie sah sich um, Whoolsey war an der Rezeption und ordnete seelenruhig Papiere. Entschlossen lief sie zu ihm. »Wo ist Frau Dreesen?«, fragte sie atemlos.

»Im Hof.« Er sah von den Papieren auf. Ein besorgter Ausdruck legte sich auf sein Gesicht. »Ist mit Ihnen alles in Ordnung, Frau Wahlen?«

»Bestens«, presste Elsa hervor und wandte sich schnell ab. Sein freundliches Gesicht, seine gütige, ehrlich besorgte Stimme lösten die Tränen, die sie so krampfhaft zu unterdrücken versuchte. Sie drängte sie zurück und lief in den Hof. Tatsächlich stand dort Maria Dreesen neben einem Pferdewagen und überwachte das Abladen eines guten Dutzends Bierfässer. Elsa wischte mit dem Handrücken über ihre Augen und atmete tief durch.

»Frau Dreesen?«, begann Elsa und stellte sich neben sie an den Pferdewagen.

»Was ist denn?« Maria Dreesen wandte unwirsch den Kopf, offensichtlich verärgert über die Störung.

»Es... es geht so nicht weiter!«, platzte es aus Elsa heraus. »Es gibt praktisch kein Mädchen im Hotel, das sich nicht gegen Übergriffe wehren muss.«

Irritiert zog Maria Dreesen die Brauen hoch. »Ich an eurer Stelle wäre froh, überhaupt noch eine Arbeit zu haben.«

»Wie sollen wir unsere Arbeit erledigen, wenn wir immer Angst haben müssen, im nächsten Moment gepackt und entehrt zu werden? Sie müssen etwas dagegen tun, wir stehen unter Ihrem Schutz!«

»Also wirklich!« Empört wischte Maria Dreesen Elsas Worte zur Seite. »Jetzt ist aber genug! Es kann wohl nicht so schwer sein, diesen Männern aus dem Weg zu gehen. Eine Frau weiß doch, wann es brenzlig wird!«

Kann nicht so schwer sein? Elsa glaubte, sich verhört zu haben. Sie spürte Escoffiers brutalen Griff, sah sein hämisches Grinsen vor sich, schmeckte seine Lippen. Diese Frau hatte keine Vorstellung, was sie, Elsa, und die anderen Mädchen durchmachten! Mit wie viel Angst manche inzwischen ihrer Arbeit nachgingen, wie jedes Klacken sie hochschrecken ließ, da es bedeuten konnte, dass ein Mann mit unehrenhaften Absichten den Raum betrat.

»Haben Sie mir zugehört?«, rief sie, so erbost, dass ihre Stimme zitterte. »Ich rede von Übergriffen der schlimmsten Art und Weise! Es passiert! Hier! In Ihrem Haus, vor Ihrer Nase. Sie sind für unsere Sicherheit verantwortlich! Unternehmen Sie etwas, sonst werden wir uns Maßnahmen überlegen.«

»Drohst du mir gerade?« Maria Dreesen kniff die Augen zusammen. »Jetzt hörst du mir zu, Elsa Wahlen, ich habe nämlich endgültig genug von deiner unverschämten, vorlauten Art. Hättest du nicht unbegreiflicherweise das Wohlwollen meiner Schwiegermutter auf deiner Seite, wärst du schon lange entlassen worden. Aber wenn du noch einmal so mit mir sprichst, hilft dir nicht einmal mehr eine Fürbitte des Papstes persönlich.«

8

»Fertig, gute Arbeit.« Emil sah den Helfern nach, die die letzten zwei Eisenpfosten zum Wirtschaftshof transportierten, und wischte sich zufrieden den Schweiß von der Stirn.

Prüfend betrachtete er den Platz, an dem am Morgen noch der Musiktempel gestanden hatte. Auf dem Boden erkannte man genau seine früheren Umrisse. Einen winzigen Moment überfiel ihn Melancholie – der Pavillon war älter gewesen als er selbst, hatte so selbstverständlich zu seinem Leben gehört wie die befrackten Musiker mit ihrer ewigen Kammermusik.

Er zog eine Grimasse. Kammermusik. Nun, tatsächlich hatte das Trio auch die Musik für die Tanztees gespielt. Aber was für eine! Sie brauchten frischen Wind! Und er würde für genau diesen sorgen.

Sie würden eine Bühne aufbauen, genau wie Ulla sie gezeichnet hatte, viel schöner als sein ursprünglicher Entwurf.

Das Ende des Tempels war der Anfang einer neuen Zeit – der Zeit der Moderne, der Republik, und hier im Rheinhotel Dreesen würden sie für Deutschland die Vorreiter sein.

Er schlenderte zum Eingang des Hotels.

»Herr Dreesen«, rief Whoolsey und winkte ihn zur Rezeption. »Ihre Mutter wünscht Sie zu sehen. Im Büro.«

»Danke, Whoolsey.« Emil lief durch das Foyer und betrat den Vorraum des Direktionsbüros. Gasser saß brummend und so vertieft über den Serviceplänen, dass er nicht einmal hochsah, als Emil freundlich grüßte. Die Tür der Direktion war geschlossen, Emil klopfte kurz und trat sogleich ein.

Seine Mutter saß an dem großen, mit Papieren und Mappen überladenen Schreibtisch und notierte Zahlen. Sie sah hoch, das Gesicht gerötet. »Emil. Endlich! Wo hast du gesteckt? Wenn das so weitergeht mit der Inflation, frisst sie unsere ganzen Einnahmen auf! Die Preise sind um fünfundzwanzig Prozent gestiegen, in nur einem Jahr! Wie soll ich das denn ausgleichen! Ich kann doch unsere Preise nicht um ein Viertel erhöhen, dann bleiben uns auch noch die letzten Gäste weg!« Sie legte den Stift zur Seite. »Wir haben jetzt schon zu wenig Gäste. So können wir unsere Angestellten nicht bezahlen. Wir müssen Leute entlassen. Ich erstelle gerade eine Liste.«

»Was?« Emil schüttelte vehement den Kopf. »Das dürfen wir nicht! Wir müssen eine andere Lösung finden!«

In dem Moment ertönte im Foyer die laute Stimme seines Vaters. »Wo ist er?!«

Sekunden später stürmte Fritz ins Büro.

»Bist du verrückt geworden?« Vaters Faust krachte auf den Schreibtisch. »Wer hat dir erlaubt, den Musiktempel abreißen zu lassen?«

Emil zuckte zusammen. Sein Kopf war plötzlich leer. Wo waren die Argumente, die seine Aktion rechtfertigen sollten, selbst vor Vater? »Nie... niemand braucht dieses... dieses alte Ding!«, würgte er schließlich hervor. »Wenn wir mehr Gäste wollen, müssen wir ihnen auch etwas Neues bieten. Lass mich das ausprobieren.«

»Probieren!«, brüllte sein Vater. »Ruinieren wirst du uns noch mit deinen unausgegorenen Ideen! Wenn du dir noch einmal solche Alleingänge erlaubst, setze ich dich hochkant vor die Tür!«

»Das wirst du nicht tun.« Mit diesen, in schneidendem Ton gesprochenen Worten rauschte Adelheid durch die Tür und stellte sich neben Emil. »Emil hat es mit mir abgesprochen, und ich habe es ihm erlaubt.«

»Habe ich etwas versäumt?« Maria runzelte die Stirn. »Seit wann entscheidet ihr über unsere Köpfe hinweg, was mit dem Hotel geschieht?«

»Es ging nur um einen alten Tempel, und er hat mir noch nie gefallen.« Großmutter lächelte Maria an. »Aber, ja, ich hätte dich informieren sollen. Verzeih!«

»Das ist doch...« Fritz machte auf dem Absatz kehrt und stampfte aus dem Büro. Maria sah ihm nach, blickte zu Emil, zu Adelheid, dann schüttelte sie den Kopf und hastete Fritz hinterher.

»Danke, Großmama«, sagte Emil leise.

Seufzend zog Adelheid ihre Augenbrauen hoch. »Würdest du mich wenigstens darüber aufklären, was ich dir mit dem Abriss des Tempels gerade so großzügig genehmigt habe?«

***

»Ich habe gehört, dein Vater war nicht begeistert.« Robert stellte zwei schmutzige Töpfe neben Emil. »Hier liefen schon Wetten, ob du den Pavillon wieder aufstellen musst.«

Emil winkte ab. Er wollte das jetzt nicht diskutieren. Nicht in der Enge der dampfigen Küche, in der alle ihre Ohren spitzten, wenn der Juniorchef flüsterte, sogar die vielen französischen Adjutanten, die geschäftig in ihrem eigenen Kochgeschirr herumrührten.

»Harthaler!«, rief Pützer. »Verschon den Junior mit deinem Geschwätz. Sag lieber deinem roten Jesocks in Berlin, dass sie endlich die Froschfresser nach Frankreich zurückschicken sollen!«

»Geh doch nach Holland, und heul dich bei deinem Kaiser Willi aus! Und das *Jesocks* in der Regierung ist nicht mein Jesocks, nur dass das mal klar ist! Ich bin Sozialist, kein Sozialdemokrat«, konterte Robert.

Pützer drohte ihm mit der Kelle. »Noch ein loses Wort über den Kaiser, und du ...«

Die Tür flog auf. Polizeimeister Senkert betrat die Küche, die Haltung aufrecht, das Kinn vorgestreckt, der Tschako auf dem Kopf wie angepinnt.

Emil verdrehte die Augen. Wenn da nicht der nächste Ärger direkt in die Küche hereinspaziert kam.

Pützer wandte sich langsam zur Tür, die Augen zu Schlitzen verengt. Er stützte seine Hände in die feisten Seiten. »Senkert«, sagte er, »was zum Teufel glaubst du, dass du in meiner Küche verloren hast?«

»Das ist eine amtliche Kontrolle. Hier werden Zutaten verarbeitet, die vom Schwarzmarkt kommen, heißt es.«

»Soso.« Pützer richtete sich auf und näherte sich Senkert. »Heißt es das?«

Senkert holte einen Notizblock hervor. Das Büchlein und einen Stift in der Hand, stand er stramm, nur seine Mundwinkel zuckten nervös unter Pützers vernichtendem Blick.

»Um was geht es denn genau, Herr Polizeimeister Senkert?«, fragte Emil so laut, dass Pützer es als Warnung verstehen musste. Keine Eskalation. Niemand brauchte Ärger mit der Polizei. Auch wenn Pützer und Senkert schon zusammen die Schulbank gedrückt hatten, jetzt war nicht die Zeit, dass Pützer Senkert zeigte, wie wenig ihm dessen Uniform imponierte. »Ich bin sicher, das wird sich aufklären lassen.«

»Mit Sicherheit. Deswegen bin ich schließlich hier.« Senkert schob sich an Pützer vorbei zur vordersten Kochstelle. »Und jetzt, die Deckel hoch!« Er stellte sich neben den Sous Chef und hob den Deckel vom Topf. »Aha!« Kennerisch schnüffelte er an dem vorbeiziehenden Dampf. »Kartoffeln! Herkunft?«

»Bauer Linder. Drei Sack auf Bezugsschein«, rief Emil vom Spülbecken.

Senkert notierte Emils Antwort in sein Büchlein und marschierte zum nächsten Topf. »Ha! Rindersuppe! Herkunft?«

»Da, wo Rindviecher eben herkommen«, schnaubte Pützer hinter ihm, der Kopf hochrot. Niemand hatte in seiner Küche das Recht, sich in seine Töpfe einzumischen. Emil respektierte das, sein Vater und Onkel Georg ebenso, selbst der Thronfolger hatte ihn nur zum Dank antreten lassen und nicht die Küche zur Inspektion aufgesucht.

»Büchsenware aus Nordengland«, rief Emil schnell. »Sonderzuteilung. Die Papiere sind bei meinem Vater im Büro.«

Senkert notierte es und ging weiter. Die Kochstellen der französischen Adjutanten ließ er aus, doch bei den Töpfen der deutschen Küchenhilfen hob er Deckel für Deckel und steckte seine Nase hinein.

Robert stupste Emil an und zeigte auf Pützers geballte Fäuste. »Das wird ein Spaß«, flüsterte er, »warte nur.«

Im fünften Topf fand Senkert einen Braten. Köstlicher Duft entwich in die spannungsgeladene Luft.

»Ist nicht meiner«, sagte Pützer sogleich.

»Glaubst du, ich bin so dumm und lass mich von dir verschaukeln?«, explodierte Senkert. »Natürlich ist das deiner. Ich kenn dich doch nicht erst seit gestern! Also, woher kommt der Braten?«

Wo eben noch getuschelt wurde, herrschte nun absolute Stille. Emil sah, wie der Küchenjunge den Kopf zwischen die Schultern zog.

Alle starrten angespannt zu Pützer. Es war totenstill, selbst das Blubbern der Töpfe schien verstummt zu sein. Dann brach der Sturm los.

»Und woher«, brüllte Pützer, »soll ich wissen, was die Froschfresser da in ihren Töpfen totkochen?« Pützer schleuderte einen Kochlöffel durch die Küche und sah Senkert kämpferisch an. »Verrat du mir lieber, warum wir gegen eine Armee, die sich mit undefinierbarem Kehricht vollstopft, den Krieg nicht innerhalb weniger Wochen gewonnen haben.«

Am Pass blieben drei Kellner neugierig stehen, die Blicke auf Pützer und Senkert gerichtet.

»Das kann ich dir genau sagen«, blaffte Senkert zurück und sah sich in seinem Publikum um. »Verloren haben wir, weil Tagediebe wie du unseren Soldaten die Lebensmittel weggegaunert haben.«

Emil stellte hastig den trockenen Topf auf die Ablage. Es war Zeit einzugreifen.

Da hatte Pützer schon eine Gusseiserne in der Hand. Sein Gesicht war puterrot. »Niemand nennt mich einen Tagedieb! Und jetzt raus aus meiner Küche!«

Durch die Tür strömten mehr und mehr Schaulustige, inzwischen auch Offiziere. Besorgt sah Emil zu Senkert. Je mehr Zuschauer, desto größer Senkerts Ehrgeiz, hier als Gewinner hervorzugehen.

»Ein Tagedieb macht mir keine Vorschriften!«, donnerte der Polizist prompt. »Raus mit der Sprache, woher stammt dein Braten?«

Vor dem Pass stauten sich mittlerweile die Zimmermädchen. Emils Blick blieb an Elsa hängen. Im Gegensatz zu Hilde, die mit offenem Mund und voller Sensationsgier dastand, beobachtete Elsa das Geschehen mit gerunzelter Stirn.

Auch Pützer schien nun den Auflauf in seiner Küche zu bemerken. »Ich weiß nicht, wo diese Ochsen ihre Rindviecher halten. Und jetzt schleich dich aus meiner Küche, sonst vergess ich mich! Hast du nix Besseres zu tun, du Horn...«

»Jupp, es reicht!« In letzter Sekunde drängte Emil sich zwischen die Streithähne. Senkert ließ die gerade erhobene Faust wieder sinken, Pützer trat zwei Schritte zurück.

»Tut mir leid, Junior. Wenn wir uns vor dem Feind auch noch gegenseitig an die Gurgel gehen, da geh'n mir alle Gäule durch. Was ist nur mit uns los?«

Pützers Bemerkung bewirkte bei Senkert ein kleines Wunder.

»Gut, dann...«, er räusperte sich, »bin ich hier jetzt fertig, alles so weit... in Ordnung, wie mir scheint.«

»Wie erfreulich, Herr Wachtmeister«, sagte Emil und führte Senkert schnell hinaus.

An der Tür sah er zu Elsa, die über das glimpfliche Ende erleichtert schien. Sie drehte den Kopf, und für einen kurzen Moment hielten ihre Blicke aneinander fest. Tiefblaue, kluge Augen, verwundert, fragend, so intensiv, dass Emil den Rempler des französischen Soldaten, der pfeifend an ihm vorbeidrängte, kaum bemerkte.

Dann war der Moment vorbei, ihre Blicke lösten sich, er sah, wie Hilde ihr etwas zuflüsterte.

In die neugierige Menge kam Bewegung, der Eklat war ausgeblieben, es gab nichts Spannendes mehr in der Küche zu sehen. Emil schlenderte zu seiner Spüle zurück. Aus den Augenwinkeln sah er, wie der pfeifende Soldat sich an einem Topf zu schaffen machte.

Emil drehte sich noch einmal um. Elsa stand bei der Tür und besprach etwas mit einem der Kellner. Der Kellner nickte, allerdings war es kein erfreutes Nicken, eher das Nicken eines Menschen, der gerade eine Rüge erhalten hatte. Verstohlen beobachtete Emil den Gestus der beiden. Elsa war eindeutig die Überlegene.

Ein Scheppern riss ihn herum. Der pfeifende Soldat stand inmitten von Gemüse, das um ihn herum über den Boden kullerte, und rührte weiter in seinem Topf. Es war Pützers Topf, den er umgestoßen hatte, vielleicht ein Versehen, vielleicht Absicht, sein Grinsen vielleicht Schadenfreude, vielleicht ein kläglicher Versuch, sich zu entschuldigen.

Zu spät erkannte Emil, dass Pützer sich auf den Mörder seines Gemüses stürzte.

Das Grinsen des Soldaten erstarb.

Emil warf sich dazwischen. Ein Schlag traf ihn in den Magen, einer am Kopf. Er schlug zurück, wahllos, ziellos, vom Instinkt getrieben.

»Emil! Emil! Hör auf!« Pützers Stimme drang von weit weg zu ihm durch, doch es war bereits zu spät. Er hatte genau das getan, wovor er Pützer all die Tage gewarnt hatte.

9 »Er wird mit Metallstangen geschlagen, die zuvor in glühende Kohlen gelegt werden«, flüsterte Hilde Elsa ins Ohr, so nah, dass Hildes Atemluft sie kitzelte. »Wenn der Alte ihn nicht endlich aus dem Kerker bekommt, wird er darin sterben.« Entsetzt legte Hilde die Hand über ihren Mund. »O mein Gott! Der arme Junior! Wenn er nun schon tot ist?«

Elsa drehte sich von Hilde weg zur Wand des Speisesaals und ließ ihren Staubwedel über den barocken Bilderrahmen des romantischen Landschaftsbildes wandern. Warum konnte Hilde nicht einfach den Mund halten? Sie wollte nicht an Emil Dreesen denken, und schon gar nicht daran, dass er im Militärgefängnis dem Feind wehrlos ausgeliefert war.

»Wie einen Hund haben sie ihn im Kerker angekettet...« Hilde schauderte.

»Hilde!«, entfuhr es Elsa. »Hör auf mit den Schauergeschichten! Die haben doch gar keinen Kerker dort! Und seit wann legt man Gefangene wieder in Ketten?«

»Wenn es aber wahr ist!« Beleidigt ließ Hilde den Staubwedel über die Anrichte gleiten. »Er hat einen Franzosen angegriffen. Darauf steht die Todesstrafe. Weiß ich vom Siegfried Gasser.«

Elsa schüttelte den Kopf. Todesstrafe wegen einer Schlägerei?

»Aber das Fräulein Tanztee-Oberkellner glaubt ja, dass sie was Besseres ist und deshalb auch alles besser weiß als wir einfachen Zimmermädchen.«

Elsa ließ den Staubwedel sinken. »Das ist Unsinn, Hilde. Ich fühle mich nicht als etwas Besseres, und ich habe auch nicht darum gebeten, beim Tanztee Oberkellnerin zu spielen. Ich habe nur zufällig gestern den Pützer reden hören, als ich Dienst beim Tanztee hatte.«

»Und?« Schon trat Hilde erneut auf Zentimeternähe an sie heran.

»Er hat nichts von Kerker und Ketten und glühenden Metallstangen erzählt. Aber dass sie den Juniorchef verprügeln und es ihm schlecht geht und sein Vater alles versucht, um ihn rauszuholen.« Elsa hielt inne. Dass Pützer auch von dem Versuch des alten Dreesen erzählt hatte, einen Offizier zu bestechen, wofür er um ein Haar selbst in einer Zelle gelandet wäre, verschwieg sie lieber. Und dass Pützer schon jetzt, nach gerade einer Woche Haftzeit, die Geduld ausging und er, angespornt von Ulla Dreesen und Robert Harthaler, die kühnsten Pläne schmiedete, um seinen Junior gewaltsam zu befreien, behielt sie auch besser für sich.

»Das ist alles?« Enttäuscht ging Hilde zur Anrichte zurück. »Der Pützer redet das doch schön, weil er schuld an der Misere ist!«

Elsa wechselte zum nächsten Bild. Sie hasste diese überladenen Rahmen, die Schnörkel für Schnörkel abgestaubt werden mussten. Einen Moment studierte sie das Bild. Eine Jagdgesellschaft. Fröhlich, bunt, ausgelassen, all das, was auf ihr

Leben im Dreesen nicht zutraf. Aber wenigstens war das Essen ordentlich, und niemand schlug sie.

Im Gegensatz zu Emil Dreesen.

Entnervt drosch sie den Wedel gegen den Rahmen. Nun dachte sie schon wieder an den jungen Dreesen! Was ging sie dieser Hoteliersprössling an?

Sie fächelte weiter Staub von den Schnörkeln und ging zum nächsten Bild, einem Porträt der Familie Dreesen. Es konnte nicht allzu alt sein, die Brüder waren darauf schon beide keine Kinder mehr. Heinrich Dreesen stand seitlich versetzt hinter seinem jüngeren Bruder Emil und lächelte selbstbewusst aus dem Bild. Er war seiner Mutter wie aus dem Gesicht geschnitten, die strengen Züge, die eng zusammenstehenden Augen, der schmale Mund. Die jüngeren Geschwister hingegen kamen eindeutig nach Fritz Dreesen. Hohe Wangenknochen, dunkle Augen, eine gerade Nase, wobei Ulla Dreesen die zierlich geschwungenen Brauen und ausdrucksvollen Augen ihrer Großmutter Adelheid geerbt hatte. Ihr Blick jedoch war rebellisch, als wollte sie der Welt mitteilen, dass sie für jede Herausforderung bereit sei. Emil Dreesens Ausdruck hingegen wirkte nachdenklich. Elsa dachte daran, wie er sie in der Küche angesehen hatte – so intensiv... Aber was hatte in seinem Blick gelegen? Eine Frage? Interesse?

Sie schüttelte den Kopf über sich selbst. Was bildete sie sich nur ein! Wahrscheinlich hatte der Junior gar nicht sie angesehen, sondern jemanden hinter oder neben ihr. Es hieß nicht umsonst, dass Zimmermädchen unsichtbar waren.

Wieder vertiefte Elsa sich in das Bild, konzentrierte sich jedoch diesmal auf Emil. Wie gelassen und souverän er den Streit zwischen Pützer und Senkert zu schlichten vermocht hatte. Das musste sein, was ihr Vater natürliche Autorität nannte. Emil Dreesen hatte weder seine Stimme erhoben noch eine Drohung ausgesprochen, er war einfach nur zwischen die Streithähne gegangen, und die Anspannung war in sich zusammengefallen wie ein Soufflé, das zu schnell aus dem Ofen geholt worden war.

Warum nur hatte er bei dem Zusammenstoß mit dem pfeifenden Adjutanten genau diese Contenance nicht gewahrt? Es war so unvermittelt und schnell gegangen, und dann wurde Emil Dreesen schon von den hinzugesprungenen Soldaten abgeführt.

Sie wechselte zum nächsten Bild. Wieder ein Porträt. Diesmal von Adelheid Dreesen und ihrem Mann Fritz Dreesen senior, dem Gründer des Hotels. Was für eine fesche Frau sie gewesen war! Zweitälteste Tochter einer jüdischen Kaufmannsfamilie, sechzehn Geschwister, die sie mit der Autorität eines Generals und dem Charme einer Prinzessin mitaufgezogen haben sollte.

Elsa betrachtete Adelheid Dreesens junges Gesicht. Selbstbewusst lächelte sie aus dem Bild heraus. Fast schalkhaft sah ihr Lächeln aus, als wüsste die junge Frau genau um ihre gewinnende Ausstrahlung. Eine Ausstrahlung, die ihre vielen, vornehmlich jüdischen Freunde und Bekannten aus Köln und Düsseldorf zu regelmäßigen Besuchen im Hause Dreesen animierte, seit der Besatzungszeit oft als einzige Gäste.

Ob Emil Dreesen seine Anziehungskraft von seiner Großmutter geerbt hatte?

Wieder drängte sich sein Bild vor ihr inneres Auge. Was war nur mit ihr los?

Abrupt wandte sie sich ab und lief zu der filigranen Fensterreihe mit Blick auf den Rhein. Energisch öffnete sie das erste Fenster. Frische Luft strömte herein. Hoffentlich würde das ihre Gedanken etwas abkühlen.

Da drangen Stimmen von draußen zu ihr. Zunächst schenkte sie ihnen keine besondere Beachtung, bis plötzlich der Name Emil fiel.

Aufgeregt beugte sie sich zum Fenster und lauschte, vorsichtig darauf bedacht, dass der Sprecher unterhalb des Fensters sie nicht bemerken würde.

»Nein, Jupp, nein!« War das Ulla Dreesens Stimme? Elsa wagte einen Blick nach unten. Sie hatte sie richtig zugeordnet. Mit roten Wangen redete die junge Dreesen auf Jupp Pützer ein. »Wir brauchen einen Plan, der funktioniert! Meinst du, du beeindruckst die Franzosen mit deinem Hitzkopf? Sie werden dich erschießen, und zwar ohne zu zögern, und was haben wir dann davon? Dann prügeln sie Emil endgültig tot!«

»Ja, aber... was sollen wir denn dann tun?« Elsa hatte Pützer noch nie so gedämpft reden hören. »Wenn Colonel Soter sagt, dass der Junior in sehr schlechter Verfassung ist, dann können wir nicht mehr warten.«

»Aber das müssen wir«, sagte Ulla Dreesen energisch. »Großmutter hat ihre alten Freunde in Paris kontaktiert. Das dauert!«

»Dann bitte Soter, dafür zu sorgen, dass Emil nichts mehr passiert!« Pützer senkte seine Stimme so sehr, dass Elsa den Atem anhielt, um ihn zu verstehen. »Du hast einen guten Draht zu ihm.«

»Meinst du, das habe ich nicht längst versucht? Emil hat einen französischen Offizier angegriffen und verletzt, Soter kann nichts machen.«

»Verdammich noch mal!« Pützer schlug mit der Faust in seine Hand. »Dieses verfluchte Jesockse, abschießen hätten wir die sollen, alle miteinander!«

»Jupp!«, mahnte Ulla Dreesen. »Das hilft uns nicht. Robert Harthaler und Karl Zerbes sind bereit, für Emil ihr Leben zu riskieren – aber nicht ohne einen wasserdichten Plan.«

»Dann müssen wir eben einen schmieden!« Pützers Stimme schwoll an. »Wenn wir zu lange warten, ist Emil tot.«

Elsas Kehle wurde eng. So schlimm stand es? Wenn sie ihm doch nur helfen könnte!

***

»Er braucht deine Hilfe!«, schloss Elsa ihren kurzen Bericht zu Emil Dreesens Lage ab und sah ihren Vater bittend an. »Bitte, Vater, es geht um Leben oder Tod.«

»An jedem Tag der letzten vier Jahre ging es um Leben oder Tod. Für Millionen von Menschen auf allen Seiten.« Alfred Wahlen legte den spitzen Brieföffner auf den Schreibtisch und zerrte ein Blatt Papier aus dem gerade geöffneten Umschlag. »Und weißt du, wer weitaus mehr Leben verloren hat als die Reichen, die den Krieg noch befeuert und verlängert haben? Die Armen. Die Arbeiter. Menschen wie du und ich.«

»Heinrich Dreesen ist im Krieg gefallen.« Elsa blickte ihren Vater herausfordernd an. »Emil Dreesen ist zurückgekommen, und nun soll er in einer Zelle sterben, weil er sich vor einen von uns gestellt hat?«

Alfred Wahlen hob eine Braue. »Einen von uns?«, fragte er indigniert.

»Jupp Pützer. Koch im Dreesen.« Als wollte ihre Mutter

diese Aussage unterstreichen, drang Töpfescheppern aus der Küche.

»Pützer!« Alfred Wahlen lachte hart auf. »Jupp Pützer, einer von uns? Pützer ist der Erste, der uns verdrischt, wenn wir aus der Versammlung kommen. Pützer ist ein Deutschnationaler und Kaisertreuer! Und so einem soll ich helfen? Niemals!« Er sah seine Tochter streng an. »Ich muss mich sehr über dich wundern, Elsa, früher hättest du dir eher die Zunge herausgerissen, als dich für einen Deutschnationalen ins Zeug zu werfen. Die Arbeit in diesem Bonzenhotel tut dir nicht gut.«

»Du sollst nicht Pützer helfen«, gab Elsa zurück, »sondern Emil Dreesen.«

»Einem großbürgerlichen Schwätzer, der sich für einen Deutschnationalen hat einsperren lassen«, sagte ihr Vater verächtlich. Doch gleich darauf lächelte er sie an. »Wir sind Sozialisten, Elsa. Jeden Tag bekämpfen sich die Deutschnationalen und Sozialdemokraten und Sozialisten in den Straßen, die Menschen hungern, haben keine Arbeit. Millionen von ehemaligen Soldaten wissen nicht, was sie tun sollen, Versehrte betteln um Almosen, nachdem sie ihre Gliedmaßen dem Kaiser geopfert haben, und im Dreesen bedienst du die feinen Herrschaften beim Tanztee. Als wäre nichts gewesen. Und nun soll ich ausgerechnet einem von denen helfen, die an den wackeligen Füßen unserer jungen Republik sägen?«

»Ja, Vater, aus Menschlichkeit.« Elsa blitzte ihren Vater an. »Du kennst einflussreiche Leute. Vielleicht jemanden, der Emil Dreesen helfen könnte? Es würde dich nur eine Bitte um einen Gefallen kosten.«

»Einen Gefallen für einen kaisertreuen Deutschnationalen«, zischte ihr Vater. »Das ist eine politische Bankrotterklärung.

Das würde Jahrzehnte wie fauliger Fischgeruch an mir hängen. Merke dir, Kind, wenn ein Dreesen im Gefängnis sitzt, hat er das verdient, wenn nicht für diese eine Tat, dann eben für tausend andere, die er und seine illustren Gäste an der deutschen Arbeiterschaft begangen haben.«

»Das ist dein letztes Wort?« Mit Mühe verbarg Elsa das Zittern in ihrer Stimme.

»Mein allerletztes.« Demonstrativ faltete er den Brief in seiner Hand auf und vertiefte sich in die Lektüre.

Elsa drehte sich auf dem Absatz um. Wütend verließ sie das Arbeitszimmer des Vaters. Was machte ihn besser als Jupp Pützer oder Fritz Dreesen, wenn er ebenso verbohrt und unversöhnlich nur in eine Richtung blicken konnte? Emil Dreesen hatte Seite an Seite mit ihnen für die Republik und gegen den Kaiser gekämpft, aber solange er nicht bereit war, sein Geheimnis offenzulegen, konnte sie ihrem Vater genau das nicht erzählen. Abgesehen davon, dass Vater es ohnehin niemals glauben würde.

Der schreckliche Krieg war schon fast neun Monate vorbei, doch wie sollte auf den Straßen Frieden einkehren, wenn Deutschland mit sich selbst im Krieg lag? Wie konnte ihr Vater sich über die kaiserliche Heeresleitung erzürnen, die unschuldige Soldaten für ihren militärischen Ruhm geopfert hatte, wenn er sein politisches Renommee über das Leben eines unschuldigen Mannes stellte?

10

Emil spürte das Rumpeln des Gefährts in seinen schmerzenden Knochen, hörte das Dröhnen in seinem pochenden Kopf.

Wo war er?

Unter seinen Fingern ertastete er raues Holz. Er versuchte, die Augen zu öffnen, doch nur ein Lid hob sich einen winzigen Spalt. Angestrengt erahnte er in den verschwommenen Konturen die Rampe eines Militärlasters.

Wohin brachten sie ihn?

War es das?

Sein Ende?

Eine seltsame Ruhe überkam ihn.

Da stoppte das Rumpeln. Das Dröhnen jedoch blieb. Etwas knallte, dann sprang jemand auf die Rampe. Emil spürte das Schwingen des Holzes in seinem Körper. Im nächsten Moment packte jemand seine Füße und schleifte seinen Körper über das raue Holz, ein anderer gab ihm einen Stoß.

Einen winzigen Moment war er schwerelos, dann prallte er hart auf den Boden. Unerträglicher Schmerz schoss durch ihn hindurch.

Er wartete auf einen Gnadenschuss, hörte stattdessen Motorenlärm. Das Röhren entfernte sich, verklang, als sich plötzlich Schritte näherten.

»Hier!«, brüllte eine seltsam bekannte Stimme. »Schnell! Sie haben Emil Dreesen abgeladen!«

Er spürte Hände, die ihn vorsichtig berührten. Über sein Gesicht strichen, an seinem Hals verharrten, dann weiter seinen Körper abtasteten.

Er hörte Schritte, schnelle Schritte, spürte die Vibrationen im Boden.

»O mein Gott! Emil!« Eine andere Stimme. Hell. Ulla. Wieder strich eine Hand über sein Gesicht. Eine weiche, leichte Hand, die Berührung zart. »Was haben sie nur mit dir gemacht?«

Er spürte, wie Hände seine Beine packten, seine Schultern, er hörte ein »Hau ruck«, spürte den Schmerz, der wie Feuer durch seinen Körper jagte, dann spürte er nichts mehr.

***

Die Stimmen drangen verschwommen zu ihm durch. Tränenerstickt, doch er verstand nicht, was sie sagten, seine Lider waren so schwer, als presste sie jemand zusammen. Aber er roch Lavendel, köstlich und sauber und frisch, der unvergleichliche Duft der Wäsche im Dreesen. Er spürte das gestärkte Leinen unter seinen Händen, die Matratze, so weich und gleichzeitig fest, dass sie eines Kaisers würdig war.

Er war zu Hause.

Es war kein Traum. Er war wirklich und wahrhaftig zu Hause. Unwillkürlich seufzte er, merkte, wie eine Träne über seine Wange rollte.

»Er ist wach!« Schon gab die Matratze nach, und eine Hand legte sich auf seinen Arm. »Emil!«

Diesmal drang die Stimme klarer zu ihm durch. Es war Ulla.

Mit aller Anstrengung öffnete er ein Auge. Da saß sie, zu ihm gebeugt, im schwachen Lichtschein der Nachttischlampe erkannte er kaum mehr als ihre Kontur.

Eine zweite Person trat ans Bett. Mutter.

»Emil.« Sie ließ sich auf einem Stuhl neben dem Nachtkästchen nieder. Das Zittern ihrer Stimme verriet, wie aufgewühlt sie war. »Wie konntest du dich nur in solch eine Situation bringen?«

»Mutter«, flüsterte Ulla warnend. Sie strich liebevoll über Emils Arm. »Soter hat erlaubt, dass du die nächsten zwei, drei Tage in der Suite bleibst, die sonst seinen Gästen vorbehalten ist. Er sagt, damit wir dich in diesem Zustand nicht noch mehr Treppen hochtragen müssen. Ich glaube aber, dass er sich damit für das Verhalten seiner Landsleute entschuldigen will.«

»Ich muss schon bitten, Ulla, du wirst doch jetzt diese Barbaren nicht auch noch verteidigen!« Mutter schniefte ausgiebig. »Und du, Emil, wie kannst du mir das nur antun! Reicht es nicht, dass dein Bruder uns verlassen hat?«

Emil drehte seinen Kopf zu ihrer Seite, er wollte sie anlächeln, als ein stechender Schmerz durch seinen Körper schoss. Er stöhnte, wartete, bis der Schmerz in schwächer werdenden Wellen verebbte. Das Schniefen neben ihm wurde zum Schluchzen.

»Bitte, Mutter!«, zischte Ulla ungehalten. »Emil hat das einzig Richtige getan! Er hat sich wie ein echter Dreesen ver-

halten. Willst du einen Feigling zum Sohn, der in unserem eigenen Haus tatenlos zusieht, wenn ein Unglück geschieht?«
»Einen lebenden Sohn will ich!« Mutter hievte sich aus dem Stuhl hoch. »Der Krieg ist vorbei, wir haben ihn verloren. Was bringt es, jetzt noch den Helden zu spielen?«

***

»Schscht, mein Sohn.« Vaters Hand legte sich fest auf seinen Arm. »Du bist zu Hause. Du bist in Sicherheit.«
Emil schlug die Augen auf. Blinzelte die Toten aus seinem Traum weg.
Erleichtert atmete er auf. Er war zu Hause. Das hatte er zum Glück nicht nur geträumt.

Durch den Spalt zwischen den schweren Vorhängen tanzte ein heller Sonnenstrahl ins Zimmer und tauchte alles in sanftes Licht. Ein Viertel Sessel, einen Streifen Tisch, eine halbe Vase, das Profil seines Vaters, zerfurcht von Sorge und Wut.

»Junge, was hast du dir nur dabei gedacht.« Noch ehe Emil antworten konnte, legte sein Vater den Finger an den Mund. »Du sollst nicht reden, sagt Dr. Morgenstern, dich möglichst wenig bewegen, keine Aufregung. Du sollst kräftige Brühe trinken und dem Himmel danken, dass er dir die Konstitution eines Ochsen gegeben hat.«

Emil nickte kaum merklich.

»Sie haben dich vor dem Hotel vom Lastwagen geworfen. Wie einen Sack Unrat.« Sein Vater spuckte die Worte voller Hass in den Raum. »Einen wehrlosen Gefangenen fast totprügeln, was ist das für ein ehrloses Pack?«

Schwer atmend lehnte Vater sich in dem Armsessel zurück.

Emil ließ seinen Blick durch das Zimmer gleiten. Selbst in dem wenigen Licht erfasste er all die ihm so bekannten, kostbaren Details, die dem Schlafzimmer der Suite seinen besonderen Charme gaben. Den königsblauen, golddurchwirkten Brokatstoff der Vorhänge, die Elefantenstatuette mit dem bepflanzten Marmortopf, die Schränke aus edlem Nussbaumholz mit feinsten Intarsienarbeiten, den ovalen Beistelltisch mit der filigranen Holzverzierung, der nichts anderes zu tragen hatte als die Meißner Vase mit dem immer frischen, großzügigen Blumenstrauß, der Armsessel aus weichem Rindsleder, die beige-blau gemusterten Tapeten.

Welch Glück er hatte, zu Hause zu sein.

»Ich soll dir etwas von der Brühe einflößen, sobald du erwachst«, sagte sein Vater. »Bist du bereit?«

Wieder nickte Emil kaum merklich.

Sein Vater erhob sich und schob einen Servierwagen ans Bett. Er lüpfte den Silberdeckel und hob eine Suppenschale hoch. Meißner Porzellan, bemerkte Emil. Welch Ironie, dass er, der Kaiserstürzer, nun vom kaiserlichen Porzellan aß.

Sein Vater hielt den silbernen Löffel an seine Lippen. »Trink.«

Emil öffnete seine Lippen nur einen winzigen Spalt, dann setzte der Schmerz ein, die Bewegung stoppte, als hätten seine Kieferknochen sich ineinander verkeilt. Vorsichtig schob sein Vater den Löffel hindurch, die warme Suppe floss durch seinen Mund den Rachen hinunter in den Magen. Er spürte jeden Zentimeter ihres Weges. Schon hielt sein Vater den nächsten Löffel an seine Lippen. »Schrecklich haben sie dich zugerichtet, diese Schweine«, knurrte er dabei. »Aber jetzt ist Schluss.« Er senkte die Stimme. »Wir lassen uns das nicht länger gefallen, Emil, du hast es uns vorgemacht, du hast dich gewehrt wie ein Mann. Hör zu, Junge, der Jupp und der Senkert und ein paar andere, wir haben uns zusammengetan, wir werden über den Rhein wachen und nicht ruhen, bis wir die Franzacken dahin zurückgeschickt haben, wo sie hingehören.«

11 Was Fritz Dreesen wohl von ihr wollte? Eilen solle sie sich, hatte Hilde ihr zugerufen, er warte im Büro der Hausdame auf sie. Allein das war sehr ungewöhnlich – warum im Büro der Hausdame und nicht im Direktionsbüro?

Ob eines der Zimmermädchen sie bei ihm angeschwärzt hatte? Vielleicht sogar Hilde selbst? Sie musste in Zukunft besser aufpassen, mit wem sie über ihre Idee redete, von Maria Dreesen eine gerechtere Behandlung der Zimmermädchen zu fordern.

Sie klopfte zaghaft.

»Herein!«, polterte es durch die Tür.

Zögernd drückte Elsa die Klinke herunter, blieb dann im Türrahmen stehen. Fritz Dreesen war allein in dem mit Livrees, Schürzen, Kochjacken und tausenderlei Reinigungsutensilien vollgestopften Büro, in dessen überbordendem, wenn auch durchaus geordnetem Chaos er ziemlich fehl am Platz wirkte.

»Kommen Sie schon herein, schließen Sie die Tür hinter sich!«

Elsa schloss die Tür und trat auf den bescheidenen Schreibtisch zu, an dem Fritz Dreesen in einer Akte blätterte. Sie blieb neben dem Kleiderständer mit den Personaluniformen stehen und wartete darauf, dass er das Gespräch eröffnete.

»Elsa...«, er spähte auf ein Papier auf dem Schreibtisch, »...Wahlen, korrekt?«

»Jawohl, Herr Dreesen.«

»Meine Mutter scheint Sie für eine... sagen wir... patente Frau zu halten.«

»Vielen Dank, Herr Dreesen.« Elsa spürte, wie sie über das unerwartete Lob errötete.

»Sie arbeiten hier als Zimmermädchen und zum Tanztee als... Demi-Chef de Rang.« Das Wort *Demi-Chef* sprach er mit hörbarem Unwillen aus.

»Jawohl, Herr Dreesen, Frau Adelheid Dreesen hatte das so gewünscht.« Langsam dämmerte es Elsa, warum sie zu ihm zitiert worden war und er das Gespräch lieber hier stattfinden ließ. Fern des regen Verkehrs des Direktionsbüros, das in unmittelbarer Nähe des hektischen Treibens der Restaurants und Salons lag. Nicht zu vergessen, der betriebsamen Küche und der darunter, im Souterrain angesiedelten Patisserie. Und noch dazu befand sich im Vorraum des Direktionsbüros die Schaltstelle des Maître d'Hotel, aus der Gasser seine Kellner dirigierte wie die Mitglieder eines fein abgestimmten Orchesters.

Fritz Dreesen wollte nicht zu viele unliebsame Zeugen des Gespräches riskieren. Das Gerücht stimmte also: Die Dreesens mussten Personal entlassen! Und sie war nun die Erste.

»Nun, Elsa, ich werde Sie bitten müssen, von Ihren Aufgaben ab sofort zurückzutreten...«

Ab sofort? Ihr Magen zog sich zusammen. Elsa schluckte. Sie brauchte diese Anstellung! Seit Vater nur noch einen

Bruchteil dessen verdiente, was er vor dem Krieg erwirtschaftet hatte, benötigten sie selbst das Wenige, das sie als Dienstmädchen nach Hause brachte.

»Ich...«, begann sie, doch sie wusste nicht, was sie sagen sollte. Um ihre Arbeit betteln?

»In Ihrer Akte steht, Sie sind Kriegswitwe...« Dreesens Blick wurde ein wenig milder. Wieder huschte sein Blick über ihre Akte. »...und Sie haben im Feldlazarett als Hilfsschwester gedient.«

»Das habe ich, ja.«

Fritz Dreesen räusperte sich. »Sie haben von der Misshandlung meines Sohnes Emil gehört?«

»Ja, habe ich.« Elsa senkte den Kopf. »Es tut mir sehr leid. Ich hoffe, es geht ihm besser.«

»Nun, in dem Sinne, dass er nicht mehr in den Händen dieser Barbaren ist, ja. Emil braucht eine Pflegerin.« Er sah sie direkt an. »Elsa, ich möchte, dass Sie sich ab sofort um meinen Sohn kümmern. Meine Tochter Ulla wird alles Weitere mit Ihnen besprechen.«

Elsa glaubte, sich verhört zu haben. Sie würde ihre Arbeit behalten! Als Pflegerin!

Geistesgegenwärtig nickte sie und verließ das Zimmer.

Kaum hatte sie die Tür geschlossen, blieb sie einen Moment stehen. Sie, ausgerechnet sie, sollte Emil Dreesen pflegen? Wo sie seiner Mutter doch ein echter Dorn im Auge war!

Ob Fritz Dreesen sie deshalb in das Zimmer der Hausdame zitiert hatte? Um ohne jegliche Zeugen ein Fait accompli zu schaffen? Vielleicht hatte die Wahl des Ortes auch gar keine Bedeutung. Es war unwichtig. Wichtig war, dass sie ihre Arbeit behielt.

Pflegerin für Emil Dreesen.

Sein Gesicht, sein intensiver Blick drängten sich vor ihr inneres Auge, ein Schauder durchlief sie.

Konnte das Schicksal sein?

***

Vor der Tür des Mansardenzimmers, in das Emil Dreesen verlegt worden war, hielt Elsa inne. Sie atmete tief durch. Ulla Dreesen hatte sie genauestens über die Verletzungen ihres Bruders informiert, ebenso über Dr. Morgensterns Anweisungen. Sie hatte ihr eine Liste ausgehändigt, in der minutiös niedergeschrieben war, wie sie Emil Dreesen zu pflegen hatte.

Elsa wusste, was sie tun musste, und doch wusste sie nicht, wie sie ihm gegenübertreten sollte.

Schließlich klopfte sie zaghaft, öffnete leise die Tür und schlüpfte in die abgedunkelte Kammer. Sie war klein, wie alle Dienstbotenunterkünfte, links und rechts je ein schmales Bett, in der Mitte ein Tisch, zwei Holzstühle, an der Wand ein Waschtisch, ein Schrank. Es roch nach Jod und Kamille, auf einem Servierwagen entdeckte Elsa ein ganzes Arsenal an Verbandszeug.

Auf Zehenspitzen näherte sie sich dem Bett.

Als sie Emil Dreesen sah, stieß sie einen erschrockenen Laut aus. Wie hatten diese Soldaten ihn nur so zurichten können? Die ganze rechte Gesichtshälfte, besonders der Kiefer, war stark geschwollen und blutunterlaufen, über dem linken Auge versteckte ein Verband wahrscheinlich eine Platzwunde, auf seiner Schulter hatte sich ein dunkelblauer Bluterguss gebildet, dessen Ausmaß unterhalb der Decke sie sich lebhaft vorstellen konnte.

Sie setzte sich auf den Stuhl neben seinem Bett und betrachtete ihn. Selbst mit all den Schwellungen und Verletzungen hatte er noch seine besondere Ausstrahlung. Jungenhaft, nachdenklich und doch bestimmt. Seinem Vater gegenüber solle er manchmal regelrecht forsch auftreten, behauptete der alte Gasser, natürlich mit der üblichen Missbilligung, die Gasser für alle Menschen empfand, die noch nicht mit einem Bein im Grabe standen. Ihr Blick blieb an der Locke hängen, die Emil frech in die Stirn fiel. Plötzlich schlug er die Augen auf.

Elsa erschrak, lächelte dann nervös.

Er sah sie verwirrt an, runzelte die Stirn.

»Ich bin Elsa«, sagte sie hastig, »ich werde Sie pflegen.«

Er blinzelte, schloss die Augen, öffnete sie wieder, der Blick ebenso verwirrt wie zuvor.

Weil er gerade erwachte und sie nicht an seinem Bett erwartet hatte? Oder weil er keine Ahnung hatte, wer sie sein könnte, weil er längst vergessen hatte, dass ihre Wege sich bereits mehrmals gekreuzt hatten? Oder weil er genau wusste, dass sie nur ein Zimmermädchen war und keine Pflegerin und er nicht von einem Zimmermädchen gepflegt werden wollte?

Elsa biss sich auf die Lippen.

Er würde aber von ihr gepflegt werden. Ob ihm das in den Kram passte oder nicht, denn ihr Einkommen hing davon ab.

»Ich würde Sie gerne fragen, wie es Ihnen geht, Herr Dreesen, aber Sie sollen noch nicht reden. Ich dachte, wir können Zeichen vereinbaren. Behutsames Nicken und Kopfschütteln für ja und nein, einen Finger heben, wenn Sie etwas wünschen oder Hunger oder Durst haben, zwei Finger bei Schmerzen, drei Finger für die Notdurft.«

Er schloss die Augen und drehte den Kopf zur Seite.
»Herr Dreesen?«, fragte Elsa weich. »Emil?«
Er reagierte nicht mehr, doch sie sah, wie seine Augen sich unter den Lidern bewegten. Er war wieder in einen rastlosen Schlaf gesunken.

***

»Elsa! Guten Morgen!« Wie jeden frühen Morgen der letzten Woche trällerte Ulla Dreesen ihr den Gruß entgegen, kaum dass Elsa leise die Tür zur Dachkammer geöffnet hatte. Elsa stellte die Karaffe mit dem warmen Wasser auf dem Servierwagen ab und schälte sich aus ihrem Mantel. Ulla Dreesen stand von dem gepolsterten Sessel auf, den sie für die Besucher des Kranken in die Kammer gestellt hatten. »Ich glaube, unser Patient erwartet schon sehnlichst Ihre geschickten Hände!« Sie nahm Elsa ein wenig zur Seite und neigte sich zu ihr. »Er hatte heute eine besonders unruhige Nacht, ich werde mit Dr. Morgenstern sprechen, vielleicht könnten wir heute Abend das Schlafmittel etwas hochsetzen.«

Elsa nickte. Was mochte ihren Patienten nur umtreiben in den Nächten? Allzu gut erinnerte sie sich noch an Ottos Albträume. Seine Schreie, sein Zucken.

Sie trat zu Emil Dreesen ans Bett. Wie üblich begrüßte er sie mit einem Kopfnicken und einem schwachen Verziehen der Lippen, was sie als den Versuch eines Lächelns interpretierte.

»Guten Morgen, Herr Dreesen«, sagte sie und zog sorgsam die Decke von seinem zerschundenen Oberkörper. »Dann wollen wir mal!« Sie desinfizierte noch offene Wundstellen, überprüfte den Heilungsprozess und notierte, welche Wunde ihr Sorgen bereitete, bevor sie sie erneut verband.

Ihre Bewegungen waren routiniert, und doch achtete sie darauf, ihm keinen zusätzlichen Schmerz zuzufügen. Sie behandelte ihn nach außen distanziert, obgleich es sie freute zu spüren, wie er entspannte, wenn sie die Creme sanft in die Stellen einmassierte, die er wund lag. Sie liebte es, sein Gesicht zu behandeln und dabei jeden Tag ein neues Detail zu entdecken. Sie genoss die Nähe, ohne ihm je ihre Gefühle preiszugeben.

Was sie für ihn empfand, war falsch, es war einseitig, es lag nur an seiner unerklärlichen Ausstrahlung, die stärker war als ihre sonst zuverlässige Vernunft.

Nachdem sie die Wundversorgung beendet hatte, machte sie es ihm in den frisch aufgeschüttelten Kissen bequem und reichte ihm sein Frühstück. Seit ein paar Tagen bekam er immerhin schon Brei.

Sie räumte das Verbandszeug weg und beseitigte die Unordnung, die Ulla Dreesen jede Nacht hinterließ.

Es war ihr ein Rätsel, wie ein einzelner Mensch in so kurzer Zeit so viele Dinge liegen lassen konnte.

Aus den Augenwinkeln beobachtete sie, wie Emil Dreesen sich mit dem Brei abmühte. Er tat sich noch schwer mit dem Essen, selbst mit Brei, denn auch der erforderte eine Bewegung des Kiefers. Es war ein Kampf, bei dem er nicht wollte, dass sie danebensaß und ihm zusah.

Ob Ulla Dreesen deshalb so viel Unordnung hinterließ? Damit ihr Bruder in Ruhe essen konnte, während sie aufräumte?

Bald schon werde er wieder sprechen dürfen, sagte Dr. Morgenstern.

Sie konnten zufrieden sein. Jeden Tag machte er einen Schritt Richtung Genesung, und natürlich war Elsa froh darüber, aber sie war auch froh über jeden Tag, den sie noch mit ihm verbringen durfte.

Sie klaubte Ulla Dreesens gelben Seidenschal vom Boden auf und erstarrte. Vor ihr lag ein Buch. Sie kannte es, und sie hatte es ganz sicher nicht in diesem Haus erwartet. Karl Marx, *Das Kapital*, Band 1. Unwillkürlich bückte sie sich. Sie schlug es auf. *Dieses Buch gehört Robert Harthaler*, stand auf der Innenseite des Umschlags, ein Lesezeichen steckte zwischen den Seiten. Hatte Robert es hier bei einem Besuch vergessen?

Von der Seite nahm sie eine Bewegung wahr. Emil Dreesen winkte sie zu sich. Sie legte das Buch auf dem Tisch ab und ging zum Bett zurück. Er zeigte auf das Buch, auf sie, zu sich.

»Sie möchten, dass ich Ihnen daraus vorlese?«, fragte Elsa überrascht. Außer dem einen Mal, als sie sein Gespräch mit Colonel Soter belauscht hatte, war Emil Dreesen nie offen als Roter aufgetreten. Er verhielt sich neutral und pflegte ein so herzliches Verhältnis zu dem roten Robert wie dem schwarzen Pützer, ließ sich nie zu einem Kommentar hinreißen, der ihn in eine politische Ecke drängen würde.

Emil Dreesen nickte.

Elsa holte das Buch und setzte sich zu ihm. Was sie dafür geben würde, wenn ihr Vater sie jetzt sehen könnte. Und er müsste es sehen, denn glauben würde er ihr niemals.

Sie schlug das Buch auf der markierten Seite auf und begann zu lesen.

***

»Schneider?« Robert wurde blass. Er zog Elsa weiter von Emil Dreesens Bett weg und senkte seine Stimme. »Bist du dir ganz sicher? Wie sah er aus?«

Elsa beschrieb den unangenehmen Besucher, der diesen Nachmittag unvermittelt vor dem Mansardenzimmer gestanden hatte. Nur mit größter Mühe hatte sie ihn abwimmeln können, vertrösten auf übermorgen, an einem Treffpunkt fernab von ihrem Patienten.

»Er ist ein Erpresser«, sagte Robert leise, »ein windiger Hund, der keine Ehre im Leib hat.«

Erpresser... Mit einem Mal ergaben die wirren Worte in Emil Dreesens Morphiumträumen einen Sinn. Nie hatte sie vollends verstanden, was Emil in seinem ruhelosen Halbschlaf vor sich hin murmelte. »Heinrich« war der Name, der in den unruhigsten Träumen fiel. Aber auch »Schneider« hörte sie immer wieder. Ein toter Kriegskamerad, hatte sie gedacht. Bis er vor der Tür stand, mit der Aura eines Menschen, der nichts Gutes brachte.

»Was hat er gegen Emil Dreesen in der Hand?«, flüsterte Elsa.

»Männersache«, sagte Robert knapp.

»Eine Frau also. Ist sie verheiratet?«, schlussfolgerte Elsa.

»Keine Frau. Kriegssache«, präzisierte Robert, ohne auch nur ein winziges Detail preiszugeben. »Wenn Emil mitkriegt, dass der Lump hier ist, steht er noch auf...«

»Darf er nicht«, unterbrach ihn Elsa. »Noch nicht.« Sie zog Robert ein Stück weiter von Emil Dreesens Bett weg. »Kann es sein«, flüsterte sie unschlüssig, denn sie wusste nicht, inwieweit Robert in die Sache eingeweiht war, »dass die Erpressung etwas mit seinen letzten Kriegstagen zu tun hat? Weil Emil

Dreesen damals etwas getan hat, das man gemeinhin einem Dreesen nicht zutrauen würde.«

»Elsa Wahlen«, flüsterte Robert streng, »was weißt du und woher?«

Kurz erzählte sie ihm von dem belauschten Gespräch mit Colonel Soter. Robert nickte bedächtig.

»Gut«, sagte er, »dann sind wir beide in gewisser Weise eingeweiht. Spricht also nichts dagegen, das Schlamassel auch gemeinsam zu lösen. Ich besorge das Schweigegeld, und du übergibst es der Zecke, weil Emil ausdrücklich gewünscht hat, dass er es bekommt. Und ich sorge dafür, dass der Kerl kein zweites Mal hier auftaucht.«

»Und was machen wir mit...« Elsa drehte den Kopf zu Emil Dreesen. Wie friedlich er ausnahmsweise dalag. Kein Zucken oder Brabbeln oder Um-sich-Schlagen. Vielleicht war er endlich auf dem Weg hin zu ein wenig innerem Frieden. Sollten sie wirklich Petroleum in das verglühende Feuer schütten?

Robert zuckte die Schultern.

»Er soll Aufregung vermeiden, hat Dr. Morgenstern gesagt«, flüsterte Elsa entschlossen. »Solange er nicht nachfragt, werden wir auch nichts sagen.«

12

Emil spürte die kräftigen Hände an seinen Schultern. Er bäumte sich gegen sie auf.

»Ruhig, Emil. Es ist nur ein Traum.«

Die Hände drückten ihn sanft auf die Matratze.

»Nur ein Traum. Du bist zu Hause. In Sicherheit. Nichts wird dir passieren.«

Zerbes. Es war Zerbes! Er wachte bei ihm.

Die Bilder in Emils Kopf verblassten, Emil spürte, wie seine Schultern, sein Rücken, sein Nacken sich entspannten.

Er war zu Hause, in dem Mansardenzimmer, und Zerbes hielt die Nachtwache. Und wenn Zerbes hier war, musste es Montagnacht sein, die Nacht, die er und Ulla sonst so oft bei Zerbes verbrachten und Zerbes nun bei ihm.

»Du hast nur geträumt«, sagte Zerbes leise. »Nur geträumt.«

Emil seufzte. Nur geträumt. Doch hatte er wirklich nur geträumt? Manchmal war es schrecklich schwierig zu trennen, was Traum und was Wirklichkeit war. Das Morphium, so verlässlich es seinen Schmerz linderte, es benebelte auch seinen Verstand. Vor ein paar Tagen war er sich absolut sicher gewesen, Schneider hier in der Mansarde im Gespräch mit Elsa gesehen zu haben. Aber wäre es so gewesen, hätte Elsa doch sicher etwas gesagt. Er hatte sie sogar gefragt, ob ein Besucher da gewesen sei, was sie verneint hatte, und warum sollte sie es verneinen, wo sie doch weder wusste, wer Schneider war, noch, was er von ihm wollte.

»Versuche, wieder zu schlafen, Emil, du brauchst den Schlaf, um zu Kräften zu kommen. Lass die schlimmen Gedanken bei mir, ich kann sie für dich tragen. Ich passe auf dich auf, dafür bin ich hier.«

Emil lächelte Zerbes dankbar an. Ja, schon immer hatte er auf ihn aufgepasst. Und auf Heinrich und auf Ulla. Es war Zerbes gewesen, der ihn mit aller Gewalt davon hatte abbringen wollen, blutjung, mit siebzehn Jahren nur, in den Krieg zu ziehen. Zum großen Bruder, in dem heute so unbegreiflichen Siegestaumel, der Millionen von ihnen damals erfasst hatte. So sicher waren sie gewesen, in kürzester Zeit für Kaiser und Vaterland den Sieg heimzuholen...

Es war ein hartes Erwachen gewesen für die einen, für die anderen der sichere Tod.

Emil schauderte. Nie wieder würde so etwas passieren können. Nicht in seiner Lebenszeit. Oder der seiner Kameraden. Niemand, der in den Schützengräben des großen Krieges gelegen hatte, würde auf die Lockrufe eines neuerlichen Kriegstreibers hereinfallen.

»Schlaf, Emil«, sagte Zerbes. »Ich werde auch ein wenig meine Augen schließen.«

***

»Emil, hörst du mir eigentlich zu?« Ulla ließ das Buch in ihren Schoß sinken und sah ihren Bruder tadelnd an. »Wenn ich nur mir selbst vorlese, würde ich eine etwas leichtere Lektüre vorziehen.«

Emil lächelte entschuldigend und hoffte, dass er nicht errötete. Sie hatte ihn ertappt. Er hatte wirklich nicht zugehört, er hatte sich von ihrer Stimme davontragen lassen. Weg aus dieser Dienstbotenkammer auf eine Picknickdecke inmitten einer grünen, saftigen Blumenwiese, ein lauer Sonntagnachmittag, das Summen von Bienen über dem kräftigen Klee, auf der Decke neben ihm Elsa. Seine Elsa. »Natürlich höre ich zu. Was sonst sollte ich tun?«

»Nun, lieber Bruder, sag du es mir.« Ulla klappte das Buch zu. »Aber ich weiß, wann mir jemand zuhört und wann Gedanken davonschleichen wie gelangweilte Schildkröten. Was hat der gute alte Marx dir denn im letzten Kapitel mitgeteilt?«

Emil spürte, wie er errötete. »Ertappt.«

Ulla grinste. »Komm schon, raus mit der Sprache. Wo warst du mit deinen Gedanken? Das ist nun nicht das erste Mal, dass du mir nicht zuhörst.«

»Aber Ulla, wie kannst du…«

»Gestern habe ich dir eine Seite dreimal hintereinander vorgelesen.«

»Hast du?«, fragte Emil ehrlich erstaunt.

»Nicht, dass es dir aufgefallen wäre, dabei hatte Robert dir die gleiche Stelle auch schon vorgelesen, als ich gekommen bin…« Ulla zwinkerte verschwörerisch. »Eigentlich wollte ich dir gestern schon das Buch um die Ohren hauen, aber du hast irgendwie so… glücklich ausgesehen.« Ulla betonte das Wort *glücklich,* als würde es sie selbst überraschen, es im Zusammenhang mit ihrem Bruder sagen zu können.

Emil spürte Hitze in seinen Kopf steigen. Natürlich hatte er glücklich ausgesehen. Er war glücklich, wenn er in seine Tagträume mit Elsa abdriftete. Nun errötete er wie ein verliebtes Mädchen, und das auch noch vor Ulla!

Ulla musterte ihn, ihr Grinsen verschwand. »Emil! Bist du etwa verliebt?«

»Natürlich nicht!«, protestierte er. »Auf so eine alberne Idee kannst auch wirklich nur du kommen.«

»Du bist verliebt.« Ulla lehnte sich behaglich in ihrem Stuhl zurück. »Kenne ich sie?« Sie hielt inne. »Ist es Babette? Die Tochter von Oberst Heilmeier?«

Er verzog das Gesicht. Babette? Dieses kichernde Mädchen, das keinen zusammenhängenden Satz herausbrachte? Kannte Ulla ihn so schlecht?

»Nein«, korrigierte sich Ulla, »zu albern für dich, ich weiß es jetzt, Klothilde. Die Tochter des Teppichhändlers Lüdemann aus Köln. Bildschön. Und schwerreich. Ihre Mitgift soll sagenhaft sein. Weiß ich von Mutter. Sie würde euch am liebsten noch heute verloben.« Sie sah ihn prüfend an.

»Auch nicht«, stellte sie seufzend fest. »Willst du es mir nicht sagen? Halt, nein, ich weiß es! Marianne von Roth! Klug, außerordentlich belesen, wenn sie mit ihren Eltern zum Tee kommt, sitzt sie jedes Mal mit einem anderen Buch in der Hand am Tisch. Mutter findet das sehr unhöflich. Aber dann passt ihr zwei wohl bestens zusammen, denn ich finde es auch unhöflich, seine Schwester so auf die Folter zu spannen!«

»Und du bist ungebührlich neugierig. Ich bin nicht verliebt, woher auch? Hast du vergessen, wo ich die letzten Jahre gewesen bin und wie selten ich Fronturlaub hatte? Ich habe Marianne seit zwei Jahren nicht mehr gesehen, und bei Klothilde ist das noch länger her.«

»Natürlich, verzeih«, sagte Ulla betroffen und nahm das Buch wieder hoch. Sie blätterte zur nächsten Seite und las.

Emil lauschte ihren Worten, doch schon bald verloren seine Gedanken sich erneut in ganz anderen Überlegungen. Was Elsa wohl gerade machte? Ob sie an ihn dachte? Oder vergaß sie ihn, sobald sie abends seine Kammer verließ? Wenn für ihn das Warten auf den nächsten Tag begann, darauf, dass morgens die Tür aufging und mit Elsa die Sonne ins Zimmer trat.

Ullas Stimme, die ihm weiter vorlas, drang durch seine Gedanken, endlich folgte er ihren Sätzen, ordnete sie ein, legte sie bereit für den neuen Tag, Munition für die morgigen Diskussionen mit Elsa. Zumindest für einen Teil ihrer Diskussionen, denn zu den unerhörten Ansichten, mit denen sie ihn gerne herausforderte, gab es sicherlich keine Schriftwerke. Würde Vater ihnen zuhören, wären fünf Minuten genug Bestätigung für ihn, dass Frauen nicht geeignet waren, in Fragen der Politik und Gesellschaft mitzureden. Denn ginge es nach Elsa, hätten Frauen alsbald die gleichen Rechte wie Männer, am Ende sogar noch die gleiche Bezahlung oder sogar hohe politische Ämter!

Natürlich war das Unsinn, zugegeben, amüsant in der Diskussion, aber nichtsdestoweniger utopisch. Niemals würde es zu solch einer Verwerfung der über Jahrtausende etablierten natürlichen Ordnung kommen. Nur weil Frauen nun zur Wahlurne durften. Nicht umsonst hieß es »das schwache Geschlecht«.

Ullas Stimme lullte Emil ein. Er schloss die Augen. Sah Elsa vor sich. Das Feuer in ihren Augen, das für ihre Ideen brannte, ihre Überzeugung, dass Frauen einen mäßigenden Einfluss hätten, dass mit ihnen weniger Streit und mehr Gerechtigkeit in der Politik herrschen würde. Er sah ihr Gesicht vor sich, wie es sich näher zu ihm beugte, und er hoffte, dass das Feuer in ihren Augen eines Tages auch für ihn brannte.

***

Endlich war sie da. Die weichen Kissen im Rücken, saß Emil im Bett und beobachtete jede von Elsas Bewegungen. Auch wenn sie ihn heute mal wieder gekonnt ignorierte, ihre Anwesenheit legte sich auf seine Unruhe wie ein heilendes Vlies.

Flink und doch mit großer Sorgfalt wischte sie über die Flächen der Stühle, dann des Tisches und schließlich des Schrankes der kleinen Dachkammer. Nicht, dass auch nur ein Staubkorn diese Flächen beschmutzen würde, erst am Vortag hatte Elsa sie geputzt.

Ein Lächeln stahl sich auf Emils Gesicht. Sie putzte nicht für ihn, sondern *wegen* ihm. Damit sie sich nicht zu ihm setzen musste.

Nach all den Tagen, an denen sie ihn gewaschen und seine Wunden versorgt hatte, machte seine Nähe sie plötzlich nervös. Seit gestern, als er beim Verbandswechsel über ihren Arm streifte. Ihr Blick, der sich in seinem verfing, eine stumme Zwiesprache über das Verbotene, das sich zwischen ihnen anbahnte, ein kurzer Moment, bevor sie errötete und hektisch die Routine vollendete.

»Elsa, nun hören Sie schon auf! Sie reiben ja das Wachs von den Möbeln!«

Nicht eines Blickes würdigte sie ihn. Und aufhören tat sie auch nicht. Im Gegenteil, sie wischte noch kräftiger, als wäre der nicht vorhandene Staub ihr persönlicher Feind.

»In Ihrer utopischen Welt, der Welt, in der Frauen als Reichskanzler die Geschicke…«

»In der Welt der Zukunft«, unterbrach Elsa ihn, zwar unwirsch, aber immerhin drehte sie sich zu ihm.

»Ist das nicht dasselbe?«

»Auch wenn eines Tages eine utopische und eine zukünftige Welt verschmelzen könnten, ist es im Jetzt für den Betrachter ganz und gar nicht dasselbe.«

Emil blinzelte verwirrt mit den Augen. »Ich verstehe den Unterschied nicht.«

Sie kam näher. »Nun, eigentlich ist es sehr einfach. Sie sprechen von einer utopischen Welt, da Sie davon überzeugt sind, dass es sie niemals geben wird. Ich nenne sie zukünftig, da ich nicht aufgeben werde, bis es sie gibt.«

Aus ihren Augen sprühte der Kampfgeist, den er an ihr so liebte.

Verlegen hielt er seine Gedanken an – *liebte?*

War es das, was er für sie empfand?

Liebe?

Er spürte, wie er errötete. Und wenn sie nicht so empfand? Er könnte ihr Erröten gestern fehlgedeutet haben. Vielleicht hatte seine Berührung, sein Blick sie nicht erröten lassen, weil sie auch etwas für ihn empfand, sondern weil es ihr peinlich war. Immerhin war er ihr Chef. Es war für sie ohnehin eine vertrackte Situation, sich gegen eine Annäherung seinerseits auszusprechen. Aber wie sollte er herausfinden, was sie für ihn empfand, wenn er nun aus Rücksichtnahme auf ihre Position gar nichts unternahm?

Sie blieb neben seinem Bett stehen.

Zaghaft streckte er die Hand nach ihr aus. »Ich würde gerne

in Ihrer zukünftigen Welt leben. Kommen Sie, setzen Sie sich zu mir.« Er ergriff die sich zögerlich nähernde Hand und zog Elsa zu sich auf die Bettkante. So viele Male hatte sie dort schon gesessen, und doch fühlte es sich heute anders an.

»Machen Sie sich nur über mich lustig, Sie werden schon sehen, das Wahlrecht ist nur der Anfang!« Sie wollte ihre Hand aus seiner lösen, doch er hielt sie fest.

»Ich meine es ernst, Elsa.« Er suchte ihre Augen. »Hätten mehr Frauen und weniger Pützers und Senkerts das Sagen, die Welt wäre ein friedlicherer Ort. Es waren Männer, die uns kaltblütig dem übermächtigen Feind geopfert haben. Glauben Sie, eine Frau würde solche Befehle geben?«

Elsas eisblaue Augen bohrten sich in die seinen. Als suche sie darin nach der Wahrheit hinter seinen Worten.

»Eine Welt, die allen offensteht«, fuhr Emil fort, »und in der eine so kluge Frau wie Sie ihre Zeit nicht damit vergeudet, die Betten von Menschen zu lüften, die weniger Geist im Kopf haben als Sie im kleinen Finger.«

Er spürte, wie ihr zarter Widerstand sich auflöste. Ihre Hand lag mit einem Mal so weich in der seinen, als wäre es normal, dass ein Patient ihre Hand hielt.

»Eine Welt, Elsa, in der Sie und ich ohne Getuschel und Skandal zeigen könnten, was wir empfinden.« Er beugte sich näher zu ihr. »Sie empfinden doch auch etwas für mich, Elsa, oder... täusche ich mich?«

Sie presste ihre Lippen zusammen, dennoch sah er in ihren Augen, dass er sich nicht täuschte.

»Ich würde Ihnen in diese Welt folgen, Elsa, ich würde Ihnen überallhin folgen.«

Wieder bohrte sich ihr Blick in den seinen. Mit der freien

Hand befühlte sie seine Stirn, als wolle sie prüfen, ob er fieberte. »Warum sollten Sie das tun?«

»Ist das so schwer zu verstehen?« Er beugte sich noch weiter vor, sein Gesicht war nur Zentimeter von ihrem entfernt. »Nehmen Sie mich mit, Elsa, zusammen verändern wir die Welt!« Im nächsten Moment berührten sich ihre Lippen zu einem ersten Kuss, schüchtern zunächst, dann so leidenschaftlich, als würde ihnen die jetzige Welt nur diesen einen zugestehen.

***

»Komm schon, Elsa!« Emil legte seine Arme um ihre Taille und zog sie näher zu sich. Der Duft ihres Haars stieg in seine Nase, seine Finger nestelten an der gerade erst auf dem Rücken gebundenen Schürze. Selbst über eine Woche nach ihrem ersten Kuss fühlte sich jede Berührung an wie ein Prickeln. Seine Lust regte sich erneut, am liebsten hätte er Elsa wieder ausgezogen, Schürze, Kleid, Unterkleid, bis er ihre weiche Haut unter seinen Fingern spürte. Er warf einen sehnsüchtigen Blick auf das noch warme Bett, als Elsa seine Hand von den Schürzenbändern schob und die Schleife entschieden festzog.

»Komm wenigstens mit!«, bettelte er. »Ich möchte an meinem ersten Ausgang seit fast vier Wochen mit *dir* durch Godesberg spazieren.«

»Deine Mutter wartet unten auf dich.« Elsa löste seine Hände von ihrer Taille und sah ihn streng an. »Wir haben eine Abmachung, Emil Dreesen. Was in diesem Raum geschieht, bleibt unser Geheimnis.«

»Und wenn der Raum nicht mehr unser Raum ist?« Emil umfasste ihre Hände. »Wie soll es mit uns weitergehen, wenn wir unsere Beziehung zum bestgehüteten Geheimnis der ganzen Gegend machen? Lass es uns der Welt zeigen! Angefangen mit Godesberg.«

Elsa senkte ihre Augen. Wovor hatte sie nur solche Angst? Sie, die Unerschrockene, wenn es darum ging, für die Rechte ihrer Geschlechtsgenossinnen zu kämpfen.

»Deine Mutter wartet.« Elsa zog ihre Hände zurück, presste ihre Lippen zusammen. Ein Zeichen, dass es keinen Sinn hatte weiterzureden.

Seufzend ließ er ihre Hände los. »Wie kann eine so kluge Frau so unnachgiebig sein? Bist du wenigstens noch hier, wenn ich zurückkomme?«

»Natürlich.« Sie stellte sich auf die Zehenspitzen und gab ihm einen Kuss. »Dein Vater bezahlt mich schließlich dafür.«

***

Die Septemberluft war so klar wie seine Gedanken trübe. Was war mit der Stadt in den letzten Wochen und Monaten passiert? Hatte er die Veränderung zuvor nicht gesehen, weil sie schleichend vorangegangen war, und nun, nach fast zwei Monaten, die er ferngeblieben war, traf sie ihn mit voller Wucht?

Die Straßen waren schmutzig, viele Geschäfte geschlossen, die Schaufenster mit Brettern vernagelt. Bettler, Kinder in zerlumpten Jacken, Versehrte mit fehlenden Gliedmaßen, Frauen mit schreienden Säuglingen im Arm. Dazu die mageren Auslagen der Händler, wenn es überhaupt eine Auslage gab, die Warnungen und Verbote der Besatzer, die unübersehbar an Hauswänden klebten.

Erst im Park war das Elend weniger sichtbar. Spielende Kinder und flanierende Eltern, Spaziergänger, die auch in schweren Zeiten Wert darauf legten, ihr Äußeres makellos zu präsentieren.

In der Dachkammer, umsorgt von Elsa, hatte er den Verfall nicht mitbekommen, weder Elsa noch Ulla hatten ihm in den letzten vier Wochen davon erzählt. Derweil hatten sie ihn über so vieles andere unterrichtet, wie über die politischen Ränkespiele im fernen Weimar und darüber, dass die Weimarer Verfassung endlich verabschiedet worden war. Ulla hatte ihm lang und breit von der Unterzeichnung des Friedensvertrags in der Nähe von Paris erzählt und von Vaters Hoffnung, dass der Kaiser nur auf den rechten Moment für seine Rückkehr wartete. Und Elsa hatte ihn über die Pläne von Kölns Oberbürgermeister Konrad Adenauer aufgeklärt, der das Rheinland von Preußen abspalten wollte.

Aber von dem Elend in ihrer Heimatstadt, von den leeren Geschäftsauslagen und geschlossenen Tavernen, den mit Brettern verbarrikadierten Fenstern und verwahrlosten Vorgärten, von den Armen und Bettelnden, davon hatte ihm niemand erzählt.

»So ist das jetzt«, murmelte sein Vater und hakte ihn fester unter. »Das Joch der Besatzung. Alles verkommt, wie in unserem Hotel.«

»Wo soll das nur enden?«, fragte seine Mutter, die Stimme kraftlos.

Sie traten aus der Idylle des Parks zurück auf die Hauptstraße. Verwundert bemerkte Emil die wachsende Menge auf den Trottoirs, als ein älterer Herr in einem dunklen Mantel aus feinem Tuch ihnen in den Weg trat.

Er zog seinen Zylinder. »Die Herrschaften Dreesen... meine Verehrung, werte Dame«, er neigte seinen Kopf vor Maria, wandte sich dann an Emil und klopfte ihm gönnerhaft auf die Schulter. »Und das ist unser junger Held.«

Er sah von Fritz zu Emil, der als Einziger nicht wusste, wer ihn da gerade als Held bezeichnet hatte, und vor allem: warum. »Sie können mächtig stolz sein auf Ihren Sohn. Hätten wir mehr Soldaten seines Kalibers gehabt und hätten die Roten uns nicht im eigenen Lande angegriffen...«

»Der Kaiser hätte uns in den Sieg geführt«, beendete Fritz den Satz des Mannes. Nun zog er ebenfalls seinen Hut. »Beehren Sie uns doch bald einmal wieder, Herr Hofrat. Natürlich mit der Frau Gemahlin.«

Der Hofrat setzte mit Bedauern seinen Zylinder auf. »Ach, Herr Dreesen, nehmen Sie es mir nicht übel, aber solange die Franzosen in Ihrem schönen Hotel hausen wie die Wilden...« Er schüttelte den Kopf. »Dinge habe ich gehört! Ich weiß nicht, wie Sie das nur aushalten.«

Emil runzelte die Stirn. Dinge? Meinte er den Dreck, den die französischen Soldaten auf Schritt und Tritt hinterließen? Oder den respektlosen Ton gegenüber seinem Vater? Oder den kurzen Prozess mit Pützers Kaiserporträt nach der Schlägerei in der Küche? Oder waren da noch mehr *Dinge,* über die bislang nur heimlich geflüstert wurde?

In der Nähe ertönte aufgeregtes Rufen, vermischt mit Kinderweinen. Neugierig drehte Emil sich um, sah einen Trupp Soldaten näher kommen, ein ganzes Regiment, vorneweg die Berittenen, dahinter die Infanterie. Er hörte das Klappern der Hufe, das Hämmern der Stiefel im Gleichmarsch auf der Straße. Noch mehr französische Soldaten im Rheinland?

»Sie bringen ihre nordafrikanischen Einheiten zur Sicherung der Besatzungszone«, zischte eine Stimme in der immer dichter werdenden Menge um ihn herum.

»Sie schicken Wilde nach Deutschland, die dafür sorgen sollen, dass wir in unseren Häusern bleiben.«

»Menschenfresser«, raunte eine andere Stimme.

Nun waren die Soldaten nah genug, dass Emil sie genauer betrachten konnte.

Sie waren dunkelhäutig.

Für ihn nichts Neues, die nordafrikanischen Truppen waren Teil des schrecklichen Krieges gewesen. Auf dem Schlachtfeld, unter den Toten, bei den Gefangenen. Aber in Godesberg dürfte dieser Anblick für viele die erste Begegnung mit Menschen aus afrikanischen Ländern sein.

Seine Mutter schlug entsetzt die Hand vor den Mund und trat hinter Fritz.

Der Trupp marschierte an ihnen vorbei, mit strammem Schritt, die dunklen Köpfe starr geradeaus gerichtet. Dennoch wichen die Menschen bei ihrem bloßen Anblick zurück.

»Jetzt hetzen sie uns auch noch die Wilden auf den Hals«, flüsterte Maria hinter dem Rücken ihres Mannes. »Eine Schande ist das.«

»Das sind Soldaten wie alle anderen auch«, sagte Emil beschwichtigend, »nur stammen sie aus den Kolonien.«

»Sie lassen die Wilden aus den Kolonien auf unsere braven Bürger los.« Kreidebleich wandte seine Mutter sich an Fritz und den Hofrat. »Dagegen muss man doch etwas tun können!«

»Ganz meine Meinung, verehrte Frau Dreesen«, pflichtete der Hofrat ihr bei. »Wir müssen beim Bürgermeister Beschwerde einreichen und darauf bestehen, dass er bei den Besatzern interveniert. Die Franzosen in der Stadt sind schlimm genug, aber das...« Er schüttelte entschieden den Kopf. »Das ist eine Provokation sondergleichen.«

»Es sind einfach nur Soldaten«, sagte Emil erneut. »Sie bekommen ihre Befehle wie alle anderen Soldaten auch.«

»Genau das ist das Problem«, mischte sich nun sein Vater ein. »Wir Deutschen müssen das Trottoir für französische Soldaten frei machen. Sollen wir etwa für einen Wilden in Uniform in den Dreck treten? Wie kann es angehen, dass ein Wilder, der uns in den Kolonien eben noch bedient hat, uns in unserer Heimat Befehle erteilen darf? Ich gehe mit Herrn Hofrat konform: Das ist eine Provokation erster Güte.«

»Vielleicht«, sagte Emil. »Mir scheint es jedoch eher eine wirtschaftliche Überlegung zu sein. Nordafrikanische Einheiten sind günstiger im Sold, anspruchsloser im Unterhalt, und sie ermöglichen es, französische Soldaten schneller nach Hause zu schicken.«

»Verteidigst du die Franzosen etwa?« Sein Vater betrachtete ihn mit einem missbilligenden Stirnrunzeln.

»Ich verteidige nicht, ich erkläre nur, was noch hinter diesem Einmarsch stecken könnte. Und ich bitte dich zu überlegen, was die Antwort der Franzosen auf deine Beschwerde sein könnte, wenn es sich um eine reine Provokation handelt.«

»Sie könnten all diese Wilden bei uns einquartieren...« Maria legte entsetzt die Hand auf ihren Mund.

»Oder uns ausquartieren«, sagte Emil. Unwillkürlich musste er an Elsa denken. Was würde dann mit ihnen geschehen? Ab morgen, wenn er zurück in den Wohntrakt seiner Eltern zog, würde es auch ohne zusätzlichen Ärger mit den Franzosen schwierig genug werden, Elsa wenigstens ein paar Minuten für sich allein zu haben.

Mit einem Mal wollte er nur noch weg von diesem Einmarsch, der Straße, dem Hofrat, den Eltern. Er wollte zurück in die Dachkammer, zu Elsa, gemeinsam mit ihr überlegen, wie sie ihre Zukunft gestalten würden. »Können wir gehen, bitte? Ich möchte mich gerne ausruhen.«

»Aber natürlich.« Seine Mutter stupste den Vater an, wandte sich an den Hofrat: »Unser Emil ist noch rekonvaleszent. Das ist heute sein erster Ausflug.«

Der Hofrat zog den Hut. »Meine Verehrung.« Er wandte sich an Emil. »Gute Genesung.«

Im Park hakte sein Vater sich bei ihm unter. »Nun, Junge, wie hat diese Elsa sich als Pflegerin geschlagen?«

Emil spürte, wie Hitze in ihm hochstieg. Hatte sein Vater bemerkt, was sich zwischen ihm und Elsa entwickelte?

»Ich hatte sie dir zugewiesen, um sie ein wenig von den anderen Zimmermädchen zu trennen«, fuhr Fritz fort. »Wie du sicherlich gemerkt hast, ist sie eine widerspenstige Person.«

»Sie ist nicht nur unverschämt im Ton, sie hat den anderen Mädchen auch dumme Ideen in den Kopf gesetzt«, erklärte Mutter.

Emil räusperte sich. »Hat sie das?«

»Sie redet von mehr Freizeit und mehr Lohn und besserem Schutz vor den Franzosen.« Fritz schüttelte erbost den Kopf. »Letztens hat ein Mädchen verlangt, dass seine Extrazeit bezahlt werden soll, weil ich es angewiesen habe, so lange zu bleiben, bis seine Arbeit ordentlich erledigt ist. Stell dir das nur vor! Extrageld! Schämen hätte sie sich müssen, weil sie ihre Arbeit schlampig gemacht hat.«

»Und das ist Elsas Schuld?«

»Elsa ist eine Unruhestifterin. Und das, nachdem ich sie nach dem Tod ihres Mannes in mein Haus geholt habe. Er war ein Kriegsheld«, setzte der Vater hinzu. »Eigentlich wollte ich sie schon vor Wochen hinauswerfen, aber dann hat deine Großmutter sie auch noch für den Tanztee engagiert, und als du so krank warst, dachte ich mir, mit der Pflege kennt sie sich aus, und dir kann sie wenigstens keine Flausen in den Kopf setzen.«

Emil senkte den Kopf. Seine Wangen brannten. Wenn sein Vater wüsste, dass er Elsa wegen ihrer Flausen am liebsten noch heute um ihre Hand bäte... Das wäre ein Skandal, der den Einmarsch der nordafrikanischen Einheiten in den Schatten stellen würde. Eine Provokation erster Güte, in den Worten seines Vaters.

Sie verließen den Park auf der Ostseite und traten auf das schmale Trottoir. Zu schmal, um nebeneinander zu gehen. Emil ging voraus, so konnte sein Vater wenigstens sein Gesicht nicht mehr sehen.

»Tja«, sagte sein Vater, »du brauchst nun keine Pflegerin mehr, und der Tanztee ist auch hinfällig. Jetzt bin ich mir unschlüssig, was wir mit dieser Elsa machen sollen. Sie behalten, aber mit der Verwarnung, in Zukunft keine sozialistischen Ideen mehr in unser Haus zu schleppen? Oder ihr kündigen? Wir müssen ohnehin Personal reduzieren.«

»Kündigen?« Emil blieb abrupt stehen. »Nach allem, was sie für mich getan hat?«

»Sie wurde dafür bezahlt«, verteidigte der Vater sein Vorhaben, »und eine Pflegerin würde man auch nach Hause schicken, wenn der Kranke genesen ist.«

»Aber sie war keine Pflegerin, bevor du sie zu mir geschickt hast. Hast du ihr den Satz einer ausgebildeten Pflegerin bezahlt oder den eines Zimmermädchens?« Emil setzte den Weg fort. Er ging schneller, als ihm guttat. Aber er wollte zu Elsa, jetzt noch mehr als zuvor.

»Nun, da sie keine ausgebildete Pflegerin ist, war es nur angemessen, ihr den bisherigen Lohn weiterzubezahlen.«

»In dem Fall ist es nur mehr als angemessen, ihr nach meiner Genesung wieder den Platz im Hause zuzuweisen, den sie zuvor innegehabt hat. Oder einen besseren.«

»Einen besseren?«, rief Fritz zwischen zwei Atemstößen, »nun renn doch nicht so, das Haus läuft uns nicht davon.«

Das Haus nicht, aber Elsa würde nicht mehr lange dort sein. Dennoch verlangsamte Emil seinen Schritt. »Elsa Wahlen ist gebildet, Vater. Sie spricht Französisch, sie könnte weit mehr leisten, als nur die Zimmer zu putzen.«

Fritz Dreesen musterte seinen Sohn argwöhnisch. »Hat sie dir nun auch schon Flausen in den Kopf gesetzt?«

»Flausen? Nur weil mir dasselbe aufgefallen ist wie Großmutter?« Emil schüttelte den Kopf. Wenn Vater sich schon weigerte, Elsa die Kenntnisse zuzusprechen, die sie nachweisbar besaß, wie sollte er ihn dann dazu bekommen, Elsa als zukünftige Schwiegertochter anzuerkennen?

Hatte Elsa doch recht damit, bloß ja niemandem von ihrem Verhältnis zu erzählen?

Aber wie sollten sie dann je ein gemeinsames Leben führen können?

April 1920

13 Elsa wischte das Waschbecken trocken und schob die Seifenschale an ihren Platz zurück. Nach einem abschließenden Blick durch das Zimmer schnappte sie sich ihr Putzzeug und machte sich seufzend auf zum nächsten Zimmer. War die Arbeit in den letzten Monaten noch eintöniger geworden, oder hatte sie sich verändert? Dabei hatte Emil ihr mehrmals angeboten, sich für sie einzusetzen, damit man sie beförderte. Doch genau das wollte sie nicht. Denn sie würde zur Verräterin in den eigenen Reihen werden, würde sie nicht aufgrund ihrer Arbeit, sondern wegen ihrer Affäre mit dem Juniorchef im Rang aufsteigen.

Zumindest war sie morgens noch nie so gerne zur Arbeit gegangen. Schon bei der Auffahrt begann ihr Herz jedes Mal zu klopfen. Selbst nach den acht Monaten, die sie nun schon eine Liaison zu Emil unterhielt, huschte ihr Blick noch nach allen Seiten, auf der Suche nach ihrem Geliebten, der keinen Tag verstreichen ließ, ohne dass sie sich sahen, und war es noch so kurz. Elsas Herz klopfte schneller bei dem Gedanken an ihn. Emil... Sie seufzte.

»Keine Lust auf die Arbeit? Träumst wohl davon, wieder den jungen Dreesen zu pflegen? War sicher angenehmer.« Hilde hielt beim Abstauben der Bilder im Flur inne und bedachte Elsa mit einem spöttischen Grinsen.

»Du meinst den Gestank von Blut, Eiter und Kot und das Leiden eines Schwerstverletzten?«

Hildes spöttisches Grinsen fiel in sich zusammen.

»Im Frontlazarett habe ich oft davon geträumt, einfach nur Dreck wegputzen zu müssen. Kein Blut, keine Schreie, keine Toten und vor allem nicht dieses Flehen in den Augen, wenn schon jede Hoffnung verloren war. Und jetzt putze ich einfach nur Dreck weg, und die Arbeit ist öde und anstrengend, aber in der Nacht kann ich ruhig schlafen.«

»Bist du deshalb nicht Krankenschwester geblieben?«, fragte Hilde kleinlaut.

»Es gab keine freie Stelle, als ich von der Front zurückkam.« Elsa lehnte Kehrbesen und Wedel an den Servicewagen und zählte für den nächsten Raum die frischen Handtücher ab. »Die Arbeit hier hat auch ihr Gutes.«

»Hat sie?« Hilde sah sie zweifelnd an. »Hab ich noch nicht gemerkt.«

»Frau Dreesens Gesicht.«

Hilde sah sie verständnislos an.

»Ihr Ausdruck«, lachte Elsa, »wenn sie uns zusammen reden sieht. Sie hat panische Angst, dass wir Zimmermädchen uns die Rechte erkämpfen, die uns schon lange zustehen sollten.«

»Ach, ich bin es so leid. Wir werden behandelt wie die Letzten der Letzten, selbst die Küchenjungen halten sich für was Besseres.«

»Niemand ist besser, nur weil er sich dafür hält«, sagte Elsa ernst. »Deine… *unsere* Arbeit sollte besser bezahlt werden, und sie sollte mehr Anerkennung bekommen.«

»Ja, genau!«, rief Hilde.

»Aber das wird nur passieren, wenn wir gemeinsam darum kämpfen.«

»Kämpfen?« Hilde sah sie verwundert an.

»Wir fordern alle zusammen bessere Bedingungen.«

»Die lachen uns aus.« Hilde wischte Elsas Erklärung mit ihrem Staubwedel aus der Luft.

»Wie lange werden sie wohl lachen, wenn wir die Arbeit niederlegen? Was glaubst du, wie die Küchenjungen sich anstellen werden, wenn sie die Wäsche waschen und die Betten machen sollen.«

Hilde kicherte. »Das möchte ich sehen!« Dann wurde sie wieder ernst. »Das würde uns unsere Stellung kosten. So was machen anständige Leute nicht.«

»Anständige Leute behandeln ihre Angestellten gerecht.« Die Handtücher unter den Arm geklemmt, nahm Elsa Kehrbesen und Wedel und trat zur Tür des nächsten Zimmers. Sie klopfte. »Zimmerservice.«

Kurz lauschte sie, dann öffnete sie die Tür, sah sich auf der Schwelle noch mal nach Hilde um. »Denk darüber nach. Wir können nur gemeinsam etwas verändern.«

Sie verschwand in dem Zimmer, noch bevor Hilde ihr antworten konnte. Flott wischte Elsa über die Flächen, schüttelte das Bett auf, glättete das Laken. Sie hatte Glück, der Offizier, der hier wohnte, war wenigstens ordentlich.

Sie hörte, wie die Tür geöffnet wurde. Unwillkürlich packte sie den Wedel fester. Den Soldaten nicht beachten. Sich unsichtbar machen und vor allem: nicht nervös werden.

Da spürte sie Hände um ihre Taille fassen.

Sie schrie auf.

»Elsa, psst, ich bin es!« Emil drehte sie zu sich und presste noch im gleichen Moment seine Lippen auf die ihren. Sie legte ihre Arme um seinen Hals, den Wedel weiter in der Hand.

»Zimmer 208«, murmelte er, kaum dass er seine Lippen von den ihren löste.

»Willst du mir sagen, dass ich es putzen soll?«

»Du sollst um fünf Uhr dort auf mich warten.«

In dem Moment stürmte Hilde ins Zimmer. »Was ist los?« Sie blieb abrupt stehen. »Oh, Herr Dreesen ... ich habe Elsa schreien gehört.«

»Eine ... Spinne«, sagte Elsa schnell.

Hilde musterte sie argwöhnisch – Elsa war nicht gerade dafür bekannt, ängstlich zu sein, auch nicht wegen Spinnen.

***

Bevor sie nach Hause gehe, solle sie sich bei der Chefin melden, hieß es. Elsa grübelte, was wohl der Grund dafür sein konnte, während sie ihre Putzsachen in der Besenkammer verstaute. Ob Maria Dreesen etwas von ihrer Affäre mit Emil mitbekommen hatte? Wie sollte sie darauf reagieren? Sie war nicht bereit, Emil aufzugeben, aber es war vollkommen klar, dass sie andernfalls hinausfliegen würde. Langsam ging sie über den Flur. Ihre Augen glitten über die hell tapezierten Wände, die Bilder und Wandleuchten. Gut möglich, dass dies heute ihr letzter Gang durch diesen Flur sein würde. Sie könnte bei Frau von Hevenkamp vorsprechen. Oder sich im Krankenhaus bewerben. Oder ...

Ein Tumult schreckte sie aus ihren Gedanken. Sie lief schneller. Je näher sie dem Foyer kam, desto lauter wurde es, dann sah sie den Ursprung des Lärms: Mitten im Foyer stand ein Trupp Schwarzafrikaner in der Uniform der französischen Soldaten. Aus dem kleinen Salon näherten sich eine Handvoll Gäste, die die fremdländischen Soldaten so misstrauisch wie neugierig beäugten, vom Direktionsbüro kamen Fritz und Maria Dreesen angelaufen. Elsa blieb stehen, den Blick ebenfalls neugierig auf die dunkelhäutigen Soldaten gerichtet. Sie spürte ein leichtes Unbehagen, so viele grausige Geschichten kursierten in Godesberg über die nordafrikanischen Truppen, dass selbst Elsa sich dem Einfluss der Erzählungen nicht völlig entziehen konnte.

»Meine Herren«, sagte Whoolsey überlaut und eilte auf den Trupp zu. »Was kann ich für Sie tun?«

»Capitaine Escoffier hat uns einbestellt«, sagte einer der Soldaten, offenbar der Ranghöchste, »bitte melden Sie ihm, Sergeant Bakary Diarra und seine Männer sind vor Ort.«

»Ich habe noch nie einen schwarzen Mann aus solcher Nähe gesehen«, flüsterte plötzlich Ulla Dreesen neben Elsa. Fasziniert betrachtete die Juniorchefin den Mann, der sich gerade als Bakary Diarra vorgestellt hatte. Das Gesicht tiefschwarz und schmal, die Nase auffällig breit, die Lippen voll, die Augen groß.

»Er wirkt... freundlich, was man von Capitaine Escoffier nicht behaupten kann.« Elsa schauderte.

»Ich habe davon gehört«, sagte Ulla Dreesen sogleich, »Escoffier belästigt euch. Mutter hat uns erzählt, dass du Schutz gefordert hast.«

Nicht nur einmal, lag Elsa auf der Zunge, doch sie verkniff sich die Bemerkung gegenüber Ulla Dreesen. »Wir sind jetzt immer zu zweit«, sagte sie stattdessen, »oder in Hörweite voneinander.«

»Funktioniert es denn?«, fragte Ulla Dreesen neugierig. »Es war meine Idee. Ein Kompromiss, dem Mutter nicht widersprechen konnte.«

»Es ist besser geworden«, bestätigte Elsa und betrachtete die junge Dreesen mit ganz neuen Augen. Dann hatten sie Maria Dreesens unerwarteten Stimmungswandel bezüglich der Übergriffigkeiten also ihrer Tochter Ulla zu verdanken.

»Ich habe auch angeregt, dass wir die Vorfälle aufzeichnen, mit Name und Datum. Ich glaube, wir können Colonel Soter nur so dazu bringen, seine Leute stärker zu kontrollieren. Er muss Angst haben, dass ihm die Vorfälle schaden könnten.«

»Angst?«, fragte Elsa nach. »Vor wem?«

»Nun, wir stellen ihn vor die Wahl, entweder er bekommt seine Männer in den Griff, oder wir schicken die blamable Liste an seine Vorgesetzten. Da gibt es einen, der meiner Großmama verbunden ist und dem es sicher unangenehm wäre, dass seine Soldaten sich hier so ungebührlich benehmen.«

In Elsas Kopf ratterte es. »Sollte ich deshalb…«

»…ja«, sagte Ulla Dreesen stolz. »Zu Mutter ins Büro kommen. Du sollst die Vorfälle aufzeichnen. Du hast den meisten Einfluss bei den anderen Zimmermädchen.« Sie zeigte auf die Treppe. »Da kommt Capitaine Escoffier.«

Unwillkürlich trat Elsa einen Schritt zurück, während Bakary Diarra unverzüglich Haltung annahm.

»*Mon Capitaine*«, sagte Diarra mit klarer, warmer Stimme. »Wie angefordert, stehen meine Männer zur Arbeit bereit.«

»Arbeit? Hier?«, rief Fritz Dreesen aus. »Heißt das…« Er wandte sich an Escoffier. »Sie wollen diese…« Fritz Dreesen rang sichtlich um Worte.

Elsa sah, wie Ulla Dreesens Gesichtszüge hart wurden.

»... Männer in meinem Hotel unterbringen?«, würgte Fritz Dreesen schließlich hervor.

»*Quelle bonne idée!*« Escoffier grinste. »Aber tatsächlich werden sie leider nur ihre Zelte nahe beim Hotel am Ufer aufstellen.«

»Bei unserem Hotel?« Jupp Pützer war aus der Küche dazugetreten und stellte sich mit verschränkten Armen vor Ulla Dreesen. »Det war's. Erst Froschlutscher, jetzt noch die Affen, det is keen Haus mehr, in dem anständige Männer arbeiten. Ich geh.« Er riss seine Schürze herunter und machte auf dem Absatz kehrt.

»Jetzt hör schon auf!«, zischte Ulla Dreesen ihm nach.

»Nein, Jupp hat recht, es reicht!«, schnaubte Fritz Dreesen. »Genug ist genug! Ich werde diese Angelegenheit mit Colonel Soter besprechen. Jetzt. Sofort.« Er wandte sich an seine Frau. »Und du, geh bitte, und rede mit Jupp.«

Kopfschüttelnd beobachtete Ulla Dreesen, wie die dunkelhäutigen Soldaten das Hotel verließen. »Manchmal wünschte ich«, flüsterte sie, »ich wäre nie in diese Familie geboren worden.« Mit einem Mal packte sie Elsa am Ärmel und zog sie in den Durchgang zum Empiresaal. Sie sah sich um, als wolle sie sich vergewissern, dass niemand sie hören konnte. »Emil geht es genauso. Er liebt diese Familie, und manchmal hasst er sie. Ich glaube, vor allem deshalb, weil sie ihm bei dem im Weg steht, was ihm am wichtigsten ist.«

Elsa wusste nicht, wie sie auf diesen Ausbruch reagieren sollte. Es war eine seltsame, viel zu persönliche Unterhaltung, die die Juniorchefin hier mit ihr als Zimmermädchen führte!

»Du weißt doch, was ihm am wichtigsten ist.« Ulla Dreesen musterte sie durchdringend.

Elsa drehte fragend die Handflächen nach oben, obschon sie natürlich genau wusste, was Emil am wichtigsten war: das Hotel, oder besser das, was er daraus machen würde, wenn er die Gelegenheit dazu bekäme.

»Ich weiß es nämlich.« Ulla Dreesen sah sie verschwörerisch an. »Du. Weil du mutig und klug bist.«

Elsas Wangen brannten. Hatte Emil etwa mit seiner Schwester über sie geredet? Mit wem noch?

»Ich bin von allein draufgekommen«, fuhr Ulla Dreesen fort und zwinkerte ihr zu. »Aber es war nicht wirklich schwer, wenn man Emil gut kennt. Und wenn ich Roberts Grinsen richtig deute, dann hat er's sich auch schon zusammengereimt.«

»Ich...« Elsa räusperte sich. Wie sollte sie darauf reagieren? Sich entschuldigen? Leugnen? Oder wollte Ulla Dreesen sie damit auffordern, Emil in Ruhe zu lassen?

Erneut sah die junge Dreesen sich um, dann zog sie Elsa tiefer in den leeren Gang, bis sie auf halber Strecke zwischen Foyer und den verschlossenen Türen des Empiresaals waren. »Ich bräuchte hier so dringend eine Freundin«, flüsterte Ulla Dreesen, »eine, die versteht, dass ich nicht Hauswirtschaft lernen will, nur weil ich als Mädchen geboren wurde.«

Elsa schüttelte den Kopf. »Das geht doch nicht, Ihre Eltern würden mich auf der Stelle entlassen.«

»Deine«, korrigierte Ulla sie. »Meine Eltern müssen es ja nicht sofort wissen. Ich denke, ich kann sehr viel unauffälliger Zeit mit dir verbringen als Emil, zum Beispiel jetzt – wenn du noch Zeit hast?«

»Ich soll mich bei Ihrer...«, sie verbesserte sich angesichts von Ullas vorwurfsvoller Miene, »...deiner Mutter im Direktionsbüro melden.«

»Aber Mutter ist gerade bei Jupp und versucht, ihn umzustimmen.«

»Ich...« Elsa presste die Lippen zusammen. Selbst wenn sie Zeit hätte – war es eine kluge Idee, diese mit Ulla zu verbringen? Immerhin war sie Emils Schwester – was gleichzeitig dafür und dagegen sprach. »Ich denke, ich sollte zuerst auf deine Mutter warten, ich habe sie schon oft genug verärgert.«

»Oder wir bitten Whoolsey, uns Bescheid zu geben, wenn sie zurückkommt.«

Nun wollte sie auch noch Whoolsey involvieren! Wenn Ulla das für unauffällig hielt, wie sah bei ihr auffällig aus?

Doch bevor Elsa Einspruch erheben konnte, war Ulla Dreesen schon losgelaufen. Elsa ging ihr nach und beobachtete, wie sie ein paar Worte mit Whoolsey wechselte, der zuvorkommend nickte.

Im nächsten Moment war Ulla schon wieder bei ihr. »Komm mit, ich zeige dir, wofür mein Herz schlägt.«

Ulla betrat vor Elsa den Empiresaal und führte sie zu einem mit mehreren spanischen Wänden abgetrennten Teil des Saales. »Darauf hat Großmama bestanden«, lachte sie und zeigte auf die mit Schmetterlingen bemalten Faltwände, »damit ja niemand die Unordnung dahinter sieht. Dabei wird der Saal doch seit Jahren ohnehin nur noch als Durchgang zu dem kleinen Beethovensaal genutzt.«

Hinter den Faltwänden herrschte tatsächlich unfassliche Unordnung. Holz und Sägespäne, Raspeln, Hobel, allerlei Werkzeuge, die kunterbunt auf einem Holztablett lagen. Dahinter standen Möbel in verschiedenen Stadien der Fertigstellung. Verblüfft bestaunte Elsa die unfertigen Möbelstücke. Ein Tisch ohne Schnörkel, die Linien klar und doch von bestechender Eleganz. Ein Stuhl mit scheinbar schwebenden Armlehnen, eine Kommode, schmal wie eine Säule, mit abgerundeten Schubladen. Noch nie hatte Elsa so exquisite, ungewöhnliche Möbelstücke gesehen.

»Gefallen sie dir?« Ulla strich liebevoll über die Stuhllehne.

»Fräulein Dreesen... Ulla, sie sind...« Elsa berührte die glatte Oberfläche des Tisches. Er fühlte sich samtig weich an. »Wunderschön. Wo haben Sie... du das gelernt?«

Ulla lachte. Zum ersten Mal fielen Elsa die Grübchen auf, die sich dabei in ihren Wangen bildeten. »Ich bin als Kind dem Hotelschreiner überallhin nachgerannt und habe ihn um Holzreste angebettelt. Irgendwann hatte er Mitleid mit mir und hat mir Kinderwerkzeug gebaut.«

»Das ist unglaublich.« Elsa konnte ihre Augen überhaupt nicht mehr von den Möbeln lösen. Wie sehr sie Ulla mit ihrer Einschätzung doch unrecht getan hatte.

»Ich möchte Emil dabei helfen, das Haus zu einem modernen Ort zu machen. Ich möchte, dass es wieder ein Ort wird, an dem Neues ausprobiert werden kann und Toleranz und Freundlichkeit den Ton angeben.«

Elsa zog die Hand von dem Tisch weg. »Aber es bleibt auch dann ein Ort für die Reichen und Privilegierten, die oft genug ihren Arbeitern gegenüber keine Toleranz und Freundlichkeit erkennen lassen.«

»Elsa!« Ulla sah sie betroffen an. »Das klingt... ernüchternd!«

Elsa zuckte die Schultern. Es war nun einmal die Wahrheit, und die war meistens ernüchternd. Wenn Ulla sie zur Freundin haben wollte, würde sie sich ebenso mit ihrer Welt auseinandersetzen müssen, wie sie das mit Ullas und Emils tat.

»Ich müsste bald los«, sagte Elsa vorsichtig, um Ulla nicht noch mehr zu brüskieren, »heute ist das Monatstreffen der Kriegswitwen.«

»Natürlich, entschuldige! Immer der erste Mittwoch im Monat. Davon hattest du mir erzählt, als du Emil gepflegt hast. Erinnerst du dich?«

Nun, da Ulla es erwähnte, erinnerte Elsa sich tatsächlich daran. Sie hatten darüber gesprochen, da sie an dem Tag ihre Pflegeschicht früher hatte beenden müssen. Nicht erzählt hatte sie allerdings, dass diese Treffen nur Tarnung waren für einen Frauenverein und ihren Kampf für mehr Frauenrechte. Elsa nickte.

»Ich sage Mutter, dass ich dich schon losgeschickt habe und du morgen zu ihr kommen wirst – ich denke, das ist in ihrem Sinne.«

»Danke. Dann... bis morgen, Ulla.« Elsa eilte in den dritten Stock. Es war wirklich höchste Zeit, wenn sie noch eine Kleinigkeit essen und dennoch nicht zu spät kommen wollte! Die Umkleide des Personals war menschenleer, alle anderen Angestellten waren entweder schon gegangen oder hatten ihre Schicht angetreten. Hastig legte sie Schürze und Häubchen ab und streifte sich Mantel und Tuch über. Sie hasste diesen Raum, diesen Trakt des Hauses, so verwinkelt und unübersichtlich, dass man nie wusste, wer an der nächsten Ecke lauerte.

Kurz darauf trat sie in den Hof. Fröstelnd zog sie ihr Tuch über die Schultern, es war nicht nur dunkel geworden, sondern auch empfindlich kalt. Über ihr erklang der Ruf eines Käuzchens. Erschrocken hob sie den Kopf zu den Baumkronen, verzog dann skeptisch das Gesicht. Seit wann fürchtete sie sich vor einem Käuzchen?

Da traf sie ein Schlag im Rücken, so heftig, dass sie vornüberflog. Kaum am Boden, spürte sie einen Tritt, Männerstiefel, von Wut getrieben, es mussten mehrere Personen sein. Sie krümmte sich, ein Arm schützend über dem Kopf, einer vor dem Bauch, sie spürte die Tritte, doch kein Laut kam ihr über die Lippen, nicht einmal ein Stöhnen. Da ließen die Stiefel von ihr ab, einer der Männer beugte sich zu ihr, packte sie im Haar und zog ihren Kopf nach hinten. Sie spürte seinen Atem warm in ihrem Gesicht. Roch den Alkohol darin.

»Hör endlich auf mit dem Unruhestiften, du verdammtes Stück rote Scheiße.« Sie erkannte die Stimme. Hans Senkert. Jungpolizist. Sohn von Wachtmeister Senkert. Deutschnationaler und Sozialistenjäger. Er ließ ihren Kopf los und trat ein letztes Mal zu, diesmal in den Rücken.

14

Emil überprüfte das Maß, dann rammte er den letzten Stecken in den harten Boden. Kritisch trat er fünf Schritte zurück und betrachtete die regelmäßig aus dem Boden ragenden Rundhölzer. Eine gute Größe für die neue Bühne, ein würdiger Ersatz für den alten Musiktempel.

Er setzte sich auf den Gartenstuhl, verrückte ihn nach links, nach rechts, nach hinten, nickte. Genau hier, genau so würde er die Bühne bauen – sobald Geld dafür verfügbar war. Solange sie kaum mehr die Angestellten bezahlen konnten, kam der Bau der Bühne nicht infrage, weder hier noch im Tanzsaal. Aber sobald die Mittel wieder flossen und sie die bereits entlassenen Angestellten wieder zurück in Lohn und Arbeit holen konnten, würde er zuerst die Bühne im Park bauen und dann, wenn er Vater, Mutter und Großmutter vom Erfolg eines aufregenden neuen Unterhaltungsprogramms überzeugt hatte, in einem zweiten Schritt die Umgestaltung des ehrwürdigen Tanzsaales in Angriff nehmen.

Er fixierte den abgesteckten Platz und stellte sich die Bühne vor, darauf die Künstler, die die Avantgarde nach Godesberg bringen würden.

Von Weitem drangen Trompetenklänge zu ihm. Er lauschte,

drehte suchend den Kopf. Genau das war die Musik, die er an den Rhein holen wollte! Es war verrückt! New Orleans Jazz im Dreesen!

Hastig stand er auf und lief zur Parkmauer. Dort setzte er sich auf den Rand und blickte das Rheinufer entlang. Auf dem Fluss fuhren zwei Ruderboote vorbei, mehrere Spaziergänger schlenderten den Leinpfad entlang. Sein Blick wanderte weiter, verweilte bei den frisch aufgestellten Armeezelten.

Sergeant Diarra und ein halbes Dutzend seiner Männer hatten sich davor versammelt. Diarra spielte Trompete, die anderen saßen auf einer aus den alten Holzlatten des Musiktempels improvisierten Bank.

Fasziniert beobachtete Emil Bakary Diarra. Warum spielte ein afrikanischer Soldat Jazz aus New Orleans?

»Ist das Spiel nicht exquisit?« Ulla war unbemerkt hinzugetreten und setzte sich nun neben ihn auf die kniehohe Mauer.

»Durchaus unerwartet«, sagte Emil.

»Natürlich«, schnappte Ulla, »wer erwartet schon, dass ›Affen‹ Trompete spielen können...«

»Ich meinte eher die Art der Musik«, sagte Emil, ohne seinen Blick von Diarra zu nehmen. »Du ärgerst dich, dass Jupp ihn als Affe bezeichnet hat, nicht wahr?«

»Fristlos gekündigt hat er! Er ist einfach weg!«

»Mir wird er fehlen«, sagte Emil, »trotz seines Kaisergeschwätzes. Ich kann mir unsere Küche nicht ohne Jupp vorstellen...«

»Mir wird der alte Brummbär auch fehlen. Aber nicht seine Sprüche.« Ulla verschränkte die Arme vor der Brust. »Und wenn er hundert Jahre bei uns gearbeitet hat, das gibt ihm nicht das Recht, andere Menschen als Jesocks zu bezeichnen, sobald sie eine andere Meinung haben, oder als Affen, weil sie anders aussehen.«

Emil horchte auf. Nun erwähnte Ulla die an Diarra gerichtete Beleidigung bereits zum zweiten Mal. Als wäre es überraschend, dass die Menschen hier ablehnend auf Schwarze reagierten. War es aber nicht, es war sogar absolut vorhersehbar gewesen.

Ein neues Lied ertönte. Weniger schwungvoll, doch es ergriff schon nach den ersten Takten das Herz.

»Ich geh etwas näher ran«, sagte Ulla unvermittelt.

»Nein, Ulla«, fuhr er sie an, »du gehst nicht alleine zu einer Gruppe fremder Soldaten.«

»Ich wollte mich nur ans Ende der Mauer setzen.« Sie zwinkerte ihm zu und stand auf. »Dass man euch Männern nicht trauen kann, hat Elsa uns inzwischen allen eingebläut.«

Emil spürte, wie er errötete. Er hasste es, wenn sie von Elsa sprach und er so tun musste, als wäre sie nur eine Angestellte.

Ulla drückte ihm einen Kuss auf die Wange und flüsterte: »Du solltest noch etwas üben, wie man ein Geheimnis wahrt. Ich weiß doch längst von dir und Elsa. Bring sie nächsten Montag mit zu Zerbes, ich glaube, er wird sie mögen.«

Schon tänzelte sie davon, im Takt der Trompetenklänge, die der Wind in alle Richtungen zu wehen schien. Emil spürte die Hitze in seinem Gesicht. Wenn Ulla es wusste – wer noch?

»Interessante Musik«, sagte plötzlich eine Stimme neben ihm, »gehört aber nicht hierher.«

Emil zuckte zusammen. Schneider! Den Journalisten hatte er vollkommen verdrängt! Siedend heiß fuhr es durch ihn hindurch – Schneider hatte wiederkommen wollen, ja, aber doch schon vor Monaten! Als er, Emil, bettlägerig gewesen war. Der widerliche Erpresser war aber nicht gekommen, oder... war er gekommen und hatte erfahren, dass sein Opfer nicht zu sprechen war?

»Schneider«, sagte er tonlos.

»Nun, Herr Dreesen, ich sehe, Sie sind wieder wohlauf.«

Dann war er also da gewesen. Woher sonst würde Schneider wissen, dass es ihm schlecht gegangen war?

»Wie Sie sehen«, stieß er unwirsch hervor.

»Nun, das freut mich«, sagte Schneider und lächelte sein falsches Lächeln, »denn angesichts der rasenden Inflation im Lande bin ich natürlich mit der... äh... Abfindung nicht so weit gekommen, wie ich erhofft hatte.«

»Ab...« Emil hustete, um Zeit zu gewinnen, ohne Schneider seine Überraschung merken zu lassen. Wenn Schneider bereits eine Bezahlung bekommen hatte, wer hatte sie ihm ausgehändigt? Und wie viel? Und was hatte Schneider dieser Person verraten? Hatte er mit Vater gesprochen, nachdem er selbst nicht aufgetaucht war? Mit Ulla? Mutter? Robert? *Denk nach!* Er musste diese Information irgendwie aus Schneider herauskitzeln, ohne dass dieser Verdacht schöpfte.

Er räusperte sich, hustete ein letztes Mal. »Sie wollen also mehr«, sagte er scharf.

»Nennen wir es einen Inflationsausgleich.« Schneider wischte eine nicht vorhandene Fluse von dem Ärmel seines offensichtlich neuen Mantels.

Bezahlt mit der *Abfindung,* die er von einer geheimnisvollen Person erhalten hatte.

»Mir scheint, dass Sie mit Ihrer Erpressertätigkeit gut im Geschäft stehen.« Emil befühlte den Stoff von Schneiders Mantel. »Feines Tuch. Haben Sie sich den von dem bei mir erpressten Geld gekauft, oder gibt es mehr Opfer, die Sie schamlos ausbluten lassen?«

»Wenn Sie solche Worte verwenden, also, das klingt nicht schön.«

»Erpressung ist keine schöne Sache.« Emil ballte die Fäuste. Wie gerne würde er Schneider seine widerliche Visage polieren. »Mehr noch, Erpresser, vor allem solche, die sich nicht an die Absprachen halten, leben gefährlich.«

»Sie drohen mir?« Das falsche Lächeln verschwand.

»Und Sie zählen zu genau der Sorte Erpresser«, fuhr Emil fort. »Warum sollte ich noch mal bezahlen, wenn Sie ohnehin wiederkommen?«

»Um sich Zeit zu kaufen. Und die Hoffnung, dass ich vielleicht doch nicht mehr komme.«

»Weil Ihnen jemand endgültig das Maul stopft.« Emil sah ihn kalt an. »Die zuverlässigere Lösung unseres kleinen Problems. Und in heutigen Zeiten auch die billigere. Arbeitslose Soldaten, die sich ein Zubrot verdienen wollen, gibt es genug.«

»Leere Drohungen...«, sagte Schneider, doch Emil nahm seine Verunsicherung wahr. »Das klingt bei einem Fahnenflüchtigen genauso schal wie bei dem Fräulein, das Sie mir das letzte Mal geschickt haben.«

Fräulein? Emil schluckte. Dann... hatte also Ulla mit diesem widerlichen Kerl verhandelt. Ulla! Das sah ihr ähnlich. Er konnte sich Schneiders schmieriges Grinsen nur zu gut vorstellen, als Ulla ihm die Erpresserbeute überreicht hatte.

Emil packte Schneider am Revers und trat so nah an ihn heran, dass ihre Nasen sich fast berührten. »Wie steht es mit der Drohung eines Soldaten? Wie viele Männer, glauben Sie, habe ich im Krieg getötet? Fragen Sie sich lieber, warum ich auch nur eine Sekunde zögern sollte, Ihr erbärmliches Erpresserleben zu beenden!« Er stieß ihn so vehement von sich, dass Schneider rücklings stolperte und zu Boden fiel. »Hauen Sie ab, und lassen Sie sich nie wieder hier blicken!«

Schneider rappelte sich hoch und klopfte seinen Mantel ab. Er verzog abschätzig die Lippen, als könnte er Emil nicht verstehen. »Sie machen einen großen Fehler, vielleicht den größten Ihres Lebens. Überlegen Sie sich die Sache gut. Ich bin noch zwei Tage in der Gegend, im Hotel Post.« Er wandte sich zum Gehen, blieb ein letztes Mal stehen und drehte sich zu Emil. »Vielleicht bringt das Fräulein mit den Eisaugen Sie zur Vernunft. Besprechen Sie die Angelegenheit mit ihr. Sie scheint insgesamt doch vernünftiger zu sein.«

Verwirrt starrte Emil Schneider nach.

Eisaugen? Ulla hatte die wärmsten braunen Augen der Welt. Was für ein Idiot dieser Schneider doch war.

Kopfschüttelnd ging Emil zur Mauer. Keine Spur von Ulla – wahrscheinlich hatte sie Schneider gesehen und war ins Haus geflüchtet, bevor er auch sie wiedererkannte. Entschlossen wandte er sich zum Haus. Als Erstes würde er Ulla zur Rede stellen. So ehrenhaft es von ihr gewesen war – wie konnte sie so unvernünftig sein! Sich alleine mit einem Erpresser zu treffen, wahrscheinlich gleich zweimal. Und überhaupt – was hatte sie Schneider gegeben? Und warum hatte sie ihm nichts gesagt?

***

Emil wartete, bis Whoolsey dem Gast seinen Zimmerschlüssel ausgehändigt hatte, dann wandte er sich an den Empfangs-

chef. »Wissen Sie, wo meine Schwester ist?« Sein Blick streifte durch das Foyer. »Ist sie hier vorbeigekommen?«
»Tut mir leid, ich habe sie nicht gesehen«, sagte Whoolsey bedauernd.

In dem Moment stürmte Colonel Soter ins Foyer. Hinter ihm erschien Fritz Dreesen, mit ebenso rotem Gesicht wie Colonel Soter. »Sergeant Diarra und seine Männer werden bleiben, vor dem Hotel oder im Hotel«, rief Colonel Soter erbost, »das ist mein letztes Wort.« Mit raschem Schritt durchquerte er das Foyer, direkt auf die Rezeption zu.

»Diese Männer machen meinen Gästen und dem Personal noch mehr Angst«, protestierte Fritz Dreesen. Er folgte dem Colonel zur Rezeption. »Und dabei ist das Verhalten Ihrer hellhäutigen Soldaten meinem Personal gegenüber schon unhaltbar. Andauernd gibt es Übergriffe auf unsere Zimmermädchen, so benimmt man sich nicht unter zivilisierten Völkern.«

»Sie beschweren sich über *meine* Leute?« Colonel Soters Hand krachte auf den Tresen. »Das ist ja wohl die Höhe!« Whoolsey wich erschrocken zurück.

»Kommen Sie mit in mein Büro, ich werde Ihnen zeigen, was Ihr zivilisiertes Volk so unter die Leute bringt.« Soters Blick fiel auf Emil. »Und Sie kommen auch gleich mit.«

Verwirrt begleitete Emil die beiden zum von Soter und seinem Adjutanten akquirierten Salon Beethoven. Soter ging schnurstracks zu einer offenen Kiste und zog mehrere Papierrollen heraus. Erbost breitete er die erste auf dem großen, ovalen Konferenztisch aus.

»*Voilà.* Das ist also Ihr zivilisierter Umgang mit Menschen!« Angewidert betrachtete Emil das Plakat. Es zeigte die Karikatur eines schwarzen Soldaten, der sich nackt auf einem Bett rekelte, in fetten Lettern angeprangert als Vergewaltiger aus Madagaskar.

Emil verzog angeekelt das Gesicht – wer druckte solch widerwärtige Verunglimpfungen? Soter rollte das nächste Plakat aus, wieder zeigte es einen schwarzen Soldaten, diesmal grapschte er einer hellhäutigen, blonden Frau an die Brust, zu ihren Füßen ein erstochener Schäferhund.

Schon legte Soter das nächste darüber, diesmal die nackte Loreley, im Gesicht Angst und Entsetzen, rücklings an einen riesigen Penis gebunden, auf dem ein französischer Helm thronte. Dann folgte eine weitere Karikatur eines schwarzen Soldaten, darunter in fetter Runenschrift: DIE WACHT AM RHEIN.

Emil war fassungslos. Die Worte »Die Wacht am Rhein« zitierten hier nicht einfach das allbekannte Volkslied, nein, sie waren eine Drohung. Vaters Worte kamen ihm in den Sinn. *Wir werden über den Rhein wachen…* Nein, so etwas Ekelhaftes würde sein Vater niemals gutheißen. Trotz seines Hasses auf die Franzosen und seiner Ablehnung der farbigen Soldaten.

»Das haben wir im Zimmer Ihres ehemaligen Kochs gefunden«, wetterte Colonel Soter. »Und Sie wagen es, mir Vorwürfe über das Verhalten meiner Leute zu machen?«

»Damit haben wir nichts zu tun«, sagte Fritz, doch seine Gesichtsfarbe war deutlich blasser geworden.

»Hören Sie doch auf! Sie lügen, wenn Sie den Mund aufmachen! Natürlich stecken Sie da mit drin. Glauben Sie, ich bekomme nicht mit, dass Sie sich heimlich mit Pützer und Senkert und seinem Trupp Deutschnationaler treffen? Nach all der Zeit, die wir jetzt hier sind, haben Sie immer noch nicht begriffen, dass Sie hier mit geborgter Zeit leben. Vielleicht brauchen Sie eine kleine Lektion, um zu verstehen, wer hier das Sagen hat.« Er drehte sich zu seinem Adjutanten. »Pantalouffe, sagen Sie Capitaine Escoffier, dass alle Gäste das Hotel innerhalb der nächsten halben Stunde verlassen müssen.«

»Aber...«, protestierte Fritz Dreesen.

»Halten Sie den Mund!«, fuhr Soter ihn an. »Das gilt jetzt für zwei Wochen, und wenn Sie noch ein Wort sagen, können Sie, Ihre Familie und Ihre Leute auch gleich Ihre Sachen packen.«

***

Nun wurden die Gäste, die sie endlich zurück ins Hotel gelockt hatten, erneut von französischen Soldaten hinausgeworfen wie faulige Kartoffeln!

Emil stürmte die Treppe hoch, zerrte seinen Vater am Ärmel hinter sich her, weg von Colonel Soter, bevor er noch mehr Schaden anrichten konnte. Wann endlich kapierte Vater, dass sein feindliches Verhalten gegenüber den Franzosen für das Hotel schädlich war?

In Emils Brust staute sich die Wut, bis er kaum noch Luft bekam. Mit schnellem Schritt marschierte er zu den privaten Räumen seiner Großmutter im ersten Stock, die Soter ihnen gelassen hatte. Noch. Aber auch dieser Luxus konnte von jetzt auf gleich der Vergangenheit angehören.

»Du kannst mich loslassen«, murrte sein Vater, als sie den Privatbereich betraten, und wischte unwirsch Emils Hand von seinem Arm. »Zwei Wochen kein Hotelbetrieb, was maßt sich dieser Miniatur-Napoleon eigentlich an? Du musst diesen Escoffier begleiten, damit er unsere Gäste nicht wieder wie Vieh aus den Zimmern treibt.«

»Zuerst haben wir zu reden«, schnaubte Emil.

»Allerdings haben wir das!« Adelheid trat auf den Flur. Entschieden winkte sie Fritz und Emil in den Salon. »Setzt euch«, befahl sie und schloss die Tür hinter ihnen.

»Ich wüsste nicht, was es in dieser Sache zu besprechen gibt.« Fritz blieb neben dem runden Biedermeiertisch stehen.

»Setz dich, Fritz.« Adelheid ließ sich auf ihrem Stuhl nieder und rührte in ihrem Tee.

Widerwillig nahm er Platz. »Ich habe viel zu tun, Mutter.«

»Ich frage mich nur, was genau«, sagte Adelheid spitz. »Um die Bewirtung unserer Gäste kann es dabei kaum gehen, denn die werden erneut von diesem ungehobelten Escoffier hinausgeworfen. Wie oft, glaubst du, überlebt unser Ruf eine solche Behandlung? Wie soll sich auch nur ein einziger Gast hier sicher und wohlfühlen, wenn er jederzeit auf gepackten Koffern sitzt, um bei einer überstürzten Abreise nicht auch noch sein Hab und Gut zurücklassen zu müssen?«

»Du hast gelauscht«, stellte Fritz fest.

»Natürlich habe ich das. Ich muss schließlich wissen, was in meinem Haus vor sich geht.«

Emils Blick wanderte von Großmutters schildpattverziertem Hörrohr zu dem wieder sorgfältig verschlossenen Lüftungsschacht, der an dem darunterliegenden Salon Beethoven vorbeilief. »Dann bist du ja informiert.«

»Nicht ganz, denn ich habe nicht gesehen, was der Colonel euch so schrecklich Unzivilisiertes gezeigt hat.«

»Widerliche Plakate.« Emil schoss einen empörten Blick

zu seinem Vater hinüber. »Plakate, die noch mehr Hass und Gewalt schüren.«

»Und was genau hat dein Vater damit zu tun?«

»Was ich damit zu tun habe?« Fritz schnalzte gereizt mit der Zunge. »Natürlich nichts!«

»Wirklich, Vater?« Emil musterte seinen Vater. »Die Plakate waren in Jupps Zimmer, und sie sind unterschrieben mit *Die Wacht am Rhein*. So heißt doch eure vermeintliche Bürgerwehr, mit der ihr über den Rhein wacht, du und Jupp und die Senkerts und wer da noch alles mit drinsteckt.«

Adelheid sah ihren Sohn fragend an. »Ich höre?«

Fritz seufzte so tief, wie nur er seufzen konnte – über die einfältige Welt, die ihn umgab und ihn einfach nicht verstehen wollte.

»Fritz?«, mahnte Adelheid. »Ich möchte das geklärt haben, bevor du mit dem Jungen nach den Gästen siehst.«

»Ja, ich unterstütze Jupp und die Senkerts und ein paar andere mit der Wacht am Rhein. Und...«, Fritz stand auf und stemmte die Arme in die Seiten, »ich werde mich nicht dafür rechtfertigen und ganz sicher nicht entschuldigen. Unser ganzes Volk wird durch den Friedensvertrag an Leib und Seele vergewaltigt.«

»Und wie genau helfen euch dabei Plakate mit nackten Schwarzen und mannsgroßen Penissen?«, fragte Emil.

»Nackte...« Adelheid hob indigniert die Brauen. »Ich bin gespannt auf deine Antwort, Fritz.«

»Das habe *ich* mir doch nicht ausgedacht! Ich besorge nur das Papier und die Druckerfarbe. Tue ich das nicht, werden wir unseren Ruf als verräterische Franzosenfreunde nie mehr los.« Fritz hob die Hände in die Luft. »Die fragen mich nicht um Erlaubnis, bevor sie etwas drucken. Und wir sollten auch nicht vergessen, warum wir überhaupt in der misslichen Situation sind, dass Soter uns nach eigenem Gutdünken herumkommandieren kann.«

Nun stöhnte Emil auf. »Bitte, Vater, willst du jetzt wieder damit anfangen? Wir werden nie wissen, ob dein Plan geklappt hätte und die Franzosen einfach weitergezogen wären, ohne unser Hotel zu besetzen. Also hör bitte auf, so zu tun, als wäre das eine Tatsache.«

»Es ist, wie es ist«, mischte Adelheid sich ein, »und wir werden das Beste daraus machen, so wie dein Großvater es uns allen vorgelebt hat.« Sie nahm einen Schluck Tee, sah dann zu Emil. »Ich möchte, dass du jetzt gehst und die Gäste beruhigst. Und wenn Escoffier Ärger macht, dann halte dich zurück. Er ist es nicht wert.« Ihr Blick ging zu ihrem Sohn. »Bleib bitte noch kurz hier, Fritz.«

Emil verließ den Salon, in seiner Brust allerdings tobte noch immer die Wut. Hatte Großmutter ihn gerade wie einen kleinen Jungen aus dem Zimmer geschickt, weil *die Erwachsenen* etwas zu bereden hatten? Oder hatte sie wirklich nur das Wohl der Gäste im Sinn? Obgleich Mutter den Gästen sicherlich bereits Entschädigungen anbot, die sie zum Wiederkommen ermutigen sollten. An der Tür sah er sich noch einmal um. Großmutter saß, Vater stand, keiner sprach ein Wort, als warteten sie tatsächlich nur darauf, die Unterhaltung ungestört fortsetzen zu können. Wütend zog er die Tür zu und machte sich auf den Weg zurück ins Foyer.

Er war kein verdammtes Kind mehr! Wenn sich gerade jemand kindisch benahm, dann war das ja wohl Vater! Und Jupp und Senkert – als ob diese Schmähplakate irgendetwas an der Besatzung ändern würden! Der Krieg war vorbei! Wann kapierten diese Dickschädel das endlich? Sie hatten verloren, und je eher sie lernten, mit der Niederlage und ihren Konsequenzen umzugehen, desto besser für alle. Und das am besten, bevor sie die Zukunft des Hotels als internationale Anlaufstelle der besseren Gesellschaft auf immer zerstörten.

Auf der Treppe traf er auf die ersten laut schimpfenden Gäste. Sogleich setzte er sein Hotelierslächeln auf, fing die lautesten ein, entschuldigte sich in warmen, bedauernden Worten für die Umstände, half ihnen mit ihrem Gepäck, gab Whoolsey die Anweisung, Rechnungen zu reduzieren und Gutscheine für zukünftige Besuche auszustellen. Er war in seinem Element, als Elsas Stimme zu ihm durchdrang.

»... in Ruhe, Sie sehen doch, dass der Mann nicht schneller gehen kann. Er hat ein steifes Bein, *mon dieu*, haben Sie doch Geduld!«

»Verzeihen Sie«, sagte Emil zu dem Gast an seiner Seite und übergab ihn in Whoolseys Obhut. »Ich werde gebraucht.«

Er eilte zurück zur Treppe.

Elsa half Generaldirektor a. D. Oberlenz die Stufen hinab. Das Gesicht vor Konzentration verzerrt, hielt er sich mit einer Hand an Elsa fest, mit der anderen stützte er sich auf seinen Stock. Hinter ihr trieb Capitaine Escoffier den alten Herrn zu unnötiger Eile an, im Gesicht ein amüsiertes Grinsen, offenbar hoffte er, dass der alte Mann mit oder ohne Elsa stolperte und die Treppe hinunterfiel.

Elsa drehte sich um. »Es reicht!«, rief sie in klarstem Französisch. »Haben Sie überhaupt keinen Respekt? Behandeln Sie in Ihrem Land so Ihre älteren Herrschaften?«

»Sieh an, sieh an...« Escoffiers Grinsen gefror einen Moment zu einer hässlichen Grimasse. »Das Mädchen mit den Eisaugen, schon wieder...«

Emil erstarrte. Eisaugen. Natürlich! Schneider hatte von Elsa gesprochen, nicht von Ulla! Von Elsas wunderschönen blauen Augen!

»Immer machst du Ärger!«, schimpfte Escoffier wütend.

Mit wenigen Schritten war Emil bei Elsa. »Danke, Elsa, ich übernehme, Whoolsey braucht dich an der Rezeption.« Er griff nach dem Arm von Generaldirektor a. D. Oberlenz. »Herr Generaldirektor, ich bitte Sie, das Benehmen des Capitaine Escoffier zu entschuldigen, offenbar hat der Capitaine die Anweisung von Colonel Soter nicht richtig verstanden. Der Colonel hatte uns zugesichert, dass Capitaine Escoffier sich dieses Mal korrekt benehmen würde. Aber wer weiß, Herr Generaldirektor...«, plapperte Emil leutselig weiter, während er den alten Herrn Stufe um Stufe nach unten brachte und Escoffier hören konnte, was er über ihn sagte, »...ich werde Colonel Soter bei nächster Gelegenheit fragen, ob korrekt in Frankreich bedeutet, Frauen und Gebrechliche die Treppe hinunterzuschubsen.« Sie hatten die letzte Stufe erreicht.

Der alte Herr drückte erleichtert Emils Hand. »Es ist eine Schande, was Sie hier erdulden müssen.«

»Es ist das Los des Verlierers, sich dem Sieger zu beugen.« Emil geleitete Oberlenz weiter zur Rezeption. Er winkte einen Pagen heran. »Bring den Herrn Generaldirektor zu einem Sessel, und hole ihm bitte ein Glas Wasser. Ich sage Whoolsey Bescheid, dass er sich um die Rechnung kümmert.« Emil nickte dem alten Herrn zu. »Herr Generaldirektor, ich hoffe, Sie bald wieder bei uns begrüßen zu dürfen – sobald wir dieses bedauerliche Intermezzo hinter uns gebracht haben.«

Hastig lief Emil zurück zur Treppe und nahm die nächsten Gäste in Empfang. Sosehr er sich bemühte, ihnen die Aufmerksamkeit und Empathie zu schenken, die sie erwarteten, konnte er sich kaum auf seine Aufgabe konzentrieren. Wenn Elsa die Frau mit den Eisaugen war, mit was hatte sie Schneider bezahlt? Und woher hätte sie überhaupt wissen sollen, womit Schneider ihn erpresste, und hätte sie ihm dann nichts gesagt? Endlich hatte auch der letzte Gast das Hotel verlassen. Emil sah sich im Foyer nach Elsa um. Seine Eltern beugten sich an der Rezeption mit Whoolsey zusammen über das Gästebuch, zwei französische Soldaten saßen im Vestibül, ein ganzer Trupp im großen Salon gegenüber der Rezeption. Da erspähte er Elsa. Geschickt half sie dem Kellner, die lärmenden Franzosen mit Gläsern, Wasser und Wein zu versorgen.

Unauffällig ging Emil an ihr vorbei. »Ich muss mit dir reden«, sagte er leise. »Zimmer 35. In fünfzehn Minuten.«

***

Das Zimmer war bereits für den nächsten Gast hergerichtet worden. Frische Tulpen, ein Teller mit zwei Stück Obst, eine Karaffe mit Wasser. Emil griff nach der Karaffe und schenkte sich etwas in ein Glas. Der Gast würde nicht kommen, er konnte sich also getrost bedienen.

Es klopfte, dann steckte Elsa den Kopf herein. Kaum sah sie Emil, schlüpfte sie ganz durch die Tür und schloss hinter sich ab.

»Was hat dein Vater diesmal ausgefressen, dass Soter das Hotel räumen lässt?« Elsa setzte sich auf die Kante des sorgfältig gemachten Betts.

»Nichts. Aber Jupp...«

»Jupp ist nicht mehr da.« Elsa fuhr sich mit der Hand über den Nacken, ihr Gesicht war angespannt.

»Ja, aber in seinem Besitz wurde etwas gefunden, das Soter nicht erfreut hat.« Mit einem Mal überfiel Emil bleierne Müdigkeit. All die Kämpfe. In der Küche, in der Familie, mit den Franzosen – würde es je aufhören?

»Lass mich raten. Plakate mit hübschen Zeichnungen der schwarzen Jungs?«

»Woher...« Emil sah Elsa überrumpelt an.

»Sie hängen überall, Emil, die Wacht am Rhein ist schwer auf dem Vormarsch.«

»Na toll«, murmelte Emil, »kein Wunder, dass Soter so aufgebracht war.«

»Nicht nur Soter. Was glaubst du, was ich mir anhören muss, wenn unsere Gäste vom Spaziergang in Godesberg zurückkommen? Dort sehen sie die Plakate, und dann zelten die Jungs genau hier vor dem Hotel.«

»Warum hast du mir das nicht gesagt?«, fragte Emil.

»Ich dachte, du weißt Bescheid.« Elsa legte müde die Hände in den Schoß.

»Dachtest du auch, ich wüsste über Schneiders Abfindung Bescheid?« Er beobachtete sie genau. Bei Schneiders Namen war ihr die Röte ins Gesicht geschossen. »Wann wolltest du mir das erzählen?«

»Dann ist das Schwein also zurückgekommen«, sagte sie nur. »Ich hätte doch Robert die Angelegenheit überlassen sollen.«

»Du hättest sie *mir* überlassen sollen!« Emil runzelte die Stirn. Schneider war seine Angelegenheit! Und nur seine!

»Was redest du für einen Unsinn?«, erwiderte Elsa beschwichtigend. »Du konntest nicht mal aufstehen, wie wolltest du dich da um einen widerlichen Erpresser kümmern?«
Emil spürte, wie er errötete.
»Als diese Zecke kam und nach dir gefragt hat, war mir gleich klar, dass er dich erpressen wollte und warum. Also habe ich Robert um Hilfe gebeten.«
»Du …« Emil schüttelte irritiert den Kopf. »Woher hättest du das wissen sollen?«
»Ich habe Soters Zimmer hergerichtet, als du ihm dein kleines Geheimnis erzählt hast.« Elsa lächelte entschuldigend. »Zimmermädchen sind unsichtbar. Wir wären perfekte Spione.«
Emil schüttelte erneut den Kopf. Dann hatte Elsa die ganze Zeit davon gewusst und es mit keiner Silbe erwähnt? »Warum hast du nie etwas gesagt?«
»Es ist nicht mein Geheimnis.« Elsa sah ihn an. Eisaugen. »Du warst noch nicht so weit, es mit mir zu teilen.«
»Aber du wusstest es doch ohnehin!«
»Weil du es mir ungewollt verraten hast. Das zählt nicht.«
Zählt nicht? Wie konnte es nicht zählen, wenn sie es wusste? War das gerade eine Lektion in Frauenlogik, wie Vater es nannte, wenn er Mutters Gedanken nicht nachvollziehen konnte?
»Ist ja nun auch nicht mehr wichtig.« Elsa stand vom Bett auf und ging zu ihm. »Was wollte Schneider diesmal?«
»Was hat er das letzte Mal bekommen?«
»Vierzig Teile Silberbesteck und zwei silberne Kerzenständer.«
Emil sah sie mit offenem Mund an. Wo hatte sie das her? Das musste Mutter doch sofort aufgefallen sein!
»Robert hat es aus dem Versteck im Keller geholt, in dem

Pützer und dein Vater noch sehr viel mehr Wertsachen in Sicherheit gebracht haben. Pützer hatte ihm davon erzählt, als sie dich aus dem Gefängnis holen wollten. Er dachte, sie könnten damit die Wachen bestechen. Das war dann aber nicht nötig, also hat Robert es so für dich verwendet.«

Emils Mund stand immer noch offen. Es war großartig, wie Elsa und Robert sich für ihn eingesetzt hatten, und doch war es demütigend, dabei wie ein unmündiges Kind behandelt zu werden.

»Robert und ich haben ausgemacht, dass wir mit niemandem darüber reden. Auch nicht mit dir.«

»Warum nicht?«

»Weil Dr. Morgenstern jeden Tag gesagt hat: Keine Aufregung! Und dann war einfach nie der richtige Moment dafür. Warum schlafende Hunde wecken, ich dachte, du hast es verdrängt.« Sie machte einen weiteren Schritt auf ihn zu, stand nun direkt vor ihm. »Bestrafst du mich jetzt, oder belohnst du mich?«, fragte sie neckend und hob ihren Kopf zu ihm hoch.

Anstelle einer Antwort legte er die Arme um sie und zog sie an sich. Es war endlich an der Zeit, ihre Liebe öffentlich zu machen. Niemals würde er eine Frau finden, die er mehr begehren, mehr lieben, mehr respektieren könnte. »Du bist einfach unglaublich.« Er drückte sie fest an sich, spürte, wie sie zusammenzuckte, hörte sie scharf die Luft einziehen.

Erschrocken schob er sie von sich weg. »Was hast du? Habe ich dir wehgetan?«

»Nichts ... schon gut.«

Doch es war nicht gut, er sah den Schmerz in ihrem Gesicht.

»Bist du verletzt?«

»Nur ein Kratzer.«

Emil runzelte die Stirn. Da stimmte doch etwas nicht! Elsas schmerzverzerrtes Gesicht passte niemals zu der lapidaren Erklärung eines Kratzers. »Ich möchte deinen Rücken sehen.«
»Ich bin gestürzt.«
»Zeig mir deinen Rücken.« Emil drehte sie um. Löste ihre Schürze, ihr Kleid, schob ihre Bluse hoch. »Elsa!«, rief er aus. »Was ist passiert?« Er tastete vorsichtig ihren Rücken ab, fuhr über den Bluterguss, der sich vom Ansatz der Rippen bis zum Becken über die ganze rechte Seite zog, drehte sie. Fuhr mit den Fingern über den Bauch, wo sich ein weiterer Bluterguss ausbreitete. Eine Welle der Wut schwappte über ihn, so mächtig, dass seine Finger zu zittern begannen.
»Wer war das?«, knurrte er.
»Ich bin...«
»Ich weiß, wie ein Körper aussieht, nachdem er getreten wurde«, presste er hervor. »Hör auf, mir Märchen zu erzählen.«
Elsa schob ihre Bluse herunter. »Hans Senkert und zwei andere, die ich nicht kenne. Das Übliche. Deutschnationale prügeln Sozialisten. Das nächste Mal bekommen sie die Abreibung.«
Senkert. Vaters neue Kumpane. Blut rauschte in Emils Kopf. Er würde...
»Emil!« Elsas Ton war laut und scharf. »Ich möchte nicht, dass du jetzt den Helden spielst und ich dich dann wieder zusammenflicken muss. Hast du mich verstanden?«
»Wo?«, fragte Emil tonlos.
»Spielt das eine Rolle? Du hältst dich da raus«, befahl sie.
Emil nahm ihre Hand. »Bitte, Elsa, ich verspreche dir, ich werde nicht loslaufen und den Helden spielen. Wo?«

»Im Hof.«

Hier! Auf dem Hotelgelände! Das Rauschen in Emils Kopf wurde zum Sturm. Das war kein Zufall. Da hatte jemand Vater einen Gefallen getan, indem er eine unbequeme Angestellte einschüchterte.

Selbst wenn es nicht von Vater ausgegangen war, es war durchaus wahrscheinlich, dass er sich mit Pützer über Elsa ereifert, sogar in Rage geredet, sie als Zeichen des Verfalls der alten Werte gebrandmarkt hatte. Wenn Vater sie schon als Zimmermädchen verabscheute, welche Geschütze würde er auffahren, wenn er von Elsa und ihm erfuhr?

Sommer 1923

15 »Elsa! Elsa! Wo bleibst du?« Hildes ungeduldige Stimme drang durch die Tür. Elsa schreckte hoch, als Hilde bereits am Türknauf rüttelte. »Elsa? Bist du da drin? Warum sperrst du ab?«

Emil zog sie grinsend zurück zu sich ins Bett »Nicht antworten«, flüsterte er, »dann geht sie wieder.«

»Bist du verrückt?«, flüsterte Elsa zurück und löste seine Arme. »Die meldet mich noch als vermisst, und dann hab ich richtig Ärger am Hals.« Sie stand auf. »Danke, Hilde«, rief sie, »ich bin eingeschlafen, ich komme gleich.«

»Na, du hast ja Nerven, schlafen am helllichten Tag, die Chefin tobt schon.«

Elsa schnitt eine Grimasse. Wenn Hilde wüsste, was sie wirklich in ihrer Pause tat... Hastig richtete sie Kleid und Schürze, während Hildes tippelnde Schritte sich entfernten.

»Wie lange willst du das Versteckspiel noch weiterführen?« Emil setzte sich im Bett auf und streckte seine Hand nach Elsa aus. Er erwischte ihre Hand und zog sie auf seinen Schoß.

»Deine Mutter tobt«, erinnerte sie ihn.

»Wir könnten nach Österreich, zu Onkel Georg«, überlegte

Emil laut, »wir könnten fragen, ob er für uns ein gutes Wort einlegt. Vielleicht ist in dem Hotel eine Stelle frei.«

»Eine Stelle für zwei Personen?«, fragte Elsa spöttisch. »Wo warst du im Unterricht, als sie eins und eins gerechnet haben?«

»Wo warst du, als sie über die Pflichten der Frau gesprochen haben?«, konterte Emil. »Du wirst natürlich nicht mehr arbeiten!«

Elsa schob seine Hände zur Seite und stand auf. »Du bist wirklich verrückt, Emil Dreesen.«

Geschickt wich sie seiner Hand aus, die sie wieder einfangen wollte, und ging mit schnellen Schritten zur Tür. War er denn verrückt? Oder hatte er nicht doch recht, und sie sollten gemeinsam das Dreesen, sogar Deutschland verlassen? Aber dann müsste sie auch ihren Frauenbund hinter sich lassen. Und ihre Eltern. Und ihre Genossen und Genossinnen. Und...

»Nach Dienstschluss bei Zerbes?«, rief Emil ihr hinterher.

»Wie jeden Montag.« Elsa verließ die kleine Dachkammer und eilte zur Rezeption. Was Frau Dreesen wohl so Dringliches von ihr wollte, dass sie gleich Hilde nach ihr schickte?

Im Vorzimmer zwängte sie sich am alten Gasser vorbei, der sie mit einem rügenden Schnalzen der Zunge bedachte. Als ob es ihre Schuld wäre, dass das Vorzimmer viel zu schmal war, eher wie ein Flur, der kurzerhand zum Büro des Maître umgewandelt worden war.

Vor der Tür holte Elsa tief Luft. Sie würde sich zusammenreißen. Um Emils willen. Nicht noch einen Streit riskieren, den Maria Dreesen zurück an den Familientisch trug, um sich bei Fritz und Adelheid Dreesen, bei Emil und Ulla über die Ungeheuerlichkeit ihrer Worte zu entrüsten.

Zaghaft klopfte sie.

»Herein.«

Elsa trat ein und ging zum Schreibtisch, an dem Maria Dreesen über das Rechnungsbuch gebeugt saß. Ohne aufzusehen, hob sie einen Finger in die Höhe. Das Zeichen, dass man still warten solle. Elsa presste die Lippen aufeinander. Sie war sich sicher, dass es dabei nicht darum ging, einen Rechenvorgang abzuschließen oder eine Zeile fertig zu lesen. Es war eine Machtdemonstration.

Elsa spürte Ärger in sich aufsteigen, vom Bauch in die Brust, die enger und enger wurde. Denk an Emil. Denk an Maria Dreesens Gesicht, wenn sie wüsste, dass du und ihr Sohn Emil seit über drei Jahren eine Affäre habt. Unentdeckt von dem angeblich so unfehlbaren mütterlichen Sinn. Dass Zerbes ihnen nach Kräften dabei half, es geheim zu halten. Dass ihre Tochter Ulla regelmäßig unter falschem Namen die Abende des Frauenbundes besuchte, deren Ideen ihr so viel näher waren als die Vorstellungen ihrer eigenen Mutter.

Elsa spürte, wie die Wut sich auflöste, ihre Brust weiter, der Atem freier wurde.

»Nun«, sagte Frau Dreesen und sah von ihrem Rechnungsbuch auf. »Ich denke, du weißt, warum ich dich habe rufen lassen?«

»Nein, gnädige Frau.«

»Ein Gast hat sich beschwert.« Maria Dreesen schürzte missbilligend die Lippen.

Ein Gast? Fieberhaft überlegte Elsa, welchem Gast sie einen Anlass zur Beschwerde gegeben haben könnte. Ihre Arbeit erledigte sie schnell und gründlich, sowohl als Zimmermädchen wie als Demi-Chef de Rang, zu Gästen war sie ausnahmslos höflich, reagierte prompt auf jegliche Extrawünsche und ließ sich nie anmerken, was sie wirklich von ihnen dachte.

»Das tut mir leid zu hören«, sagte Elsa schließlich. »Darf ich wissen, warum?«

»Unser Gast hat dich in einem zweifelhaften Etablissement mit noch zweifelhafteren Menschen gesehen, mit Radikalen, die keinen Anstand und keine Werte kennen.«

»In einem ...« Elsa brauchte einen Moment, dann begriff sie. Mit Radikalen! Maria Dreesen meinte die Sozialisten, das Treffen an ihrem freien Tag, das erste seit Langem, das ihr Dienstplan ihr zu besuchen erlaubt hatte.

»Es war eine politische Informationsveranstaltung, die ich in meiner Freizeit besucht habe. Wie kann der Gast sich darüber beschweren? Nach Dienstschluss kann ich schließlich machen, was ich möchte.«

»Absolut nicht, wenn es ein schlechtes Licht auf unser Haus wirft«, konterte Maria Dreesen. »Und ein Treffen mit roten Vaterlandsverrätern ist kein Aushängeschild für das Hotel. Wir sind ein ehrbares Haus.«

»Die Menschen auf dieser Versammlung sind durchweg anständige Leute. Arbeiter und Barbiere, Krankenschwestern, Köche, Dienstpersonal, Lagerarbeiter, Lehrer ...« Elsa stoppte die Aufzählung. Frau Dreesen hörte ihr ohnehin nicht zu. Ihre Meinung über die Leute dort war bereits in Stein gemeißelt.

»Ich möchte nicht, dass mir jemals wieder eine solche Beschwerde zu Ohren kommt. Hast du das nun verstanden?« Maria Dreesen sah sie streng an.

»Gibt es vielleicht noch andere Dinge, die ich in meiner Freizeit unterlassen soll?«, fragte Elsa sarkastisch.

»Nun, alles, was gegen Anstand und Ehre verstößt.« Maria Dreesen schien die Frage ernst zu nehmen.

»Ich hätte gerne gewusst«, sagte Elsa und fuhr sogleich fort, »wenn dieser Gast mich in dem unehrenhaften Etablissement gesehen hat und er so ehrenhaft ist, was hatte er dann dort verloren?«

»Nicht, dass dich das etwas angehen würde«, sagte Maria Dreesen pikiert, »aber er war dort, um über Werte und Anstand zu wachen.«

»Sie meinen«, sagte Elsa, der Ton noch sarkastischer, »er war einer der ehrenwerten Männer, die die Versammlung gestürmt, den Raum demoliert und Frauen und Wehrlose *anständig* geschlagen haben?«

»Ich verbitte mir deinen Ton«, mahnte Maria Dreesen. »Offenbar willst du nicht verstehen, warum wir keine Verbindung zu Sozialisten oder Schlimmerem hier dulden können. Unsere Klientel kommt aus Kreisen, in denen diese... Individuen nicht gerne gesehen werden.«

Elsa verkniff sich die Anmerkung, dass sie beileibe nicht die einzige Rote im Hotel war – auch wenn die Angestellten das Lager der Deutschnationalen ausgeprägter besetzten. Und vor allem, dass es ausgerechnet auf dieser Veranstaltung darum gegangen war, ob man sich an den zumeist von Deutschnationalen ausgeführten Sabotageakten des Ruhrkampfes beteiligen sollte, der das ganze Land in die Knie zwang.

»Zur Strafe wirst du die nächsten Tage ausschließlich Wäschedienst absolvieren. Und das gilt ab sofort.«

***

Es war schon nach sechs Uhr, als Elsa die Waschküche endlich hinter sich schließen konnte. Wie sehr sie den Wäschedienst hasste! Ihre Hände waren rot von der Seife und dem abwechselnd heißen und kalten Wasser, ihr Rock war feucht von der überschwappenden Lauge. Und zu spät dran war sie obendrein! Diese Runde hatte Maria Dreesen gewonnen.

Schnellen Schrittes machte sie sich auf zu Zerbes' Fischerhütte, dem liebsten ihrer geheimen Treffpunkte. Mit jedem Meter, den sie den Leinpfad entlanglief, stieg ihre Laune. Ein Abend mit Emil lag vor ihr. Vielleicht eine ganze Nacht – wenn sie ihn unbemerkt in ihr Zimmerchen im dritten Stock schmuggeln konnte, was zumeist nach neun Uhr abends kein Problem darstellte. Nur deshalb hatte Emil sie dort einquartiert und nicht im Personalhaus über den Garagen. Das freie Mansardenzimmer in dem kleinen Verwaltungstrakt war der perfekte Ort für ihre nächtlichen Treffen – tagsüber herrschte permanentes Kommen und Gehen, abends absolute Ruhe.

Sie grinste. Maria Dreesen hatte sie gerade um eine Stunde mit ihrem Sohn gebracht, die würde sie sich nun doppelt und dreifach zurückholen.

Schon hatte sie Mehlem passiert, sie holte noch weiter aus, lief mehr, als dass sie ging. Es waren nur noch ein paar Minuten bis zu Zerbes' Zuhause, wo Emil auf sie wartete. Die letzten Meter verlangsamte sie ihren Schritt zu einem gemütlichen Schlendern. Sie wollte nicht außer Atem vor Emil stehen, ihm auf keinen Fall zeigen, wie sehr sie sich auf ihn freute. Sollte er sich ruhig weiterhin um ihre Liebe bemühen.

»Elsa!« Ulla stürzte aus Zerbes' Hütte und lief auf sie zu. Sie umarmte sie kurz und heftig. »Ich dachte schon, du kommst gar nicht mehr!«

»Deine Mutter hat mich nachsitzen lassen.« Elsa lachte über Ullas verwirrten Gesichtsausdruck, klärte sie dann über den Sonderdienst in der Waschküche auf.

»Ach, Elsa«, Ulla hakte sich bei Elsa unter und ging mit ihr in Zerbes' Haus, »lass dich davon ja nicht unterkriegen. Eines Tages wird es herauskommen, das mit Emil und dir, und dann müssen Mutter und Vater dich akzeptieren.«

»Müssen sie?«

»Wenn sie nicht Emil und mich gemeinsam verlieren wollen.« Ulla ließ sie los und marschierte durch den Flur voran in Zerbes' Stube. »Oder glaubst du, Emil würde sich von Mutter verbieten lassen, dich weiterhin zu sehen?«

Wohl nicht, dessen war Elsa sich sicher. Aber wie stand es um ihren eigenen Vater? Würde er Emil akzeptieren? Eher nicht. Und wie würde sie reagieren, wenn Vater ihr ein Ultimatum stellte: Entweder sie verließ Emil, oder er strich sie als Verräterin des gemeinsamen Klassenkampfes aus seinem Leben?

»Wo ist denn Emil?«, fragte Elsa, als sie sich am Tisch in der Stube niederließ. Sechs Teller, Besteck und Gläser standen darauf, doch einzig Ulla und sie waren im Raum. Und selbst mit Emil wären sie nur zu viert.

»Er rudert eine Runde mit Robert und Bakary.« Ulla lächelte verträumt.

Bakary! Er war also heute mit von der Partie. Die zweite verbotene Liebe der Dreesen-Geschwister. Auf jeden Außenstehenden musste ihre Partnerwahl schockierend wirken. Der Sohn liiert mit einem sozialistischen Zimmermädchen, die Tochter mit einem schwarzen Sergeant. Maria und Fritz Dreesen hatten mit Sicherheit andere Pläne für ihre Kinder.

Dabei wäre der einfühlsame Sergeant die beste Partie, die Maria Dreesen sich für Ulla nur wünschen konnte. Nach seinem Austritt aus der Armee sollte er wieder in dem Kaffeehaus seiner Eltern mitarbeiten, ein Gastronom, der sich bestens in die Arbeit des Rheinhotels hätte einbringen können. Und dazu war er ein talentierter Musiker, belesen und aufgeschlossen für Ullas unkonventionelle Sicht der Dinge. Einzig eines fehlte zum Wunschschwiegersohn, aber das wog schwerer als alles andere: die helle Hautfarbe.

»Guten Abend, Frau Elsa.« Zerbes kam durch die Tür und setzte sich zu ihnen an den Tisch. »Schön, dass Sie es doch noch geschafft haben.«

»Mutter hat ihr einen Strafdienst verpasst«, erklärte Ulla und rollte die Augen, »weil Elsa auf einer *unehrenhaften* Versammlung war...«

»Wenn du für die Sorgen deiner Mutter so viel Verständnis und Toleranz aufbringen würdest, wie sie für deine verrückten modernen Ideen zeigen soll«, mahnte Zerbes, »dann würdet ihr vielleicht wieder miteinander reden können, ohne euch nach dem ersten Satz zu streiten.«

»Warum soll nur ich Verständnis haben, wenn sie keines hat?«, murrte Ulla und warf einen hilfesuchenden Blick zu Elsa.

»Weil einer den ersten Schritt machen muss und du jung und offen bist.« Zerbes seufzte. »Warum fällt es dir so schwer, die Position deiner Mutter zu verstehen, während du gleichzeitig die Welt auf den Kopf stellen willst?«

»Liegt das nicht in der Natur der Dinge?«, mischte Elsa sich ein.

»Tut es das?« Zerbes schenkte Elsa ein Glas Wasser ein.

Elsa nickte. »Wie sollen Revolutionäre eine Veränderung

vorantreiben, wenn sie voller Verständnis für das sind, was sie verändern wollen? Seit sie denken kann, widersetzt sich Ulla der ihr vorbestimmten Rolle. Anstelle mit Puppen zu spielen, hat sie geschnitzt, anstatt zu sticken, hat sie Zeichnungen von radikal neuen Möbeln entworfen. Und alles gegen den Druck ihrer Mutter.« Elsa lächelte Ulla aufmunternd an. »Wie hätte sie das durchhalten können, wenn sie für die ewigen Drängeleien ihrer Mutter Verständnis gehabt hätte?«

Elsa verstummte. Wie viel Wahrheit in ihren Worten steckte, erlebte sie gerade am eigenen Leib. Sie hatte sich in den letzten drei Jahren verändert. Weil sie gelernt hatte, Emil und seine Familie zu verstehen, war sie nicht mehr die überzeugte Sozialistin, die um jeden Preis die Welt verändern wollte. Gutmütiger war sie geworden. Nachsichtiger – weil sie durch ihre Freundschaft mit Ulla und Emil Verständnis für die andere Seite aufbrachte, sogar für Maria und Fritz Dreesen. Es war schwer, gegen jemanden zu kämpfen, den man nicht mehr verteufeln konnte.

Zerbes nickte nachdenklich. »Das ist ein interessanter Punkt, Frau Elsa, nur leider nicht hilfreich für die Familienharmonie.« Er stand auf. »Darf ich Ihnen zum Wasser auch einen Schluck Wein anbieten?«

»Gerne.« Elsa sah ihm nach, als er die Stube verließ. Was für ein ungewöhnlicher Mensch Zerbes doch war. Besonnen, voller Verständnis und Güte und doch streng bis hin zur Sturheit, wenn er etwas für falsch hielt. Kein Wunder, dass Ulla und Emil ihn zu ihrem Vertrauten gemacht hatten, mit dem sie die Dinge teilten, die sie vor ihren Eltern verbargen.

»Lasst uns den Wein draußen trinken«, sagte Ulla, als Zerbes mit der Flasche und drei Gläsern zurückkam.

Gemeinsam setzten sie sich auf die Bank vor dem Haus. Elsa blinzelte in die milde Abendsonne, deren Strahlen sich silbern auf der glatten Wasseroberfläche brachen. Wie ruhig und friedlich der mächtige Fluss vor ihr lag. Trügerisch, denn kaum vertraute man dem stillen Wasser und begab sich zum Schwimmen hinein, konnte es zur tödlichen Falle werden. Trügerischer Friede... wie so oft im Leben.

Prompt musste sie an Schneider denken. Seit Robert ihn damals auf ihr Geheiß im Hotel Post abgefangen und ihm einen schmerzhaften Denkzettel verpasst hatte, war es still um ihn geworden. Doch gestern, als die Deutschnationalen ihre Versammlung gestürmt hatten, glaubte sie, Schneider gesehen zu haben. Es war alles so schnell gegangen. Und doch erinnerte es sie daran, dass Emils Vergangenheit noch immer wie ein Damoklesschwert über ihnen schwebte.

Sie blickte zu Ulla, die mit geschlossenen Augen die Abendsonne genoss, zu Zerbes, der gedankenverloren den Wein in seinem Glas schwenkte. Vom Rhein drang Lachen zu ihnen herüber. Das von Emil erkannte sie sofort, dann machte sie Roberts abgehacktes und Bakarys tiefes Lachen aus.

Es war das Lachen unbeschwerten Glücks. Das jedoch jeden Moment vorbei sein konnte. Denn es war nie wirklich unbeschwert gewesen, mehr ein Versteckspiel, das sie zu einer eingeschworenen Gemeinschaft hatte werden lassen. Ein Versteckspiel, dessen sorgfältig geplante Momente der Gemeinsamkeit umso süßer waren. Und doch war ihr schmerzlich bewusst, dass diese geheime Liebe nur ein flüchtiger Moment in ihrem Leben sein würde.

Die Welt war noch nicht bereit für Liebe über Klassenschranken hinweg.

Ihr Blick glitt zum anderen Ufer, den Hang hinauf zum Drachenfels, weiter zur Ruine.

Wie die Menschen damals wohl gelebt hatten? Das Leben musste noch rauer und härter gewesen sein als heute, keine öffentlichen Schulen, keine Krankenhäuser, kein fließendes Wasser, keine Elektrizität, keine Zentralheizung – was allerdings auch heute keine Selbstverständlichkeit war, vor allem nicht in ihren Kreisen.

Wie das Leben wohl in zehn, zwanzig, hundert Jahren aussehen mochte? Ob sich Frauen je die gleichen Rechte wie Männer erkämpfen konnten? Sie linste zu Ulla, betrachtete ihr schönes, zufriedenes Gesicht, die kurzen Haare, das Lächeln, welches die hoffnungsvollen Träume hinter den geschlossenen Augen verriet. Vielleicht war Veränderung möglich, wenn es mehr und mehr Frauen wie Ulla gab. Denn so wichtig streitbare Kämpferinnen wie Anita Augspurg und Clara Zetkin, Minna Cauer und Käte Duncker waren, es brauchte auch Frauen, die einfach ihre eigenen Wege gingen, ohne den politischen Kampf zu suchen. Elsas Blick wanderte weiter über Ullas ärmelloses Kleid, den fließenden, leichten Stoff, auf Hüfthöhe mit einer schmalen Schärpe abgesetzt, dessen Schnitt Ausdruck der neuen Freiheit war, deren angebliche Zügellosigkeit laut Maria Dreesen den Inbegriff des Verfalls von Sitte und Anstand verkörperte.

Das Ruderboot mit Emil, Robert und Bakary kam näher, die Stimmen wurden lauter, Wind und Wasser trugen die Unterhaltung direkt zu ihr herüber. Elsa lauschte Roberts Erzählung eines sicherlich nicht für ihre und Ullas Ohren gedachten Erlebnisses in einer Berliner Bar und spürte, wie sie errötete. Hastig nahm sie einen Schluck Wein, sah erneut zu Ulla hinüber, die keinerlei Regung zeigte.

»Schmeckt Ihnen der Wein, Frau Elsa?«, fragte Zerbes und prostete ihr zu.

»Sehr gut, danke.«

»Sollte er auch, ich habe fünfundzwanzigtausend Mark dafür bezahlt.« Er drehte kennerisch das Glas in der Hand, halb amüsiert, halb besorgt. »Vor drei Monaten waren es noch achttausend und drei Monate zuvor noch siebentausend, weitere drei Monate vorher, im Januar, habe ich noch tausend Mark für denselben Wein gezahlt.«

»Und vor einem Jahr hast du einen exquisiten Wein noch für zehn Mark bekommen.« Seufzend öffnete Ulla ihre Augen und setzte sich gerade hin. »Mama ist den halben Tag damit beschäftigt umzurechnen, was wann wie viel gekostet hat, nur um sich dann auszumalen, wo das noch hinführen soll.«

Zerbes warf ihr einen mahnenden Blick zu.

Ulla seufzte erneut. »Du hast ja recht. Mama ist nicht den halben Tag damit beschäftigt, es kommt mir nur so vor, da ich mich jedes Mal frage, was es bringt, sich wieder und wieder darüber aufzuregen.«

»Es macht ihr Angst«, sagte Zerbes. »Auch deinem Vater. Er weiß nicht mehr, wie er die Rechnungen bezahlen soll.«

»Geht es nicht uns allen so?«, meldete Elsa sich zu Wort. »Das ist nun mal der Preis für den Widerstand gegen die Ruhrbesetzung. Die Inflation wird nicht weniger werden, solange die Regierung dazu aufruft, die Arbeit niederzulegen, und dann für die Löhne der Arbeitsverweigerer extra Geld druckt.« Elsa nippte an dem Wein. Die fünfundzwanzigtausend Mark waren hervorragend angelegt, wer wusste schon, was Zerbes morgen dafür noch bekommen würde.

16

»Geschafft!« Emil trat einen Schritt zurück, den Pinsel in der Hand, und sah zufrieden auf die neue Bühne. Einen Meter über dem Boden erhob sie sich, zwölf Meter breit, sieben Meter tief. Kritisch besah er den Sockel, tunkte den Pinsel in die Kalkfarbe und besserte eine Stelle nach. »Jetzt brauchen wir nur noch das Rundbogendach und die Wände und den Strom und das Licht und die Umgestaltung des Gartens, sodass man von möglichst vielen Plätzen einen guten Blick auf die Bühne hat.«

»Und ein Programm, das uns Gäste bringt.« Ulla legte ihren Pinsel weg und wischte sich mit dem Unterarm über die Stirn. »Aber wie sollen wir ein Programm auf die Beine stellen, das selbst Berliner nach Godesberg lockt, wenn wir nicht einmal Handwerker aus dem Nachbarort herbekommen?«

»Die würden schon kommen«, sagte Emil, »wenn wir sie bezahlen könnten.«

»Was wir aber nicht können, weil wir es schon kaum schaffen, unsere Angestellten zu bezahlen, solange kaum noch Gäste anreisen.« Ulla stöhnte. »Das ganze verdammte Land steht still!«

»Wundert dich das etwa? Eine Kanne Kaffee kostet bei uns heute dreihundertachtzig Milliarden Mark. Morgen vielleicht schon fünfhundert Milliarden. Wem ist in solchen Zeiten schon nach Unterhaltung?«

»Und was heißt das?«, fragte Ulla kampflustig. »Gibst du auf?«

»Sieht das aus, als würde ich aufgeben?« Emil räumte den Kalkeimer zur Seite. »Wir haben gerade eine Bühne gekalkt, damit wir durchstarten können, wenn dieser Wahnsinn vorbei ist! Komm, lass uns einen dreihundertachtzig Milliarden teuren Kaffee trinken.«

Er hakte Ulla unter, und sie gingen durch den Garten, über die Terrasse in den Tanzsaal. Eine Handvoll Zimmermädchen, Pagen und Kellner putzten und schmückten und räumten, die Trennwand zum Empiresaal war geöffnet. Tische und Stühle wurden hin und her geschoben. Die Vorbereitungen für die große Gala mit Reichspräsident Ebert am morgigen Abend waren in vollem Gange.

An der Rezeption beugten sich Maria Dreesen und Whoolsey gemeinsam über das Belegbuch, und das erste Mal seit langer Zeit war das Gesicht ihrer Mutter nicht von Sorgenfalten durchzogen.

Vom Haupteingang näherte sich ein Bankbote und stemmte einen Sack Geld auf den Tresen.

»Wie viel ist es heute?«, fragte Maria.

»Knapp sechsunddreißig Kilo«, sagte der Bote ächzend und schob einen Zettel hinterher. »Bitte quittieren.«

Maria quittierte, wandte sich dann an Ulla. »Gib bitte dem Personal Bescheid, dass ich sie jetzt sofort auszahle. Dann können sie sich eine Stunde freinehmen, um sich etwas zu kaufen. Bis morgen früh ist das höchstens noch zum Tapezieren gut.«

Ulla machte kehrt und ging in den Tanzsaal zurück. Emil

hörte, wie sie das dort versammelte Personal zu sich rief, die Situation erklärte und dann drei von ihnen freundlich, aber bestimmt losschickte, um den anderen Bescheid zu sagen.

Langsam mauserte sie sich zur Juniorchefin. Er warf einen Blick in das offene Belegbuch.

»Oh!« Überrascht blätterte er die Seite um. Jedes Zimmer war belegt. »Alles wegen Ebert?«

Whoolsey nickte. »Die Pressemeldung, dass der Reichspräsident auf Einladung Ihrer Frau Großmutter zu uns kommt, hat eingeschlagen wie eine Bombe. Ich hätte das Hotel zweimal belegen können.«

Emil überflog die Namen der angemeldeten Gäste. Interessant, was der richtige Lockvogel in Bewegung setzen konnte. Genau das war seit Jahren seine Rede. Biete etwas, das kein anderer im Umkreis zu bieten hat, und die Gäste werden kommen. In Scharen. Er musste nur dafür sorgen, dass die Franzosen nun nicht ihre Gäste verschreckten. Gerade jetzt, mit dem Ruhrkampf im vollen Gange, war die Situation noch angespannter als sonst.

***

Die große Gala.

Die letzte Gala, an die er sich erinnern konnte, hatte vor dem Krieg stattgefunden. Emil drehte sich zur Seite und prüfte den Sitz seines Smokings im Spiegel. Er klopfte sich einen Streifen Staub vom Ärmel, rückte dann die Fliege zurecht.

Ob Großmutter während des Krieges ebenfalls eine Gala gegeben hatte, wusste er nicht, doch sähe es ihr ähnlich, auch damals der düsteren Situation zu trotzen und genau das zu tun, was niemand erwarten würde: einen Kontrapunkt setzen. Debütantinnenball im Krieg, Tanztee unter den Argusaugen der Besatzer, eine Gala inmitten der durch den Ruhrkampf angeheizten Hyperinflation, wenn Gäste entweder schubkarrenweise das Geld anschleppen mussten oder mit ihren Wertsachen bezahlten.

Emil warf einen letzten prüfenden Blick in den Spiegel und zupfte die Weste gerade. Tief atmete er gegen das Grummeln in seinem Magen an. Er war aufgeregt.

Der Reichspräsident kam schließlich nicht jeden Tag zu Besuch. Friedrich Ebert persönlich. Im Dreesen. Auf Einladung von Großmutter. Sie war einfach unglaublich.

Mit einem Mal begriff er, warum Vater und Mutter früher vor jedem hochherrschaftlichen Besuch so nervös durch das Hotel gegeistert waren. So besonders wie Ebert heute für ihn war – der erste Reichspräsident der Republik! – war die kaiserliche Familie für seine Eltern gewesen. Großmutter sagte oft, dass man älter werden musste, um zu verstehen. Offenbar wurde er gerade älter.

Er zog die Schublade seines Nachttisches auf, nahm die Taschenuhr seines Großvaters heraus und ließ sie in seine Westentasche gleiten. Eine besondere Uhr zu einem besonderen Anlass.

Es klopfte. Noch bevor er *herein* rufen konnte, öffnete sich die Tür einen Spalt, und Elsa steckte den Kopf hindurch. Sie sah kurz durch den Raum, dann schlüpfte sie hinein und eilte auf ihn zu.

»Flott sehen Sie aus, Herr Dreesen!« Sie lächelte verschwörerisch. »Dein erster großer Auftritt als Juniorchef, wie fühlst du dich?«

»Nervös.« Er zog Elsa an sich, drückte seine Lippen in ihr Haar. Sogleich beruhigte sich das Grummeln in seinem Magen. Er spürte, wie er gelassener wurde, tiefer atmete, sich entspannte. »Früher war es vollkommen normal, dass hohe Gäste ein und aus marschiert sind – so kam es mir jedenfalls vor«, fügte er nachdenklich hinzu.

»Früher war vor dem Krieg. Damals warst du gerade siebzehn, und für dich war es normal. Nur hast du damals nicht die Verantwortung mitgetragen. Du warst Zuschauer. Heute bist du der Juniorchef.«

»Und du bist das Beste, was mir je passieren konnte.« Er küsste sie, drückte sie fester an sich, doch sie löste sich.

»Vorsicht! Du zerdrückst ja die Blume!« Grinsend zog sie eine rote Nelke unter ihrer Schürze hervor und steckte sie ihm an das Revers. »Du willst doch Reichspräsident Ebert gebührlich empfangen, oder?«

»Den Ebert, dem du so gram bist, weil er sich den falschen Kräften anbiedert?«

»Immer noch besser als der Kaiser.« Sie strich über das Revers. Zwinkerte. »Wer weiß, vielleicht begrüßt du ja eines Tages in diesem Haus eine Reichskanzlerin?«

***

Im Foyer versammelten sich bereits die ersten Gäste, viel zu früh und in großer Garderobe. Die Damen, manche in bodenlangen, berüschten Roben und mit ausladenden Hüten, andere mit kurzen, geölten Haaren und großzügig ausgeschnittenen, wadenkurzen Glitzerkleidern. Die Herren zum Teil im Frack, zum Teil im Smoking. Es war, als teilte sich die Gesellschaft nicht nur politisch, sondern auch in ihrem Verständnis von Mode.

Emil beobachtete seinen Vater, im edlen Frack, perfekt herausgeputzt und so voller Elan wie schon sehr, sehr lange nicht mehr. Endlich konnte er wieder in die Rolle des vollendeten Gastgebers schlüpfen. Galant begrüßte er die Ankommenden, zu fast allen konnte er etwas Persönliches sagen, sie herzlich willkommen heißen, nach so langer Zeit der Abwesenheit, wusste geschickt Fragen zu stellen, die auch die Damen mit einbezogen. Mit jedem Gast, der durch die Tür schritt, blühte er etwas mehr auf.

Emil ging zu ihm, blieb dabei einen halben Meter hinter ihm stehen. Er hörte Vater zu, prägte sich die Namen der Gäste ein, lauschte den Fragen und Antworten, lernte. Dieser Abend war etwas anderes als der so reduzierte Hotelalltag der letzten vier Jahre. Zum ersten Mal löste sich das Dreesen wieder aus der Provinzialität des einfachen Tanztees und wurde zum Ort der Begegnung auf höchster Ebene.

Aus den Augenwinkeln sah er Ulla ins Foyer hereinschweben. Das Kleid eine einzige Kampfansage – zumindest war es das wohl in den Augen ihrer Eltern, soweit Emil das abschätzen konnte. Ihre Augen dunkel geschminkt, in der Hand eine ellenlange Zigarettenspitze – die nächste Provokation. Was dachte sich Ulla nur dabei? Hastig entfernte er sich von seinem Vater und ging auf Ulla zu. Er fing sie ab und zog sie am Ellbogen zur Seite.

»Muss das sein? Du weißt ganz genau, wie sehr du Mutter und Vater mit deinem Aufzug ärgerst. Kannst du ihnen nicht den heutigen Abend lassen?«

»Ist es meine Schuld, dass sie nicht mit der Zeit gehen?«

Ulla stippte die Zigarettenspitze gegen seine Brust. »Und außerdem kann ich heute ganz sicher nicht auf die Empfindlichkeiten unserer Eltern Rücksicht nehmen. Wenn du Berlin hierherholen willst, dann solltest du mir dankbar sein, dass ich offenbar die Gästeliste genauer gelesen habe als du.«

»Wie... was... wieso?«, stammelte Emil.

»Frieda Riess!« Ullas Gesicht glühte vor Begeisterung.

Emil sah sie fragend an. Sollte er diesen Namen kennen? Eine Schauspielerin? Oder eine von diesen Kämpferinnen für Frauenrechte, für die sich Ulla seit ihrer Freundschaft mit Elsa mehr und mehr interessierte?

»Mensch, Emil! Das ist die berühmteste Gesellschaftsfotografin der Republik! Hier bei uns! Die kennt Gott und die Welt und alle mit Rang und Namen!« Auf ihren Wangen erschienen hektische rote Flecken. »Wer weiß, vielleicht ist sie im Auftrag einer Zeitung hier!«

Adelheid kam auf sie zu, an ihrer Seite ein sehr schlanker Mann um die vierzig, den Emil noch nie gesehen hatte.

»Ulla, Emil, darf ich euch den jüngsten Oberbürgermeister einer deutschen Großstadt vorstellen?« Es war eine rein rhetorische Frage, denn sie fuhr ohne Pause fort. »Herr Oberbürgermeister Adenauer aus Köln. Herr Adenauer, das ist die nächste Generation unserer Familie: Emil und Ulla Dreesen. Immer auf der Suche nach dem Neuesten, Aufregendsten und Besten, mit dem wir unsere Gäste beglücken können.«

Adenauer streckte Ulla die Hand hin und schüttelte sie. »Sehr erfreut, Fräulein Dreesen.« Dann streckte er seine Hand Emil hin. »Ihre Großmutter hält große Stücke auf Sie. Sag ich jetzt mal so offen, weil, es bringt ja nichts, wenn man immer nur hinter dem Rücken gelobt wird.«

Emil wusste nicht, was er darauf sagen sollte. Er spürte, wie Hitze in seinen Kopf stieg. Großmutter hatte mit dem Kölner Oberbürgermeister über ihn gesprochen? Warum?

»Aber, Herr Adenauer!« Adelheid wackelte drohend mit dem Zeigefinger, in ihren Augen sah Emil jedoch den Schalk, der sie so alterslos charmant machte. »Sie können doch nicht meine Geheimnisse ausplaudern!«

»Na, klar doch.« Adenauer zwinkerte ihr zu. »War ganz einfach. Was gesagt werden muss, muss gesagt werden.«

»Dann dürfen wir Sie heute zum ersten Mal in unserem Hause begrüßen?«, fragte Emil, um das Thema von seiner Person wegzulenken.

»Nicht ganz, Ihre werte Frau Großmutter hatte mich vor langer Zeit schon einmal nach Godesberg eingeladen«, antwortete Adenauer. »Wer kann schon eine Einladung von ihr ablehnen. Aber ich wundere mich gerade, was hier für seltsame Geräte reingeschleppt werden. Ist der Herr Ebert etwa unter die Cineasten gegangen?«

Adenauer sah Escoffier und Pantalouffe nach, die ein Filmvorführgerät in den Speisesaal schleppten.

»Emil?«, fragte seine Großmutter und blickte ihn stirnrunzelnd an. »Was ist da los?«

»Colonel Soter gibt im Speisesaal seinen Männern eine kleine Filmvorführung.« Emil machte eine besänftigende Handbewegung. »Ohne Begleitmusik. Er sorgt dafür, dass Reichspräsident Eberts Rede nicht gestört wird.«

»Filmvorführung?« Adenauers Augen leuchteten auf. »Was wird denn gezeigt?«

»Charlie Chaplin«, klinkte Ulla sich ein. »Ein Filmkomiker aus...«

»Amerika«, vollendete Adenauer Ullas Satz. »Das gibt es doch gar nicht, Charlie Chaplin, heute hier?«

»Nur im Film«, betonte Ulla.

Mehr und mehr Soldaten strömten durch das Foyer in den Speisesaal.

»Na, da hat Ihre werte Großmutter mal wieder nicht zu viel versprochen: das Neueste, Aufregendste und Beste für die Gäste.«

Noch bevor Emil antworten konnte, stürmte sein Vater auf ihn zu. Ulla ergriff die Flucht.

»Was ist das für eine Ansammlung von Soldaten?«, zischte er kaum hörbar.

»Colonel Soter zeigt einen Film«, erklärte Emil.

»Heute?«, empörte sich Fritz. »Das ist doch wieder eine offene Provokation!«

»Nun, der Herr Oberbürgermeister würde den Film sogar gerne ansehen.«

Ohne auf Emil einzugehen, wandte Fritz sich direkt an Adenauer. »Herr Oberbürgermeister! Der Speisesaal ist tatsächlich den französischen Besatzern zugesprochen, aber ich werde persönlich dafür sorgen, dass die Rede des Reichspräsidenten nicht gestört wird.« Er zog seine Taschenuhr hervor. »Der übrigens jeden Moment da sein müsste. Wenn Sie mich bitte entschuldigen mögen.«

Schon lief Fritz wieder nach draußen, um Reichspräsident Ebert bei seiner baldigen Ankunft gebührend in Empfang zu nehmen.

»Ach«, sagte Adenauer, und Emil sah in seinen Augen den gleichen Schalk wie in denen seiner Großmutter, kein Wunder, dass die beiden sich so gut verstanden, »den Herrn

Chaplin, den würd' ich mir tatsächlich nur zu gerne mal angucken.«

»Das lässt sich an einem anderen Abend sicherlich einrichten«, sagte Emil schnell. »Ich werde Ihnen persönlich Bescheid geben, Herr Oberbürgermeister, in Bälde.«

Ein Murmeln rauschte durch das Foyer. Emil sah zur Drehtür, zu der sich alle Köpfe gleichzeitig wandten, um die Ankunft des Reichspräsidenten zu bezeugen.

»Na denn... wollen wir mal. War mir eine Freude, Herr Dreesen.« Adenauer reihte sich in die Menge der anderen Gäste ein und verschwand im Tanzsaal.

Emil sah ihm nach. Was für eine Type! Ob es Menschen gab, die ihn nicht auf Anhieb sympathisch fanden? Das Foyer leerte sich, aus dem Tanzsaal hörte Emil Stühlerücken und gedämpfte Stimmen. Langsam ging er zur Rezeption.

»Alles in Ordnung, Whoolsey?«

»Bestens«, strahlte dieser, »Gäste mit Extrasonderwünschen, die mich heute Nacht nicht schlafen lassen werden. Es ist wie früher... Oh, da kommt Fräulein Ulla.«

Schon zupfte sie Emil atemlos am Ärmel. »Emil, das glaubst du nie! Frieda Riess macht Aufnahmen für einen Bericht über unsere Gala in der *Berliner Illustrirten Zeitung*. Und wusstest du, dass Marie Juchacz hier ist?«

»Marie Juchacz?«

»Mensch, Emil, gut, dass Elsa dich gerade nicht hört. Marie Juchacz, die erste Frau, die als Parlamentarierin zur Nationalversammlung gesprochen hat!«

»Ich werde es mir merken«, sagte Emil, war sich allerdings unsicher, inwieweit diese Frau Juchacz eine Bedeutung für ihn und das Hotel haben sollte.

»Und Frieda Riess war von der Idee, unser Hotel zu einem Ort der Moderne zu machen und talentierte Frauen zu fördern, so angetan, dass sie ein Porträt von uns in der Zeitschrift *Die Dame* bringen will. Und sie kennt Gott und die Welt und würde mir helfen, Kontakte zu aufregenden neuen Künstlern zu knüpfen. Ich soll sie in Berlin besuchen!« Ullas Gesicht glühte. »Emil! Weißt du, was das heißt?«

»Dass du die beste Schwester der Welt bist?«

Sommer 1925

17 »Hör auf, Ulla! Willst du dich umbringen?« Emil schob sein Paddel gegen Ullas und zwang sie, das Rudern zu unterbrechen. Er hob seine Paddel aus dem Wasser und legte sie im Boot ab. »Du keuchst wie ein explodierender Dampfkessel, was ist nur los mit dir? Was willst du dir beweisen?«

Ulla legte ihre Paddel ebenfalls im Boot ab, blieb jedoch stumm. Nur ihr heftiges Keuchen begleitete die Geschwister, während sie den Fluss entlangtrieben. Die Ufer zu beiden Seiten wirkten so verschlafen, man mochte kaum glauben, dass erst vor ein paar Tagen Deutschnationale und eine Schar unbelehrbarer Separatisten hier blutige Kämpfe ausgetragen hatten. Gerade jetzt, wo es endlich wieder bergauf ging.

Emil konnte ja verstehen, dass die Menschen ungeduldig wurden, dass sie Not litten, weil die Arbeitslosigkeit noch immer hoch und die Löhne noch immer niedriger waren als vor dem Krieg. Selbst die Währungsreform hatte das nicht wieder einrenken können. Aber wenigstens kostete eine Briefmarke schon lange keine zweistelligen Milliardenbeträge mehr. Inzwischen reichten auch immer weniger Gäste Notgeldscheine über den Tresen, die sie dann im Verhältnis von einer Billion zu einer Rentenmark umrechnen mussten.

Sie brauchten einfach noch ein wenig Geduld. Und Mut. Und Ideen. Und den Willen, sich nicht unterkriegen zu lassen.

Auf Höhe des Drachenfelsens ließ er sein Paddel ins Wasser gleiten und lenkte das Boot näher ans Ufer. Endlich hatte Ullas Keuchen aufgehört. Er drehte sich zu ihr um. Sie atmete gleichmäßig, doch ihr Gesicht war leichenblass. Sie hatte sich vollkommen überanstrengt.

»Was ist nur los mit dir?«, fragte er sie erneut. »Du bist so still in letzter Zeit, so kenne ich dich gar nicht.«

Ulla heftete ihre Augen auf die Bootsplanken zu ihren Füßen.

»Du ziehst dich zurück. Sagt auch Elsa, sie hat mich gestern gefragt, ob du ihr böse bist.« Emil sah seine Schwester fragend an, als ihm ein Gedanke durch den Kopf schoss. Bakary! Natürlich! Warum war er nicht gleich darauf gekommen – er hatte ihn schon seit Wochen nicht mehr mit ihr gesehen. Ulla hatte Liebeskummer!

»Wo ist eigentlich Bakary?«, fragte er vorsichtig. »Habt ihr euch gestritten? Ich hab ihn schon sicher zwei Wochen nicht mehr gesehen.«

»Er musste nach Paris zurück. Als du mit Vater in Berlin warst. Er wurde von heute auf morgen abkommandiert, ohne Begründung.« Ullas Kinn zitterte.

»Oh, Ulla!« Bestürzt streckte Emil seine Hand nach ihr aus. Ob Bakarys übereilte Versetzung etwas mit Ullas Verhältnis zu ihm zu tun hatte? Vielleicht hatte sie jemand zusammen gesehen und es Colonel Soter verraten. Oder... Vater. »Warum hast du nichts gesagt?«

»Ich...« Tränen liefen ihr übers Gesicht. Sie schniefte. »Lass uns das Thema wechseln, bitte, ja?« Abrupt nahm sie ihre Paddel wieder auf. »Komm, Endspurt, zur Ablenkung.«

Atemlos erreichten sie das Ufer am Hotel. Ulla sprang aus dem Boot, verharrte dann dort. Als könnte sie keinen weiteren Schritt machen.

»Ulla! Was ist los?« Emil lief zu ihr, berührte sie am Arm.

»Nichts… war wohl zu viel, schon gut«, murmelte sie, stürzte im nächsten Moment zur Böschung und übergab sich.

Emil vertäute das Boot, stellte sich dann hinter Ulla. Hilflos beobachtete er das heftige Schütteln ihres Körpers. Ulla war nie krank.

War wirklich alles gut, und sie hatte sich eben nur überanstrengt, oder sollte er lieber nach Dr. Morgenstern rufen lassen?

Emil legte sanft eine Hand auf ihren Rücken. »Soll ich dir Mutter schicken?«

Schnell richtete Ulla sich auf. Keuchend drehte sie sich zu ihm und wischte mit dem Ärmel über ihren Mund. »Mir geht's gut, verdammt!«

Erstaunt trat Emil einen Schritt zurück. Ganz abgesehen davon, dass sie sich gerade übergab wie ein Pferdebursche, der soeben seinen Wochenlohn versoffen hatte, sprach sie jetzt auch noch wie einer.

***

»Ulla!« Emil sprang von der Bühne und winkte seine Schwester herbei, kaum dass sie auf die Terrasse getreten war. Sie schaute suchend in den Garten, dann winkte sie zurück und lief zu ihm.

»Komm, setz dich zu mir!« Emil zog einen zweiten Stuhl vor die fast fertige Bühne. Knapp zwei Jahre hatten sie nun daran gebaut. Die Wände, das Rundbogendach, die Elektrik, die Scheinwerfer, die Deko... Wann immer etwas Geld übrig war, wurde weiter gewerkelt, mal waren Handwerker da, mal packte Ulla an, mal er, mal Angestellte. Die Bühne war mehr als eine Bühne, sie war das Sinnbild dieser Zeit: des quälend langsamen, stets improvisierten Voranschreitens, gebeutelt von verlässlich wiederkehrendem Stillstand, der die Geduld der Beteiligten bis zum Anschlag testete.

»Und womit eröffnen wir die bald gefragteste Bühne zwischen Berlin und Paris?«, unterbrach Ulla seine Gedanken.

»Das wird eine Überraschung«, sagte Emil todernst. »Extra für dich.«

»Was?« Ulla starrte ihn mit offenem Mund an. »Du hast ohne mich den ersten Auftritt arrangiert? Emil Dreesen! Sag mir sofort, wen du eingeladen hast!«

Hinter ihnen knirschte der Kies. Emil drehte sich um. Robert schlenderte auf sie zu, in der Hand einen dritten Stuhl. Er stellte ihn neben Ulla und ließ sich mit einem Ächzen daraufplumpsen.

»Lass dich doch nicht von ihm verkohlen!« Robert grinste breit. »Als ob Emil es wagen würde, die Premierenveranstaltung ohne dich zu planen!«

»Mensch, Emil!« Ullas Augen glitzerten feucht.

Emil lachte. »Verzeih! Aber das war einfach zu verlockend! Jetzt kannst du endlich deine Kontakte zu der guten Frieda Riess spielen lassen.«

Verträumt sahen sie zur Bühne. Jazz, Swing. Eine ganze Big Band passte dort hinauf! Sie würden im Garten Charleston tanzen und das Leben feiern. Einfach, weil sie es konnten! Wäre Bakary noch hier, Emil würde ihn jetzt und hier bitten, für ihn die Bühne zu testen. Aber Bakary war weg – so überstürzt, dass er sich nicht einmal von ihm hatte verabschieden können. Selbst er vermisste ihn, wie musste es erst Ulla damit gehen?

»Lass uns feiern. Am besten noch heute«, sagte Robert und schlug klatschend die Hände auf seine Oberschenkel. »Wer weiß, ob es morgen noch was zum Feiern gibt.«

»Jetzt mal langsam.« Emil warf Robert einen verwunderten Blick zu. »Was redest du denn da?«

»Separatisten«, antwortete Robert düster. »Ich hab sie belauscht. Die planen 'ne ganz große Sache.«

»Unsinn!«, rief Emil erleichtert. »Das haben die doch 1923 schon versucht und sind gescheitert. Oder plant Matthes jetzt einen neuen Aufstand aus dem Exil in Frankreich?«

»Wer redet denn von Matthes?« Robert hob abwehrend die Hände. »Es geht um Häring! Er versammelt versprengte Separatisten um sich. Ihr wisst, dass er nie viel von Matthes gehalten hat. Dafür ist er von sich umso mehr überzeugt. Er denkt, er hätte das Zeug dazu, eine unabhängige Rheinische Republik zu führen.«

Ungläubig verzog Emil das Gesicht. Wenn Robert nur diese Spinner Kopfzerbrechen bereiteten, mussten sie sich keine Gedanken machen. »Die haben doch keine Chance! Die Senkerts und Pützers dieser Welt sind denen heillos überlegen. Die Wacht am Rhein würde die Franzosen lieber heute als morgen in die Fluten werfen. Was meinst du, was die den Separatisten pfeifen, wenn die loslegen.«

»Darum geht es doch!«, rief Robert. »Die Deutschnationalen werden das niemals hinnehmen und die Sozis auch nicht, wir wollen, dass Deutschland gerecht regiert wird, aber wir wollen uns doch nicht abspalten!«

»Bürgerkrieg?«, fragte Ulla tonlos. »Ist es das, was du befürchtest?«

Robert nickte. »Ich schaff keinen Krieg mehr. Und wenn der Häring die Franzosen dazu bekommt, seine Bestrebungen zu unterstützen... Mir reicht es schon, dass wir immer wieder mit den Deutschnationalen und nun auch noch mit den Nazis zusammenstoßen.«

»Und wann soll das stattfinden?«, fragte Emil gepresst.

»Weiß ich nicht«, sagte Robert.

Emil stützte den Kopf auf seine Hände. Auch er schaffte keinen Krieg mehr. Er schaffte nicht einmal diese sinnlosen Straßenkämpfe. Deshalb engagierte er sich nicht politisch. Nicht für die Deutschnationalen, nicht für die Sozialisten und auch nicht für die Sozialdemokraten. Er konzentrierte sich auf das, was er am besten konnte: einen Ort zu schaffen, an dem Menschen miteinander kommunizieren konnten. Jenseits ihrer Parteibücher bei einer Vorspeise nach Diplomatenart, einem Rheinsalm mit zerlassener Butter und frischen Kartoffeln, einem Medaillon vom Mastkalb mit Gemüse, umlegt nach Richelieu, gekrönt mit einem Fürst-Pückler-Eis und garniert mit einem guten Schluck Wein. Zubereitet von einer Küchenmannschaft, deren Leitung sich Robert seit Pützers Kündigung mit einem Kollegen aus dem deutschnationalen Lager teilte. Auf neutralem Boden.

»Ich sage Ja«, flüsterte Ulla.

»Zu was?«, fragte Emil verwirrt.

»Lasst uns feiern. Die Bühne einweihen. Ich möchte sie wenigstens einmal benutzt haben, bevor uns die nächste Katastrophe einholt.«

18

Die Musik perlte durch die mit bunten Lampions beleuchtete Gartenanlage. Es war unmöglich, sich ihr zu entziehen. Der Rhythmus klopfte im Blut, im Herzen, brachte die Füße von ganz allein dazu, vereinzelte Tanzschritte zu wagen.

Elsa verharrte einen Moment in der Nähe der Bühne. Die Sängerin war märchenhaft schön, ihr Kleid ein Hauch von glitzerndem Nichts, mit Pailletten und Federn und Fransen verziert, die Haare kinnlang und mit einem perlenbestickten Band in Form gehalten, selbst die Schuhe hatten einen perlenbestickten Steg. Als wären die Perlen Sinnbild für ihre einzigartige Stimme: Mal engelssüß, mal rauchig-verrucht drang sie durch die Nacht.

Noch nie hatte Elsa eine so unglaubliche Künstlerin gesehen. Noch nie eine so mitreißende Musik gehört. Es war, als hätten Emil und Ulla ihr eine vollkommen neue Welt eröffnet.

Als Emil verkündet hatte, dass sie noch diesen Monat die Bühne einweihen würden, hatte sie ihn für verrückt erklärt. Und nun hatten sie es tatsächlich geschafft.

Der Hotelgarten war bis auf den letzten Platz besetzt, sie hatte überhaupt noch nie so viele Menschen hier versammelt gesehen wie heute, so vergnügt und ausgelassen. Ihr Blick fiel auf Emil. Wie galant er der Dame in dem silbernen Charleston-Kleid die Hand küsste. Dem Herrn neben ihr freundlich zunickte, ein paar Worte fallen ließ, sich dem nächsten Gast zuwandte. Ein gediegener Herr mit Spitzbart und Hut, der, wenn sie sich richtig erinnerte, dieser neuartigen Musik und Mode eher kritisch begegnete. Jedenfalls hatte er sich seiner Frau gegenüber so geäußert, als Elsa ihn vorhin bedient hatte. *Herr Hofrat*, fiel ihr wieder ein, hatte ein anderer Gast ihn begrüßt.

»Frau Elsa! Was stehen Sie hier herum? Sie haben keine Pause!« Mit einem missbilligenden Zungenschnalzen scheuchte Gasser sie weiter.

Ertappt brachte sie das Tablett in die Küche. Natürlich. Sie hatte keine Pause. Und wenn sie mal Pause hatte, würde sie im Leben nicht auf die Idee kommen, zum Tanzen zu gehen. Das war etwas für die Damen der besseren Gesellschaft, diejenigen, die nicht schon zwölf oder mehr Stunden hart arbeitend auf den Beinen gestanden hatten, sodass sie viel zu müde zum Tanzen waren.

Sie brachte die nächste Bestellung nach draußen. Wieder fiel ihr Blick auf Emil. Jetzt unterhielt er sich mit Konrad Adenauer, der einen anderen Herren, wohl auch ein Politiker, zu sich winkte und mit Emil bekannt machte.

Ja, dachte Elsa bitter, so lief das in diesen Kreisen, man schusterte sich Pöstchen und Aufträge und Gäste zu, empfahl sich weiter und profitierte voneinander auf Kosten derer, die nicht in die Welt des goldenen Löffels hineingeboren waren. Die nicht einmal für eine Minute stehen bleiben und dem Treiben der Reichen und Schönen zusehen durften, ohne mit einem Schnalzen weitergetrieben zu werden.

Wie betäubt räumte sie den Tisch vor sich ab, mit routinierten Bewegungen, dezent im Hintergrund, sodass die Gäste möglichst wenig gestört würden. Mit dem vollen Tablett steuerte sie wieder auf die Küche zu, ihr Blick suchte Emil. Wie gut er aussah in seinem Smoking. Ein Mann von Welt, das Lächeln gewinnend und sicher. So viel sicherer als das Lächeln des blutjungen Mannes, dem sie vor fast sieben Jahren das erste Mal begegnet war.

Mein Gott! So lange war das nun her? Und schon fast sechs Jahre waren sie nun ein heimliches Paar!

»Passen Sie doch auf!« Es klirrte, der Gast, in den sie mit ihrem Tablett hineingelaufen war, blitzte sie empört an.

»Verzeihen Sie!« Elsa ließ ihre Augen prüfend über Jackett und Hemd gleiten. »Ich hoffe, es ist nichts auf Ihre Kleidung gelangt.«

»Das hoffe ich allerdings auch. Für Sie. So viel können Sie gar nicht arbeiten, um sich so einen Anzug zu leisten. Wie ist Ihr Name?«

»Elsa.« Sie presste die Lippen zusammen. Der Mann hatte es auf den Punkt gebracht. Sie konnte sich sechzig und mehr Stunden die Woche abrackern, und trotzdem würde sie es sich nicht einmal leisten können, eine Anzugjacke zu ersetzen, von der dieser Mann wahrscheinlich ein halbes Dutzend im Schrank hängen hatte.

»Nun dann, Elsa, sollte der Anzug beschädigt sein, werden Sie von mir hören.«

Wortlos ging sie weiter zur Küche. Am liebsten hätte sie das Tablett einfach fallen lassen. Es machte sie so wütend. Die Ungerechtigkeit wurde immer noch größer, und die Tatsache, dass sie aufgrund ihrer Liebe zu Emil und Freundschaft zu Ulla beide Augen davor zudrückte, machte nicht die Ungerechtigkeit kleiner, sondern sie zur Verräterin an ihren Genossen.

Vorsichtig stellte sie das Geschirr ab.

Es hatte keinen Sinn. Sie musste Emil aufgeben. Wie lange sollten sie sich noch heimlich treffen? Tagsüber, wenn Dritte bei einer Begegnung dabei waren, siezte sie ihn, nachts lag sie erschöpft in seinen Armen, bis er sich frühmorgens aus ihrem Zimmer stahl, damit niemand ihn durch die Flure schleichen sah.

Die ersten Jahre hatten sie in der Aufregung ihrer verbotenen neuen Liebe noch jede Gelegenheit genutzt, um sich auch tagsüber zu treffen, und sei es nur für ein paar Minuten, einen flüchtigen Kuss, ein liebes Wort. Sie hatten sich, sooft es ging, in ihrer dienstfreien Zeit verabredet, bei Zerbes, mit Ulla, mit Robert, mit Bakary. Doch inzwischen waren die Treffen seltener geworden, ihr Verhältnis hatte sich eingeschliffen wie ein Bachbett in die Erde. Die Aufregung, die sie ihre Müdigkeit vergessen ließ, sobald sie nach Dienstschluss Emil treffen konnte, war verschwunden. Übrig geblieben war die Geborgenheit des Vertrauten. Konnte sie sich ein Leben ohne Emil vorstellen?

Ihr Magen zog sich zusammen. Nie wieder in seinen Armen liegen? Nie wieder seinen Duft riechen, seine Hände auf ihrem Körper spüren, seine Lippen an ihrem Ohr, wenn er ihr die albernen Geschichten von seinem Tag erzählte oder ihr Komplimente machte?

»Jetzt stehen Sie schon wieder nur herum!« Gasser klatschte mit den Fingerspitzen in die untere Handfläche. »Nun laufen Sie schon! Abräumen, abräumen, abräumen, die Nachspeise steht an!«

Seufzend trabte Elsa zurück in den Garten. Die ersten Gäste versammelten sich auf der Tanzfläche vor der Bühne, sie schienen einen Heidenspaß zu haben.

Was war heute nur mit ihr los? Um sie herum tanzten und lachten die Menschen, und sie dachte daran, das Einzige aufzugeben, das ihr Leben wirklich bereicherte. Wieder stutzte sie.

Das Einzige, das ihr Leben bereicherte? Und was war mit ihrem Engagement für die Frauensache? Mit dem sozialistischen Traum? War das nicht mehr von Bedeutung? Hatte sie sich selbst verloren?

Sie lauschte in sich hinein. Nein. Ja. Vielleicht. Und trotzdem wollte sie Emil nicht aufgeben. Andererseits... was war das für eine Zukunft, die vor ihr lag? Wollte sie ein Leben lang heimlich die Geliebte des Hotelerben sein? Selbst nachdem er eine Frau seines Standes geheiratet hatte?

Die Zeit war noch nicht reif für Paare wie Emil und sie. Sie mussten sich trennen, und jeder musste eigene Wege gehen. So schmerzhaft das auch sein mochte.

Wie Ulla und Bakary. Auch wenn deren Trennung nicht ihre eigene Entscheidung gewesen war.

»Elsa!« Mit einem Mal stand Emil vor ihr. Er nahm ihr das Tablett aus der Hand und stellte es an einem Kastanienbaum ab. Dann hielt er ihr galant den Arm hin. »Darf ich dich zum Tanz bitten?«

»Bist du verrückt?«, fauchte Elsa. »Ich arbeite!«

»Ja, für mich«, konterte Emil, »und ich wünsche mir, dass du jetzt mit mir tanzt.«

»Du bist betrunken.« Elsa schnupperte, dann nickte sie. »Wie ein Pennäler, der sein erstes Bier in sich hineinkippt.«

»Ich bin glücklich«, sagte Emil und führte sie zur Tanzfläche, »und ich möchte, dass du auch glücklich bist.«

»Bin ich doch«, murmelte Elsa.

»Bist du nicht.« Emil legte den Arm um ihre Hüfte und packte ihre Hand. »Du bist verbittert und immer müde.«

Stumm folgte Elsa seinen Schritten, spürte, wie die Musik in ihr aufstieg und ihre Beine sich wie von selbst bewegten.

»Sie packt dich, die Musik«, sagte Emil. »Lass es zu, es ist der Gesang der neuen Welt, die wir uns erschaffen werden.«

Neue Welt... *seine* neue Welt. Die ihre sah genauso schwarz aus wie zuvor auch. Andererseits... Deutschland hatte den Kaiser gestürzt und eine Republik ausgerufen – wenn eine Beziehung wie die von Emil und ihr je eine Chance hatte, dann jetzt! Aber nur, wenn sie selbst ihr diese auch gab!

Emil packte sie fester. »Wovor hast du Angst, Elsa?«

»Ich habe keine Angst!«, gab sie zurück.

»Dann lass uns endlich der Welt zeigen, dass wir ein Paar sind!« Er blieb unversehens stehen, mitten auf der Tanzfläche. »Heirate mich, Elsa Wahlen.«

Elsa versteifte sich. Er meinte es wirklich ernst! Heiraten?

Er hob ihr Kinn hoch, dann küsste er sie.

Was tat er nur? Wie konnte er sie vor all diesen Leuten küssen? Vor den Gästen, dem Personal, seinen Eltern, seiner Großmutter! Er war verrückt!

Dann war der Kuss vorbei, Emil wirbelte Elsa wieder in den Tanz hinein. Die Musik wurde schneller und schneller, ein Stakkato, das sich auf ihre Beine übertrug.

Plötzlich fühlte sie sich frei. Mit einem Mal verstand sie die Ausgelassenheit, die all diese Tänzer hier empfanden. Sie verspürte eine Lust am Leben wie nie zuvor.

Sie tanzte weiter, unter den entsetzten Blicken von Fritz und Maria Dreesen, vorbei an seiner amüsiert lächelnden Großmutter, vorbei an dem pikierten Gesichtsausdruck diverser Gäste, vorbei an dem fassungslosen Gasser und seiner Brigade an Kellnern, hinein in eine Welt, die zu schön war, als dass sie wirklich wahr sein konnte.

***

»…unerhört! So eine Blamage ist mir in meinem ganzen Leben noch nicht widerfahren.« Fritz Dreesens Stimme polterte wie eine Armada kräftiger Paukenschläge durch das Direktionszimmer, befeuert von Maria Dreesens unermüdlichem Nicken.

Elsa stellte sich die gespitzten Ohren an der Tür vor, das Getuschel. Ob es Stimmen gab, die mit ihr sympathisierten? Ihr vielleicht gar wünschten, dass sie als Siegerin aus dieser allzu vorhersehbaren Geschichte hervorging? Oder ob die Häme überwog, über sie, die selbst ernannte Kämpferin für die Rechte der Zimmermädchen und Mägde, die über bessere Bedingungen und höheren Lohn schwadronierte und sich dann ins Bett des Juniorchefs legte wie eine billige Hure.

»Sie werden unser Haus noch heute verlassen.« Fritz Dreesen schob ihre Papiere über den Tisch. »Ich werde Ihnen ein Zeugnis ausstellen, das Ihrer Arbeit in unserem Hause gerecht wird. Den Grund für Ihre Entlassung werde ich unerwähnt lassen.«

Fristlos gekündigt. Das war heftiger als gedacht. Dass der gestrige Höhenflug ein Nachbeben auslösen würde, war klar gewesen, aber fristlose Kündigung? Für einen Tanz und einen

Kuss, den der Juniorchef in ausgelassener, angetrunkener Stimmung ausgeteilt hatte?

»Ich werde also entlassen, weil Ihr Sohn mich aus einer Weinlaune heraus geküsst hat?«, fragte Elsa, erstaunt über die Ruhe in ihrer Stimme, ja ihre Ruhe überhaupt. Die Kündigung machte ihr weder Angst, noch überraschte sie sie wirklich – letztlich lebte sie seit sechs Jahren mit dem Damoklesschwert der Entdeckung über ihrem Kopf. Dass deren Folgen in jedem Fall für sie schlimmer sein würden als für Emil, hatte sie schon immer gewusst – sie war schließlich nicht naiv. Aber die Härte der Strafe nach diesem einen, öffentlichen, mit Weindusel so galant erklärbaren Ausrutscher ... Sie waren noch nicht einmal in flagranti in ihrem Bett erwischt worden! Und Emil war beileibe nicht der erste oder einzige Hotelier, der einem Zimmermädchen nähergestanden hatte, als es der gute Ton erlaubte.

»Ach, Elsa, für wie dumm hältst du mich eigentlich?« Maria Dreesen trat hinter dem Stuhl ihres Mannes hervor näher an den Tisch heran. »Ich weiß seit Jahren, dass du Emils kleines Flittchen bist.«

Elsa spürte, wie Hitze in ihr hochschoss. Ihre Augen wurden weit. Sie hatte es gewusst? Seit Jahren?

»Warum, glaubst du, lasse ich mir all diese Unsäglichkeiten gefallen, mit denen dein loses Mundwerk tagein, tagaus nicht müde wird, uns zu belästigen?«

»Sie sind wahrlich eine schwierige Angestellte«, warf Fritz Dreesen ein, etwas zu schnell, als wollte er verhindern, dass seine Frau weitersprach. »Ihre permanenten Aufwiegeleien und albernen Forderungen nach mehr Rechten, mehr Geld, weniger Arbeit, das ist hier doch kein Wohlfahrtsverein!«

»Warum haben Sie mich dann nicht schon längst entlassen?«, erwiderte Elsa trotzig, spürte die Wut, die in ihr hochwallte. Alberne Forderungen? Sollte er doch nur einen Tag in ihrer Haut stecken, nur einen Tag! Er würde die Forderungen alles andere als albern finden.

»Liegt das nicht auf der Hand?« Maria Dreesen richtete sich auf. »Jeder junge Mann muss sich die Hörner abstoßen, bevor er in den zivilisierten Hafen der Ehe steuert.«

»Maria«, mahnte Fritz Dreesen, doch seine Frau ließ sich nicht mehr aufhalten.

»Nur eine Frau, die keine Kinder hat und in deinem Fall wohl auch nie haben wird, kann so verblendet sein, dass sie glaubt, eine Mutter sehe nicht, was unter ihrem eigenen Dach vor sich geht! Glaubst du, ich wüsste nicht genau, wer Emil zur Gala diese unwürdige rote Nelke an das Revers geheftet hat? Als ob Emil auf solch eine Idee kommen würde!« Maria Dreesen spie die Worte regelrecht aus. »Ich habe es sofort bemerkt, als Emil ruhiger geworden ist, er war ja nicht mehr er selbst nach dem Krieg. Und die Ursache für seine Veränderung zu finden, war nun wahrlich keine Kunst. Der Glanz in deinen Augen, wenn Emil in der Nähe war, die leichte Röte auf den Wangen, das verstohlene Grinsen, die zerzausten Haare, wenn ich mal wieder Hilde schicken musste, um ein ausuferndes Schäferstündchen von meinem Sohn mit seinem Flittchen zu beenden...«

»Genug«, unterbrach Fritz Dreesen, als die Tür aufgerissen wurde.

»Ja, genug!« Emil stürzte herein und legte den Arm um Elsas Schultern. »Ich verbitte mir, dass ihr mit meiner zukünftigen Frau so redet.«

Ein warmes Gefühl durchfloss Elsa. Zukünftige Frau. Dann

war es Emil wirklich ernst. Hier, vor seinen Eltern, hatte er es ausgesprochen.

»Zukünftige... Frau?«, rief Maria Dreesen aus. »Du... du bist doch nicht bei Sinnen!«

»Das hättest du wohl gerne, Mutter. Aber ich bin erwachsen, und ich bin nüchtern und war noch nie so klar im Kopf.«

Frau Elsa Dreesen...

»Du willst uns also zum Gespött der Leute machen? Ein aufrührerisches Zimmermädchen? Wozu? Damit sie unser Hotel dieser Juckatsch als Gesindelheim für ihre Arbeiterwohlfahrt überlässt und du dich weiter tagsüber mit diesem Flittchen im Bett wälzen...«

»Rede nicht so über Elsa«, brachte Emil mit mühsam unterdrücktem Zorn hervor. Elsa spürte, wie seine Finger sich in ihre Schulter gruben, als müsste er sie festhalten, bevor sie sich auf seine Eltern stürzte. Das würde sie aber ganz sicher nicht tun.

»Marie Juchacz«, sagte Elsa belehrend. »Sie heißt Marie Juchacz, und ich glaube nicht, dass Frau Juchacz bislang auch nur das geringste Interesse an diesem Hotel für ihre Arbeiterwohlfahrt hatte. Aber ich werde den Vorschlag gerne weitergeben.«

»Sie... was?« Fritz Dreesen schüttelte konsterniert den Kopf, wandte sich dann an Emil, als wäre er die einzige Person im Raum, die es sich anzusprechen lohnte. »Ich verstehe dich nicht, Emil. Wie kannst du uns ausgerechnet jetzt so in den Rücken fallen? Ist die Lage nicht schwer genug? Kaum erholen wir uns ein wenig von der Inflation, rammst du uns zum zweiten Mal den Dolch in den Rücken.«

Emils Finger bohrten sich so fest in ihr Fleisch, dass Elsa nur mühsam einen Schmerzensschrei unterdrücken konnte.

»Nicht genug, dass wir noch immer die Franzosen im Haus haben«, fuhr Fritz anklagend fort, »jetzt wollen die Separatisten ihnen auch noch unser schönes Land zum Fraß vorwerfen. Weißt du, was das für uns heißt? Wir werden enteignet werden. Dafür wird unser größter Konkurrent schon sorgen, der Häring auf der anderen Rheinseite, der feige Separatistenführer.«

»Was hat der Häring mit Elsa zu tun?«, fragte Emil offensichtlich verwirrt über den Verlauf der Unterhaltung.

Erneut öffnete sich die Tür. Adelheid Dreesen schritt herein, stellte sich an die Seite des Tisches, zwischen Eltern und Sohn.

»Nun, Fritz, das würde mich allerdings auch interessieren«, forderte sie ihren Sohn auf weiterzureden.

»Alles und nichts.« Fritz Dreesen räusperte sich. »Während ich mit aller Kraft versuche, den Separatisten Einhalt zu gebieten und das Schlimmste abzuwenden, schwächt Emil durch sein unsägliches Verhalten meine Position.«

»Weil er eine junge Frau küsst, die nicht deinen und Marias Erwartungen entspricht?« Adelheid Dreesen hob fragend und gleichzeitig tadelnd die Brauen, als wollte sie sagen: *Was redest du nur schon wieder für einen Unsinn?* »Küssen Männer, die Separatisten aufhalten, keine Frauen? Und überhaupt, was ist das für ein Unsinn mit den Separatisten? Was hast *du* damit zu tun?«

»Darüber kann ich nicht reden.« Fritz Dreesens Züge wurden hart. »Das würdest du ohnehin nicht verstehen.«

»Weil Frauen im Allgemeinen nichts von Politik verstehen?«, fragte Adelheid Dreesen unschuldig nach. »Nun, auf der Gala hatte ich das Vergnügen, mich mit der reizenden Marie Juchacz näher zu unterhalten. Ich würde schätzen, die junge Dame versteht mehr von Politik als du, mein Lieber, aber das ist auch gut so, denn du sollst ja keine Politik machen oder Separatisten jagen, sondern ein Hotel führen.«

Elsa verkniff sich ein Schmunzeln, blieb jedoch auf der Hut – selbst wenn Adelheid Dreesen ihr in gewisser Weise gerade zur Seite sprang, war sie, Elsa, sicher auch in Adelheids Augen keine annehmbare Partie für ihren Enkelsohn.

»Ja, ein Hotel, das mein Vater groß gemacht hat«, antwortete Fritz scharf, »und für das Maria und ich seit Jahrzehnten jeden Tag und jede Nacht alles geben, um es durch die schwersten Zeiten zu führen, die wir je erleben mussten.«

»Unstreitig, lieber Fritz und…«, fügte Adelheid Dreesen mit einem Blick auf Maria hinzu, »…liebe Maria. Dennoch verstehe ich nicht, warum ein unschuldiger Kuss nach einem ausgelassenen Tanz nun das Ende des Hotels einläutet, und das auf einer Stufe mit den Separatisten.«

»Unschuldiger Kuss?«, rief Fritz Dreesen aufgebracht. »Heiraten will er diese… diese… *sie*. Und wenn du wissen willst, was das mit Häring zu tun hat – Häring will Deutschland spalten und diese Erbschleicherin unsere Familie.«

»Erbschleicherin?« Elsa blitzte Fritz Dreesen empört an. »So sehen Sie mich? Als jemanden, der sich an Ihren Sohn hängt, um in die bessere Gesellschaft einzuheiraten?« Sie schüttelte Emils Hand ab. »Ich pfeife auf die bessere Gesellschaft. Ohne uns Arbeiterinnen wären Sie nichts. Sie könnten keine Gäste bewirten und kein Hotel bauen und kein Essen auf den Tisch stellen. Sie sind stolz darauf, die Arbeiter auszubeuten, nur damit Sie selbst mehr Reichtum anhäufen können. Sie können Ihre bessere Gesellschaft in der Pfeife rauchen, denn ich will ganz sicher nicht Teil der Blutsauger sein, die aus meinen Genossen das letzte bisschen Kraft quetschen und sie dann, wenn sie kaputt und ausgelaugt sind, wegwerfen. Sie haben vollkommen recht, Frau Dreesen, hätte ich hier das Sagen, ich würde das Haus Frau Juchacz für ihre Arbeiterwohlfahrt zur Verfügung stellen. Für die Leute, die sich ein bisschen Luxus am meisten verdient haben.« Sie schnappte sich ihre Papiere vom Schreibtisch. »Entlassen haben Sie mich ja schon, das spart mir das Kündigen.« Abrupt drehte sie sich um und stürmte zur Tür hinaus.

»Elsa!«, rief Emil ihr hinterher.

Sie rannte ins Foyer, die Treppe hinauf, es war ihr egal, dass sie die Haupttreppe nur benutzen durfte, wenn es ihre Arbeit unbedingt erforderte, dass sie eigentlich die Personaltreppe zu benutzen hatte, dass sie keinesfalls im Gästebereich zu rennen hatte, all das war ihr jetzt egal. Denn hier würde sie keinen Moment länger bleiben.

»Elsa«, hörte sie Emil nochmals hinter sich rufen, hörte seine Schritte die Treppe hochjagen, »nun warte doch!«

Elsa rannte noch schneller. Dritter Stock, hier gab es einen Übergang zum Verwaltungstrakt, in dem auch ihr Zimmer lag.

An ihrer Zimmertür hatte Emil sie eingeholt. Er nahm ihr den Schlüssel aus der zitternden Hand und sperrte auf. Führte sie ins Zimmer und zum Bett, setzte sich neben sie.

»Elsa, bitte«, sagte er und legte seinen Arm um ihre Schulter, »du kennst doch meine Eltern. Was hast du erwartet? Dass sie dich mit offenen Armen aufnehmen?«

»Flittchen«, brach es aus ihr heraus, »Erbschleicherin!« Ihr Kinn zitterte, krampfhaft drängte sie die Tränen zurück.

»Gib ihnen Zeit. Sie müssen sich erst noch an die Vorstellung gewöhnen, dass du bald Elsa Dreesen heißen wirst.« Er angelte ihre Hand und küsste sie. »Glaubst du, Großmutter hat es meiner Mutter leicht gemacht, als Vater sie ihr und meinem Großvater vorgestellt hat? Ich habe mal eine Unterhaltung zwischen Mutter und einer Freundin belauscht. Da hat sie erzählt, dass Großmutter von ihr nur als dem verdrucksten Trampel vom Lande mit dem Pfannkuchengesicht gesprochen hat.«

Elsa sah auf. »Wirklich?«

»Hat Mutter so erzählt. Sie kam wirklich vom Land, aber ihr Vater hatte den größten Hof weit und breit, und seine Tochter war sicher eine gute Partie. Tja, so gern ich Großmutter habe, selbst ich fürchte ihre spitze Zunge, und ich kann mir gut vorstellen, dass Mutter nicht der Art Mädchen entsprach, die sie sich für Vater erhofft hatte.«

»Was wäre das denn für ein Mädchen gewesen?«

»Eines wie du. Das nicht lange fackelt und zupackt, wenn nötig, das weiß, was es will, das den Mund aufmacht, wenn es was zu sagen hat, und klug und hübsch ist.« Er legte seine Wange in ihre Hand. »Bitte, Elsa. Nimm dir ein paar Tage Urlaub. Ich kläre die Situation mit meinen Eltern, und dann entscheiden wir, wie wir am besten vorgehen.«

Nachdenklich nickte Elsa. Vielleicht war das die klügste Lösung. Mit hitzigem Kopf hatte noch nie jemand gute Entscheidungen getroffen.

19

»Was ich mir dabei gedacht habe?« Emil sah Robert verdrossen an. Wollte er ihm jetzt die gleichen Vorwürfe machen wie Vater?

Robert setzte sich zu Ulla an die Kante der Bühne und hob abwehrend die Hände. »Das darf man ja wohl noch fragen... Dass die Sache nicht gut ausgehen würde, konnte ein Blinder mit Krückstock sehen.«

»Dass er sie liebt, hat er sich dabei gedacht«, sagte Ulla und knuffte Robert in den Arm. »Und dass er keine Lust mehr hat, das zu verstecken. Ist das so schwer zu verstehen?«

»Wenn man aus meiner Sicht draufguckt, schon«, gab Robert zurück. »Aber ich bin auch nicht so dämlich und verguck mich in genau die eine Person, die ich nicht haben kann.« Robert wehrte einen weiteren Schlag von Ulla ab. »Was denn, was denn, ganz schön kampflustig heute, junges Fräulein, ich darf doch mal die Wahrheit sagen. Aus meiner Sicht ist es nämlich ganz klar, wer in der Situation immer den Kürzeren zieht: Bei dir, Emil, ist es Elsa, die deine Eltern wegen deinem Kuss rausschmeißen wollten, und bei dir, liebe Ulla, der gute Bakary, von dem wir uns wohl alle vorstellen können, warum er so plötzlich die Segel streichen musste.«

»Lass Bakary aus dem Spiel«, zischte Ulla.

»Sachte mit die Pferde, *ich* bin nicht dein Gegner, ich sag nur, was Sache ist, und es ist nun mal so, dass es im Fall des Falles immer die Schwächeren ausbaden.«

»Er hat recht, Ulla«, wiegelte Emil ab. Roberts unbequeme Wahrheit traf es auf den Punkt, auch wenn er dies so lange nicht wahrhaben wollte. »Wir sind die, die einfach weitermachen können, und die, die wir lieben, werden bestraft. Und was heißt das jetzt?«, wandte er sich an seinen Freund. »Was soll ich nun machen?«

»Na«, Robert klopfte auf den Bühnenboden. »Liegt das nicht auf dem … Parkett?« Er grinste.

»Geht das etwas klarer?«, fragte Emil.

»Überrasche sie! Zeig ihr, dass du ihr die Welt zu Füßen legst!«, rief Robert. Er kletterte ganz auf die Bühne und vollführte clowneske Tanzschritte. »Entschuldige dich bei ihr mit etwas Besonderem. Einem magischen Abend.«

»Ich soll für sie einen Zauberclown spielen?« Emil runzelte die Stirn. Was redete Robert nur für einen Unsinn! Elsa würde ihn höchstens für verrückt erklären.

»Ein magischer Abend«, sagte Ulla zustimmend. »Etwas, das Elsa sonst nicht zu sehen bekommt – außer sie bedient gerade andere Leute, die es genießen.«

»Ich könnte sie ausführen.« Emil nickte. »Aber wohin?«

Robert klopfte wieder auf die Bühne. »Na, ins Dreesen. Was ist eigentlich los mit dir, Emil? Du willst Elsa heiraten und schaffst es nicht, erst mal mit ihr zusammen eine Veranstaltung in deinem Hotel zu besuchen, bei der sie nicht selbst bedienen muss? Zeig ihr, wie es wäre, wenn sie nicht mehr das Zimmermädchen ist, sondern die Frau vom Juniorchef.«

»Ich glaube nicht, dass Elsa Lust auf einen Tanztee hat«, sagte Ulla, »und was anderes ist in nächster Zeit nicht geplant.«
»Dann plan eben was.« Robert setzte sich wieder neben Ulla. Er zog sein Zigarettenetui heraus und bot Emil eine Zigarette an. »Und zwar schnell. Bevor jemand anderes sie dir wegschnappt. Ich kenn da ein paar Burschen, die schon seit geraumer Zeit der Elsa hinterhergucken, als hätten sie noch nie 'ne Frau gesehen.«
Emils Brust krampfte sich zusammen. Jemand anderes wollte ihm Elsa abspenstig machen? Ihm Elsa wegnehmen? Nein, nein, niemals würde er das zulassen! Er würde sie zurückholen und... Sein Gesicht hellte sich auf. Er wusste auch schon, womit er sie überraschen würde.

***

»Was wird das, Emil Dreesen?«
Emil legte einen Finger an den Mund. »Eine Überraschung.« Er führte Elsa weiter die Rheinstraße entlang, direkt auf das Hotel zu.
»Hast du mich gerade von Mutters Esstisch weggezerrt, um mich zurück an meine Stelle zu holen?« Elsa blieb stehen. »Du hast mir freigegeben, und ich habe noch nicht gesagt, ob ich zurückkomme. Vielleicht finde ich ja eine bessere Anstellung.«
»Ist Arbeiten eine Überraschung?«, fragte Emil, fest entschlossen, sein Geheimnis nicht preiszugeben.
Misstrauisch beäugte Elsa das Hotel, dann ging sie unwillig weiter. »Aber du zwingst mich jetzt nicht zu einem Gespräch mit deinen Eltern, oder?«
»Ist das eine Überraschung?«, wiederholte Emil.

»Eher die Hölle«, murmelte Elsa.

»Es wird dir gefallen.« Er hakte sie bei sich unter und ging die Auffahrt zum Weißen Haus hoch. Spürte, wie Elsa immer zögerlicher und steifer wurde, als sei es ihr unangenehm, an seinem Arm so offen das Hotelgelände zu betreten.

Vor der Drehtür trat er hinter sie. »Bitte, die Dame zuerst.«

»Du weißt genau, dass ich hier nicht durchdarf.« Sie funkelte ihn erbost an. »Soll ich noch mehr Ärger bekommen?«

»Du bist heute nicht als Zimmermädchen hier, sondern als mein Gast, und als solcher bitte ich dich, durch die Drehtür zu gehen.«

Unsicher trat Elsa in die Tür, ging hindurch. Auf der anderen Seite näherte sich ihr ein Page. Als er sie erkannte, sah er unsicher von ihr zu Emil.

»Guck nicht so blöde«, knurrte Elsa.

Emil hakte sie wieder unter und führte sie durch das Foyer, durch den Empiresaal zur Seite hinaus in die Gartenanlage.

Der Garten war gut besetzt. Nicht voll, aber es waren doch deutlich mehr Gäste, als Emil sich in dieser kurzen Zeitspanne erhofft hatte, für den Abend werben zu können. Zahlte es sich also wieder einmal aus, etwas so Exklusives anzubieten, dass es sich wie ein Lauffeuer herumsprach.

Der Garten war genau so beleuchtet worden, wie er es angeordnet hatte, rote und weiße Lampions in den Bäumen, auf den Tischen Kerzen, die Gartenlampen auf halber Flamme. Er führte Elsa zu einem Tisch genau mittig der Bühne. Der Tisch war liebevoll eingedeckt, die Tischdecke mit Rosenblütenblättern bestreut. Emil zog Elsa den Stuhl zurück und wartete, dass sie sich niederließ. Steif saß sie auf der Kante des Stuhls, ihre Augen flitzten von rechts nach links.

Sie fühlte sich sichtbar unwohl.

Emil setzte sich neben sie und ergriff ihre Hand. »Das ist dein Abend, Elsa. Tu so, als würdest du den Ort heute das erste Mal betreten.«

»Wie soll das gehen?«, schnaubte Elsa. »Guck dich doch um, wie sie uns beobachten, die Kellner und sogar Gäste. Was meinst du, über was die gerade tuscheln...« Sie verstellte ihre Stimme. »*Ist das bei dem jungen Dreesen nicht diese Elsa? Die Erbschleicherin, die falsche Rote, das billige Flittchen*...«

Schon servierten die Kellner die Vorspeise. Emil gab die Weinorder, auf der Bühne begann ein Klavierspieler, Sonaten von Schumann zu spielen.

Lustlos stocherte Elsa in den Pastetchen nach Königinnen Art. »Was soll das, Emil?«

»Ich möchte mich bei dir entschuldigen.«

»Für die Gemeinheiten, die deine Eltern mir an den Kopf geworfen haben?«

»Dafür, dass ich dich in diese sehr verletzende Situation gebracht habe.« Er steckte ein Pastetchen in den Mund. Sie zergingen auf der Zunge. Robert hatte nicht zu viel versprochen.

Elsa machte sich nun auch über ihre Pastetchen her. Schweigend aßen sie die Vorspeise, langsam, voller Genuss, im Hintergrund die Klaviermusik, das Murmeln und Lachen der anderen Gäste.

Die Kellner räumten ab und brachten den zweiten Gang, Rheinsalm mit Kartoffeln und zerlassener Butter. Immer eine Delikatesse, fangfrisch zubereitet, in Perfektion gegart, minutiös vom Kellner am Tisch vorgelegt.

Emil erzählte, wen er alles auf die Bühne holen wollte, wie

er die letzten Staubkörner des Kaiserreiches aus Bad Godesberg vertreiben würde. Wie sie und er zum Wahrzeichen der neuen Zeit werden könnten, der Zeit, in der alles möglich zu sein schien.

Langsam legte sich die Dämmerung über den Garten, das Licht auf der Bühne flammte auf.

Der Kellner räumte den Hauptgang ab und servierte die Nachspeise, auf der Bühne schleppten zwei Pagen eine Leinwand neben das Klavier.

»Was wird das?«, fragte Elsa neugierig.

»Dein erster Filmabend mit Charlie Chaplin.«

Da ratterte es, dann erschien ein Bild auf der Leinwand – *A Dog's Life*, von und mit Charlie Chaplin.

»Ein Chaplin-Film?«, flüsterte Elsa ehrfürchtig. »Für mich?«

»Für dich.« Emil nahm Elsas Hand. »Wenn du mich lässt, lege ich dir meine Welt zu Füßen.«

20

Die letzten Gäste waren gegangen, die Tische abgeräumt, die Lichter gelöscht. Bis auf die Kerzen an ihrem Tisch, die jedoch kaum mehr als ein paar Minuten Lebenswachs übrighatten und bereits das unstete Flackern des bevorstehenden Endes zeigten. Elsa lauschte Emils Worten, den Träumen, die er darin verpackte, von aufregenden neuen Künstlern, amerikanischer Musik, internationalen Stars, die er nach Godesberg bringen wollte, das, seitdem es mit dem Zusatz »Bad« zu Bad Godesberg geadelt worden war, neuen Gästen noch attraktiver erscheinen musste. Elsa spürte die Leidenschaft, die Emil antrieb, die seine Stimme anschwellen und seine Gestik ausschweifen ließ.

Er wollte die Welt verändern, indem er einen Ort erschuf, an dem die Kunst Grenzen überwand. An dem Menschen unterschiedlicher Nationen über die Kunst als vereinendes Element wieder zueinanderfanden. Und vergaß dabei all die Menschen, die von jeher ausgeschlossen waren. Menschen wie sie, für die Soirees und Jazz-, Kabarett- oder Filmabende ein unerschwinglicher Luxus waren. Nicht nur, weil sie es sich nicht leisten konnten, sondern weil sie nach ihrem Tagewerk weder die Zeit noch die Kraft dafür hatten.

»Du bist so still«, sagte Emil.

»Ich habe dir zugehört.«

»Entschuldige, ich habe dich zugequasselt mit meinen Ideen. Ich möchte dich so gerne dafür begeistern. Stell dir vor, was wir gemeinsam alles verändern könnten!«

Elsa lächelte müde. Wie naiv Emil doch manchmal sein konnte. Niemals würde sein Vater all das zulassen, was er ihr in der letzten Stunde auf das Tablett gelegt hatte. Emil würde jeden einzelnen Schritt mühsam gegen Fritz Dreesen erkämpfen müssen, während sie das Misstrauen und die Ablehnung seiner Mutter ertragen müsste. Allein der Gedanke an all die Grabenkämpfe, die ihr tägliches Leben dominieren würden, erschöpfte sie.

»Du musst müde sein, ich bringe dich nach Hause.« Emil nahm ihre Hand. »Oder würdest du heute Nacht hierbleiben?« Der wackelige Kerzenschein spiegelte sich in seinen fragenden Augen.

Wollte sie hierbleiben? Mit einem Mal fühlte sie sich Emil so fremd. Sie lebten im gleichen Haus und doch in zwei vollkommen verschiedenen Welten. Der Welt der Bedienten und der Welt der Bedienenden. Das hatten sie immer schon, und doch war es ihr erst heute, da sie das erste Mal hochöffentlich mit ihm gemeinsam seine Welt der Bedienten betreten hatte, richtig bewusst geworden. Wollte sie für immer in seine Welt eintreten? Sich auf die Seite derjenigen schlagen, die sie seit Jahren für ihr ausbeuterisches Verhalten geißelte?

Was wäre die Alternative? Ein Leben ohne Emil... Ihr Herz wurde schwer. Sie war noch nicht bereit, Emil aufzugeben.

Unvermittelt überfiel sie ein unstillbares Verlangen, ihn zu berühren, zu küssen, ihn festzuhalten.

»Bitte«, hakte Emil nach.

Elsa nickte.

Im nächsten Moment stand Emil schon neben ihr und half ihr unnötigerweise vom Stuhl auf. Untergehakt verließen sie den Hotelgarten durch die den Gästen verbotenen Lagerräume. Sie schlenderten über die nur noch von Mond und Sternenhimmel beleuchtete Straße.

»Mist!« Emil ließ abrupt ihre Hand los. »Das Bühnenlicht! Ich habe es nicht ausgemacht. Wartest du kurz?« Er drehte sich um und lief den Weg zurück, den sie gerade eben gekommen waren.

Elsa sah ihm nach, als sie ein Geräusch hörte.

Regungslos lauschte sie, spähte zu den Obstgärten auf der anderen Straßenseite, zu den Konturen der Bäume. Schwarze Striche in der vom Mondlicht blaugrau gefärbten Nacht. Wieder vernahm sie ein Geräusch. Dann ein Klatschen. Einen unterdrückten Schrei. Wimmern. Rascheln. Bilder formten sich rasend schnell in ihrem Kopf. Eine Frau, ein Mann, eine Hand auf dem Mund der Frau, ihr Kopf, ihr Körper an einen Baum gepresst. Sie lief auf das Geräusch zu, erstarrte.

Escoffier.

Sie erkannte ihn sofort, die Statur, die Haare, wie er das Mädchen an den Baum drückte, seine Arme festhielt, erst mit beiden Händen, dann mit einer. Sie sah, wie sie sich wand und wehrte, wie er ihr ins Gesicht schlug, wie ihr Kopf zur Seite flog, wie er ihre Bluse aufriss, wie er sein Halfter öffnete, seine Hose.

Wie von Sinnen lief sie auf ihn zu, sah sein Halfter zu Boden gleiten, sah den Revolver. Sie nahm ihn, spannte den Hahn, zielte auf Escoffier.

Plötzlich drehte Escoffier den Kopf, sah den Revolver, erschrak, sah sie. Ein Grinsen zog sich über sein Gesicht.

»*Encore... la fille aux yeux glacés,* du willst wohl die Nächste...«

Der Knall hallte noch Stunden in Elsas Ohren. Sie sah, wie das Grinsen aus Escoffiers Gesicht wich, wie sein Blut auf das Mädchen spritzte, wie er zusammenbrach, wie das Mädchen panisch davonrannte.

Ob sie dabei schrie, konnte Elsa nicht sagen, sie hörte nur das Hallen des Schusses.

Was hatte sie getan? Um Himmels willen! Was hatte sie nur getan?

Die Waffe in der Hand, sank sie zu Boden, starrte auf Escoffier, der aus toten Augen zurückstarrte.

»Elsa!« Wie von ferne drang Emils Stimme zu ihr durch. »Was ist passiert? Was hast du getan?«

Sie spürte Emils Hand an ihrer Schulter, spürte, wie er ihr Escoffiers Revolver aus der Hand nahm. »Um Himmels willen, Elsa! Was hast du angerichtet?«

»Er hatte schon wieder ein Mädchen in seiner Mangel. Es war wie... wie bei mir... ich... ich...«

»Das Schwein hat dich...« Emil zog sie nach oben. »Ich bringe dich jetzt nach Hause, und dort bleibst du, bis ich dich holen lasse. Kein Wort, zu niemandem. Was ist mit dem Mädchen, hat es dich gesehen?«

»Ich weiß es nicht, ich weiß nicht, wer es war«, flüsterte Elsa, als Stimmen vom Hotel zu ihnen schallten. Jemand musste den Schuss gehört haben.

»Schnell«, drängte Emil und zerrte sie mit sich, »wir müssen hier verschwinden!«

21

Der Lärm weckte Emil aus einem unruhigen, kurzen Schlaf. Türen knallten, Befehle wurden durch die Gänge gebrüllt, Stiefel trampelten die Treppen hinauf und hinunter. Nicht einmal bei den zwei Räumungen des Hotels hatten die Franzosen sich derartig benommen. Sie hatten auch noch nie einen erschossenen Capitaine zu beklagen gehabt.

Emil schwang sich aus dem Bett. Besser, er zog sich schnell an, wer wusste, wann er aus seinem Zimmer hinausgeworfen wurde... Langsam dämmerte ihm die Tragweite des Geschehenen.

Soter würde das so nicht stehen lassen. Er würde Vergeltung wollen. Emil schluckte. Verdammt! Warum war er nur zur Bühne zurückgelaufen? Hätte er das Licht nur brennen und Elsa nicht allein gelassen.

Der Lärm wurde noch intensiver, Knallen und Scheppern und Krachen gesellten sich zu dem Trampeln und Brüllen, als fegte ein Wirbelsturm durch das Hotel.

Eilig verließ Emil das Zimmer und lief durch die Gänge die Treppe hinunter ins Foyer. Auf dem Weg begegnete er Soldaten, die ihn feindselig ansahen, während sie mit ihren Bajonetten die Tapeten zerfetzten.

Emil wurde schlecht. Was ging hier vor sich? Er hörte es krachen, erreichte das Foyer, sah, wie ein Soldat mit seinem Gewehrkolben wieder und wieder auf die Mahagonivertäfelung der Rezeption eindrosch.

»Hören Sie auf! *Please!*«, rief Whoolsey. »Wir haben nichts verbrochen!« Mit erhobenen Händen stellte er sich vor den Soldaten.

»Whoolsey! Nein!«, rief Emil, doch es war schon zu spät. Der Gewehrkolben traf Whoolsey am Kopf, er brach zusammen. Emil stürzte zu ihm, kniete sich neben den Empfangschef. »Whoolsey, hören Sie mich?«

Whoolsey stöhnte. Emil zerrte ihn aus der Gefahrenzone der zerstörungswütigen Soldaten, als Soter ins Foyer stürmte.

»Sucht jeden Winkel ab!«, rief er den Soldaten zu, das Gesicht eiskalt vor Zorn. »Bringt mir die Tatwaffe! Und wenn danach kein Stein mehr auf dem anderen steht!«

»Colonel!«, brüllte Emil. »Hören Sie auf! Was soll das?«

Soter blieb vor Emil stehen, seine Augen zu hasserfüllten Schlitzen verengt. »Sagen Sie mir nie wieder, was ich tun soll oder nicht. Mein Capitaine wurde letzte Nacht in Ihrem Obstgarten erschossen.«

Ohne ihn eines weiteren Blickes zu würdigen, stürmte Soter weiter in den Empiresaal.

»Bitte, Colonel!« Emil lief ihm nach. Er senkte seine Stimme. »Lassen Sie uns wenigstens darüber reden.« Durch die Fenster sah er seinen Vater die Auffahrt entlangrennen. »Ich bin mir sicher, dass niemand aus diesem Hotel etwas damit zu tun hat!« In letzter Sekunde wich er einem Schrank aus, den zwei Soldaten umstürzten. »Wie wollen Sie hier weiter wohnen, wenn Sie alles zerstören?«

»Keine Stunde länger bleiben wir hier! Wir haben schon ein neues Dach über dem Kopf. Bei Deutschen, auf die ich mich verlassen kann. Ich hab Ihnen vertraut!«, brüllte Soter, zitternd vor Wut. »Nun habe ich einen ermordeten Capitaine und gestohlene Militärdokumente. Waren das auch Fremde?«
»Gestohlene…« Emil sah den Colonel verwirrt an. Was für Dokumente?
»Was ist hier los?« Keuchend erreichte Fritz den Saal. »Was soll das? Sind Sie wahnsinnig? Ihre Männer zerstören das gesamte Hotel!«
Soter drehte sich um. Musterte Fritz. Eisig. »Sie, Sie ganz allein haben das zu verantworten. Sie haben meinen Mann und Ihr Hotel auf dem Gewissen. Sie mit Ihrem unversöhnlichen Hass auf uns Franzosen. Sie sind nicht nur ein Verlierer, Sie sind ein Lump! Also halten Sie Ihren verdammten Mund, und seien Sie froh, dass ich Sie nicht alle verhaften lasse.«

Emil hielt seinen Vater zurück, während Soter durch den Empiresaal weiter zum Hotelgarten stürmte. Er spürte den Blick seines Vaters. Es war klar, wem er die Schuld für dieses Massaker an dem Hotel zuschrieb: ihm, Emil.

Gestern Nacht hatte er nur Elsa gesehen. Sie aus der Schusslinie zu bringen, nichts anderes hatte ihn interessiert. Welche Konsequenzen der Fund von Escoffiers Leiche für Elsa haben könnte, hatte er überlegt, ob er ihn zum Rhein hinunterschleifen und dem Strom überlassen sollte oder ob dabei die Gefahr zu groß war, von einem Wachgewordenen gesehen zu werden.

Dass Soter das Hotel zerstören würde, das hatte er keine Sekunde erwartet.

***

Sie waren weg.

Emil schlich durch das Foyer, die Hand in stummem Entsetzen vor den Mund gelegt. Die Zimmer waren geräumt, die Ställe, die Zelte, die Garagen, nichts zeugte mehr von der Anwesenheit der Besatzer – abgesehen von der unermesslichen Spur der Zerstörung, die sie kreuz und quer durch das Haus gelegt hatten, Scherben, zerrissene Tapeten, zertrümmerte Möbel, bis hinauf ins Dachgeschoss.

Langsam brach die Dämmerung herein und legte sich wie ein Trauerflor über die kläglichen Überreste der einst so prunkvollen Einrichtung.

Es war eine Katastrophe.

Hätte er es verhindern können, wenn er sich für Escoffiers Tod verantwortlich gemeldet hätte? Er dachte an seinen Gefängnisaufenthalt nach der Prügelei in der Küche. Nein, wenn überhaupt, hätte es die Lage verschlimmert – für ihn und das Hotel.

Müde wischte er mit dem Fuß Scherben und Holzsplitter von der Treppe und setzte sich auf die vorletzte Stufe. Er stützte die Ellenbogen auf die Knie und den Kopf in die Hände. Wie sollten sie das nur je wieder reparieren? Wie sollte er das nur je wiedergutmachen?

Da hörte er ein ersticktes Schluchzen. Er sah suchend durch das Foyer und erblickte seine Mutter in der Sitzecke des Vestibüls. Langsam erhob er sich und ging zu ihr. Setzte sich neben sie auf das zerschnittene Sofa.

Keiner von ihnen sprach ein Wort, was sollten sie auch sagen? Es gab keine Worte, die die Situation hätten besser machen können. Zaghaft legte er den Arm um seine Mutter, als Zerbes das Foyer betrat. Hastig sah er sich um, realisierte entsetzt die Zerstörung, eilte dann zu Emil und Maria. »Emil, kommst du bitte kurz mit?«, sagte er dringlich und legte Maria die Hand auf die Schulter. »Es tut mir leid, was hier geschehen ist, Maria, ich werde alles tun, was ich kann, um euch zu helfen, das weißt du, aber jetzt brauche ich Emil.«

Emil horchte auf. Zerbes' Stimme hatte eine Dringlichkeit, die er von dem so besonnenen Mann sonst nicht kannte. War etwas mit Elsa? Er sprang auf. »Entschuldige, Mutter, ich bin, so schnell es geht, wieder zurück.«

Maria reagierte nicht. Sie stierte ins Leere, als hätten die Franzosen nicht nur die Tapeten von den Wänden gekratzt, sondern auch die Hoffnung aus ihrem Herzen.

***

Die Nacht hatte sich inzwischen über Bad Godesberg gelegt. Das silbrige Licht des Mondes zauberte einen schimmernden Streifen in die Mitte des Rheins, so friedlich und schön, als wollte es einen heilenden Glanz über die zerstörerischen Stunden seit Escoffiers Tod ausbreiten.

Emil stoppte den Wagen neben Zerbes' Fischerhütte. »Sagst du mir jetzt, was so wichtig ist, dass ich Mutter alleine zurücklassen musste?«

»Dein Vater wird sich um sie kümmern«, wich Zerbes aus.

»Vater nimmt mit Großmutter und Gasser den Schaden auf. Du kennst seine Art, mit Katastrophen umzugehen. Er arbeitet diesen Überfall ab wie einen Hochwasserschaden.«

»Warum warst du dann nicht bei ihm und Adelheid?«, fragte Zerbes.

»Er denkt, es ist meine Schuld. Schließlich habe ich die Franzosen ins Haus gelassen.«

Zerbes legte seine Hand auf Emils Schulter. »Dann... wird er dir das wohl auch ankreiden.« Zerbes öffnete die Wagentür.

In dem Moment tauchte Ulla im Scheinwerferkegel auf. Erschrocken sprang Emil aus dem Auto und rannte zu ihr. Sie war totenbleich, die Augen lagen tief in ihren Höhlen, die Haare waren strähnig. Dr. Morgenstern war an ihrer Seite. Erst da sah Emil das Blut.

Der Rock, der Mantel, die Bluse, überall rote Flecken.

»Ulla! Um Gottes willen! Was ist mit dir passiert?« Emil nahm seine Schwester in die Arme, drückte sie an sich, spürte, wie sie sich reglos von ihm halten ließ.

»Sie stand heute Nachmittag plötzlich vor meiner Tür, ich dachte, sie klappt mir zusammen«, sagte Zerbes und trat zu ihnen. Zart strich er über Ullas Haar.

»Wer hat ihr das angetan?«, fragte Emil tonlos.

»Das verrät sie nicht«, sagte Dr. Morgenstern und winkte ihn zur Seite.

»Bringst du Ulla ins Auto, bitte?« Emil übergab Ulla an Zerbes und folgte Dr. Morgenstern.

»Nun, lieber Emil, bevor Sie die falschen Schlüsse ziehen – Ihre Schwester hat sich das freiwillig antun lassen. Sie hat dafür sogar bezahlt.«

»Be... bezahlt? Vo... von was reden Sie?«, stotterte Emil.

»Sie wollte etwas loswerden«, flüsterte Dr. Morgenstern.

»Ein...« Emil wurde blass, sah unsicher zum Auto. Vorsichtig hielt Zerbes Ullas Arm, während sie sich so wackelig hineinsetzte, als stünde sie auf rohen Eiern.

»...verpfuschter Abort«, bestätigte Dr. Morgenstern leise. »Besser, wenn wir das nicht hinausposaunen, das könnte unangenehme Konsequenzen für Fräulein Ulla bedeuten. Zum Glück sieht es schlimmer aus, als es ist. Dieser Schlächter hat rechtzeitig abgebrochen. Aber... sie braucht jetzt Ruhe. Bringen Sie sie nach Hause, und achten Sie darauf, dass sie die nächsten Tage liegen bleibt.«

»Natürlich, ich sorge dafür, und wenn ich sie am Bett anbinden muss. Wie konnte sie nur!«

»Verzweiflung, Emil, einen anderen Grund gibt es nicht, sich solch einer Tortur auszusetzen.« Dr. Morgenstern schüttelte bedauernd den Kopf. »Ich komme später noch mal vorbei, und bis dahin sollten Sie Ihre Schwester nicht mit Vorwürfen überhäufen, sondern ihr Mut zusprechen.«

»Mut?«, fragte Emil verwirrt. »Wozu? Ist das Schlimmste nicht überstanden, und jetzt braucht sie Ruhe, um zu genesen?«

»Äh... nun, Emil«, sagte Dr. Morgenstern, »vielleicht haben Sie nicht verstanden, was es bedeutet, dass der Abort abgebrochen wurde?«

Emil spürte, wie ihm die Farbe aus dem Gesicht wich. »Das... Kind ist noch da?«, fragte er so leise, dass Dr. Morgenstern die Hand wie eine Hörhilfe hinter sein Ohr legte.

»Ganz genau.« Dr. Morgenstern nickte. »Ob es die Prozedur allerdings schadlos überstanden hat, das kann ich nicht sagen.«

Entsetzt sah Emil zu Ulla. Warum nur war sie nicht zu ihm gekommen? Er hätte ihr doch helfen können! Er war ihr Bruder! Benommen ging er zum Auto und setzte sich hinter das Steuer. »Ich bringe dich nach Hause.«

»Nicht nach Hause«, hauchte Ulla, »bitte, Emil, nicht nach Hause.«

***

Wenigstens die privaten Räume hatten die Franzosen bei ihrem zerstörerischen Teufelstanz durch das Hotel ausgelassen. Wegen Adelheid, die sich, wie Whoolsey erzählte, stoisch in die Tür gestellt hatte, die Arme in die Hüften gestemmt, das Kinn hoch, der Blick gerade wie der eines Feldwebels.

Unbemerkt geleitete Emil seine Schwester durch den Flur, vorbei an Großmutters Salon und ihrem Schlafzimmer, bis zu Ullas Zimmer, dem kleinsten der privaten Räume auf diesem Stockwerk. Dafür aber am nächsten zu Großmutters Privatbadezimmer.

Emil half Ulla aus Mantel und Schuhen und ihrem blutigen Rock und legte ihr den Morgenmantel um die Schultern.

»Soll ich Mutter holen?«

»Nein, nicht Mama. Lass mich einfach ein wenig ruhen.« Sie sank auf das Bett, löste die Strümpfe und rollte sie herunter. Auch sie waren voller Blut.

Emil befeuchtete still einen Waschlappen und reichte ihn ihr zusammen mit einem Handtuch und einem Set frischer Wäsche. Dann nahm er die blutverschmierte Kleidung, knüllte sie zusammen und brachte sie in den Keller. Schnurstracks ging er zu dem Heizungsofen für die zentrale Warmwasserversorgung. Er sah sich um – er hatte Glück, der Heizer war gerade nicht am Platz. Hastig öffnete er die Ofentür und warf die besudelte Kleidung hinein. Die Feuchte des Blutes entwich zischend aus den Baumwollfasern, die erst zögerlich, dann immer schneller Feuer fingen. Emil verschloss die Luke und eilte durch den Keller zurück nach oben, als ihm der Heizer entgegenkam. »'n Abend, Herr Dreesen«, grüßte er Emil überrascht. »Suchen Sie mich?«

»Äh, ja... Ich wollte nachfragen, ob es hier unten auch Schäden gegeben hat.«

»Allet jut.« Er machte eine ausladende Rundumbewegung. »Alle neunzehn Räume. Der Keller, so niedrig und schlammig und dann noch alle die Winkel, der war denen Franzmänner noch nie jeheuer.«

Zurück in Ullas Zimmer, setzte Emil sich auf die Bettkante. Er betrachtete seine Schwester. Erschöpft und zusammengerollt lag sie in ihrem Bett. Sie wirkte kleiner als sonst. Ihre Augen waren geschlossen, die Decke bis unters Kinn hochgezogen.

»Warum bist du nicht zu mir gekommen?«, fragte Emil.

»Und dann? Hättest du es weggemacht?«

Emil schwieg. Was sollte er darauf auch sagen? Natürlich hätte er das Kind nicht weggemacht, und es war fraglich, ob er sie zu einer Engelmacherin geschickt hätte. Eher nicht. War es doch viel zu gefährlich, für Ullas Leben, ihre Ehre, ihre Freiheit. Was also hätte er tun können?

»Ist Bakary der Vater?«

Ullas Schweigen sprach Bände. Bakary. Ein uneheliches Kind war eine Sache, eine üble wohlgemerkt, für die Mutter wie für das Kind, aber ein schwarzes uneheliches Kind war ein Desaster.

Emil holte tief Luft. »Weiß er davon?«

»Er war schon weg, als ich es bemerkt habe.« Eine Träne lief über ihre Wange. »Ist nicht mehr wichtig, nun, wo es weg ist. Das Letzte, was ich von ihm noch hatte.«

Emil griff nach Ullas Hand. »Du... hast es noch...«

»Was meinst du damit?«, fragte Ulla, und ihre bereits bleichen Wangen wurden totenblass.

»Das Kind ist noch am Leben«, erklärte Emil. »Ob es gesund ist, kann Dr. Morgenstern nicht sagen, aber es lebt.«

»Nein, Emil!« Ihre Stimme zitterte vor Panik. »Ich kann es nicht kriegen! Das weißt du so gut wie ich!«

»Du musst es kriegen. Noch so ein Eingriff kann dich umbringen...« Er drückte ihre Hand und schwieg mit ihr.

***

Geräuschlos prüfte Emil, ob Ulla noch schlief, dann verließ er auf Zehenspitzen das Zimmer. Erst im Gang streckte er seine steifen Glieder. Er hätte die Nacht nicht in dem Sessel verbringen sollen – aber alleine lassen wollte er Ulla auch nicht. Nun musste er Großmutter und die Eltern einweihen. So schnell als möglich, denn erst wenn die Katze aus dem Sack war, hatte Ulla keinen Grund mehr, sich erneut in Lebensgefahr zu bringen.

Als er aus dem Privatbereich in den Gästetrakt trat, traf ihn die Zerstörung erneut mit voller Wucht. Die Tapeten waren zerrissen, Möbel zerschlagen, Türen demoliert. Die Verwüstung zog sich von Stockwerk zu Stockwerk, bis ins Foyer. Scherben, Holz- und Keramiksplitter, der Kandelaber des Tanzsaals lag in Tausenden von glitzernden Teilen am Boden, die Theke der Rezeption war zertrümmert. Aus dem Direktionsbüro drangen die Stimmen seiner Eltern.

»Die Franzosen werden das Hotel zerstören«, sagte Fritz so laut, dass Emil es bis ins Foyer hörte. »Ich habe euch gewarnt. Die ganze Zeit.«

»Was redest du nur?« Maria klang ungehalten. »Gar nichts hast du gesagt. Genau deshalb sitzen wir jetzt in Trümmern, weil du nichts gesagt hast gegen Emil und deine Mutter. Einfach gewähren hast du sie lassen.«

Emil klopfte, trat, ohne ein *Herein* abzuwarten, in den Raum. Viel schlechter konnte ihre Laune kaum werden, ein guter Zeitpunkt, um sie mit der nächsten Katastrophenmeldung zu konfrontieren.

»Ha, Emil!«, rief sein Vater, kaum dass er das Büro betreten hatte. Es sah noch schlimmer aus als das Foyer – neben den zerstörten Möbeln war der Raum übersät mit Dokumenten. Rechnungen, Speisekarten, Pläne, Kundenkarten – alles wild durcheinander auf jedem Zentimeter des Bodens verteilt.

»Und? Bist du jetzt zufrieden?«, fragte sein Vater. »Wie ist das, wenn man erst das Lebenswerk seiner Eltern zerstören muss, um zu kapieren, was es bedeutet, sich mit diesen Barbaren einzulassen? Das ist euer Werk! Deins und das deiner Großmutter. Das kannst du ihr gerne sagen!«

Betroffen sah Emil seinen Vater an. Wenn er wüsste, wie recht er hatte. Ja, es war seine Schuld. Nicht Großmutters. Nur seine. Hätte er Elsa nicht alleine zurückgelassen, hätte er sie nicht in die Situation gebracht, ganz allein ein Mädchen aus Escoffiers Klauen befreien zu müssen, würde heute zumindest das Hotel noch so dastehen wie vor zwei Tagen.

»Nicht nötig, mein lieber Fritz«, sagte Adelheid schroff hinter ihm. »Ich habe noch immer sehr gute Ohren. Emil und ich sind also schuld...«

»Ihr habt den Franzosen gestattet hierzubleiben. Ermutigt hat Emil sie!«, echauffierte Fritz sich.

»Ich würde es wirklich begrüßen, wenn du endlich diese

ollen Kamellen im Schrank ließest«, wies Adelheid ihn zurecht. »Und vielleicht begreifst du sogar, dass die Franzosen das Hotel sicherlich nicht zerstört haben, weil ich sie zum Tee eingeladen habe. Oder weil Emil sie zuvorkommend behandelt hat. Aber lassen wir das...«

Adelheid trat von der Tür weg und winkte den Mann hinter sich in den Raum. Emil erkannte ihn sofort: Paul Schwarz, Adelheids ältester Freund aus Köln, Großvaters alter Weggefährte zur Kaiserzeit.

»Wie ihr wisst, war Paul schon zu Großvaters Zeiten stets zur Stelle, wenn es brannte, und immer dabei, wenn es etwas zu feiern gab.«

»Als Adelheid mich heute früh anrief, habe ich mich selbstverständlich sofort ins Automobil gesetzt«, sagte Paul Schwarz. »Es ist eine Schande, solch ein Haus so zu vandalisieren. Nun, da die Franzosen abgezogen sind, scheint eine umfassende Renovierung unabdingbar. Dazu werden wir wohl die eine oder andere Verbesserung gleich mitbedenken.« Er wandte sich an Adelheid. »Schließlich steht das Dreesen, seitdem mein guter Freund Fritz den ersten Pfahl in den Boden getrieben hat, für Innovation und Exklusivität.«

Fritz zwirbelte seinen Bart, verwirrt sah er zu Paul Schwarz, als versuche er zu begreifen, was dieser ihm gerade antrug.

»Seit damals ist das Dreesen eine feste Institution für die jüdischen Familien im ganzen Rheinland«, fuhr Paul Schwarz fort, »und das soll es alsbald wieder werden. Ich werde die finanziellen Mittel dafür unverzüglich zur Verfügung stellen, über die Modalitäten des Kredits werden wir uns später unterhalten.«

Emil sah Erleichterung in den Zügen seines Vaters aufblitzen, Mutters Blick jedoch war voller Zweifel.

»Fritz! Maria!«, sagte Adelheid scharf. »Was ist denn nur los mit euch? Wollt ihr keine Hilfe?«

»Natürlich wollen wir!« Emil trat anstelle seines Vaters auf Paul zu und reichte ihm die Hand. »Paul! Danke! Das... was täten wir nur ohne so treue Freunde wie dich! Und übrigens...« Er wandte sich an Adelheid, zögerte, sollte er wirklich jetzt, vor Paul, Ullas Neuigkeiten hinausposaunen? Aber – wenn nicht jetzt, wann dann? Paul gehörte seit einem halben Jahrhundert zu Adelheids engstem Freundeskreis. War Ullas Zustand nicht auch ein Brandherd? »Wenn... da... wir gerade bei Neuigkeiten sind... es gibt noch eine«, stotterte er, »du wirst Urgroßmutter. Ulla bekommt ein Kind.«

Es war raus.

Maria schrie entsetzt auf, schlug sogleich die Hand vor den Mund, Adelheid hob indigniert die Braue, Vater entfuhr ein tiefer Grunzlaut. Paul schaute sichtlich verlegen zum Fenster.

»Das ist nicht die Zeit für solch unangebrachte Scherze«, presste Fritz schließlich hervor.

»Glaub mir, Vater«, sagte Emil, »mir ist alles andere als zum Scherzen zumute. Ulla braucht unsere Hilfe so dringlich wie dieses Haus. Ich hoffe, ihr seid bereit, ihr diese ebenso großzügig zukommen zu lassen.«

Stoisch hielt er Fritz' schockiertem Blick stand, sah die Veränderung darin, die Änderung in seiner Haltung, als ihm klar wurde, dass Emil die Wahrheit gesagt hatte.

»Ein Kind?«, fragte Fritz, mit einem Mal heiser. Er räusperte sich. »Und der Vater? Wer ist der Vater?«

»Ein Soldat«, sagte Emil. »Ein französischer«, fügte er hinzu. »Er ist weg. Mehr weiß ich nicht, und mehr ist Ulla auch nicht bereit zu sagen.«

»Das ist das Ende«, krächzte Maria, kreidebleich. »Nun auch noch ein Franzosenbankert.«

Fritz trat zu Emil. Er zitterte vor Wut. »Das ist alles nur...«

»Nein«, fiel Adelheid ihm ins Wort. Die Stimme scharf. »Ist es nicht. Es gibt schlechte und gute Entscheidungen, sind sie gut, hat man Glück gehabt, sind sie schlecht, muss man daraus lernen. Wichtig ist, dass man überhaupt eine Entscheidung trifft, hat dein Vater immer gesagt, und wenn du dich erinnern kannst, hat er dir nie, wirklich nie eine Entscheidung vorgeworfen. Und du und ich, wir wissen beide, er hätte mehr als einmal guten Grund dazu gehabt. Adelheid, hat er zu mir gesagt, Fritz soll lernen, Entscheidungen zu treffen, nicht, sich davor zu fürchten. Vielleicht solltest du deinen Kindern das gleiche Privileg zukommen lassen. Und zwar beiden.« Sie drehte sich auf dem Absatz um, nahm Paul Schwarz am Arm. »Paul, lass uns alles Weitere in meinem Salon besprechen. Emil? Wirst du uns begleiten?«

Emil nickte, drehte sich von seinem Vater weg. Aus den Augenwinkeln nahm er noch wahr, wie Vater ihnen nachstarrte. Die Schultern waren nach vorne gesackt, die sonst so stramme Haltung in sich zusammengefallen, als hätte er jeden Halt verloren.

Er hatte erwartet, dass Vater tobte, dass er androhte, Ulla aufs Land zu schicken, sie zu enterben, sie bis zur Geburt unter Hausarrest zu stellen. Doch so hatte er seinen Vater noch nie gesehen.

Nicht einmal nach Heinrichs Tod.

22

Mit jedem Meter wurde Elsas Schritt langsamer. Sie starrte auf die Bäume des Obstgartens.

Da. An diesen Baum hatte er das Mädchen gepresst. Hier hatte sie sich die Pistole geschnappt. Hatte abgedrückt.

Übelkeit stieg in ihr hoch.

Escoffier erschien vor ihrem inneren Auge. So lebhaft wie jeden Tag in den letzten zwei Wochen. Sein Blick, als ihm bewusst wurde, dass er sich getäuscht hatte in ihr. Dem Mädchen mit den Eisaugen.

Seiner Mörderin.

Eiskalt lief es ihr über den Rücken. *Mörderin.* An nichts anderes konnte sie mehr denken. Schloss sie die Augen, so hörte sie den Schuss, sah seinen Gesichtsausdruck vor sich, den langsamen Sturz zu Boden.

Du hattest keine andere Wahl.

Nun war sie auf der Höhe des Baumes angelangt. Krampfhaft drehte sie den Kopf weg. Hatte sie wirklich keine andere Wahl gehabt? Sie hätte den Schrei des Mädchens ignorieren können. Oder auf Emil warten. Oder…

Hör auf! Es ist vorbei! Du kannst es nicht mehr ändern!

Hastig beschleunigte sie ihren Schritt, ließ den Obstgarten

hinter sich und betrat den Hof des Gesindehauses. Erschrocken blieb sie stehen. Wo sonst freier Platz zwischen den Ställen, Garagen und dem Personalhaus mit der Wäscherei war, türmte sich nun ein riesiger Berg an Müll – herabgerissene Tapeten, zerfetzte Teppiche, Holzreste, daneben stapelten sich mit etwas Abstand kaputte Möbel. Emil hatte erwähnt, dass die Franzosen das Hotel in einem Racheakt beschädigt hatten – aber das hier sah nach totaler Zerstörung aus!

»Achtung!«

Elsa sprang zur Seite, neben ihr leerte ein Arbeiter eine Schubkarre Tapenreste auf den Haufen, hinter ihm trugen andere Möbel und Holz, ganze Türstöcke luden sie ab. Elsa erkannte die Paneele der Rezeption.

Die Übelkeit kehrte zurück. Es war eindeutig, was hier passiert war.

Die Rache der Franzosen.

Sie hatten das Hotel zerstört.

Wegen ihr.

Aus den Garagen hörte sie Hämmern. Sie ging näher und spähte hinein. In zwei Garagen waren behelfsmäßige Schreinerwerkstätten eingebaut worden, Männer sägten und hobelten und leimten.

»Möbel in die andere Garage«, hörte Elsa eine Frauenstimme sagen. Sie reckte sich. Das war doch Ulla dahinten! Inmitten des Gewimmels zeigte Ulla zum Hof. »Und bitte sorgsam abstellen, wir wollen so viel wie möglich restaurieren.«

Sollte sie Ulla auf sich aufmerksam machen? Elsa betrachtete das Profil ihrer Freundin. Konzentriert vermaß sie einen Türstock, notierte sich die Zahlen.

Unentschlossen trat Elsa einen Schritt zurück. Nein, am

besten redete sie zuerst mit Emil. Sie musste wissen, wer alles von ihrer Rolle in diesem Unglück wusste.

»Pass doch auf!«

Ein herber Stoß traf sie an der Schulter. Kopfschüttelnd trug ein Arbeiter einen Teil der Rezeption an ihr vorbei. »Weiber. So dämlich im Weg stehen...«

Elsa rieb sich die Schulter, raffte dann ihren Rock und lief aus dem Hof hinaus auf die Straße. Das Hämmern und Rufen und Sägen hinter ihr wurde leiser, vermischte sich dann mit dem Hämmern und Rufen aus dem Hotel.

Sollte sie einen Blick hinein wagen?

Unentschlossen blieb sie vor dem Personaleingang stehen. Dann gab sie sich einen Ruck. Sie lief die Stufen hoch und durchquerte den Gang zum Haupttrakt. Ihr stockte der Atem. Es war kaum wiederzuerkennen. Das Hotel glich einer Baustelle. Wände und Boden nackt, stellenweise hingen noch Tapetenfetzen an der Wand, Glaspaneele und Lampen waren zerschlagen, Löcher in Wänden und Decken zeugten von wild um sich schießenden Soldaten.

Mit einem Mal wurde die Übelkeit so stark, dass sie in die Etagentoilette stürzte und sich übergab.

Das alles war ihre Schuld. Sie hatte nicht nur Escoffier das Leben genommen, sie hatte den Dreesens auch ihr Hotel zerstört.

Sie spülte sich den Mund aus, sah sich im Spiegel an. Wie sollte sie mit all der Schuld leben? Wie konnte Emil sie jetzt noch lieben, wenn ihm bei ihrem Anblick jedes Mal diese Verwüstung vor Augen kommen musste?

Es war vorbei. Nun war ihr vollkommen klar, warum Emil ihr eine Nachricht mit der Bitte hatte zukommen lassen, sie heute am Rheinufer zu treffen. Nicht bei Zerbes, nicht im Hotel, sondern an der nicht einsehbaren kleinen Bucht, die ihnen schon so oft als geheimer Treffpunkt gedient hatte.

Es würde ihr letztes Treffen sein.

In Elsas Kehle formte sich ein Kloß. Sie stellte sich Emils Lächeln vor, den Schalk in seinen Augen, wenn er sie neckte, den Ernst, wenn sie über die Welt sprachen, über das, was sie Zukunft und er Utopie nannte, über die Träume, die sie beide für die Zukunft hegten und pflegten. Sie stellte sich seine Arme vor, die sie hielten, sie umschlangen, streichelten, seine Lippen, die sie küssten, über ihren Hals strichen, so zart, dass es ihr einen Schauer über den Körper jagte.

Schnell lief sie zurück zur Personaltreppe, hinaus auf die Straße, wo sie um ein Haar in ein Automobil hineinlief. Es hupte im letzten Moment, Elsa sprang zurück, sah noch, wie Fritz Dreesen im Fond seinen Kopf drehte, langsam, das Gesicht starr, der Blick ins Leere gerichtet.

Erschrocken sah Elsa dem Automobil nach. So hatte sie Fritz Dreesen noch nie gesehen. Als hätte die Zerstörung des Hauses ihn gebrochen.

Sie lief zum Rhein hinunter, die Böschung entlang, bis sie den Treffpunkt erreichte. Außer Atem zwängte sie sich durch das Gebüsch. Kaum betrat sie die kleine Bucht, sprang Emil hoch und ging auf sie zu.

»Elsa.« Er legte seine Arme um sie und zog sie zu sich. Sanft drückte er seine Lippen auf ihr Haar, sie spürte das Klopfen seines Herzens, den Druck seiner Arme.

Einen winzigen Moment sperrte sie sich, doch dann ließ sie sich in seine Umarmung fallen. Es tat so gut, ihn zu spüren, so unglaublich gut. Sie sog seinen Duft ein, verwahrte ihn in ihrer

Erinnerung, um ihn später jederzeit wieder abrufen zu können. Sie lehnte sich an ihn und verdrängte all die schrecklichen Bilder der letzten zwei Wochen. Die neuen Bilder des Hotels. Nur Emil und sie.

Nur das zählte jetzt.

Schließlich löste Emil die Umarmung und führte sie zu ihrem Sitzplatz. Eine Decke hatte er für sie ausgebreitet, ein Picknickkorb stand an einem Ende davon.

Elsa setzte sich auf die braun-grün karierte Decke, sie musste aus Adelheid Dreesens Privatzimmern stammen, aus Ullas Zimmer, um genau zu sein, nur dort hatte sie eine solche je gesehen.

»Wie geht es dir?«, fragte Emil, als er sich zu ihr setzte. »Wie kommst du mit… du weißt schon, wie kommst du mit alldem zurecht?«

Wie sie mit dem Mord an Escoffier zurechtkam, wollte er sie wohl fragen. Was sollte sie darauf sagen?

»Möchtest du darüber reden?« Emil nahm ihre Hand. »Wenn ja, dann sollten wir das jetzt tun und dann für immer darüber schweigen. Es darf niemand je erfahren, was an dem Abend passiert ist.« Er hielt inne, sah sie prüfend an. »Oder hast du etwa…?«

Sie verneinte vehement. Natürlich hatte sie mit niemandem darüber geredet! Mit wem auch? Ihren Eltern? Sie würden sie keinen Meter mehr vor die Türe lassen. Den anderen Hotelangestellten? Dann könnte sie es gleich in die Zeitung setzen lassen. Den Frauen ihres Frauenbundes? Nein, auch dort würde es nicht bleiben. Das Geheimnis je auszuplaudern, wäre ihr direkter Pfad ins Zuchthaus.

Das gerettete Mädchen war bereits Risiko genug. Falls sie

Elsa im Mondschein erkannt hatte, bevor sie in blinder Angst davongerannt war.

»Gut«, sagte Emil. »Ich auch nicht. Und ich werde niemals darüber reden. Nicht mal mit Ulla.« Er küsste Elsas Hand, jeden einzelnen Finger, ließ sie dann los und seufzte tief. »Apropos Ulla. Sie ist schwanger.«

Elsa legte entsetzt die Hand über den Mund. Schwanger! »Bakary?«

»Ja, er weiß nichts davon. Ulla hat es erst gemerkt, als er schon versetzt worden war.«

Arme Ulla! So ein ungewöhnliches Paar waren sie gewesen. Ulla hatte Bakary geliebt, sie hatte ihn angehimmelt und er sie auf Händen getragen. Warum nur durften solche Lieben nicht sein?

Wie es Ulla wohl damit gehen mochte? Ob sie allein in ihrem Zimmer saß und an Bakary und ihr gemeinsames Kind dachte, das er nun niemals sehen würde? Nein, korrigierte sie sich und rief sich Ulla ins Gedächtnis zurück, als sie eben gerade in der Garage Arbeiter angewiesen hatte. Sie hatte konzentriert ausgesehen, aber nicht traurig.

Würde sie das Kind überhaupt behalten? Bakary war schwarz, das würde Maria niemals dulden!

»Wissen es deine Eltern?«

»Ja, auch Großmutter und Paul Schwarz, allerdings weiß niemand von Bakary.«

»Ist auch besser so, sonst kommt deine Mutter noch auf die Idee, es schleunigst wegmachen zu lassen.«

»Da ist Ulla ganz alleine draufgekommen. Sie war bei einem Engelmacher«, sagte Emil. »Er hat zwar Ulla fast umgebracht, aber das Kind ist noch da.«

»Und jetzt? Ich habe Ulla bei den Garagen gesehen, sie wirkte... normal.«

»Sie lenkt sich ab. Aber ich wette, dass sie jede Sekunde darüber nachdenkt, was passiert, wenn das Kind geboren wird und alle sehen, dass es eine dunkle Hautfarbe hat.«

Elsa seufzte. »Was können wir tun?«

»Wir?« Emil lächelte sie an. »Heißt das, du hast es dir überlegt? Ist das ein Ja?«

War es das? Ein »Ja« zu seinem Heiratsantrag? Oder war das *wir* einfach nur auf ihre Sorge um Ulla bezogen, die nicht nur seine Schwester, sondern auch ihre Freundin war? Denn ein »Ja« hieß auch, dass sie bereit war, Frau Dreesen zu werden und jeden Tag mit seiner Familie im Kleinen die Kämpfe auszutragen, denen sich ihre Genossen draußen in der Welt im Großen stellten. Unwillkürlich musste sie grinsen. »Einen schwarzen Enkel und mich als Schwiegertochter! Langsam habe sogar ich etwas Mitleid mit deinen Eltern.«

»Ach.« Emil winkte ab. »Die brauchen kein Mitleid, sondern eine Prise Offenheit. Und Ulla braucht eine Freundin. Jetzt mehr als je zuvor.«

»Deine Eltern werden das nicht gerne sehen«, warf Elsa ein.

»Kann sein, aber das ist ihr Problem, nicht unseres.« Er zuckte die Schultern. »Mir tut nur leid, dass sie die Zerstörungswut der Franzosen miterleben mussten. Aber ich werde das wiedergutmachen. Und ich möchte, dass du mir dabei hilfst.«

»Ich?« Elsa zeigte erstaunt auf sich selbst. »Wie denn das?«

»Als meine Assistentin. Ich brauche jemanden, der mich bei all den neuen Aufgaben im Rahmen der Sanierung unterstützt. Und nun, da Vater nicht dabei sein wird, brauche ich mehr denn je eine Person, der ich zu hundert Prozent vertraue.«

»Dein Vater wird nicht dabei sein?«, fragte Elsa verdutzt. Fritz Dreesen liebte das Hotel! Es war sein Lebensinhalt! Wie konnte er bei seinem Wiederaufbau *nicht* dabei sein? »Ich habe deinen Vater wegfahren sehen, er sah schrecklich aus.« Elsa suchte Emils Hand. »Was mit dem Hotel passiert ist, tut mir leid.«

»Ja, mir auch.« Emil erwiderte ihren Händedruck. »Vater hatte einen Zusammenbruch. Er fährt nach Österreich, zu Onkel Georg, Großmutter meinte, er solle sich in den Bergen erholen.«

»Ich hätte...«, begann Elsa und verstummte wieder.

Was hätte sie tun sollen? Was? Zusehen, wie Escoffier das Mädchen vergewaltigte? Schreien, ihn auf sich aufmerksam machen, damit er sich auf sie stürzte? *T'es morte, putain!*, hallte es in ihrem Kopf, *du bist tot, Hure!* Escoffier war ein Schwein gewesen. Wäre Emil ihr zu Hilfe gekommen, Escoffier hätte keine Sekunde gezögert, ihn zu erschießen.

»Es ist egal, was du hättest tun können, es zählt nur, was du getan hast. Du warst in einer Situation, in der du schnell eine Entscheidung treffen musstest, und du hast eine getroffen. Nun musst du mit ihr leben.«

»Ich hatte keine andere Wahl.« Elsa presste die Lippen zusammen.

»Man hat immer eine Wahl.« Emil zog den Korb zu sich und öffnete ihn. Er stellte zwei Teller, Gläser, eine Flasche Wein und eine Schüssel mit kaltem Braten und frischem Brot auf die Decke. »Ich habe mich dafür entschieden, deine Wahl zu akzeptieren, Escoffier ein für alle Mal auszuschalten. Ob es grundsätzlich je die richtige Wahl sein kann, ein Leben zu nehmen, sei dahingestellt.«

»Sagt ein ehemaliger Soldat?«

»Gerade ein Soldat.« Emil bestückte einen Teller mit Braten und Brot und reichte ihn ihr, dann nahm er sich einen eigenen, balancierte ihn auf seinen Oberschenkeln und schnitt den Braten in mundgerechte Happen.

»Und was heißt das jetzt? Verurteilst du mich dafür? Gibst du mir die Schuld daran, dass euer Hotel verwüstet wurde?«

Genüsslich kaute Emil ein Stück Braten. »Nein, natürlich nicht, gerade als Soldat weiß ich, dass es Situationen gibt, in denen nicht der Kopf abwägt, sondern der Bauch befiehlt. Hätte Escoffier dich gegen den Baum gepresst, meinst du, ich hätte eine Sekunde gezögert? Wie soll ich dich dann für deine Tat verurteilen?« Er spießte ein Stück Braten auf und hielt es ihr unter die Nase. »Iss, Elsa, ich glaube, jetzt, wo Pützer zurückkommen kann, hat Robert endlich sein Bratengeheimnis entschlüsselt. Butterweich.«

Der Braten zerging wirklich auf Elsas Zunge. So weich und köstlich wie Emils Worte. Und doch hatte sich alles verändert. Nie wieder würde zwischen ihnen der gleiche unbeschwerte Ton herrschen.

Die letzten Jahre erschienen ihr wie ein Wunder, ein Märchen, in dem sie von einem Trank hatte kosten dürfen, der nicht für sie bestimmt gewesen war – weil er sie langsam, aber stetig vergiftete.

Frühjahr 1926

23 Die Hand schützend an der Stirn, blinzelte Emil gegen die erstarkende Frühjahrssonne. Ihr Licht ließ die frisch getünchte Fassade noch heller und weißer erstrahlen, als schickte sie ein gutes Omen für den heutigen Abend.

»Rechts noch ein Stück nach oben«, dirigierte er den Pagen und verfolgte, wie die mit kräftigen schwarzen Lettern bemalte Banderole sich glättete und nach oben wanderte, bis ihr Gruß gerade und mittig zwischen den Eingangsportalen prangte. Der Junge streckte sich, mit einer Hand umklammerte er die Leiter, mit der anderen zurrte er den Willkommensgruß fest. *Wiedereröffnung!*, stand darauf. *Wir begrüßen unsere Gäste im neuen Rheinhotel Dreesen.*

»Sehr gut«, lobte Emil, als der Junge von der Leiter stieg, »dann kannst du jetzt Elsa noch mit den Kränzen helfen, bevor du dich bei Whoolsey zurückmeldest. Und vergiss nicht – heute ist ein besonderer Tag, das soll jeder spüren, der das neue Dreesen betritt.«

»Jawohl, Herr Dreesen, das vergesse ich sicher nicht. Heute ist auch für uns ein besonderer Tag.« Der Junge lächelte schüchtern, stand dabei jedoch so stramm, als hätte er einen Stock verschluckt.

Emil nickte. Natürlich, nach all den Monaten des Umbaus war dieser Tag auch für die Angestellten ein sehnlich herbeigewünschter Moment. Endlich konnten sie wieder der Arbeit nachgehen, für die sie ursprünglich eingestellt worden waren. Nicht nur die Hilfsarbeiten rund um die Baustelle hatten ein Ende, auch der ewige Dreck und Staub und Lärm.

Emil sah auf seine Uhr. In knapp zwei Stunden reisten die ersten Hotelgäste an. Und ab da sollte der Strom nicht nachlassen – sie waren bis auf das letzte Zimmer ausgebucht. Hundertsiebzig Betten, hundert Zimmer und Salons, alle Zimmer mit fließend warmem und kaltem Wasser, einige sogar als abgeschlossene, elegante Wohnungen mit Privatbad und WC konzipiert. Sie hatten nicht nur renoviert und umgebaut, sondern auch vergrößert und aufgestockt sowie modernisiert.

»Na, Emil, ein großer Tag heute.« Onkel Georg stellte sich neben ihn. Er legte seine Hand auf Emils Schulter. »Weißt du noch, was du gesagt hast, als der Kaiser dich gefragt hat, was du später werden willst?«

Emil nickte, natürlich wusste er das noch. *Hotelier im besten Hotel des Deutschen Reiches.* Er spürte, wie Onkel Georg seine Schulter drückte.

»Ich denke, das bist du jetzt. Dein Vater ist mächtig stolz auf dich.«

»Ist er das?«, fragte Emil zweifelnd.

»Ja.« Georg zwinkerte ihm zu. »So schwer es ihm fällt, das dir gegenüber zuzugeben, so stolz ist er, wenn er von dir spricht. Ihm ist vollkommen klar, dass er all das ohne dich nicht so hinbekommen hätte. Weißt du, dein Vater ist wahrscheinlich der beste Gastgeber, den die Hotellandschaft je hatte. Er ist unschlagbar darin, jedem einzelnen Besucher das

Gefühl zu geben, etwas Besonderes zu sein. Er ist der Garant dafür, dass Gäste wieder- und wiederkommen, selbst nachdem sie sich das Foyer mit französischen Soldaten teilen mussten und von ihnen sogar hinausgeworfen wurden. Aber er ist kein Visionär, wie es dein Großvater gewesen ist.« Georg ließ Emils Schulter los. »Der Visionär bist du.«

»Ach, Visionär …«, murmelte Emil und sah verlegen auf seine Schuhe.

»Noch viel zu tun«, sagte Georg und wandte sich zum Gehen. Auf der Eingangstreppe drehte er sich noch einmal um. »Vergiss Großmutter nicht, sie hat mich extra beauftragt, dich daran zu erinnern, bei ihr vorbeizusehen.«

Emil sah ihm lächelnd nach. Wie gut, dass Georg zusammen mit Vater nach dessen Zusammenbruch zurückgekommen war. Er war der Puffer, der in die Beziehung zu Vater Ruhe gebracht hatte. Niemals hätte Emil geglaubt, die friedliche Koexistenz führen zu können, auf die sie sich nun wortlos geeinigt hatten. Georgs Werk? Besonnen agierte er im Hintergrund, zog Fäden und spann neue, ohne dass diejenigen, die diese Fäden verbanden, es bemerkten.

Elsa kam mit einem riesigen Strauß Blumen auf ihn zu. »Sind die für dich? Für deinen Vater? Oder sollen die ins Foyer?«

Eine Frage, so simpel, und doch offenbarte sie die ganze Komplexität der Situation. Vaters Bereich, heute der Speisesaal. Emils Bereich, heute der Tanzsaal oder, wenn die Sonne sich bis in den Nachmittag hinein hielt, die Gartenbühne. Das Foyer war immer neutraler Grund.

»Speisesaal«, sagte Emil, »das ist der Bühnenschmuck für den Männerchor.«

»Männerchor?«, grinste Elsa. »Ich wüsste, wo ich heute Abend nicht hingehen würde.«

»Ja, weil du zu einer anderen Veranstaltung gehst«, sagte Emil. »Ich werde die neue Ära im Dreesen nicht ohne dich einläuten.«

»Mal sehen, was mein Dienstplan dazu sagt.« Elsa blinzelte neckisch.

»Ich weiß, was dein Dienstplan sagt, denn ich kenne den Dienstplan meiner persönlichen Assistentin: Abendessen an Tisch zwölf vor der Freiluftbühne im Gartenrestaurant. Zerbes und Ulla werden an unserem Tisch sitzen.«

»Ulla?«, fragte Elsa baff.

»Wenn ich sie dazu überreden kann, vor der Geburt doch noch einmal einen Fuß vor ihre Zimmertür zu setzen«, sagte Emil, wobei er jedoch daran zweifelte, dass er mit seinem Überredungsversuch erfolgreich sein würde.

»Falls das Kind den heutigen Abend noch abwartet, bevor es das am besten gehütete Geheimnis am Rhein lüftet...«

»Ja«, seufzte Emil. »Erinnere mich nur nicht daran, jetzt, wo es mit meinen Eltern gerade so gut läuft. Aber Zerbes wird auf jeden Fall da sein.«

»Na, dann bring ich mal die Blumen an ihren Bestimmungsort. Auf *der* Bühne wird der Strauß heute Abend sicherlich der einzige Farbklecks sein.« Grinsend zog Elsa weiter, drehte sich auf der Treppe noch einmal kurz um. »Vergiss nicht, dass du bei Ulla vorbeisehen wolltest!«

Emil nickte ergeben, warf einen gehetzten Blick zur Uhr. Wie er noch all das erledigen sollte, was sein Plan ihm vorgab, stand in den Sternen.

***

»Ulla?« Emil öffnete die Tür einen Spalt, gerade weit genug, um die Nase ins Zimmer zu stecken. »Kann ich reinkommen?«

»Falls du gekommen bist, um mich dazu zu überreden, das Zimmer zu verlassen – nein«, sagte Ulla bestimmt. »Ich sehe aus wie ein Walross!«

»Du siehst aus wie eine Frau, die jeden Moment ein Kind bekommt.« Emil trat in Ullas neues Zimmer, die Wände pastellgelb, die Möbel helles Holz, teils weiß lackiert, moderne, geradlinige Formen auf schlanken Füßen, keine Schnörkel, nicht einmal am Kinderbett. »Du solltest diese Möbel fotografieren lassen und einem Möbelhersteller als Kollektion anbieten.«

»Hatten wir das nicht schon besprochen?« Ulla hievte sich aus ihrem Sessel hoch. »Die nächsten Jahre gehören meinem Kind. Es ist alles, was mir von Bakary geblieben ist, und solange ich nicht weiß, ob ich es durch meinen ... meine ...« Sie hielt inne, Tränen rannen über ihr Gesicht.

Emil nahm sie in den Arm. Keiner wusste, ob der versuchte Abbruch dem Kind einen Schaden zugefügt hatte, und falls ja, wie groß er sein könnte. Nur, dass sie auf alles gefasst sein sollten, wie Dr. Morgenstern sie gewarnt hatte.

»Je näher die Geburt kommt, desto mehr Angst habe ich.« Ulla bebte. »Ich ... oh, Emil, was habe ich nur getan. Mein armes Kind, wie konnte ich ihm das nur antun?«

»Du warst verzweifelt.« Emil strich über Ullas Haar. »Wir werden sehen, was passiert, und wir werden gemeinsam dafür sorgen, dass es dem Kind an nichts fehlt.«

»Damals hatte ich so schreckliche Angst davor, was die Leute über mich sagen würden. Ich dachte, mein Leben, es wäre vorbei. Ich hatte Angst vor Vater und Mutter und Großmutter und ...«

»Und es war absolut berechtigt und nachvollziehbar«, beruhigte Emil seine Schwester. »Ist ja nicht so, als hätten unsere Eltern sich überschlagen vor Freude, als ich ihnen davon erzählt habe. Deine... Situation ist nicht einfach, aber du bist beileibe nicht die erste Frau auf der Welt, der das zustößt. Du fühlst dich nur so, weil es zumeist verschwiegen und vertuscht wird.«

»Es ist mir inzwischen egal, was die anderen denken! Ich will einfach nur, dass das Kind gesund ist«, rief Ulla verzweifelt, »ich hätte nie gedacht, dass ich einen anderen Menschen so lieben könnte! Und es ist noch nicht einmal auf der Welt!«

»Nennt sich das nicht Mutterliebe?«

»Du meinst, alle Mütter lieben ihre Kinder so verrückt?«

Emil zuckte die Schultern. Was wusste er schon von Mutterliebe! »Ich weiß nur, dass ich den heutigen Abend nicht ohne dich beginnen möchte. Du hast so viele Monate so hart gearbeitet. Die Eröffnung heute gehört uns allen. Mutter und Vater, Onkel Georg und Großmutter und dir und mir. Noch ist dein Kind nicht da, komm schon, Ulla, bitte. Wenigstens für eine Stunde.« Er ging zu ihrem Kleiderschrank und zog ein schwarzes, mit goldfarbenen Fransen verziertes Empirekleid hervor. »Hilde hat das Kleid extra geändert. Du wirst hinreißend darin aussehen.«

Es klopfte, dann trat Adelheid ins Zimmer.

»Dachte ich doch, dass ich deine Stimme gehört habe«, sagte sie ungnädig. »Hat Georg dir nicht ausgerichtet, dass du zu mir kommen solltest?«

»Ich war gerade auf dem Weg zu dir.« Emil rückte einen Stuhl vom Tisch weg und wartete, bis Adelheid sich setzte. »Was kann ich für dich tun, Großmutter?«

»Ich brauche einen Spion. Aber diskret.«

»Einen... was?«, fragte Ulla perplex.

»Es ist zu spät, um Härings Speisekarte auszukundschaften«, scherzte Emil, »es wird bei dem Menü bleiben, das Mutter und Robert zusammengestellt haben.«

»Sehe ich aus wie jemand, der zu Scherzen aufgelegt ist?« Adelheid sah Emil tadelnd an. »Wenn es stimmt, was ich heute beim Friseur aufgeschnappt habe, dann ist unser Empfang heute der letzte, der im Dreesen stattfinden wird.«

»Großmama!«, rief Ulla entsetzt und ließ sich neben sie auf den Stuhl plumpsen.

»Ein Anschlag.« Adelheids Mund zitterte vor Empörung. »Häring soll ein großes Ding planen.«

»Was für ein Ding? Was für ein Anschlag? Auf wen?« Emil fühlte sich, als hätte ihn jemand in den Magen geboxt. Häring. Robert hatte ihn gewarnt, schon vor Monaten, warum hatte er seinen Worten nicht mehr Aufmerksamkeit geschenkt?

»Heute«, sagte Adelheid knapp. »Aber ich weiß nicht, ob er eine Brücke, eine Fähre oder gar unser Haus in die Luft sprengen will.«

»Unser Haus?«, kiekste Ulla mit vor Schreck aufgerissenen Augen. »In die Luft?«

»Ein Gerücht. Ich glaube zwar nicht, dass unser Haus in Gefahr ist, aber ich werde so ein Gerücht nicht einfach ignorieren.« Adelheid erhob sich. »Emil, bevor wir Fritz und Georg Bescheid geben, musst du herausfinden, ob an dem Geschwätz etwas dran ist. Ich will nicht, dass Fritz zu früh Senkert alarmiert.«

»Warum nicht?«, fragte Ulla und legte ihre Hand schützend auf den gewölbten Bauch. »Senkert ist Polizist. Das ist seine Aufgabe.«

»Senkert ist ein Hitzkopf, und sein Sohn ist noch schlimmer.« Emil knetete seine Hände. »Die trommeln die Deutschnationalen und die Nazis zusammen und dann... Es wird Blut fließen.«

»Nicht, wenn wir es abwenden können«, sagte Adelheid, »ich habe eine Idee, aber erst brauche ich eine stichfeste Bestätigung von einer anderen Quelle und mehr Details.«

»Ich kümmere mich darum.« Emil sah auf die Uhr. Robert. Er war der Einzige, den er darauf ansetzen konnte. Robert war durch seine Sozialistengruppe bestens vernetzt. Er beobachtete Häring und seine Männer schon seit Monaten, er wüsste, wo er mehr über einen möglichen Anschlag erfahren konnte.

In einer knappen Stunde kamen die ersten Gäste. Und nun Großalarm. Es war zum Verrücktwerden. Nach all den Monaten der Arbeit sollten sie nun, ausgerechnet am Tag ihrer großen Wiedereröffnung, ausgeschaltet werden? »Großmutter, ich muss Robert abziehen, kannst du...«

»Wie, glaubst du, haben dein Großvater und ich angefangen?« Adelheid erhob sich. Der Rücken gerade, die Brust raus, der Kopf hoch erhoben. Ganz die alte Generalin, wie sie früher von den Angestellten voller Respekt genannt worden war. Bevor sie sich zurückgezogen und ihren Söhnen das Feld überlassen hatte. »Selbstverständlich kann ich die Küche heute übernehmen.« Sie tastete über ihre fein ondulierten Haare. »Jammerschade um die Frisur, aber wenn das unsere Zukunft rettet...«

Ulla erhob sich ebenfalls, schwerfällig, eine Hand weiterhin auf den Bauch gelegt. »Was soll ich tun? Du hast doch sicher noch tausend Dinge zu erledigen.«

Emil sah zweifelnd auf ihren Bauch.

»Es ist noch nicht da«, sagte Ulla knapp, »hast du eben selbst gesagt.«

Stumm reichte Emil Ulla seine Liste. Das Kind war noch nicht da, aber im Gegensatz zu der unweigerlich erfolgenden Geburt konnte Härings Anschlag vielleicht noch abgewendet werden.

Vielleicht. Wenn er rechtzeitig die erforderlichen Informationen erhalten und handeln konnte.

Die Uhr tickte – und das heute schon den ganzen Tag zu schnell für ihn.

***

Die Abendgäste strömten nur so herein. Ausnahmslos in festlicher Garderobe, neugierig, ob das Dreesen dem in der Werbung so angepriesenen Bild der einzigartigen Vermählung von Moderne und Tradition, Gemütlichkeit und technischer Innovation auch standhielt.

Emil begrüßte die Gäste gemeinsam mit seinem Vater. Einträchtig bedankten sie sich für das Lob, das bereits das so viel freundlichere Foyer den Ankommenden entlockte. Der schwarz-weiß gefliese Marmorboden entzückte ebenso wie die reduzierte Gestaltung der Rezeption und die offenen Zugänge zu Speisesaal und Tanzsaal.

Emil drehte den Kopf, hielt nach Robert Ausschau. Wo blieb sein Freund nur?

Wenn sich das von Großmutter aufgeschnappte Gerücht bewahrheitete, vielleicht sogar das Hotel Ziel eines Anschlags war, mussten sie unverzüglich handeln!

Der Strom der Gäste ließ nach, seine Mutter und Whoolsey leiteten sie an die Orte der jeweiligen Veranstaltung.

Nervös folgte Emil seinem Vater in den Speisesaal. Sollte er ihn doch bereits einweihen? Und dann? Was konnte Vater ohne Roberts Bestätigung schon ausrichten? Bisher war es nur ein Gerücht, das seiner Großmutter bei einem Friseurbesuch zu Ohren gekommen war. Vater würde sich höchstens vor Aufregung bei seiner Rede verhaspeln, würde er ihn jetzt einweihen.

Die Gäste hatten inzwischen an den Tischen Platz genommen. Nervös bestieg sein Vater ein eigens für diesen Zweck aufgestelltes Podest, in der Hand seine sorgfältig einstudierte Rede. Emils Blick schweifte durch den Raum, blieb an dem einen und anderen Gesicht hängen, das ihm vorhin im Foyer durch die Lappen gegangen war. Senkert und sein Sohn saßen ganz vorne, der Hofrat und seine Frau an dem Tisch daneben, ihnen gegenüber hatte der Chefredakteur der hiesigen Zeitung mit seiner Gemahlin Platz genommen. Wer Rang und Namen in Bad Godesberg hatte, war heute hier im Saal.

Sein Vater trat ans Rednerpult. Räusperte sich. Die Gespräche verstummten, alle Augen richteten sich auf die niedrige Bühne, auf Vater, der formvollendet die Honoratioren und Gäste begrüßte, bevor er in die groß angekündigte Rede über das durchlittene Joch der Besatzung einstieg.

»Ich danke Ihnen«, schloss er feierlich, »dass Sie mit mir und meiner Familie heute den Sieg über die brutale Unterdrückung und willkürliche Zerstörung feiern, mit der die Besatzer uns an den Rand des Abgrunds gedrängt haben! Erleben Sie hier und heute, was deutscher Wille und deutsches Handwerk dem entgegenzusetzen haben.« Er hielt den neuen Pros-

pekt hoch und entfaltete ihn unter dem Klatschen der Gäste.
»Der neue Glanz unseres Hauses ist der Beweis, dass wir uns nicht unterkriegen lassen. Wir fordern alle Deutschen auf, uns bei dem Streben nach Freiheit und Rückkehr in ein ungeteiltes Vaterland zu unterstützen.«

Wieder erhob sich Applaus, durchdrungen von »Jawoll«- und »Weiter so«-Rufen, er schwoll an und verebbte erst, als der Männerchor anhob und *Die Wacht am Rhein* in den Saal hineinschmetterte.

Unauffällig zog Emil sich aus dem Saal zurück. Was dachte sein Vater sich nur dabei – begriff er nicht, dass er gerade die Lunte zündete, die heute Nacht sein Hotel abfackeln könnte?

***

»Emil! Emil!«

Vom Eingang des Gartenrestaurants winkte Elsa hektisch. Emil eilte über den frisch gepflasterten Weg zu ihr. Selbst der Garten war neu hergerichtet, die Tische und Stühle sorgfältig restauriert, von der Bühne ganz zu schweigen. Kalte Wut übermannte ihn – all das sollte in Gefahr sein, nur wegen diesem unverbesserlichen Häring und seinem Trupp fanatischer Separatisten?

»Mensch, Emil, wo bleibst du denn?« Elsa packte seine Hand und zog ihn mit sich. »Das Gartenrestaurant ist bis auf den letzten Tisch besetzt! Du musst etwas sagen – alle wollen wissen, was die große Überraschung sein wird, die du in der Werbung angekündigt hast.«

Emil drückte Elsas Hand. Er atmete tief durch. Nun hieß es, sich zusammenzureißen. Niemand durfte ihm anmerken, dass etwas nicht stimmte. Aufgeregt betrat er die Bühne und stellte sich vor den weißen Vorhang. Trotz der noch kräftigen Abendsonne flammten die Scheinwerfer auf. Geblendet trat Emil ans Mikrofon.

»Liebe, verehrte Damen und Herren, Gäste und Freunde dieses Hauses«, setzte er an. Lächelnd breitete er seine Arme aus und schloss alle Anwesenden mit ein. »Heute ist ein besonderer Tag für das Rheinhotel Dreesen. Eine neue Ära beginnt, nicht nur mit der Einführung modernster Technologien, die Ihren Aufenthalt in unserem Hause zu einem unvergleichlichen Erlebnis werden lassen. Das Dreesen wird in Zukunft auch zum Inbegriff der internationalen Avantgarde werden. Nicht in Berlin, sondern hier, im Weißen Haus am Rhein, werden Sie mit den begehrtesten Künstlern der Welt unter einem Dach weilen. Ein Ort der Begegnung, an dem nicht die Nationalität, sondern die Liebe zur Kunst zählt, das ist unser Versprechen an Sie, liebe Gäste und Freunde. Und nun«, wieder breitete er die Arme aus, wartete den Trommelwirbel ab und setzte dann das strahlendste Lächeln auf, das er sich abringen konnte, »begrüßen Sie mit mir, direkt aus Paris, das Jazzensemble Jacques Dada!«

Unter Applaus verließ er die Bühne, der Vorhang hob sich, und das Saxofon erklang. Der Applaus verblasste, auch alle anderen Geräusche verstummten, das Murmeln, das Gläserklirren, das Besteckklappern.

Aufgeregt ging Emil zu Elsas Tisch und setzte sich neben sie.

»Das ist also dein berühmter Jazz?«, flüsterte Elsa, als warm und rauchig die Stimme der Sängerin einsetzte.

»Ist es nicht großartig?«

»Klingt auf jeden Fall interessant.« Elsa lehnte sich zurück, den Blick neugierig auf die Musiker gerichtet.

Emil dachte an Ulla. Ob sie in ihrem Zimmer auch der Musik lauschte? Und dabei an Bakary dachte? Arme Ulla, wie verloren sie sich fühlen musste, heute mehr denn je, ohne den Mann an ihrer Seite, den sie so sehr geliebt hatte. Vielleicht noch immer liebte. Unwillkürlich umschloss er Elsas Hand. Er würde dafür sorgen, dass er und Elsa niemals getrennt wurden. Mochten seine Eltern Elsa ruhig für nicht standesgemäß erachten. Er wusste, dass sie mehr Mumm und Verstand hatte als all die höheren Töchter, die Mutter bisher aus ihrem Bekanntenkreis für ihn ausgeguckt hatte. Natürlich ohne je anzusprechen, dass die Einladungen besagter Damen mit ihren Müttern nur der versteckten Brautschau dienten.

Elsa war die Richtige. Nicht die Herkunft war entscheidend, das Herz war es. Spätestens, wenn es hart auf hart kam. Wenn es um Leben und Tod ging, um Mut und Selbstverzicht, dann trennte sich die Spreu vom Weizen, und es waren nicht nur die Hochwohlgeborenen, die in solch einer Situation die beste Figur abgaben.

Noch eine Lektion, die er im Schützengraben gelernt und seinen Eltern voraushatte.

Von der Seite näherte sich Whoolsey. »Herr Dreesen, verzeihen Sie die Störung, aber Sie wollten umgehend informiert werden, wenn Herr Harthaler...«

»Wo ist er?« Emil ließ abrupt Elsas Hand los und stand auf, in letzter Sekunde bemüht, kein Aufsehen zu erregen.

»Was...« Elsa runzelte die Stirn.

»Ich... Entschuldige bitte, es ist dringend.« Emil beugte sich zu Elsa hinunter und drückte ihr den Schlüssel zu der neuen Suite im dritten Stock in die Hand. Seine Überraschung für diese besondere Nacht, inklusive roter Rosen und einer Flasche Champagner. Sie würde die Luxussuite auch ohne ihn schon genießen können. »Falls es länger dauert – warte dort auf mich, bitte.«

Hastig schritt er hinter Whoolsey zum Personaleingang. Noch bevor er Robert sah, roch er schon den Rauch seiner Zigarette.

»Robert, endlich!« Emil stellte sich zu ihm in den Eingang, doch Robert beachtete ihn nicht. Stumm legte er den Finger an den Mund, sein Blick war auf ein Automobil oben an der Straße gerichtet. Emil folgte seinem Blick, als der Wagen sich langsam in Bewegung setzte. Nervös sah Robert ihm nach. »Ich glaube, die beiden in dem Auto gehören zu Häring. Ich wette, sie sondieren die Lage und fahren jetzt zurück zu Häring, um ihm Bericht zu erstatten.«

»Stimmt es?«, fragte Emil.

Robert nickte nervös. »Ich habe alle Kontakte spielen lassen. Einer von Härings Gesellen ist auf dein Bestechungsgeld eingegangen und hat geplaudert. Sie planen drei Anschläge. Wir müssen sofort mit deinem Vater sprechen.«

Im Foyer herrschte rege Betriebsamkeit. Genau die, die Emil sich seit Jahren so sehnlich herbeigewünscht hatte. Gäste in Urlaubslaune unterhielten sich, lachten, genossen ein Glas Schaumwein oder schwenkten einen Cognac. Szenen, die während der Besatzung undenkbar gewesen waren, als die französischen Uniformen die wenigen Gäste zu sehr eingeschüchtert hatten, um mit ihnen das Foyer teilen zu wollen. Und nun plante Häring mit seinen unverbesserlichen Separatisten an ihrem ersten Tag zurück in die Normalität einen Anschlag, der alles wieder zerstören würde. Angestrengt zwang er sich, den Gästen freundlich zuzunicken.

An der Rezeption entdeckte er seinen Vater. Er deutete Robert an, auf ihn zu warten, und ging weiter zu Fritz. Über das Gästebuch gebeugt, vermerkte sein Vater Notizen auf einem Papier. Um seinen Mund spielte ein zufriedenes Lächeln, wie Emil es seit Jahren nicht mehr bei ihm gesehen hatte. Fritz hob den Kopf, sein Hotelierslächeln auf den Lippen.

»Emil«, sagte er verwundert und senkte den Blick wieder auf das Gästebuch, »wolltest du nicht deinem Konzert beiwohnen?«

Emil ging hinter den Tresen und stellte sich dicht neben ihn.

»Vater«, flüsterte er, »Häring plant einen Anschlag.«

»Bitte?« Irritiert sah Fritz von seinen Notizen auf.

»Er hat es auf uns und deine deutschnationalen Honoratioren abgesehen«, erklärte Emil leise.

»Er... was?« Entsetzt starrte Fritz Emil an.

»Bei uns sitzt gerade...«

»... die Spitze der Wacht am Rhein«, vollendete Fritz tonlos Emils Satz. Mit einer Kopfbewegung deutete er Emil an mitzukommen. Er entfernte sich mehrere Schritte von der Rezeption, darauf bedacht, dass ihre Unterhaltung nicht gehört werden konnte. »Bist du dir ganz sicher? Häring und seine Separatisten, das ist doch seit dem Fiasko mit Matthes' Rheinischer Republik nur heiße Luft!«

»Häring macht ernst, Vater«, sagte Emil dringlich. »Großmutter hat es heute früh gehört.«

»Mutter?«, sagte Fritz, sichtlich erleichtert. »Was weiß sie schon von Politik. Wer weiß, was sie aufgeschnappt hat, und vor allem, was sie daraus gemacht hat.«

Durch die Drehtür betrat ein Mann das Foyer. Emil wandte nervös seinen Kopf. Bis auf die neuen Suiten im dritten Stock waren alle Betten komplett belegt, die Gäste vollzählig angereist, die groß beworbenen Veranstaltungen bereits in vollem Gange. Ein unangemeldeter Gast? Oder gehörte er zu Härings Männern?

Anstelle der Abendgarderobe, die dem Dresscode des Abends entsprach, trug der Mann einen blauen Anzug, der seine besten Tage hinter sich gelassen hatte. Etwas unsicher bewegte er sich auf die Rezeption zu.

Emil sah, wie Whoolsey kurz mit dem Mann redete, dann bedauernd die Schultern zuckte. Natürlich, sie waren ausgebucht.

Fritz blickte ebenfalls zur Rezeption. Runzelte die Stirn, sah genauer hin, stutzte.

»Entschuldige mich einen Moment.« Zügig schritt er auf den Neuankömmling zu. Emil folgte ihm, neugierig, was seinen Vater hatte stutzig werden lassen. Kannte er den Mann in dem abgetragenen Anzug? Emil musterte ihn. Etwa Mitte oder Ende dreißig, die Haare im strengen Scheitel zur Seite gekämmt, der Oberlippenbart markant gestutzt. Er wirkte verunsichert, als gehöre er nicht in dieses exklusive Ambiente.

»Guten Abend, Fritz Dreesen mein Name, ich bin der Besitzer dieses Hotels.« Sein Vater reichte dem Mann die Hand. »Eigentlich sind wir ausgebucht, die große Wiedereröffnung, nachdem die Franzosen unser Hotel aufs Schändlichste verwüstet haben... aber in Ihrem Fall kann ich vielleicht noch etwas möglich machen... Moment...« Fritz beugte sich über das Belegungsbuch, strich einen Eintrag durch, kritzelte etwas darüber und flüsterte dem verwirrten Whoolsey eine Anweisung zu. Dann zog er einen Schlüssel unter dem Tresen hervor und überreichte ihn dem neuen Gast.

»Bitte sehr, Suite 312.«

Suite 312? War Vater vollkommen verrückt? Wie sollte dieser Mann die neue Suite bezahlen können? Wer war er überhaupt, dass Vater sich in Whoolseys Geschäft einmischte? Der Mann nahm den Schlüssel entgegen und nickte kurz.

»Ich bin Ihnen zu Dank verpflichtet, Herr Dreesen.«

»Aber nicht doch, ich wünsche Ihnen einen angenehmen Aufenthalt, Herr Hitler.«

Hitler? Emil sah dem neuen Gast auf dem Weg zum Treppenhaus nach. Das war der Mann, dem diese wilden Nazihorden hinterherliefen, als wäre er der Heilsbringer persönlich?

Er ging zu seinem Vater und machte eine Kopfbewegung hin zu Hitler, der gerade die Treppe hinauf und aus ihrem Sichtfeld stieg. »Das ist der Mann, der 23 in München mit diesem dilettantischen Putsch gescheitert ist und wegen Hochverrats zu Festungshaft verurteilt wurde? Hältst du das für weise, ihn gleich in unsere beste Suite zu stecken?«

»Ein Gast ist ein Gast, und die Suite war frei.« Fritz wollte sich gerade abwenden, da legte Emil die Hand auf seinen Smokingärmel.

»Vater«, flüsterte er und zog ihn erneut von der Rezeption weg. »Ich habe Nachforschungen angestellt. Es ist keine heiße Luft. Häring hat es auf dich und die Wacht am Rhein abgesehen. Mit Sprengladungen.«

»S... S... Spreng...?«, stotterte Fritz ungläubig. Er sah sich hektisch um und zog Emil dann eilig zu seinem Büro. »Ist dir klar, was das bedeutet?«, wisperte er und schloss die Bürotür hinter Emil. »Bürgerkrieg, Emil. Und wir sind mittendrin.«

Bleich setzte er sich an seinen Schreibtisch und nahm das Haustelefon ab. »Whoolsey, bitten Sie Maria unverzüglich zu mir ins Büro...«

»Großmutter muss auch dabei sein«, unterbrach Emil ihn. »Und Robert Harthaler. Er hat die Informationen besorgt.«

»...haben Sie Emil gehört?«, fragte sein Vater ins Telefon, nickte dann und legte auf.

Emil sah aus dem Fenster. Ein orangeroter Streifen Abenddämmerung kündigte den Einbruch der Nacht an, während von Ferne das Saxofon durch das Fenster tönte. Es wirkte grotesk friedlich angesichts der sich anbahnenden Gefahr.

»Was ist denn los«, fragte Maria, die Wangen erhitzt, »was kann so wichtig sein, dass Whoolsey mich vom Hauptgang wegzerrt? Mitten aus einem äußerst anregenden Gespräch mit der Frau Professor Diereke. Ich weiß nicht...«

»Mutter«, brachte Emil ihren Redestrom zum Versiegen, »glaub mir, es würde dir nicht gefallen, wenn wir dich nicht unverzüglich unterrichteten. Wenn stimmt, was wir befürchten, stehen wir unmittelbar vor dem Untergang.«

»Dem Untergang?« Maria sah verunsichert von Emil zu Fritz. »Nun redet endlich!«

»Häring und seine verhinderten Separatisten planen heute Nacht einen Anschlag auf uns.«

Marias Gesichtsfarbe wechselte in Sekunden von rosig zu kalkweiß. »W... wer sagt denn so etwas?«

Fritz führte sie zu dem Schreibtischstuhl. »Setz dich, Liebes. Mutter hat es aufgeschnappt...«

»Deine Mutter?« Maria richtete sich im Stuhl auf. »Du lässt

mich von Frau Professor Diereckes Tisch wegzerren, weil deine Mutter sich mal wieder wichtigmacht? Wen kennt sie nun wieder, der ihr Geheimnisse anvertraut, die ...«
Emil hörte die Tür, sah, wie Adelheid in den Raum trat.
»Nun, liebe Maria, meinen Friseur«, sagte sie kühl. Adelheid trat näher, dicht gefolgt von Robert, nur Whoolsey blieb draußen und schloss diskret die Tür. »Und es scheint, dass ich nicht die Einzige bin, die davon gehört hat. Bitte, Herr Harthaler, erzählen Sie, was Sie in Erfahrung gebracht haben. Das heißt, einen Moment ...« Sie sah sich suchend im Raum um. »Wo ist Georg?«

»Ich denke, einer von uns sollte unbelastet die Stellung bei den Gästen halten«, sagte Fritz. »Wir informieren ihn später.«
Robert trat weiter in den Raum. »Häring will weg von der preußischen Diktatur, wie er die von mir absolut nicht geschätzte, aber immerhin demokratisch gewählte Regierung nennt. Dass Matthes' Rheinische Republik gescheitert ist, schreibt er nur Matthes' schwieriger Persönlichkeit zu. Er denkt, mit ihm selbst als Anführer könnte ein neuerlicher Coup gelingen, und heute Abend ist gewissermaßen der Auftakt.«

»Und wenn das alles nur ... ich weiß nicht«, Maria sah hilfesuchend zu Fritz, »das klingt mir doch etwas sehr ... abwegig. Ohne jemandem nahetreten zu wollen, ich sehe hier nur ein gelungenes Theater. Das ist Härings Antwort auf unsere groß angekündigte Premiere.« Sie lachte gekünstelt. »Ich kann ihn mir lebhaft vorstellen. Wie er an seinem Ausblick sitzt und mit dem Fernstecher beobachtet, wann wir wie verschreckte Hühner unsere Gäste nach Hause schicken – direkt in seine offenen Arme.«

»Nun, junger Mann«, sagte Adelheid und wandte sich erneut an Robert. »Wie sehen Sie die Lage? Theater oder Ernst?«

»Ernst.« Robert machte eine ausladende Handbewegung in Richtung von Fritz. »Es ist eine Reaktion auf Ihren deutschen Treueschwur vor versammelter Prominenz, den Sie vorab leider in der Presse angekündigt hatten. Warum, glauben Sie, hat Häring von allen Tagen ausgerechnet den heutigen gewählt? Aber egal, besonders...«

»Als Antwort auf Vaters Unterstützung der Wacht am Rhein«, beantwortete Emil Roberts rhetorische Frage. Natürlich, während Vater vor gleichgesinnter Prominenz beschwor, sich gegen die fortwährende Unterdrückung der letzten, noch immer besetzten deutschen Gebiete und die Knechtschaft des Versailler Vertrags zu stellen, setzte Häring mit gezielt platzierten Sprengladungen einen Kontrapunkt.

»Besonders...«, nahm Robert seinen Satz wieder auf, als Fritz ihn erneut unterbrach.

»Bin jetzt etwa ich schuld daran, dass Häring ein verräterischer Tunichtgut ist?« Fritz maß Robert mit einem ungnädigen Blick. »Das ist doch vollkommen überzogen!«

»Niemand sagt, dass du schuld bist, Fritz«, wiegelte Adelheid ab. »Es sind unruhige Zeiten, und Häring war schon immer ein falscher Fuffziger. Aber mir scheint die Erklärung für den Zeitpunkt des geplanten Anschlags bestechend einleuchtend.«

»Zumal Häring uns mit einem Schlag ruinieren würde«, warf Emil düster ein. »Häring ist lange genug im Geschäft, um sich auszumalen, wie verschuldet wir sind. Er weiß, dass wir nicht lange durchhalten können, wenn unsere Gäste wegbleiben, weil Deutschnationale und Nazis sich zusammenrotten und den Separatisten den Krieg erklären.«

»Besonders wichtig...«, setzte Robert erneut an.

»Krieg?«, krächzte Maria, wieder kreidebleich im gerade noch vor Ärger geröteten Gesicht.

»Es ist viel Wut in den Straßen.« Adelheid fächerte sich mit einem Taschentuch Luft zu. »Ich weiß nicht, was es bedarf, um wieder Frieden einkehren zu lassen. Denn dieser ist nach dem Ende des Krieges nicht nach Deutschland zurückgekehrt.«

»Wie soll ein im Schlachtfeld unbesiegtes Land Frieden finden, wenn die feige Regierung das eigene Heer hat entwaffnen lassen?« Fritz verschränkte die Hände hinter dem Rücken. »Unser Land ist gespalten. Das ist zweifellos guter Nährboden für Verräter wie Häring. Nehmen wir an, ich glaube Ihnen Ihre abenteuerliche Theorie. Was können wir tun?«

»Besonders wichtig ist es«, sagte Robert nachdrücklich, »zuallererst den Sprengsatz zu finden, der hier im Hotel deponiert ist.«

»Hier?«, riefen Emil, Adelheid, Fritz und Maria gleichzeitig. Entsetzt sahen sie zu Robert.

»Bist du verrückt?«, rief Emil. »Warum sagst du das erst jetzt?«

»Ihr habt mich nicht ausreden lassen.« Robert zog einen zusammengefalteten, speckigen Zettel aus seiner Jackentasche. »Die Informationen zu den geplanten Anschlägen. Ein Sprengsatz ist hier im Hotel, und zwar im Keller...«

»Wann?«, fragte Fritz heiser. »Wie viel Zeit haben wir noch?«

»Gut drei Stunden. Sollten wir bis in einer Stunde nicht fündig werden, schlage ich vor, das Hotel zu evakuieren.«

»In einer Stunde?« Emil warf verzweifelt die Hände in die Luft. »Robert! Du kennst unseren Keller! Neunzehn Räume, die meisten schlecht beleuchtet, überall Nischen und Regale und Stauraum, du weißt, was dort alles lagert, selbst mit einem Dutzend Helfer schaffen wir das nicht!«

»Zwei Helfer suchen bereits. Häring will die Wacht am Rhein treffen. Der Sprengsatz ist unter dem großen Speisesaal angebracht. Er soll der krönende Abschluss des Abends sein.«

»Helfer?«, fragte Adelheid nach.

»Genossen, absolut zuverlässig, ich habe ihnen für ihre Verschwiegenheit und Hilfe einen fürstlichen Lohn versprochen.«

»Natürlich.« Auf Fritz' Wangen breiteten sich nervöse Flecken aus. »Und die anderen Anschläge?«

»Kurz nachdem der Sprengsatz im Hotel hochgegangen ist und alle panisch flüchten, sprengen sie erst die hoteleigene Anlegestelle in die Luft und etwa dreißig Minuten später die Brücke nach Bonn.«

Betroffenes Schweigen legte sich über den Raum.

»Und nun?«, fragte Fritz und räusperte sich. »Sollen wir Senkert hinzuziehen?«

»Nein«, sagte Adelheid bestimmt. »Das führt zu genau der Eskalation, die wir vermeiden wollen. Wir werden uns an Herrn Oberbürgermeister Adenauer wenden und...«

»Und der Sprengsatz in unserem Haus?«, fragte Maria.

»Niemand in diesem Haus kennt den Keller so gut wie Fritz, Georg und ich, und Georg ist kriegserfahrener Sprengstoffexperte, der Einzige, der mit einem solchen Fund auch umgehen kann«, sagte Adelheid resolut. »Fritz und du, Maria, ihr haltet oben alles am Laufen. Ich werde zusammen mit Georg Herrn Harthalers... Genossen im Keller bei der Suche unterstützen. Und du, Emil, fährst mit Herrn Harthaler zu Oberbürgermeister Adenauer und bringst ihn dazu, sich der Sache persönlich anzunehmen.«

Da wurde die Tür aufgerissen, so abrupt, dass selbst Adelheid erschrocken herumfuhr.

»Hilde!«, rief Maria tadelnd. »So stürmt man doch nicht in einen Raum, und schon dreimal nicht in das Direktionsbüro!«

»Verzeihung...« Hildes Wangen glühten, verwirrt schaute sie in die Runde, offenbar überrascht von der ungewöhnlichen Versammlung. »Elsa schickt mich. Es geht um Fräulein Ulla, sie hat Wehen! Sie müssen den Arzt rufen, sagt Elsa!«

Emil sah Hilde entgeistert an. Ulla? Jetzt? Wehen? Er schaute zu seiner Mutter. Sie saß steif auf dem Stuhl, das Gesicht wie versteinert. Fritz stand hinter ihr, seine Hände auf ihrer Schulter, die Lippen schmal, als hätten die beiden sich abgesprochen, nicht zu reagieren. So wie sie es angekündigt hatten, damals in ihrer Wut, als Ulla sich weigerte, sich mit ihrem wachsenden Bauch zu Georgs Bekannten nach Österreich zurückzuziehen. Das Kind dort unerkannt auszutragen, wegzugeben und mit einer lahmen Ausrede rank und schlank heimzukehren. Als wäre Ulla nie schwanger gewesen, als würde es das Kind nicht geben.

»Das ist doch nicht zu fassen! Wie könnt ihr nur so stur sein! Eure Tochter kriegt gerade ein Kind!«, fuhr Emil seine Eltern entrüstet an.

»Sie braucht uns nicht, hat sie gesagt, sie würde es ganz alleine schaffen, ohne uns verbohrte Gestrige, die immer noch nicht im zwanzigsten Jahrhundert angekommen sind. Waren das nicht ihre Worte?«, sagte Maria gekränkt, doch Emil bemerkte das Zittern ihres Kinns. Was versuchte sie sich selbst zu beweisen?

Emil wandte sich an Adelheid. »Ruf wenigstens Dr. Morgenstern!«

Er warf seinen Eltern einen letzten, verständnislosen Blick zu, dann lief er los, dicht gefolgt von Robert. Und nun? Jetzt waren es schon zwei Feuer, die lichterloh brannten – doch löschen konnte er nur eines, wenn überhaupt.

24

»Du musst in den Schmerz hinein atmen.« Elsa tupfte mit einem feuchten Lappen den Schweiß von Ullas Stirn.

»Wie soll ich denn in einen Schmerz hinein atmen?«, japste Ulla.

»So.« Elsa nahm Ullas Hand und atmete stoßartig aus. »Versuch es bei der nächsten Wehe. Du musst dir deine Kraft aufsparen, wer weiß, wie lange das dauert.«

Ulla legte sich auf die Kissen zurück, die Elsa in ihrem Bett aufgetürmt hatte. Offenbar verebbte die Wehe, denn der schmerzverzerrte Ausdruck auf Ullas Gesicht entspannte sich.

»Ich habe Angst.« Ulla drückte Elsas Hand.

»Keine Sorge, du bist nicht die erste Frau, die ein Kind auf die Welt bringt. Du bist jung und gesund, du wirst das mit Bravour schaffen. Emil kommt sicher gleich mit Dr. Morgenstern.«

»Ich habe Angst vor dem Danach«, sagte Ulla.

»Danach?«, fragte Elsa, obgleich es keiner Frage bedurfte. Natürlich hatte Ulla Angst. Vor der Verantwortung für dieses neue, unfassbar kostbare Leben. Angst vor den Blicken der Gäste, auf sie und ihr uneheliches Kind. Ob sie sich nun wünschte, das Kind doch in aller Abgeschiedenheit in Österreich zur Welt bringen zu können?

Ullas Augen füllten sich mit Tränen. »Wie soll ich mein Kind vor den Blicken der anderen Menschen schützen? Wenn es nun aussieht wie Bakary... Die Leute werden es anfeinden. Die anderen Kinder werden es auslachen. Mutter wird...« Sie brach ab.

»Ja, deine Mutter wird ein Problem damit haben. Und wahrscheinlich auch die meisten anderen Menschen in deinem Leben. Aber trotzdem kannst du dein Kind beschützen.«

»Aber wie denn?« Tränen rannen über Ullas Wangen.

»Mit deiner Liebe«, erklärte Elsa. »Wenn es sich deiner Liebe sicher ist, kann es die Gemeinheiten der anderen besser wegstecken.«

»Also glaubst du auch, dass es sich wehren muss, wenn es etwas älter ist.«

»Wäre nicht jede andere Vorstellung eine alberne Verleugnung der Realität?«, sagte Elsa nüchtern. »Ist dir aufgefallen, dass bei der Jazzband heute Abend keine Schwarzen dabei waren?«

»Dabei ist es ihre Musik«, sagte Ulla nachdenklich. »Bakary hat mir erzählt, dass in Paris in den Bars Schwarze richtige Stars sind. Er ist dort auch aufgetreten...« Sie verstummte und sah verträumt ins Leere.

Ob sie gerade an Bakary dachte? An eine mögliche Zukunft mit ihrem schwarzen Prinzen?

»Hast du schon einmal darüber nachgedacht, nach Paris zu ziehen?«, fragte Elsa behutsam.

»Mit einem Kind?« Ullas Gesicht verzog sich erneut zu

einer schmerzhaften Grimasse. Sie stöhnte, griff sich an den Bauch.

»Atmen«, sagte Elsa, »in den Schmerz hinein.« Sie wrang den Waschlappen aus und legte ihn in Ullas Nacken. Arme Ulla. Wie schwer es sein musste zu wissen, dass das eigene Kind von Anfang an benachteiligt sein würde. Dass es ihr, der ledigen Mutter, einfach weggenommen und in ein Heim gesteckt werden könnte, ohne dass sie ein Anrecht auf Herausgabe hätte.

So vieles lag im Argen für sie Frauen. Zu denken, mit der Errungenschaft des Wahlrechts hätte sich wirklich etwas geändert! Ha! Nicht einmal für privilegierte Frauen wie Ulla. Zwar musste sie nicht mit der Zwangseinweisung in ein Heim rechnen, aber gebrandmarkt war sie allemal.

»Verdammt!« Ulla schnaufte heftig. »Soll das so schmerzen? Das kann doch nicht normal sein!«

Die Tür wurde aufgerissen, Emil stürmte herein. Hinter ihm, verhaltener im Tempo, trat Robert ins Zimmer, blieb jedoch bei der Türe stehen.

»Emil!« Ulla streckte die Hand nach ihrem Bruder aus. »Versprich mir, dass du dich um das Kind kümmern wirst, wenn mir etwas passiert.«

»Dir wird nichts passieren«, wehrte Emil ab, »aber ja, natürlich werde ich mich um dein Kind kümmern.«

»Du wirst nicht zulassen, dass Mama es weggibt.«

»Natürlich nicht.« Er setzte sich an den Rand des Bettes. »He, Schwesterchen, Kopf hoch! Großmutter hat Dr. Morgenstern Bescheid gegeben, es wird alles gut werden.«

»Ich hab Angst, Emil«, flüsterte Ulla.

Elsa sah, wie Emil zu Robert blickte, wie dieser unauffällig mit dem Kopf Richtung Tür zeigte. Was ging hier gerade vor sich?

»Ich muss weg, Ulla. Es tut mir leid, Liebes. Dr. Morgenstern wird bald bei dir sein.« Emil strich Ulla über das Haar. »In ein paar Stunden bin ich zurück und begrüße unseren neuen Erdenbürger.«

»Aber...« Ulla schnaubte ärgerlich. »Du hast mir versprochen, dass du da bist, wenn unsere Eltern es... sehen.«

»Ich komme so schnell wie möglich zurück! Vielleicht ja rechtzeitig zur Geburt.« Emil stand vom Bett auf.

»Was soll das, Emil?«, zischte Elsa. »Was kann jetzt wichtiger sein als Ulla?«

Emil beugte sich zu Ulla und küsste sie auf die Wange. »Du bist so stark, du schaffst das.«

»Emil Dreesen«, fauchte Elsa ihn an. »Was im Himmel soll das werden?«

Emil trat von Ulla weg, seine Hand glitt an Elsa entlang, streifte ihre Hand, ergriff sie. »Bereite dich darauf vor«, wisperte er so leise, dass Elsa ihn kaum verstehen konnte, »dass das Hotel in einer Stunde evakuiert werden könnte.« Er küsste sie auf die Wange. »Bitte, pass auf Ulla auf.«

Von der Tür kam ein Räuspern. Robert zog eine Grimasse und deutete auf seine Uhr.

»Nun denn«, sagte Elsa laut, »dann raus mit euch, aber schnell. Das Kleine wird das Licht der Welt auch ohne euch erblicken.«

Die Tür schloss sich hinter Emil und Robert. Elsa starrte den beiden hinterher. Was zum Teufel ging hier gerade vor sich? Und was meinte Emil mit ›das Hotel evakuieren‹?

Dann erkannte sie schlagartig, was Emil befürchtete: ein

Anschlag auf das Hotel! Roberts Blick auf die Uhr, seine Mahnung zur Eile… Seine Warnungen vor Häring und seinen Separatisten kamen ihr in den Sinn. Mit einem Mal wurde ihre Brust eng. Was zur Hölle bildete Emil sich ein, sich dort einzumischen? Wusste er nicht, wie gefährlich diese Menschen waren?

»Elsa«, stöhnte Ulla, »glaubst du, es dauert noch lange, bis Dr. Morgenstern kommt?«

»Ich weiß es nicht«, sagte Elsa und wandte sich wieder Ulla zu. Sie stippte den Waschlappen in die Schüssel mit kaltem Wasser und tupfte Ullas Gesicht ab. »Aber keine Angst, wir kriegen das schon hin, wer braucht schon Männer, wenn es auch ohne geht?«

»Wie wahr gesprochen, Elsa.« Unbemerkt war Adelheid Dreesen in den Raum getreten. Elsa fuhr erschrocken herum. Wie schaffte sie es nur immer, wie aus dem Nichts in einem Raum aufzutauchen?

»Großmutter!«, rief Ulla und richtete sich auf. »Bleibst du bei mir?«

»Ja, Kindchen, wenn du das möchtest…« Adelheid Dreesen setzte sich auf die Bettkante und streckte die Hand nach dem Waschlappen aus. »Elsa, würdest du bitte Karl Zerbes ausrichten, dass Georg Dreesen ihn dringlich im Wirtschaftskeller braucht? Und bitte sorge dafür, dass wir warmes Wasser und frische Handtücher zur Verfügung haben. Und vergiss bitte nicht, Hilde zu sagen, dass sie eine gute Flasche Rotwein mitbringen soll.«

»Rotwein?« Elsa runzelte die Stirn. Was wollte Adelheid Dreesen damit?

»Nun, ein gutes Glas Rotwein hat noch niemandem geschadet, ganz besonders nicht werdenden Urgroßmüttern, Müttern und Tanten.«

Tanten? Elsa spürte freudige Hitze in sich hochsteigen. Hatte Adelheid Dreesen sie gerade offiziell in die Familie aufgenommen? Als Emils Frau und Ullas Schwägerin?

25

Im Lichtkegel der Taschenlampe studierte Emil angespannt die Notizen, die Robert von seinem Kontakt erhalten hatte. Die Attentäter hatten ihre Hausaufgaben gemacht. Sie hatten den Kellerraum, die Anlegestelle und die Brücke exakt vermessen und wussten, wie viel Sprengstoff angebracht werden musste, um sie zu zerstören.

Das Auto holperte über eine Bodenwelle, der Plan rutschte von Emils Knien. Er sah aus dem Fenster, die schwarzen Konturen der Landschaft flitzten an ihnen vorbei, schneller als Emil sie je zuvor an sich hatte vorbeiziehen sehen. Er äugte zu Robert. Konzentriert manövrierte er das schwere Gefährt über die menschenleere, dunkle Straße, das Lenkrad fest umklammert.

»Glaubst du wirklich, dass Häring mit diesen Anschlägen einen zweiten Versuch der Abspaltung vorantreiben will?«, fragte Emil nachdenklich. »Er muss wissen, dass seine Chancen gering sind.«

»Es geht nicht um Abspaltung.« Robert fuhr noch schneller.

»Um was dann?«

»Um Macht. Ich wollte das vor deiner Mutter und deiner Großmutter nicht ansprechen, aber die haben Listen, Emil. Dein Vater steht da auch drauf.«

»Vater?«

»Er kennt einflussreiche Leute, er unterstützt die Wacht am Rhein, und er hat in der Gegend Gewicht.« Robert sah aufmerksam in den Rückspiegel. »Du siehst nur den Vater, der dich in deinen Visionen bremst. Häring und seine Leute sehen in ihm eine starke Kraft. Dein Vater ist ein Brückenbauer wie du, Emil, nur holt er nicht die Pariser Musikavantgarde an den Rhein, sondern er bringt Menschen aus Politik und Wirtschaft zusammen, die sich nur unter seinem Dach gemeinsam an einen Tisch setzen und reden.«

So sah Robert seinen Vater?

Vater, ein Brückenbauer. So hatte er ihn noch nie betrachtet.

Und jetzt stand er auf der Todesliste von Leuten, die eine Brücke in die Luft jagen wollten.

Der Wagen raste über die Straße, die Gestänge krachten und knacksten, als würde das Automobil gleich auseinanderbrechen.

Schweigend fuhren sie weiter, passierten die Stadtgrenze von Köln. Emil schaltete die Taschenlampe wieder ein und fuhr mit dem Finger über die Straßenkarte.

»Die zweite links.« Er dirigierte Robert durch Köln, ins Villenviertel, zu der Adresse, die Adelheid ihm in die Hand gedrückt hatte.

»Schicke Villa, die der Herr Oberbürgermeister da bewohnt.« Robert parkte den Wagen. »Dann sehen wir mal, ob er so spät noch Gäste empfängt.«

Emil sprang aus dem Automobil und lief zu dem hohen Eisentor. Ein Nachtlicht beleuchtete die Klingeltafel. Emil läutete. Wieder und wieder, ließ schließlich den Finger auf dem Klingelknopf liegen.

Im Haus flammte Licht auf, dann wurde ein Fenster geöffnet, und ein ältlicher Mann streckte seinen Kopf heraus. »Was ist da los? Brennt es?«

»Schlimmer!«, rief Emil. »Sagen Sie bitte Herrn Adenauer, Emil Dreesen ist hier, das Rheinland braucht ihn heute mehr als je zuvor!«

Kurz darauf standen sie in einem dunkel getäfelten Arbeitszimmer an einem ebenso dunkel gebeizten, großen Konferenztisch.

»Soso, ein Anschlag«, sagte Adenauer und nickte Emil und Robert zu. »Dann lassen Sie doch mal sehen, was Sie haben.«

Robert faltete den Plan auf und strich ihn mit beiden Händen auf dem Tisch glatt. »Ich beobachte diese Aufwiegler schon sehr lange, ich weiß, dass die schon seit Jahren davon träumen, sich Gehör zu verschaffen.«

Adenauer runzelte die Stirn. »Haben Sie das gemeldet?«

»Seh ich aus wie jemand, der was meldet?«, konterte Robert unverblümt. »Ich bin hier, weil die Bande es auf meinen Chef abgesehen hat. Da hört der Spaß auf.«

»Und warum ausgerechnet heute Nacht?«

»Weil mein Vater heute unser Hotel wiedereröffnet hat«, schaltete Emil sich ein. »Mit einer entsprechenden Ansprache.«

Adenauer runzelte fragend die Stirn, dann lächelte er verstehend. »Der Senior als deutschnationaler Provokateur. Tja... was nun? Wenn ich die Brücke nur eine Stunde sperre und es war blinder Alarm, ist hier der Teufel los. Ist ja kein Geheimnis, dass ich auch schon über ein unabhängigeres Rheinland nachgedacht habe.«

»Aber wenn es stimmt, könnte es heute Nacht noch Tote

geben«, sagte Emil und sah Adenauer direkt an. »Häring, der Anführer, ist Vaters ärgster Konkurrent, es sähe ihm ähnlich...«

Das Telefon klingelte schrill.

Verwundert sah Adenauer zu seinem Schreibtisch. »Mehr Überraschungen?« Er nahm ab. »Ah, Herr Dreesen, gerade stehe ich dem Herrn Junior gegenüber... Ach... sagen Sie bloß!... Was eine Saubande! Na, dann weiß ich Bescheid... Ebenso, Herr Dreesen.«

Adenauer legte auf, wandte sich an Emil und Robert. »War doch glatt ein Sprengsatz in Ihrem Keller. Ihr Onkel hat die Lunte getrennt. Aber das heißt wohl, dass meine Nachtruhe beim Teufel ist.« Seufzend griff er wieder zum Telefon.

Erleichtert lauschte Emil Adenauers Befehlen.

»Zeigen Sie Präsenz«, schloss Adenauer, bevor er auflegte.

Präsenz! Emil nickte Robert zu, zeigte auf die Uhr, auf die Tür. Es war höchste Zeit, dass sie zu Ulla zurückkehrten – er konnte nur hoffen, dass sie noch über die Brücke kamen, bevor sie gesperrt wurde.

26

Behutsam legte Elsa den kleinen Jungen in Ullas Arme. Sogleich neigte die frischgebackene Mutter den Kopf und küsste den Säugling. Ihre Augen ruhten zärtlich auf ihrem Sohn, sie sog seinen Anblick regelrecht in sich auf, als befürchte sie tatsächlich, jemand würde ihn ihr entreißen wollen.

Es war ein gesundes Kind, wie Dr. Morgenstern Ulla so häufig versicherte, als könne er es selbst kaum glauben. Beine, Arme, Finger, Zehen, alles in ausreichender Menge vorhanden, die Lungen des kräftigen Schreiens mächtig, Körpergröße und Kopf in perfekter Abstimmung. Nur die Hautfarbe hatte er mit keiner Silbe kommentiert. Der Kleine war nicht so dunkel wie Bakary, aber der afrikanische Einschlag war auf den ersten Blick zu erkennen.

»Mein Kind«, sagte Ulla so stolz, wie es nur eine Mutter auf ihr Kind sein konnte.

»Ja, deines. Und was für ein prächtiger Junge!« Elsa raffte die blutigen Laken und Tücher zusammen und ging in Richtung Zimmertür. »Pass gut auf ihn auf, während ich die Wäsche wegbringe.«

Es war als Scherz gemeint, doch Ulla riss sogleich die Augen schreckensweit auf. »Meinst du?«

»Nein, verzeih.« Elsa blieb an der Tür stehen. »Es war nur ein unbedachter Satz, ohne jede Bedeutung.«

»Ich habe solche Angst, dass Mutter ihn mir wegnehmen wird«, flüsterte Ulla tonlos.

»Das wird Emil nicht zulassen«, sagte Elsa kämpferisch. »Und ich auch nicht.«

Mit der Wäsche im Arm eilte sie zum Treppenhaus des Personals. Welcher Gast wollte schon mit blutigen Laken konfrontiert werden, nachdem er einen sorglos beschwingten Abend mit Freunden verbracht hatte?

Elsa trat hinaus in die Nacht. Es war deutlich kühler geworden, eine typische Aprilnacht, eben noch sommerlich warm, nun wünschte Elsa sich, dass sie sich für ihren Gang zur Waschküche ein Tuch umgelegt hätte.

»*Excuse me?*« Ein Herr mit Hut und Koffer trat von der Straße auf sie zu und ins Licht der Eingangslampe. »Entschuldigung, Fraulein.«

Elsa blieb stehen. Misstrauisch beäugte sie den Mann. Was trieb er sich kurz vor Mitternacht am Personaleingang herum? Sie hörte ein Tuckern, drehte den Kopf und sah gerade noch ein Taxi davonfahren. Ein später Gast?

»Kann ich Ihnen helfen?« Elsa lächelte den Mann freundlich an. »*Can I help you?*«

»*You speak English! Marvellous!* Wunderbar, wie ihr sagt hier. *Well,* ich hoffe, Sie konnen mir helfen. Ich brauche ein Zimmer!«

»Haben Sie reserviert?«, fragte Elsa. »*We are full.* Alle Zimmer sind belegt.«

»*Oh no!*« Der Mann warf verzagt die Hände in die Luft. »Ich bin auf dem Weg nach Paris, aber keine Zuge, alle gecancelt!

Und dann ich habe mich erinnert an die Name von die Hotel, wo meine Freunde haben gegeben eine Konzert *tonight*.«

»Ihre Freunde haben heute Abend hier gespielt?«

»*Oh yes*, großartige Menschen! Ich hoffe, sie leben noch...«

Er zeigte auf die blutigen Tücher in Elsas Arm, machte dann eine Geste, als schnitte ihm jemand die Kehle durch, verdrehte die Augen und ließ die Zunge heraushängen.

Elsa lachte laut auf, der Mann sah zu lustig aus in seiner Interpretation des gerade Gemeuchelten. Da fiel ihr auf, wer der Mann vor ihr war: Charlie Chaplin! Hier im Dreesen!

Vor Schreck ließ Elsa die Tücher fallen. In dem matten Licht der Hauslampe wirkten die riesigen Blutflecken darauf noch riesiger.

»*No, no*«, rief Elsa aufgeregt. Sie konnte doch nicht Charlie Chaplin abweisen! Sie mussten einen Raum finden! »*Please*, kommen Sie! Ich... wir finden ein Zimmer.«

Chaplin zeigte auf die blutverschmierten Laken am Boden.

»*Hopefully* nicht das von dieser armen Seele...«

Elsa spürte, wie ihr die Röte ins Gesicht schoss. Dachte er wirklich, sie beseitige gerade die Überreste eines blutigen Mordes, oder machte er sich über sie lustig? Hastig raffte sie die Laken zusammen und hob sie auf. »*No, no*, wir... ein Baby! Kommen Sie, Mr Chaplin. *Please*...« Sie führte ihn um das Haus herum zum Haupteingang und ins Foyer. Whoolsey drehte den Kopf zum Eingang, lief ihnen dann überrascht entgegen.

»Mr Chaplin!«, rief er und machte eine kleine Verbeugung. »*What an honour! Welcome to the* Rheinhotel Dreesen.«

»Herr Chaplin braucht ein Zimmer«, sagte Elsa, »können Sie eines freizaubern?«

»Woher denn?«, raunte Whoolsey mit professionellstem

Empfangscheflächeln. »Ich habe nicht mal mehr eine Besenkammer, der Chef hat vorhin das letzte freie Zimmer an einen staatenlosen Schriftsteller vergeben, das beste und teuerste, das das Haus zu bieten hat. Suite 312.«

Die Suite! Emil hatte ihr den Schlüssel zu Suite 311 in die Hand gedrückt! Seine Überraschung für sie. Dann wäre es ihre Überraschung für ihn, dass sie auf die Suite zugunsten von Charlie Chaplin verzichten würde. Hastig kramte sie in ihrer Rocktasche nach dem Schlüssel. Emil war ohnehin nicht hier, und sie würde wahrscheinlich die Nacht bei Ulla bleiben. Seufzend legte sie Whoolsey den Schlüssel in die Hand, sah wehmütig, wie er die Faust darum schloss.

Eine ganze Nacht in einer Suite... Ade, schöner Traum. »Ich hab was gut bei Ihnen.«

»Frau Elsa, Sie... ich...« Erleichtert wandte Whoolsey sich an Charlie Chaplin, den Schlüssel wie einen Trumpf in der Hand. »Mr Chaplin, *we*...«

Elsa überließ den berühmten Gast Whoolseys Empfangscharme und hastete durch die Küche hinaus auf die Straße, über den Hof und in die Waschküche.

Charlie Chaplin! Sie konnte kaum erwarten, Emil davon zu erzählen! Wie er sie um diese erste Begegnung mit dem großen Star beneiden würde!

***

»Stell dir vor, Ulla, wen ich gerade ge...« Der Satz blieb Elsa im Halse stecken. Sie verharrte in der Tür, unsicher, ob sie den Raum betreten oder die Tür sogleich wieder von außen schließen sollte.

Maria Dreesen stand wie eine Mutter Oberin am Fenster, die Miene versteinert. Adelheid saß am Tisch, auf dem noch die Rotweingläser und die halb volle Flasche standen.

»Komm herein, Elsa«, sagte Ulla flehentlich.

»Das wird nicht nötig sein«, sagte Maria Dreesen kalt. Elsa stockte, bemerkte Ullas verzweifelten Blick und betrat entschlossen das Zimmer.

Bedachtsam nahm sie Ulla den kleinen Jungen ab und wiegte ihn auf ihrem Arm. Wie zerbrechlich und unschuldig dieses kleine, neugeborene Wesen doch war. Ein Gefühl der Liebe durchflutete sie.

»Was ist das für eine Trauerstimmung?«, fragte sie aufmüpfig. »Der Junge ist gesund, hat zwei Arme und zwei Beine und zwanzig Finger und Zehen, ich habe sie selbst nachgezählt.« Elsa lächelte den Jungen an. »Herzlich willkommen, kleiner Dreesen junior ohne Namen.«

Sie sah, wie Maria Dreesen zusammenzuckte. Als begreife sie erst jetzt, dass dieses Kind ihren Namen trug.

»Nur über meine Leiche wird dieser Negerbalg den Namen Dreesen tragen«, zischte sie. »Niemals.«

»Ich verstehe.« Unwillkürlich drückte Elsa das Kind fester an sich.

»Nichts verstehst du! Wie solltest du auch, du hast doch keine Ahnung, was es bedeutet, eine gesellschaftliche Stellung zu verteidigen.« Maria Dreesens Stimme bebte. »Ein uneheliches Kind – als wäre das nicht schlimm genug, aber das... das ist unverzeihlich. Eine Katastrophe. Das darf nie an die Öffentlichkeit gelangen.«

»Da wäre eine Totgeburt in Ihren Augen wohl besser gewesen«, entfuhr es Elsa. »Kann man die Schande schön im

Dreck verscharren, am besten die schamlose Mutter gleich mit dazu.«

Maria Dreesens Blick war wie ein Messerwurf. Sie spitzte den Mund, schnaufte, dann drehte sie sich demonstrativ weg und wandte sich an Adelheid. »Vielleicht äußerst du dich auch dazu? Oder bin ich die Einzige, die noch eine Unze Verstand und Anstand in sich trägt? Das Kind kann und wird auf keinen Fall hierbleiben. So wahr ich Maria Dreesen heiße. Morgen leite ich alles Erforderliche in die Wege.«

Elsa hörte Ullas ersticktes Weinen. Wie gerne hätte sie Ulla jetzt in den Arm genommen. Sie getröstet und ihr versichert, dass genau das nicht passieren würde. Aber wie könnte sie das, ohne Ulla anzulügen?

Wut wallte in ihr hoch.

Maria Dreesen wandte sich zum Gehen. Den Kopf hoch erhoben schritt sie an Elsa vorbei, ohne sie oder das Kind oder Ulla auch nur eines weiteren Blickes zu würdigen. Es war gesagt, was zu sagen war. Ulla war ledig, das Kind farbig. Sie hatte keinen Anspruch darauf, es behalten zu dürfen. Sie war der Gnade ihrer Eltern ausgeliefert.

»Wie wäre es, wenn du dich erst einmal um deine Tochter kümmerst?«, sagte Adelheid. »Ich bin ja ausnahmsweise deiner Meinung, was das Kind betrifft, aber geht das nicht mit etwas mehr Gefühl?«

Maria blieb abrupt stehen, drehte sich zu Adelheid. »Du hältst *mich* für gefühllos?«

»Es geht gerade um Ulla, nicht um uns beide«, sagte Adelheid kühl.

»Es geht um den Ruf unseres Hauses.«

»Nein, es geht um Ulla und das Kind, das sie neun Monate

unter ihrem Herzen getragen hat«, sagte Elsa scharf, die Stimme zittrig vor Wut. »Und das Ulla genauso liebt wie Sie Ihre Kinder ... aber nein, halt, für Sie ist ja der gute Ruf das höchste Gut. Und jetzt bekommt die Tochter ein dunkelhäutiges Kind, und der Sohn heiratet ein Zimmermädchen. Und Sie können nichts dagegen tun. Nicht einmal, wenn Emil und ich das Baby adoptieren und ihn Fritz Dreesen junior taufen.«

Maria Dreesen japste nach Luft. Auf ihren Wangen flammten rote Flecken auf wie Warnsignale. »Es reicht, Elsa Wahlen. Das war die letzte Unverschämtheit, die ich mir von dir habe bieten lassen. Du bist fristlos entlassen. Bis morgen früh verschwindest du aus meinem Haus, und dann hast du hier Hausverbot. Lebenslang.« Sie warf die Tür hinter sich ins Schloss und stürmte davon.

»Elsa!«, jammerte Ulla. »Was hast du nur getan?«

»Das Richtige.« Elsa küsste das Kind in ihrem Arm. Noch nie in ihrem Leben war sie sich so sicher gewesen, genau das Richtige zu tun.

»Aber jetzt ist alles noch schlimmer!«, schniefte Ulla und streckte die Arme nach ihrem Kind aus.

»Nun, einen Orden in Diplomatie hast du dir damit wahrlich nicht verdient«, sagte Adelheid und erhob sich seufzend, »Maria wird dir diesen Auftritt nie verzeihen.«

»Nie«, bestätigte Ulla.

»Ich werde sehen, was ich retten kann, aber viel Hoffnung habe ich nicht.« Adelheid ging zur Tür. »Schade, ich hatte gerade angefangen, mich an dich zu gewöhnen.«

Elsa sah ihr nach. Sollte es sie etwa freuen, dass Adelheid Dreesen sich an sie gewöhnte, als wäre sie ein Haustier oder ein neuer Sessel, an den man sich erst gewöhnen musste?

»Nun werde ich mein Kind *und* meine Freundin verlieren.« Erschöpft wiegte Ulla das Kind in ihrem Arm, Tränen liefen über ihre Wangen. »Und meinen Bruder noch dazu, denn er wird nicht hierbleiben, wenn du gehen musst.«

»Unsinn, Emil gehört hierher.« Elsa verschränkte die Arme vor der Brust. »Es tut mir leid, Ulla, ich hätte deine Mutter nicht provozieren sollen, aber hätte ich den Mund gehalten, dann hätte das auch nichts geändert.«

»Nicht an dem Schicksal von meinem Sohn. Aber du müsstest nicht gehen!«

»Ach, Ulla, glaubst du wirklich, der Streit zwischen deiner Mutter und mir hätte noch lange auf sich warten lassen? Es brodelt schon so lange, für sie bin ich eine Erbschleicherin, die sich über Stand verheiraten will. Als kostenlose Hure für Emil, bis er die richtige Frau findet, bin ich gut genug, hat sie selbst gesagt, aber zum Heiraten ein Schandfleck. Wie soll das funktionieren?«

»Du bist die beste Frau, die Emil je haben kann.«

»Ich bin vor allem der Garant für ewigen Unfrieden im Hause Dreesen. Ich werde mich für das bisschen Ansehen als Frau Emil Dreesen nicht mit täglicher Verachtung arrangieren und alles schlucken, was kommt, wie deine Mutter es mit deiner Großmutter hält.« Elsa setzte sich zu Ulla ans Bett. »Ich wünschte nur, ich könnte dafür sorgen, dass deine kleine Schlafmütze bei dir bleibt.«

»Er heißt Louis.«

»Louis... ein französischer Name. Und du wirfst mir vor, dass ich deine Familie provoziere?« Elsa beugte sich zu Louis hinab. »Na, kleiner Louis, was meinst du denn zu alledem?«

Louis machte ein entspanntes Schmatzgeräusch.

Ulla und Elsa sahen sich an. Und plötzlich lachten sie das Lachen der Verzweifelten.

***

Ihre Sachen waren schnell gepackt – das zumindest war der Vorteil, wenn man nicht viel besaß. Wollte sie denn mehr? Würde es sie glücklicher machen, wenn sie drei oder fünf oder gar zehn Koffer brauchte? Oder für eine Woche Sommerfrische mit drei Schrankkoffern anreiste? Für jeden Tag drei Kleider und die passenden Schuhe und Hüte und Ketten. Eine Sommergarderobe, deren Gegenwert ein ganzes Studium finanzieren könnte?

Sollte sie eine Versöhnung mit Maria Dreesen anstreben, sich artig entschuldigen und sich die nächsten dreißig Jahre dem Regiment der Schwiegermutter beugen? Für ein Leben im Überfluss an Emils Seite, schon bald, wenn das Hotel wieder brummte und die Crème de la Crème der Gesellschaft Zimmer und Speisesaal bevölkerte? Wenn Gäste wie Chaplin an der Tagesordnung waren?

Immer lächelnd und höflich, selbst als Frau des Juniorchefs noch immer den Gästen, auch den widerlichsten, jeden Wunsch von den Augen ablesend?

War es das, wonach sie strebte?

Mithilfe von unterbezahlten Angestellten das Leben der Reichen noch reicher machen, weil das der Lauf der Welt war? Weil das Emils Welt war und sie in den letzten Jahren ihre Welt immer mehr hinter sich gelassen hatte?

Für was?

Emil?

Sein Bild tanzte vor ihren Augen. Emil lächelnd, Emil ernst, Emil strahlend, Emil schlafend, Emil beim Anziehen, Emil beim Rudern.

Ihr Herz flatterte. Emil. Sie liebte ihn.

Und deshalb musste sie ihn verlassen.

Heute noch.

Bevor er für sie seine Familie verließ. Sein Hotel.

Eine Zeit lang würde das gut gehen, es wäre ein Abenteuer, für sie beide, aber dann würde der Tag kommen, an dem er es bereuen und ihre Liebe zerbrechen würde.

Sie war bereit, das Feld zu räumen.

Aber das würde seinen Preis haben.

Entschlossen warf sie den Kofferdeckel zu, setzte sich an den Tisch und begann zu schreiben.

27

Sachte klopfte Emil an Ullas Tür, öffnete sie dann lautlos und schlich sich hinein. Es war still, die Geburt vorbei. Zum Glück, so spät, wie es war. Die Heimfahrt hatte ewig gedauert, die Brücke war bereits gesperrt und der Umweg erheblich gewesen.

Die Nachttischlampe tauchte das Bett in warmes, gelbliches Licht, in der Luft hing ein eigentümlicher Geruch von Blut und Rotwein.

Auf Zehenspitzen näherte Emil sich dem Bett. Ulla lag auf der Seite, neben ihr das in weiße Wäsche gehüllte Kind. Er atmete erleichtert auf.

Das Kind lebte. Ulla lebte. Alles war gut gegangen.

Sein Blick verweilte auf dem winzigen Geschöpf. Selbst in dem schwachen Licht bemerkte Emil sogleich den dunklen Hautton, der sich von dem Weiß der Wäsche abhob. Wie die Eltern und seine Großmutter wohl reagiert hatten?

»Hast du es gewusst?«

Emil fuhr herum. Erst jetzt sah er Adelheid, zurückgelehnt im Sessel, die Hände auf den Lehnen abgelegt.

»Was gewusst?«

»Bitte, Emil, keine Spielchen, das haben wir nicht nötig.«

»Ja«, sagte Emil. Er zog einen Stuhl an den Sessel heran und setzte sich zu seiner Großmutter. »Ich habe gewusst, dass das Kind eine dunklere Hautfarbe haben könnte.«

»Und du hast es nicht für nötig erachtet, uns das mitzuteilen?«

»Warum die Pferde scheu machen? Es hätte sein können, dass das Kind ganz nach Ulla kommt. Was ist es? Junge oder Mädchen?«

»Junge«, sagte Adelheid knapp. »Und jetzt? Du weißt, dass Ulla den Jungen auf keinen Fall behalten kann.«

»Ich wusste, dass du, Vater und Mutter so denken würdet.«

»Du bist also anderer Meinung?«

»Ja.« Emil zeigte zum Tisch. »Ist in der Flasche noch was drin?«

»Bedien dich.«

Emil schenkte sich ein Glas Rotwein ein und nahm einen großen Schluck. Was für ein Tag, was für eine Nacht. Er fühlte sich, als wäre er seit mindestens vierzig Stunden auf den Beinen. »Ich soll dich von Herrn Oberbürgermeister Adenauer grüßen«, sagte er unvermittelt.

»Lenk nicht ab.«

»Ich lenke nicht ab«, verteidigte sich Emil, »ich habe gesagt, was es dazu zu sagen gibt. Ich bin anderer Meinung.«

»Du denkst also, es wäre annehmbar, im Foyer ein Negerkind herumlaufen zu lassen, das auf den Namen Dreesen hört?«

»Wäre das so schlimm?«, gab Emil zurück.

Adelheid zog die Brauen hoch. »Das fragst du ernsthaft?«

»Großmutter.« Emil stellte sein Weinglas ab und legte seine Hand auf Adelheids Arm. »Ich habe viele, viele schlimme Dinge gesehen, so schlimm, dass ich noch immer, acht Jahre nach dem Krieg, abends Angst habe einzuschlafen. Ich habe unzählige Männer getötet. Ich habe Kameraden mit bloßer Hand die Gedärme in den Bauch zurückgepresst, ich habe Männer gesehen, denen das halbe Gesicht gefehlt hat oder beide Beine. Wenn du also wissen willst, ob ich den Anblick eines gesunden, mit allen Gliedmaßen, Gedärmen und Gesichtshälften gesegneten dunkelhäutigen Kindes in unserem Foyer als schlimm empfinde, dann ist die Antwort Nein.«

Er spürte, wie Großmutter seine Hand tätschelte. Hörte sie seufzen.

»Was haben wir euch damals mit diesem Krieg nur angetan?«, sagte sie leise.

»Die Hölle.« Emil löste seine Hand und angelte das Glas vom Tisch. Er nahm einen weiteren Schluck, schmeckte das Tanin des schweren Weines. Acht Jahre war es nun her, doch die Bilder in seinem Kopf hatten nichts von ihrer bedrückenden Grausamkeit eingebüßt. »Ich bin freiwillig in diese Hölle gezogen. Aber sie hat mich in einer Art und Weise verändert, die weder du noch Vater oder Mutter nachvollziehen könnt.«

»Du bist damals sehr schnell erwachsen geworden.«

»Mehr als das, Großmutter. Mein Weltbild hat sich verschoben.«

Emil drehte das Weinglas in seiner Hand. Das war wohl das Problem. Sein Weltbild hatte sich verschoben, das seiner Eltern nicht. Und Ulla hatte ohnehin schon immer ihre ganz eigene Vorstellung von der Welt gehabt. Er würde die Ansichten seiner Eltern, auch von Großmutter, nicht ändern können, aber vielleicht würde Ullas kleiner Junge mit der Zeit dazu beitragen, dass sie sich ein wenig öffneten.

Wenn Ullas Junge die Gelegenheit dazu bekommen würde.

Vom Bett drang ein zartes Geräusch zu ihnen, ein Schmatzen, dann leises Greinen.

Großmutter erhob sich. »Zeit für dich zu gehen. Das ist jetzt meine Bühne. Und morgen, wenn das hier ausgestanden ist, will ich alles über deinen Besuch bei dem jungen Adenauer wissen.«

***

Müde entstieg Emil im dritten Stock dem Fahrstuhl. So hatte er sich die große Wiedereröffnungsnacht nicht vorgestellt. Von dem Jazzkonzert hatte er kaum etwas mitbekommen, Ulla hatte er nicht beistehen können, als das große Geheimnis um ihr Kind gelüftet worden war, und der Überraschungseffekt der von ihm so sorgfältig geplanten Nacht mit Elsa in der neuen Suite war auch beim Teufel. Ob sie den Champagner vor lauter Enttäuschung über seine Abwesenheit alleine geköpft hatte?

Er legte den Kopf an die Tür und lauschte. Unter dem Türschlitz schien Licht hindurch, wenigstens war sie noch wach.

»Elsa.« Er klopfte. »Ich bin's, Emil.«

Er wartete, klopfte erneut, ein wenig forscher diesmal. Endlich näherten sich Schritte, dann wurde die Tür geöffnet.

»Endlich, was für eine...« *Nacht* blieb ihm im Halse stecken. Charlie Chaplin stand vor ihm und sah ihn fragend an.

»*Yes, please?*« Chaplin lächelte. »Gibt es ein Problem?«

»*No, yes, excuse me, Sir, I...*«, stammelte Emil. Er starrte Chaplin an, als wäre er der Mann im Mond. Was war das nur für eine verrückte Nacht? Chaplin hier im Haus! In der Suite, die er für Elsa reserviert hatte!

»*Yes?*«, fragte Chaplin.

»Erlauben Sie mir, mich vorzustellen.« Emil hielt Chaplin seine Hand hin. »Emil Dreesen, Juniorchef des Hauses. Ich dachte, meine... jemand sollte hier auf mich warten.«

»Eine hubsche Frau mit blaue Augen und blutige Leintucher?«

Blutige Leintücher? Die waren wohl aus Ullas Zimmer, und blaue Augen, ja, das klang nach Elsa, ihre Augen blieben jedem im Gedächtnis, der sie traf.

»*Then*...« Über Chaplins Gesicht legte sich ein verstehendes Grinsen. »*Of course!* Rote Rosen! Champagner! Ich habe mir gewundert, ob das ist Standard in diese Haus. Nein, die Dame ist nicht hier, aber sie hat gegeben die Schlussel zu die Concierge and die Concierge zu mir. Das war falsch?«

»Nein, perfekt«, sagte Emil, »bitte verzeihen Sie die Störung! *My mistake.* Haben Sie noch einen angenehmen Aufenthalt.«

Hastig entfernte Emil sich, spürte Chaplins Blick in seinem Rücken und fragte sich, was Chaplin wohl gerade über ihn dachte – Champagner und rote Rosen, ein Besuch spät in der Nacht, das war ein eindeutiges Statement. Ein heimlicher Besuch des Juniorchefs bei der Geliebten, dem Zimmermädchen, das Gäste mit blutigen Laken im Arm empfing. Es war bühnenreif.

Kurz darauf stand er vor Elsas Tür. Er klopfte leise.

»Elsa«, flüsterte er, »ich bin's, Emil.«

Endlich huschten Füße über den Boden, die Tür wurde geöffnet, Elsa stand vor ihm, im Nachtgewand, die Haare zu einem dicken Zopf geflochten. Wortlos ließ sie ihn eintreten.

»Es tut mir leid«, begann er und wusste gar nicht, was er zuerst sagen sollte. »Du hast Chaplin unser Zimmer gegeben, das ist... Elsa, du bist die geborene Hoteliersfrau! Willst du mich endlich heiraten?«

Elsa ging zu dem zerwühlten Bett und legte sich hinein.

»Wo warst du nur so lange?«

»In Köln. Bei Adenauer. Auf dem Rückweg konnten wir nicht über die Brücke. Die Separatisten hatten wirklich Sprengstoff dort angebracht.« Emil zog sich aus. Erst die Schuhe, dann die Hose, das Hemd. »Kannst du dir vorstellen, was hier losgewesen wäre, wenn sie in die Luft geflogen wäre?« Er lief zum Bett und legte sich zu Elsa. »Du weißt gar nicht, wie ich mich auf genau diesen Moment gefreut habe.« Er strich ihr eine Strähne aus dem Gesicht und streichelte über ihre Wange.

»Danke, dass du dich um Ulla gekümmert hast.«

»Sie braucht dich, Emil, versprich mir, dass du nicht zulassen wirst, dass man ihr den kleinen Louis wegnimmt.«

»Louis heißt er also?« Emil lächelte, hatte Ulla ihrem Sohn doch tatsächlich einen französischen Namen gegeben. »Ich kann es nicht versprechen. Ich kann es nur versuchen. Und das werde ich.«

Elsa rollte die Augen. »Wie hältst du das nur mit dieser Familie aus. Vor allem mit dieser Mutter.«

»Es ist nun mal meine Familie, ich kenne es ja nicht anders.«

Er spürte Elsas Hände auf seinem Körper. Fordernd. Verlangend. Ungeduldig. Nur zu gern ließ er sich darauf ein, seine Hände wanderten unter ihr Nachthemd, erkundeten ihren Körper, zum tausendsten Mal, und doch genoss er jede Berührung.

Wie sehr er ihren Körper begehrte. Ihren Geist bewunderte. Wie sehr er sie doch liebte.

***

Das schrille Klingeln des Weckers schreckte Emil auf. Er stellte es ab und ließ sich zurück in sein Bett sinken. Was für eine Nacht das doch gestern gewesen war! Er fühlte sich wie gerädert. Und dabei war es bereits neun Uhr. Immerhin hatte er ausschlafen können, im Gegensatz zu Elsa, die ihn gestern noch in sein eigenes Zimmer geschickt hatte, da sie schon um halb sechs auf den Beinen sein musste und wenigstens auf ein paar Stunden ungestörtem Schlaf bestand.

Was ein wenig ungewöhnlich war, denn sonst störte es Elsa nicht, wenn er bei ihr blieb und sie vor ihm aufstehen musste. Aber war gestern nicht alles geradezu außergewöhnlich ungewöhnlich gewesen?

Er schälte sich aus dem Bett.

So konnte das nicht weitergehen. Elsa und er waren nun schon seit so vielen Jahren ein Liebespaar, jetzt war das Hotel renoviert, und er hatte den Kopf frei, um sich auf das nächste wichtige Ereignis in seinem Leben zu stürzen: seine eigene Hochzeit.

Zunächst brauchte er Elsas eindeutiges und endgültiges Ja. Das Ja, das er gestern in Suite 311 bei Champagner und roten Rosen von ihr hatte hören wollen.

Er brauchte dieses klare Ja, auch wenn es für ihn eigentlich schon lange eine abgemachte Sache war, dass sie heiraten und gemeinsam alt werden würden.

Eine andere Zukunft war überhaupt nicht denkbar für ihn, obgleich Elsa noch nie wirklich einer Heirat mit ihm zugestimmt hatte, allerdings hatte er sie immer nur spontan gebeten, seine Frau zu werden, zwischen Tür und Angel, ohne Vorbereitung und Drumherum. Ein Fehler, meinte Robert, und da hatte er wohl recht. Natürlich wollte sie, dass er gerade ihr, dem Zimmermädchen, einen ordentlichen Antrag machte. Wie es gestern geplant gewesen war.

Er seufzte. Sein Kopf war absolut leer, nicht eine einzige Idee, wie er Elsa neu beeindrucken könnte.

Als er kurz darauf an Ullas Bett saß, rückten seine Sorgen in weite Ferne. Sie sah schrecklich müde und erschöpft aus. Bleich, die Augen rot und verweint.

»Ulla, Schwesterlein.« Emil strich ihr tröstend über die Haare. »Wie geht es dir?«

»Wie soll es mir schon gehen?«, sagte Ulla kraftlos, die Augen sogleich wieder voller Tränen. »Mutter will mir Louis wegnehmen.«

»Wo ist Louis jetzt?«, fragte Emil alarmiert.

»Großmama kümmert sich gerade um ihn, sie will nicht einmal, dass unsere Angestellten ihn sehen. Sie denkt wie Mama, und Vater will ihn in ein katholisches Heim in der Schweiz geben, weil die Schweizer neutral sind und die katholische Kirche viele erfahrene Missionare hat, die den Anblick von schwarzen Kindern gewöhnt sind.«

»Nein, Ulla, so läuft das nicht!« Emil stand auf und lief wütend im Zimmer auf und ab. »Die können dein Kind nicht einfach in ein Heim geben – außer es ist dir lieber so?«

»Ich weiß überhaupt nicht mehr, was ich denken soll!« Sie schluchzte auf. »Mutter sagt, dass er unsere ganze Familie entehrt, und Großmutter sagt, dass Louis hier niemals in eine richtige Schule gehen kann! Und du hast mich einfach allein gelassen, und Elsa auch!«

»Es tut mir so leid.«

»Elsa hat alles versucht und sich für Louis eingesetzt, bis Mama sie fristlos entlassen hat.«

»Mutter hat was?« Emil sah Ulla verstört an. Warum hatte Elsa das gestern Nacht mit keinem Wort erwähnt?

»Sie haben sich gestritten. Es war schrecklich.«

Bevor Emil nachfragen konnte, trat Adelheid in den Raum, ein Bündel im Arm. Sie ging schnurstracks zu Ulla und übergab ihr das Kind.

»Es wäre wirklich einfacher gewesen, wenn ihr uns früher informiert hättet«, sagte Adelheid anklagend. »Für uns *alle*.«

»Willst du ihn einmal halten?«, fragte Ulla.

Emil nahm ihr den Säugling ab. Jetzt im Tageslicht sah er ihn das erste Mal richtig. Louis. Sein Neffe. Wie friedlich er aussah, die Augen geschlossen, das runde Gesichtchen entspannt, nichts ahnend von den Entscheidungen, die gerade über sein Leben gefällt wurden.

Bitterkeit stieg in Emil auf. Was zum Teufel konnte dieses unschuldige Kind dafür, dass erwachsene Menschen so unfassbar borniert waren?

28

»Morgen, Whoolsey, schlafen Sie auch mal?« Elsa grinste Whoolsey an.

»Nun, das Gleiche könnte ich Sie fragen, liebe Frau Elsa, herzlichen Dank nochmals für die Überlassung der Suite, das war sehr großzügig von Ihnen. Sie haben dem Haus einen wertvollen Dienst erwiesen.«

»Ja, die Chefin hat sich schon erkenntlich gezeigt.« Elsa zeigte auf das Direktionsbüro. »Ist der Chef da?«

Whoolsey nickte. »Sehr ungemütliche Laune. Vielleicht wäre es besser, Sie suchen ihn etwas später auf?«

»Das kann leider nicht warten«, sie lächelte Whoolsey an, »machen Sie es gut, Whoolsey, Sie sind ein feiner Mensch.«

Zügig ging sie durch das Foyer, als ihr ein Mann mit Lippenbart in schwarzem Hemd, schwarzer Krawatte und einer roten Binde am linken Arm entgegenkam. Elsa blieb stehen und sah ihm nach. War das nicht... Nein, auf der Binde war zwar ein Hakenkreuz, das Zeichen der NSDAP, aber für diesen Aufhetzer aus München war die Gestalt viel zu unscheinbar. Dennoch – seit wann trugen Gäste im Dreesen offen das Zeichen dieser schrecklichen Partei? Sie hatte nie verstanden, warum die Partei nach dem Putschversuch überhaupt wieder erlaubt worden war – ausgerechnet mit Hitler als Führer, der offiziell noch ein paar Jahre in Festungshaft sitzen sollte.

»Guten Morgen, Herr Hitler«, hörte sie Whoolsey sagen. Der Mann war tatsächlich Hitler? Sie betrachtete den Gast unauffällig. Sie hatte sein Bild in der Zeitung gesehen, damals, nach dem Putsch. Er hatte viel größer gewirkt auf dem Bild. Der Aufhetzer, wegen dem schon so viele ihrer Genossen auf die Mütze bekommen hatten. Der Judenhasser, der jedem, der es hören wollte oder nicht hören wollte, erklärte, warum die Juden an allem Übel der Welt schuld seien.

»Ich hoffe, die Suite war Ihnen recht«, sagte Whoolsey.

»Vorzüglich.«

Das war doch unfassbar. Was für ein verlogenes Pack. Da fühlt der Herr Hitler sich im Hotel einer Jüdin *vorzüglich* und verlässt es dann mit der NSDAP-Binde am Arm, wohl auf dem Weg zu einer Veranstaltung, auf der er die verhassten Juden mal wieder als die wahre Pest verteufelt.

Angewidert ging sie weiter und betrat den gerade unbesetzten Vorraum des Direktionsbüros.

Mit jedem Schritt mutloser, ging sie auf die Tür zu, ihre Finger um den Brief in ihrer Rocktasche gekrallt. Sie holte tief Luft, hob die Hand, um anzuklopfen, als sie Fritz Dreesens Stimme hörte.

»Danke, Jupp, ja, unsere Wiedereröffnung war ein großer Erfolg! Aber du bist doch nicht nur hier, um mir Glückwünsche zu überbringen, oder?«

Neugierig drehte Elsa ihr Ohr zur Tür.

Da sprach Fritz Dreesen schon weiter. »Wie siehst du überhaupt aus? Wie ein Landstreicher! Lass dir nachher von Whoolsey was Frisches zum Anziehen geben.«

»Bin auf der Flucht, Fritz«, sagte Pützer, »heute hier, morjen da. Wenn mich die Froschfresser erwischen, wander ich in den Knast.«

»Wie kann ich dir helfen, Jupp?«

»Ich bin hier, um dir zu helfen, Fritz. Da braut sich jett über Emil zusammen.«

Elsa horchte auf. Emil? Was braute sich über Emil zusammen?

»Da ist jemand bei uns aufjetaucht und behauptet Dinge… also wenn an der Jeschichte watt dran ist, dann sieht et düster aus.«

»Wer ist dieser Jemand?«, fragte Fritz Dreesen alarmiert.

Heiß schoss es durch sie hindurch. Es konnte nur einer sein, von dem Pützer sprach: Schneider! Dieser hundsgemeine Erpresser. Das konnte doch nicht wahr sein! Nach all den Jahren tauchte dieses Schandmaul wieder aus der Versenkung auf!

»Um was geht es? In was für Schwierigkeiten steckt Emil? Geht es um die Separatisten? Mit denen hast du doch nichts zu tun!«

»Nee, nee, mit den Verrätern hab ich nich zu tun. Es gibt Kameraden im Reich, die fackeln nich lange, wenn uns jemand an der Front den Dolch in den Rücken jestoßen hat.«

»Dolch? Front? Jupp, was redest du? Emil hat als Einziger von uns dreien an der Front seinen Dienst geleistet. Was soll er verbrochen haben?«

Elsa biss sich auf die Lippen. Sein Verbrechen war, das Leben seiner Kameraden vor einem sinnlosen Gemetzel geschützt zu haben.

»Datt… untersuchen wir noch«, sagte Pützer, er räusperte sich. »Aber pass in nächster Zeit auf ihn auf. Dieser Kerl is jefährlich, der hat 'n Ratsch am Kappes, und deinen Jung hat er janz besonders jefressen. Der wollt ihn jestern abknallen, deinen Emil. Und den Harthaler jleich dazu. Ich hab ihn jerade noch uffhalten können.«

»Aber warum?«, rief Fritz Dreesen. »Der Emil hat doch niemandem was getan!«

»Tut mir leid, Fritz, mehr kann ich dir nicht sagen.«

Elsa hörte, wie eine Schublade aufgezogen und wieder geschlossen wurde, dann wurde ein Stuhl zurückgeschoben. Schritte.

»Danke, Fritz, datt vergess ich dir nich«, sagte Pützer. »Front Heil!«

»Was... Front... Ach so... ja... sicher. Ich hab's schon gehört. Du bist jetzt beim Stahlhelm! Bund alter Frontkämpfer. Pass auf dich auf, Jupp.«

Schritte näherten sich der Tür. Elsa hastete zum Eingang des Vorraums. Als die Tür von Fritz Dreesens Büro sich öffnete, tat sie so, als beträte sie den Vorraum erst jetzt.

Pützer eilte, ohne sie eines Blickes zu würdigen, an ihr vorbei. Er sah tatsächlich verlottert aus.

»Vergiss nicht, dir bei Whoolsey etwas zum Anziehen zu holen«, rief Fritz ihm nach. Erst dann bemerkte er Elsa. Sogleich erschien ein strenger Zug um seinen Mund. »Elsa«, sagte er knapp, »kommen Sie wegen Ihres noch ausstehenden Lohnes?«

»Ich komme wegen Ihres Sohnes«, sagte Elsa und marschierte an ihm vorbei in sein Büro. Ihr Herz klopfte heftig, mit einem Mal war sie schrecklich nervös – dabei konnte sie doch nichts mehr verlieren, außer vielleicht die paar Tage Lohn, die ihr noch zustanden.

Fritz Dreesen schloss die Tür hinter sich und lief an ihr vorbei zu seinem Schreibtisch. Er setzte sich.

»Was ist mit Emil?«, fragte er schmallippig. »Erwarten Sie ein Kind von ihm? Wollen Sie Geld?« Er zog eine Schublade auf.

»Sehe ich so aus?«, fragte Elsa scharf. Ihre Nervosität schlug in Zorn um. Was dachte dieser Arroganzling sich dabei, sie derart zu beleidigen! Nach all den Jahren ihrer Arbeit in seinem Haus behandelte er sie, als ob sie käuflich wäre!

Etwas in seiner Haltung änderte sich, als würde er erkennen, dass er gerade zu weit gegangen war.

»Ich wollte Ihnen nicht zu nahe treten.« Fritz Dreesen suchte nach Worten. »Die gestrigen Ereignisse haben uns... mitgenommen.«

»Das ist nicht an mir vorübergegangen«, entgegnete Elsa eisig. »Immerhin wurde ich deswegen fristlos entlassen.«

»Was ich bedauerlicherweise nicht rückgängig machen kann.« Fritz Dreesen sah plötzlich sehr geschäftig auf die Tischplatte.

»Weiß Emil davon?«

»Meine Frau wollte es ihm heute bei Gelegenheit mitteilen.« Noch immer vermied Dreesen es, sie anzusehen.

»Sie wissen, dass Emil das nicht akzeptieren wird«, stellte Elsa fest.

Fritz Dreesen schwieg. In diesem Moment wurde Elsa bewusst, wie sehr ihn die Situation belastete. Er war gefangen in einem Konflikt, den er nicht lösen konnte, ohne einen der ihm liebsten Menschen zu verletzen, vielleicht sogar zu verlieren. Es würde zum Eklat kommen. Emil würde sie Hals über Kopf heiraten, um seine Eltern vor vollendete Tatsachen zu stellen. Was bedeutete, dass Fritz Dreesen seinen Sohn entweder aus seinem Lebenswerk verbannen oder fortan ein Leben in der Hölle führen musste. Eingekreist von drei Frauen, die sich gegenseitig die Pest an den Hals wünschten.

»Wenn er geht«, fragte Elsa, »wer wird Ihr Lebenswerk fortführen?«

Fritz Dreesen sah hoch, sein Gesicht hatte merklich an Farbe verloren.

»Meine Tochter Ulla«, sagte er schließlich.

»Was, glauben Sie, wird Ulla tun, wenn Sie ihr den Sohn und den Bruder nehmen? Wie lange wird es dauern, bis Ulla ihren Koffer packt?« Elsa schüttelte verärgert den Kopf. »Sie haben einen Sohn im Krieg verloren, und jetzt riskieren Sie, Ihre zwei verbliebenen Kinder zu vertreiben?«

»Ich...« Fritz Dreesen war noch bleicher geworden. Ihre Worte mussten tief in ihm etwas getroffen haben, niemals hätte er sich sonst eine solche Zurechtweisung von ihr gefallen lassen. Zusammengesunken saß er auf seinem Stuhl. »Was soll ich denn machen?«

»Einen Handel.« Elsa trat näher an seinen Schreibtisch heran. »Wenn Sie mir garantieren, dass Ulla ihren Louis hier in diesem Haus großziehen darf, werde ich noch heute meine Liaison mit Emil beenden und die Gegend verlassen. Ich werde Emil in einem Brief unmissverständlich klarmachen, dass er mich nicht suchen soll und mein Entschluss endgültig ist. Es wird sein Herz brechen, aber er wird darüber hinwegkommen und sich in der Zwischenzeit hier in die Arbeit stürzen. Und Ulla wird ebenfalls bleiben und Ihnen ein Leben lang dankbar sein, dass Sie ihr in ihrer schlimmsten Stunde beigestanden haben. Und an das Kind werden sich die Menschen schnell gewöhnen.«

»Ich verstehe nicht...«

»Sie werden sich gegen Ihre Frau und Ihre Mutter durchsetzen müssen«, fuhr Elsa fort. »Aber da Sie Emil und Ulla auf Ihrer Seite haben, werden Sie das schon hinbekommen.«

»Warum machen Sie das?«, fragte Fritz Dreesen verwirrt. »Was haben Sie davon?«

»Muss man immer etwas von etwas haben? Welch traurige Sicht der Welt, wenn man bei jedem Schritt aufrechnet, was er einem einbringt. Wir stecken alle zusammen in einer Zwickmühle, und wenn keiner sich von seinem Platz bewegt, dann löst sich diese auch nicht auf. Also mache ich den ersten Zug.« Sie holte den Brief aus ihrer Rocktasche hervor und hielt ihn hoch. EMIL stand in großen Lettern auf dem Umschlag. »Sind Sie dabei?«

Dreesen erhob sich und kam um den Schreibtisch herum. »Vielleicht habe ich Sie verkannt, Elsa.« Er nahm den Brief, drehte sich und fischte einen Umschlag vom Schreibtisch. »Ihr Restlohn und Zeugnis.«

Elsa nahm den Umschlag und steckte ihn ein. »Eines noch, Herr Dreesen, jetzt, wo es mit dem Hotel wieder bergauf geht, werden auch die Schmarotzer wiederkommen. Sollte ein gewisser Schneider hier auftauchen und Sie wegen Emils angeblichem Verrat erpressen, geben Sie ihm nichts. Er hat von mir schon vierzig Teile Silberbesteck und zwei silberne Kerzenständer aus Ihrem Kellerversteck bekommen. Er ist ein windiger, feiger Erpresser, der höchstens einen Tritt in den Hintern verdient, so wie den, den Emil ihm bei seinem zweiten Erpressungsversuch verpasst hat.« Sie nickte Fritz Dreesen zu, drehte sich wortlos um und verließ das Büro.

»Sie... Sie... Leben Sie wohl!«, rief Fritz Dreesen ihr nach.

Elsa ging schneller, hielt nicht an der Rezeption an, nicht an der Küche, nicht am Personalgebäude, sie ging die Straße hoch, bog in die Rheinstraße ab und ließ das Hotel so schnell hinter sich, wie sie nur konnte. In einer Stunde ging ihr Zug nach Berlin. Sie würde ihr Glück bei Frau von Hevenkamp versuchen. Und wenn sie dort nicht unterkam, würde sie etwas anderes suchen.

Sie musste nur noch die Koffer aufsammeln und sich bei ihren Eltern verabschieden.

Wie gerne sie Emil noch einmal sehen würde. Ihm Lebewohl sagen. Mit einem letzten Kuss.

Ihr Herz schnürte sich zusammen. Eine Sache hatte sie unterschlagen bei ihrem Gespräch mit Fritz Dreesen: Nicht nur Emils Herz würde gebrochen sein, auch ihres.

Tränen liefen ihr über das Gesicht, sie hörte sich selbst schluchzen.

Nie hatte sie einen Mann so geliebt, nicht einmal Otto, nie so viele Jahre mit einem Mann verbracht.

Das Wissen, Emil nie wieder zu sehen, zu hören, zu spüren, schmerzte mehr, als sie sich je hatte vorstellen können. Ihre Brust war so eng, dass sie kaum noch Luft bekam. Fast blind vor Tränen, stolperte sie weiter, auf in eine unbestimmte Zukunft.

29

Elsa fristlos entlassen! Glaubte Mutter tatsächlich, dass er das einfach so hinnehmen würde? Und nun versteckte sie sich irgendwo im Hotel, damit er seine Wut bereits mäßigen konnte, bevor er sie antraf. Aber er würde sich nicht mäßigen, im Gegenteil, mit jeder Minute, die er Mutter suchte, wurde er noch zorniger.

Wie kam sie dazu, die Frau zu entlassen, von der sie wusste, dass er sie liebte! Dass er sie heiraten wollte!

Je länger er darüber nachdachte, desto denkbarer wurde es, dass Ähnliches auch Bakary zugestoßen war. Aufgrund der aufgeheizten öffentlichen Stimmung gegen die afrikanischen Soldaten wurde vonseiten der Kommandantur peinlich darauf geachtet, dass es keine Anlässe gab, die für weitere Stimmungsmache ausgeschlachtet werden konnten. Wenn jemand bei Mutter oder Vater oder auch Großmutter hatte anklingen lassen, dass Ulla sich mit einem schwarzen Sergeant traf – es wäre ein Einfaches gewesen, das unbequeme Element aus der Geschichte der Dreesens ausradieren zu lassen.

Erst Bakary. Dann Elsa. Als Nächstes war Louis dran.

»Herr Dreesen!« Whoolsey lief auf ihn zu. Er deutete unauffällig auf eine Handvoll Männer im Vestibül. »Das sind Herren von der Presse. Eigentlich kamen sie wegen des Polizeieinsatzes am Anlegesteg gestern Abend. Sie vermuten, dass das etwas mit der Brückensperrung zu tun hat, und wollten Ihren Vater sprechen. Aber dann haben sie mitbekommen, dass Herr Chaplin hier ist, und nun... Ich kann sie doch nicht Herrn Chaplin beim Frühstücken stören lassen!«

Emil unterdrückte ein Aufstöhnen. Er hatte jetzt weder Zeit noch den Kopf für einen verdammten Presserummel! »Sagen Sie ihnen, sie sollen sich noch einen Moment gedulden. Haben Sie meine Mutter gesehen?«

Whoolsey runzelte die Stirn. »Tatsächlich... ich habe Ihre werte Mutter heute noch gar nicht gesehen. Sehr ungewöhnlich.«

Emil betrat den Speisesaal und sah sich um. Auch hier keine Spur von Mutter. Sein Blick blieb an Charlie Chaplin hängen, dem Gasser den besten Fensterplatz des Saales zugewiesen hatte. Er sollte zu ihm gehen, ihn gebührend begrüßen, um einen Pressetermin bitten, ihn...

In dem Moment winkte Chaplin Emil zu sich. Dienstbeflissen eilte Emil zu seinem Tisch.

»Guten Tag, Sir. Bitte verzeihen Sie nochmals die späte Störung gestern Nacht, das ist mir wirklich sehr peinlich. *Very embarrassing, I am very sorry.*«

»Oh! *Never mind!* Das macht doch nichts, es war eher... amüsant.« Chaplin zeigte auf den leeren Stuhl an seinem Tisch. »Setzen Sie sich zu mir, mein Freund. Sie können mir sicher beantworten meine Frage.« Er zeigte zum Drachenfels auf der gegenüberliegenden Rheinseite. »Ist dort *the place*, wo Siegfried *killed the dragon?*«

»Siegfried?« Emil musste bei der Vorstellung einer Darstellung Siegfrieds durch Chaplin unwillkürlich schmunzeln.
»*Absolutely*, das ist der Drachenfels.«
»Drochänfälsssss... *sounds dangerous!*« Chaplin rollte gefährlich die Augen und streckte sich in die Länge.
Emil grinste. Chaplin war zu komisch, fragte sich nur, ob er den gleich zu befürchtenden Ansturm der Presse auch amüsant fand.
»Sir...«, sagte Emil, plötzlich schüchtern wie ein Schuljunge. »*I am very sorry*, aber die Presse hat herausgefunden, dass Sie in unserem Haus sind.«
»Oh...« Chaplins dramatischer Gesichtsausdruck fiel in sich zusammen, er musterte Emil mit prüfendem Lehrerblick.
»Herausgefunden? *Really?*«
»*I am so sorry*, ich... ich kann sie nach Hause schicken, wenn Sie das möchten.«
»*Well...*« Chaplin seufzte, blickte zu den anderen Tischen, an denen die Gäste in aller Ruhe ihr Frühstück zu sich nahmen. »Wissen Sie, mein Freund, als ich heute den Raum betreten habe, niemand hat mir erkannt.«
Emil schluckte. Gut möglich, dass sie nun zwar Aufmerksamkeit in der Presse bekommen würden, aber Chaplin würde nie wieder einen Fuß ins Dreesen setzen, und schlimmer, wenn er publik machte, dass Berühmtheiten im Dreesen keine Diskretion erfuhren, dann war der Schaden für ihr Haus unabsehbar.
»Ich habe schon gedacht, *it's over, no fans, no fame, no more money.*« Chaplin zwinkerte ihm zu, zog einen abgenutzten Schnurrbart aus der Tasche und klebte ihn sich unter die Nase.
»Sie haben meinen Tag gerettet, junger Dreesen! Lassen Sie

den Drachen los! Siegfried *is waiting!*« Er rollte gefährlich die Augen und beugte den Kopf zurück.

»*Thank you, Sir, thank you.*« Emil lief der Schweiß über den Rücken. Er setzte ein Lächeln auf und ging zurück ins Foyer.

Sogleich scharrten sich die Journalisten um ihn, und zu seinem Erstaunen erkannte Emil englische, belgische und französische Länderfahnen auf den Akkreditierungen der französischen Besatzer. Internationale Presse! Wenn jetzt Chaplin noch mitmachte und sich nicht über das Dreesen beschwerte, dann war das besser als jede Werbung, die sie hätten kaufen können!

Mühsam unterdrückte er das Grinsen, das in ihm aufkeimte.

»Herr Chaplin wird in Kürze zu Ihnen stoßen. Bitte haben Sie noch einen Moment Geduld, meine Herren.«

Die Pressevertreter murmelten zustimmend und zückten ihre Notizblöcke.

Unschlüssig blieb Emil stehen. Er müsste hierblieben, sich dazustellen, moderieren und darauf achten, dass die Herren von der Presse seinen Gast nicht zu sehr belästigten.

Aber dazu hatte er keine Zeit. Nicht jetzt!

»Na, Junge, hast du den Rummel im Griff?« Fritz stellte sich neben Emil und beobachtete die Pressemeute. »Mal sehen«, sagte er so leise, dass selbst der neugierigste Kellner es nicht hören konnte, »ob uns dieser Schauspieler wirklich so viel kostenlose Werbung bringt, wie du immer behauptest. Adenauer hat übrigens angerufen und sich bedankt. Er sagt, dein Einsatz hat die Region vor viel Schaden bewahrt. Da jedenfalls hattest du einen guten Riecher.«

Emil sah seinen Vater erstaunt an. Hatte er ihn gerade gelobt? Sein Vater – ihn?

Unvermittelt zog Vater ihn zur Seite und weiter mit sich zum Direktionsbüro. Sorgfältig verschloss er die Tür, ging aber nicht zu seinem Schreibtisch. Er beugte sich zu ihm und flüsterte in sein Ohr. »Allerdings gibt es da ein Gerücht, das mir Sorgen bereitet – hast du im Krieg etwas ausgefressen? Irgendwas, aus dem man dir jetzt einen Strick drehen könnte?«

Die Frage traf Emil wie ein Tritt aus dem Hinterhalt. Er spürte, wie alle Farbe aus seinem Gesicht wich. Mit wem hatte Vater gesprochen, und was hatte man ihm erzählt? Der Krieg war acht Jahre vorbei, wer interessierte sich heute noch für Vorfälle von damals? Schneider? War er hier gewesen – möglich war es, die viele Werbung, das neue Haus, sie hatten wieder Glanz ins Dreesen gebracht, der zog Erpresser an wie die Schmeißfliegen.

»Emil?«, hakte sein Vater nach.

»Nein, natürlich nicht, wie kommst du nur auf so eine absurde Idee?« Er zeigte zum Speisesaal. »Die Presse kann unseren Gast doch nicht unkontrolliert in die Mangel nehmen. Ich werde die Herren wohl in ihre Schranken weisen müssen.«

***

»Elsa?« Emil klopfte an ihre Tür, drückte dann die Klinke. Die Tür war nicht verschlossen, er trat in den Raum, bemerkte sofort, dass etwas sich verändert hatte.

»Elsa?« Mit drei Schritten war er am Bett. Es war leer. Jetzt erst begriff er, was sich verändert hatte: Nicht nur Elsa fehlte, auch ihre Sachen. Ihr Notizbuch und die Kerze, die Bücher und der Strauß Blumen, den er ihr letzte Woche geschenkt hatte. Eilig ging er zu ihrem Schrank. Leer. Einzig die Kleiderbügel hingen noch darin. Auch am Waschtisch fehlten ihre Utensilien.

Sie war weg.

Seine Brust krampfte sich zusammen. Nein. Das konnte nicht sein! Natürlich, Mutter hatte sie entlassen – aber doch nur als Zimmermädchen! Sie konnte doch nicht einfach ausziehen, ohne mit ihm zu besprechen, wie es weiterging!

Er bemerkte, wie er schnaufte, seine Kehle war so eng, als zöge jemand eine Schlinge um seinen Hals.

Er sah sich erneut um. Hatte sie einen Brief hinterlassen? Nein, nichts.

Elsa! Sie konnte doch nicht einfach gehen!

Verstört rannte er aus dem Zimmer, die Stufen hinab, zum Empfang.

»Whoolsey, haben Sie Elsa gesehen?«

»Heute früh. Ihr Vater wollte, dass ich Ihnen ...«

»Die ist doch weg, die Elsa.« Hilde kam mit einer Ladung frisch gestärkter Kochmützen am Empfang vorbei. »Die kommt nicht wieder, dass Sie das nicht wissen, also das ...«

»Weg? Wohin weg?«, unterbrach Emil sie panisch.

»Na, weg eben. Wohin, hat sie nicht gesagt. Nur, dass sie nicht wiederkommt und ich jetzt auf die anderen Mädchen aufpassen soll.«

»Autoschlüssel!«, rief Emil Whoolsey zu.

»Aber ... es ist reserviert, was ...«

»Geben Sie mir sofort den Schlüssel«, fuhr Emil den Empfangschef an und streckte fordernd die Hand aus.

Whoolsey legte den Schlüssel hinein. Und einen Brief.

Emil erkannte Elsas Handschrift auf den ersten Blick.

»Ihr Vater wollte, dass ich Ihnen den gebe«, sagte Whoolsey.
»Viel Glück«, fügte er teilnahmsvoll hinzu.

Emil riss den Umschlag auf und den Brief heraus. Er war auf den Punkt formuliert. Ganz Elsa. Nie eine Silbe zu viel.

Liebster Emil,
der heutige Tag hat mir eines gezeigt: Es geht nicht.
Unsere Eltern werden unser Leben so lange vergiften, bis wir uns gegenseitig verabscheuen werden.
Lieber ein kurzes, schmerzvolles Ende als langes Dahinsiechen, hattest Du gesagt, als wir über das Sterben geredet haben. Ich war Deiner Meinung und bin es noch. Auch für den Tod einer Liebe.
Danke für sieben wundervolle Jahre. Ich werde sie nie vergessen.
Aber jetzt gehe ich meinen Weg.
Und Du Deinen.
Ich wünsche Dir ein wunderbares Leben. Verwirkliche Deine Träume.
Deine Elsa
PS: Fordere von Deinem Vater, dass er Ulla selbst entscheiden lässt, ob Louis hierbleiben darf oder nicht.
PPS: Umarme Ulla von mir.
PPPS: Küsse Louis von mir.
PPPPS: Wenn Du mich liebst, dann respektiere bitte meine Entscheidung, und suche nicht nach mir.

Emil ließ den Brief sinken.

Das konnte sie nicht tun! Das durfte sie nicht! Ihm war schlecht und heiß und kalt, alles gleichzeitig. Er rannte zur

Garage, Minuten später röhrte er die Straße entlang, durch Bad Godesberg, zu dem Viertel, in dem Elsas Eltern wohnten. Er parkte und rief schon auf dem Weg zur Haustür nach ihr. »Elsa!« Er klopfte gegen die Tür, hämmerte dagegen, als niemand öffnete. »Elsa! Verdammt! Ich muss mit dir reden!« Endlich hörte er Schritte, schlurfend, nicht Elsas, aber immerhin, jemand war da.

»Sind Sie jeck?« Elsas Vater stand breitbeinig in der Tür und maß ihn mit einem strafenden Blick. »Was ist das denn für ein Radau? Den können Sie meinetwegen in Ihrem seltsamen Schlossgedingens veranstalten, aber nicht an meiner Haustür!«

»Verzeihen Sie bitte, ich suche Elsa.«

»Da kommen Sie zu spät. Die Elsa, die ist weg.« Der Vater verschränkte die Arme vor der Brust. »Nu is sie doch noch zur Vernunft gekommen. Acht Jahre habt ihr meine Elsa geknechtet und dann fristlos entlassen, weil sie der feinen Frau Mutter die Wahrheit ins Gesicht gesagt hat. Schämen solltet ihr euch. Lackaffengesellschaft, ausbeuterische, deutschnationale Parolen schwingen, ja, da seid ihr ganz groß, aber dann die eigenen Leute mir nichts dir nichts auf die Straße setzen ...«

»Wo ist sie?«, fragte Emil flehend. »Bitte.«

»Und wenn Sie mich totschlagen, von mir werden Sie es nicht erfahren.« Geringschätzig sah er auf Emil herab. »Und jetzt schwingen Sie Ihre feinen Hosen von meiner Treppe. Solche wie euch brauchen wir nicht in unserer Nachbarschaft. Hier wohnen anständige Leute.«

»Elsa! Wenn du da bist, bitte, ich muss mit dir reden!« Rückwärts ging Emil die Stufen hinab. »Elsa!«

Auf der Straße sah er an dem Haus hoch, bewegte sich hier ein Vorhang? Zeigte sich dort ein Gesicht?

Er setzte sich in das Auto und ließ den Kopf auf das Lenkrad sinken.

Elsa hatte ihn verlassen.

Was für einen Sinn hatte sein Leben nun noch?

***

Mutter, Vater und Adelheid saßen auf der einen Zimmerseite, er und Ulla auf der anderen. Aufgespalten in zwei Lager, als wären sie vor Gericht. Nur dass sie sich hier nicht in einem Gerichtssaal befanden, sondern in Ullas Zimmer, und er und Ulla nicht auf der Richterbank thronten, sondern auf ihrem Bett kauerten, während die anderen, die Angeklagten, am Tisch saßen.

»Seid ihr jetzt glücklich?«, fragte Emil erbittert. »Nun, da alle unliebsamen Elemente aus der Familie Dreesen entfernt wurden?«

Er warf einen Blick zu Louis' Körbchen. »Fast alle«, setzte er hinzu, »aber für Louis hat Mutter ja heute schon einen Abschiebeort gefunden. Wie sich Ulla dabei fühlt, wen interessiert es, wenn man der Tochter schon den Liebsten nimmt, dann ist es nur konsequent, ihr auch noch das Kind zu stehlen.«

»Meinst du, das ist für uns einfach?«, fragte Maria mit tränenerstickter Stimme. »Was glaubst du, wie wir uns martern mit diesen Entscheidungen, wir wollen doch nur das Beste für euch! Manchmal ist man zu jung und zu blind, um das für sich selbst zu erkennen.«

»Ich bin neunundzwanzig, Mutter, wie kommt ihr dazu, euch in mein Leben einzumischen?«, brauste Emil auf. »Wie alt war Vater, als er dich geheiratet hat? Großmutter mag dich nicht mit offenen Armen empfangen haben, aber sie hat ihren Sohn genug respektiert, dass sie dich nicht aus dem Haus geworfen hat.«

»Du kannst doch Elsa nicht mit mir vergleichen!«, rief Maria empört. »Elsa hat geradezu darum gebettelt, hinausgeworfen zu werden. Eine Unverschämtheit nach der anderen hat sie sich erlaubt, geschadet hat sie uns mit ihrem schamlosen Auftreten, und du in deiner Verblendung siehst das nicht einmal!«

»Geschadet?«, explodierte Emil. »Womit denn? Damit, dass sie Ulla beisteht? Oder dass sie Chaplin ihre Suite opfert? Du bist doch verblendet! Vor Hass!«

»Genug!«, schnitt Adelheids Stimme scharf wie ein Schwert durch seine Tirade. »So reden wir in diesem Haus nicht miteinander. Wer nicht sachlich bleiben kann, bleibt still.«

In Emils Hals pulsierte die Wut. Sie drückte auf seinen Kehlkopf, nahm ihm die Luft zum Atmen. Er spürte Ullas Hand an seiner Schulter. Langsam strich sie über seinen Rücken, so tröstend, als wollte sie ein Kind beruhigen. Er konzentrierte sich auf ihre Hand, auf die gleichmäßige Bewegung, atmete im gleichen Rhythmus, bis sich der Wutkrampf in seinem Hals löste.

Das Schweigen lastete schwer im Raum, die einzigen Geräusche kamen aus dem Körbchen, unschuldiges Schmatzen eines bereits verurteilten Kindes.

Er musste sich zusammenreißen, um Louis' Zukunft willen.

»Ganz sachlich betrachtet«, sagte er in die Stille hinein, »haben wir nur deshalb noch ein Hotel, weil ich damals mit den Franzosen verhandelt habe. Was mir über Jahre vorgeworfen wurde. Und anstatt mir ein Mitspracherecht zuzugestehen, musste ich um jedes bisschen Neuerung kämpfen.«

»Was hat das mit der Sache zu tun?« Fritz zog verwirrt die Brauen zusammen. »Übernimmst du jetzt Elsas Rolle und forderst als Nächstes noch einen Arbeiterrat im Dreesen?« Er klopfte ärgerlich auf die Tischplatte. »Sei lieber dankbar, dass ich dir so viele Freiheiten lasse, anstatt meine Autorität permanent infrage zu stellen.«

»Sachlich«, mahnte Adelheid streng.

»Dann fordere ich ganz sachlich«, sagte Emil und verschränkte die Arme vor der Brust, »als Entschädigung für die unsachliche Einmischung in mein Privatleben die Umwandlung des Tanzsaals in einen modernen Konzertsaal mit einem festen Kabarettprogramm.«

»Ha!«, lachte Fritz bitter auf. »So weit kommt's noch! Der junge Habenichts fordert! Kabarettprogramm! Das wird ja immer besser...«

»Allerdings«, fuhr Emil fort, »und außerdem verlange ich für die unsachliche Einmischung in Ullas Privatleben, dass einzig Ulla darüber entscheidet, ob ihr Kind hier oder woanders aufwächst.«

Alle drei starrten ihn an. Maria entsetzt. Adelheid erschüttert. Fritz unangenehm berührt. Selbst Ullas Hand hatte aufgehört, über seinen Rücken zu streichen. Er spürte, wie sie neben ihm versteifte. Hatte er ihr damit vielleicht keinen Gefallen getan, weil sie inzwischen so verunsichert war, dass sie die Entscheidung gar nicht mehr alleine fällen konnte?

Er sah zu ihr. Ullas Augen schwammen in Tränen.

»Emil«, brach Maria als Erste das Schweigen. »Nun komm doch endlich zur Vernunft! Verstehst du denn nicht, was für ein Licht der Junge auf Ulla wirft? Dein weltfremder Vorschlag wird weder Ulla noch das arme Kind glücklich machen.«

»Nun«, mischte Adelheid sich ein, »so leid mir das für Ulla tut, da hat Maria recht. Unsere Welt ist noch lange nicht so weit, dass ein schwarzes Kind einer ledigen Mutter gesellschaftsfähig ist, und ich wage zu bezweifeln, dass dies jemals der Fall sein wird.« Sie warf einen bedauernden Blick zu Ulla. »Und was das andere betrifft, ist tatsächlich dein Vater allein für die Entscheidungen verantwortlich.«

Emil bemerkte, wie sein Vater sichtbar aufatmete. Die Schlacht war gewonnen. Auf ganzer Linie.

Zwei zu null gegen den Nachwuchs.

»Allerdings«, fuhr Adelheid fort und wandte sich an Fritz, »bin ich als Besitzerin des Hotels dafür verantwortlich, Unternehmen und Familie zusammenzuhalten. Und unser Emil ergänzt dich, lieber Fritz, nun einmal perfekt. Seine modernen Visionen und dein Talent als Geschäftsmann und Gastgeber, und dazu noch Georg, der im Hintergrund die Lieferketten am Laufen hält, das ist unschlagbar. Soll Emil doch den Tanzsaal haben! Wer sagt denn, dass ein Saal, in dem ein Tanztee stattfindet, nicht auch eine Bühne haben darf. Redet miteinander über solche Ideen, einfach über alles. Wenn ihr das Beste für Emil im Blick habt, dann gehört die schrittweise Übernahme der Verantwortung doch auch dazu, oder, liebe Maria?«

»Du willst, dass wir ernsthaft darüber reden, ob Emil aus dem Dreesen einen Amüsierbetrieb machen kann?«, sagte Fritz konsterniert.

»Ist doch immer das Gleiche«, sagte Maria ungehalten, »du lässt wirklich keine Gelegenheit aus, Fritz' Autorität zu untergraben.«

»Was ich nicht müsste, wenn ihr endlich akzeptieren würdet, dass der Junge alt genug ist, um mitzureden. Deutlich älter als Fritz damals, als sein Vater ihn...«

»Ist gut«, warf Fritz ein. »Ich werde das mit Emil bereden und auch mit Georg, dann ist seine Stimme das Zünglein an der Waage.«

Adelheid lächelte zufrieden.

»Und da wir schon dabei sind, das Gefüge des Hauses in seinen Grundfesten zu erschüttern«, fuhr Fritz fort, »dann stimmen wir doch auch gleich darüber ab, ob Ulla selbst über den Verbleib ihres Sohnes bestimmen darf.«

»Bitte?«, fragte Adelheid befremdet.

»Nun, das dürfte wohl schnell erledigt sein«, sagte Maria, »umso besser, wenn das leidige Problem dann ein für alle Mal vom Tisch ist. Wer ist dafür, dass Ulla selbst bestimmen darf?«

Emil hob die Hand, er sah zu Ulla, die ebenfalls ihre Hand gehoben hatte, obwohl ihr Gesichtsausdruck genau das widerspiegelte, was Emil dachte: Was sollte diese Farce – eine Abstimmung, deren Ergebnis bereits davor feststand.

In dem Moment hob Fritz seine Hand, das Gesicht eine undurchdringbare Maske.

»Fritz!«, riefen Adelheid und Maria entgeistert.

Ungläubig starrte Emil seinen Vater an. Was geschah hier gerade? Er dachte an Elsas Brief: *Fordere von Deinem Vater, dass er Ulla selbst entscheiden lässt, ob Louis hierbleiben darf oder nicht.*

War das Elsas Werk, oder feierte sein Vater gerade seine ganz persönliche Rache an Adelheid und Maria für ihre ewigen Reibereien?

Herbst 1927

30 »Nein, es läuft fantastisch.« Missmutig stocherte Emil in dem Lagerfeuer, das Zerbes gerade für ihr gemeinsames Abendessen entfachte. Er steckte den letzten der frisch gefangenen und ausgenommenen Fische auf einen Holzspieß und legte ihn zu den anderen auf das Holzbrett. »Seit von Chaplins Besuch in der Presse rauf und runter zu lesen war, rennen die Gäste uns die Bude ein. Suite 311 könnte ich jeden Tag dreimal vermieten, und alle wollen das Zimmermädchen mit den blutigen Bettlaken und den blauen Eisaugen sehen. Manchmal denke ich, je länger das her ist, desto absurder wird die Geschichte ausgeschmückt. Irgendwann dichten die uns noch eine echte Leiche an.«

»So viel dichten müssten die da ja nicht«, sagte Zerbes trocken.

Emil zog eine Grimasse. Musste Zerbes ihn unbedingt an diesen unsäglichen Escoffier erinnern?

Zerbes warf Reisig in die Flammen, sie loderten hoch, schlugen Funken, die außer Rand und Band über die Böschung und hinunter zum Rhein stoben. Emil sah den Funken hinterher. Außer Rand und Band, wenn das nicht die perfekte Umschreibung für das letzte Jahr war. Die Prominenz gab sich im Dreesen die Klinke in die Hand, es wurde gefeiert und getanzt, und während die Musik, der Tanz und das Kabarett auf der neuen Bühne im zum Konzertsaal umgewidmeten Tanzsaal immer ungestümer wurden, ertönten die Stimmen der Deutschnationalen immer lauter und radikaler. Am schlimmsten gerierten sich die Nationalsozialisten, die vorzugsweise in Rudeln auftraten und deren Führer Adolf Hitler nun schon wieder im Dreesen logierte.

»Emil? Träumst du?« Zerbes hielt sein Glas hoch und prostete ihm zu. »Wenn es so fantastisch läuft, warum ziehst du dann so ein langes Gesicht?«

»Dieser Hitler«, sagte Emil und warf eine Handvoll trockener Zweige ins Feuer. »Warum kommt er immer wieder ins Dreesen, wenn er überall verkündet, dass Juden das Übel der Welt sind? Parasiten der Menschheit, die den deutschen Volkskörper schwächen, so einen Mist verbreitet der und nistet sich dann im Hotel meiner Großmutter ein. Der ist doch irr im Kopf!«

»Ach, hör doch nicht auf den Schwätzer«, wiegelte Zerbes ab. »Das ist doch nur heiße Luft.«

»Verdammt schädliche Luft, wenn seine Prügeltruppen von der SA meine Künstler belästigen, sobald sie das Hotelgelände verlassen.« Emil kickte einen Kiesel von sich weg. »Wenn sich rumspricht, dass Künstler bei uns von Schlägertrupps eingeschüchtert werden, dann bekomme ich bald nur noch den Godesberger Männerchor auf die Bühne.«

»Kann Fritz nicht mit diesem Hitler reden, er hat ein gutes Verhältnis zu ihm, scheint es.«

»Vater? Bitte, Karl, wie lange kennst du ihn jetzt? Für Vater sind die Künstler, die auf meiner Bühne auftreten, ein Affront gegen alles, was ihm heilig ist. Ein Angriff auf die guten deutschen Sitten. Der hat sich doch gefreut, als sie vor den Naziprüglern geflüchtet sind.«

»Er wird sich nicht freuen, wenn es das Geschäft schädigt«, warf Zerbes ein.

»Da hast du recht«, sagte Emil, »und wahrscheinlich hat es ihn auch nicht gefreut, sogar ziemlich sicher. So ist Vater nicht. Ich bin einfach nur gereizt. Es hat mich fast den ganzen Tag gekostet, die Wogen zu glätten. Diese Braunhemden mit ihrer Armbinde führen sich auf, als wären sie die Herrscher der Welt. Dabei haben die nichts zu sagen, absolut nichts, die kommen einfach in einer Horde, schlagen alles nieder und hauen ab. Feiges Volk, in der Gruppe mimen sie den starken Mann, sonst sind sie die letzten Heuler.«

»Ach, Emil, das geht vorbei, ich sage dir, bei der Wahl holen die keine drei Prozent. Wer wählt schon ungehobelte Schläger. Und dann ist das auch wieder vorbei.«

»Und was ist mit den ganzen Parolen, die hier rumkrakeelt werden?« Emil schüttelte genervt den Kopf. »Denk mal an Pützer und Senkert und wie sie alle heißen, seit die Franzosen abgezogen sind, haben die doch nicht einfach mit ihren Parolen aufgehört. Jetzt krakeelen sie nicht mehr gegen die Besatzer, sondern gegen die Juden.«

Zerbes nickte nachdenklich. Er reichte Emil einen der aufgespießten Fische und nahm sich dann selbst einen. Schweigend hielten sie die Fische über das Feuer. Emil lauschte dem Prasseln und dem Zischen, seine Gedanken wanderten zu Elsa. Wie sehr sie die gemeinsamen Abende bei Zerbes geliebt hatte. Wenn sie am Lagerfeuer über die Zukunft diskutiert und über die Gegenwart geschimpft hatten. Wo sie jetzt wohl sein mochte? Ob sie noch manchmal an ihn dachte? Und an Ulla und Louis, den Sonnenschein und Hoffnungsschimmer, den Elsa Ulla und ihm zum Abschied geschenkt hatte?

***

»Ist Ulla hier?« Emil steckte den Kopf in Adelheids Salon. An ihrem Tisch legte Adelheid eine Patience, Maria saß neben Fritz auf dem Sofa, beide in ihre Zeitungen vertieft.

»Nein.« Sein Vater sah von der Zeitung auf. »Ich weiß nicht, wo sie nun schon wieder hin ist.«

»Aber ich habe doch Louis hier gehört.« Emil trat ein und sah sich suchend um. Erneut hörte er das fröhliche Quietschen, dann sah er, wie Louis sich an Adelheids Sessel hochzog. Wackelig stand er auf seinen zwei Beinchen und lächelte sie stolz an. Adelheid hingegen verzog keine Miene, auch sein erneutes Quietschen entlockte ihr keinerlei Reaktion.

Emil sah zu seinen Eltern. Kein Blick, kein Lächeln. Als existierte Louis nicht. Kopfschüttelnd ging er zu seinem Neffen.

»Na, kleiner Mann.« Er kniete sich vor ihn und streckte seine Hände aus. Louis öffnete den Mund zu einem breiten Lachen, die winzigen Schneidezähne blitzten strahlend weiß, die großen, dunklen Augen leuchteten. Glucksend lief er zu Emil und warf sich vor Freude juchzend in seine Arme.

»Wollen wir mal sehen, wo deine Mama hin verschwunden ist?«, sagte Emil und hob ihn hoch.

»Ich habe Louis nur eine Mütze geholt.« Ulla trat neben Emil und warf einen vernichtenden Blick auf Adelheid und ihre Eltern. »Es ist heute auch draußen kühl.«

Es war wirklich frisch draußen, stellte Emil fest, als er mit

Ulla das Hotel verließ. Er fröstelte, ließ sich aber nichts anmerken – er konnte nicht noch mal zurück und eine Jacke holen, Ulla musste Distanz zwischen sich und ihre Eltern bringen, jetzt sofort, bevor sie in der Luft explodierte wie eine Granate.

»Ich verstehe nicht, wie sie Louis widerstehen können«, sagte Emil vorsichtig, während er seinem Neffen im Kinderwagen zulächelte. »Er ist das wonnigste Kerlchen, das man sich vorstellen kann. Vor allem Großmutter, sie ist doch sonst offen für alles.«

»Weißt du, wie weh mir das tut, wenn ich sehe, dass Louis um ein Lächeln bettelt und sie ihn einfach ignorieren?« Ullas Stimme zitterte vor Zorn. »Ich dachte, wenn erst einmal das Personal und Bad Godesberg sich ausreichend das Maul über mich und mein Mischlingskind zerrissen haben, würden wir irgendwann aus der Rolle der Aussätzigen herauswachsen. Ich dachte, sie nehmen uns irgendwann einfach so hin. Ich bin es so leid! Ich werde weggehen, Emil.«

»Spinnst du?« Emil blieb abrupt stehen. »Das meinst du nicht ernst, wo willst du denn hin?«

»Nach Dessau.«

»Ans Bauhaus? Aber...« Emil neigte den Kopf zu Louis. »Und Louis?«

»Ich nehme ihn mit.« Ulla legte trotzig ihre Hände an den Kinderwagen und schob flott weiter. »Ich bin dort angenommen worden. Es gibt da noch eine Mutter, ich habe sie angeschrieben, ob ich Louis mit ihrem Kind zusammen betreuen lassen kann.«

»Aber...« Emils Schultern sackten nach unten. Ulla und Louis. Sie durften nicht gehen! Ulla war seine wichtigste Vertraute, seit Elsa ihn verlassen hatte, seine wichtigste Ratgeberin, die Person, mit der er die Kabarettprogramme besprach und plante, die Person, mit der er die Künstler auswählte, die das Dreesen zum Magneten für Gäste machte.

»Du siehst doch selbst, dass ich Louis hier nicht aufziehen kann«, sagte Ulla mutlos. »Mama und Großmama hatten von Anfang an recht. Louis passt nicht hierher. Nicht, weil er schwarz ist, sondern weil sie borniert sind.«

Emil lief schweigend neben Ulla her. Was sollte er darauf auch sagen? Ulla beschwerte sich zu Recht. Und doch durfte er sie auf keinen Fall gehen lassen! Das Dreesen ohne Ulla! Ohne Louis! Wollte er dann wirklich noch hierbleiben?

***

»Großmutter?« Emil schlüpfte in den Salon. Verwundert hielt er inne. Wie lange war es her, dass Großmutter nur im Kerzenlicht der Menora gesessen hatte? Er brauchte einen Moment, um sich an das flackernde Licht zu gewöhnen, dann erst bemerkte er Onkel Georg. Still saß er neben Adelheid am Tisch. »Störe ich?«

»Nein, Junge, wir haben gerade über dich geredet.« Onkel Georg winkte Emil zum Tisch und zeigte einladend zu dem leeren Stuhl ihm gegenüber. »Auch ein Glas Wein?«

Emil nickte. Er holte sich ein Glas von der Anrichte und setzte sich, lauschte dem satten Gluckern des Weines beim Eingießen.

»Von mir geredet?« Emil hob sein Glas. »*Salut.*«

»*Salut.*« Georg hob ebenfalls sein Glas. Er trank, stellte das Glas lautlos ab. »Du hattest das richtige Gespür. Seit Chaplin hier war, explodieren die Buchungen, und dein Kabarettprogramm zieht zahlungskräftige Gäste an. Inzwischen sieht sogar Fritz, dass dein Ansatz gut für das Geschäft ist.«

»Schade, dass Louis kein Geld abwirft, vielleicht würde er dann ja auch irgendwann akzeptiert werden«, sagte Emil spöttisch, »Ulla wird uns verlassen, weil ihr es nicht schafft, über euren Schatten zu springen und Louis endlich in die Familie aufzunehmen.«

»Papperlapapp, natürlich ist Louis Teil der Familie«, sagte Adelheid ungehalten. »Und außerdem – wo soll Ulla denn hin mit dem Kind?«

»Sie zieht nach Dessau.«

Georg räusperte sich. »Wann?«

»Ich hatte dich übrigens eben nicht gemeint, Onkel Georg, du hast Louis mit offenen Armen empfangen.«

»Ein Fehler, wie ich finde«, sagte Adelheid, »der Junge wird immer ein Fremdkörper bleiben. Ihn mit offenen Armen aufzunehmen erschwert es ihm bloß, die Realität anzunehmen. Du und Georg, ihr schadet ihm nur mit eurem Getüddel.« Verärgert nahm sie ihr Weinglas und trank den Rest in einem Zug aus.

»Du meinst menschliche Wärme?«, sagte Emil bissig. »Nächstenliebe-Getüddel?«

Adelheid setzte das Glas klirrend ab. »Manche Dinge, Emil Dreesen, verstehst du nicht. Dazu fehlt dir die Lebenserfahrung.«

»Aber mir fehlt sie nicht«, sagte Georg ruhig. »Und ich gebe Emil recht. Es ist beschämend, wie ihr den Kleinen zurückweist. Vielleicht, liebe Mutter, und du weißt, welch großen Respekt ich dir entgegenbringe, vielleicht fehlt in diesem Fall nicht Emil, sondern dir die Lebenserfahrung.«

Ohne es tatsächlich sehen zu können, wusste Emil, dass Adelheid indigniert die Braue hochzog. Dass Georg seine Mutter kritisierte, war äußerst ungewöhnlich.

»Im Gegensatz zu dir und auch Fritz und Maria«, fuhr sein Onkel fort, »waren Emil und ich im Krieg. Dort hat vieles, das euch so unüberwindlich erscheint, letztlich keine Rolle gespielt. Ein Bajonett ist nicht weniger tödlich, wenn es ein Schwarzer hält, und glaub mir, liebe Mutter, wir haben sehr schnell gelernt, die schwarzen Soldaten mindestens ebenso zu fürchten wie die weißen. Mehr sogar, manche schwarze Regimenter waren legendär für ihren Mut.«

Emil sah zu Georg. Ein Schauder durchfuhr ihn. »Denkst du gerade an das 369ste? Die Höllenkämpfer von Harlem?«

»Ein gutes Beispiel«, griff Georg Emils Frage auf. »Diese Soldaten sind von ihren eigenen Landsleuten wegen ihrer Hautfarbe für so minderwertig gehalten worden, dass sie nicht unter der amerikanischen Flagge kämpfen durften. Sie wurden den Franzosen unterstellt, die hatten ja bereits schwarze Soldaten aus den Kolonien in ihren Reihen. Kannst du dir vorstellen, wie demütigend das sein muss, wenn das Land, dem du dein Leben opferst, dich verleugnet? Diese Männer sind trotzdem nie zurückgewichen und haben keine Schlacht verloren.«

Emil nickte bedächtig. Er erinnerte sich an die Geschichten, die damals kursierten, niemand wollte diesem Regiment gegenübertreten. Einer hatte im Alleingang ein Dutzend deutsche Soldaten getötet, um einen weißen Amerikaner zu retten, einer der Soldaten, die sich weigerten, mit den schwarzen Landsleuten zu marschieren. »Sie waren so tapfer, dass sie von den Franzosen noch im Krieg das *Croix de Guerre* verliehen bekommen haben«, erinnerte sich Emil, »aber an den Siegesparaden in Paris und New York durften sie nicht teilnehmen. Da sind nur die Weißen marschiert.«

Einen Moment lang saßen sie schweigend um den Tisch. Das Licht der Menora flackerte im Luftzug und malte düstere Schatten an die Wand.

»Ulla hat mir von Louis' Vater, Bakary Diarra, erzählt«, brach Georg die Stille. »Ein mutiger und kluger Mann soll er sein, der in dritter Generation in Paris lebt. Sein Großvater hat sich als Hausangestellter eines Fürsten verdient gemacht und sein Vater ein beliebtes Caféhaus in Paris eröffnet. Bakary Diarra selbst soll schon als Kind mit seiner Musik Aufmerksamkeit auf sich gezogen haben und wurde Militärmusiker. Im Krieg wurde ihm dann ein Trupp aus dem Senegal unterstellt.«

»Gustav Sabac el Cher«, murmelte Adelheid.

Georg nickte. »Ja, ich musste auch an unseren berühmten Gustav denken, als Ulla mir Bakary Diarras Geschichte erzählt hat. Ich nehme an, als Gustavs Vater geheiratet hat, waren die Eltern seiner weißen Braut wenig begeistert, aber es ist bekannt, dass sie ihre Enkelkinder gefördert haben. Und sieh an, was aus Gustav geworden ist – eine bekannte Persönlichkeit, sogar der Kaiser ist ihm wohlgesonnen.«

»Glaubst du«, hakte Emil nach und versuchte, seine Stimme mild und ohne Vorwurf klingen zu lassen, »Gustav hätte das geschafft, wenn seine Familie ihn so behandelt hätte, wie ihr Louis behandelt? Wir bestimmen Louis' Realität. Es ist in deiner Hand, liebe Großmama, Louis so zu ermutigen, wie du das bei Ulla und mir getan hast.«

Wieder legte sich Schweigen über die Runde. Emil dachte an seine Kindheit. Wie sehr seine Großeltern ihn gefördert hatten, auch Ulla, die niemals ihre Liebe für das Schnitzen und

Werken so hätte ausleben dürfen, wenn nicht zuerst Großvater und dann Großmutter für sie in die Bresche gesprungen wären.

Schließlich erhob Adelheid sich. »Ich bin müde. Ihr entschuldigt mich.« Sie durchquerte den Raum. An der Tür blieb sie, die Klinke in der Hand, noch einmal stehen und drehte sich zu ihnen um. »Emil, könntest du Ulla ausrichten, dass ich morgen meinen Urenkel sehen möchte? Zehn Uhr im Salon.«

»Natürlich, Großmama.« Emil hörte das Schließen der Tür, Adelheids Schritte im Flur. Sie klangen müder als sonst. Emil nippte an seinem Wein. Es tat ihm leid, Adelheid vor den Kopf zu stoßen. Ihr Ressentiment gegenüber Louis war so tief verankert, dass es schwer sein musste, diese Hürde zu überwinden.

***

»Meinst du, das ist eine gute Idee, ihn bei Großmutter zu lassen? Sie hat seit seiner Geburt nicht auf ihn aufgepasst.« Ulla setzte sich zu Emil an den Tisch im großen Speisesaal. »Was ist das?« Sie zeigte erst auf die verfleckten und zerknickten Papiere und die noch verflecktere Mappe vor Emil, dann auf die zwei Kaffeegedecke. »Störe ich?«

»Robert und ich gehen die Menüs für die große Tagung durch.«

»Die Glasmacher?«

»Glasindustrie«, korrigierte Emil, immerhin handelte es sich um einen großen Verband und viele Arbeitgeber, die sich die Jahrestagung ordentlich etwas kosten ließen. »Robert holt gerade den zweiten Menüvorschlag.«

»Gut, dann«, Ulla warf einen kurzen Blick zur Tür des Speisesaals, »nur ganz schnell: Danke, dass du dich bei Großmutter für Louis starkgemacht hast, aber ich habe mich entschieden. Wir gehen nach Dessau.« Konzentriert sortierte Emil die Zettel vor sich auf dem Tisch.

»Emil?«, fragte Ulla nach. »Hast du gehört, was ich gesagt habe?«

»Klar und deutlich.« Emil lächelte Ulla an. »Dessau ist sicher eine tolle Chance. Du hast Talent, und das Bauhaus, puh, das... Gratulation!«

Ulla lächelte erleichtert. »Ich bin froh, dass du das verstehst.«

»Wer würde das nicht verstehen? Ich hoffe nur, dass Louis auch gut behandelt wird, man weiß ja nie, wie das ist, wenn da ein schwarzes Kind mit einer ledigen Mutter auftaucht. Nicht, dass die falschen Leute auf euch aufmerksam werden...« Er stockte, lächelte dann beruhigend. »Na ja, wird schon gut gehen.«

»Falsche Leute?«, fragte Ulla verunsichert.

»Du bist unverheiratet und Louis schwarz. Wenn das keine Aufmerksamkeit auf sich zieht, was dann?«

»Willst du mir gerade Angst machen?«, fragte Ulla warnend.

»Entschuldige, ich hätte nichts sagen sollen...« Emil zuckte die Schultern. »Andererseits, besser, ich sage das jetzt, als wenn es zu spät ist und sie Louis in ein Heim stecken.«

»In ein Heim?«, rief Ulla entsetzt. »Das hältst du für möglich?«

»Hier bist du jemand. Niemand wird auf die Idee kommen,

dir Louis wegzunehmen, solange er unter Vaters Schutz steht. Aber wer bist du in Dessau?«

»Heim...«, murmelte Ulla tonlos. Selbst ihre Sommersprossen erbleichten.

In Emil meldete sich sein schlechtes Gewissen. Vielleicht trug er gerade etwas zu dick auf. Er wollte Ulla ja nicht quälen, nur ein wenig verunsichern.

»Das muss ja nicht passieren, Schwesterlein«, sagte er leichthin und wischte seine Bedenken weg, als hätte er sie nie geäußert. »Vielleicht sind sie in Dessau schon toleranter als hier, aber, Ulla, Dessau ist nicht Berlin.«

An den Tischen neben ihnen klapperten die Kellner beim Eindecken mit Geschirr und Besteck, als wollten sie die Stille füllen, die plötzlich eingetreten war. Schweigend betrachtete Ulla die am Tisch ausgebreiteten Papiere.

Emil schob ihr eines hin, eine Anzeige, als Entwurf in fein säuberlicher Schrift. »Könntest du da mal einen Blick drauf werfen?«

Unwirsch hob Ulla das Papier hoch. Emil beobachtete, wie ihre Augen über den Text flogen, immer größer wurden, der Mund sich öffnete. »Du willst eine Frau einstellen, die du nach Berlin und London und Paris und sonst wohin auf Talentsuche schickst?«

»Die Avantgarde wird nicht ins Dreesen kommen, wenn wir sie nicht zu uns holen. Wir können nicht warten, bis der Ruhm eines Künstlers sich in jedes Dorf herumgesprochen hat. Und dazu brauchen wir jemanden mit perfektem Gespür, eigentlich jemanden wie dich... Aber du stehst ja nicht mehr zur Verfügung.« Emil machte eine Pause und nahm ihr die Anzeige ab. Aufmerksam las er sie sich erneut durch. »Ich weiß nicht«, er zeigte auf den ersten Satz, »findest du, das ist zu viel des Guten in so einer Anzeige? Aber ich meine es ernst, diese Frau soll nach einer Zeit der Einarbeitung die künstlerische Leitung übernehmen.«

»Künstlerische Leitung?« Ulla räusperte sich.

»Natürlich, die Dame muss in der Lage sein, ad hoc Entscheidungen zu fällen! Wie würde das wirken, wenn sie in Paris auf die heißeste Band des Jahrhunderts stößt und dann nicht zuschlagen kann, weil sie keinen Handlungsspielraum hat.«

»Eine fremde Frau soll die künstlerische Leitung im Hotel übernehmen?«, fragte Ulla erneut nach.

»Wie gesagt, ich hatte ursprünglich dich im Sinne. Georg macht das Geschäft im Hintergrund, er hält all die Lieferketten am Laufen, Vater und ich kümmern uns um Restaurant, Pavillon, Biergarten und Übernachtungen, aber da wir so viele Buchungen haben, brauche ich dringend jemanden, der mir die Bestückung der Bühne abnimmt.« Emil lächelte. »Ich glaube, wir hätten das gut zusammen hinbekommen, gerade jetzt, wo Großmutter sich mit Louis anfreundet, aber…«, er zuckte mit den Schultern, »ist jetzt ja nicht mehr wichtig. Was ist schon Paris gegen Dessau?«

Ullas Faust krachte auf den Tisch. »Mann, Emil Dreesen! Du blöder, gemeiner…« Sie schnappte die Anzeige aus Emils Fingern und zerriss sie. »Wehe, du pfuschst mir je dazwischen. Ich habe die künstlerische Leitung, verstanden?«

»Natürlich.« Emil versuchte, sein Siegergrinsen zu unterdrücken, aber es gelang ihm nicht. Wie auch sollte er die Freude verstecken, die ihn gerade in spontane Feierlaune versetzte.

»Dann sage ich Dessau ab.« Ulla stand auf. »Ich hoffe, du weißt, was das für mich bedeutet.«

Er nickte, sein Siegergrinsen verflog jedoch, kaum dass sie sich entfernte. Dessau war für Ulla eine einmalige Gelegenheit, ihren Traum zu leben. Hatte er das Recht, ihn ihr auszureden, weil er nicht auf sie verzichten wollte?

Ja, um Louis' Sicherheit willen.

Und weil Ulla hierhergehörte. Ulla war die perfekte Besetzung für die Aufgabe der künstlerischen Leiterin. Dass Vater darüber nicht begeistert sein würde, war allerdings abzusehen.

»Ist etwas passiert?«, fragte Robert, als er zum Tisch zurückkam, in der Hand eine dunkelrote Mappe. »Du siehst besorgt aus.« Er zog ein mit Flecken überzogenes Blatt Papier aus der Mappe und legte es vor Emil, drehte es aber so, dass es für Emil auf dem Kopf stand. »Indische Vogelnestsuppe in Tassen«, las Robert von dem Zettel ab, »gefolgt von Helgoländer Hummer mit zerlassener Butter, dann Hamburger Mastgans mit Maronen-Rosenkohl, Salat, Dunstobst und Kartoffeln und abschließend einen Punsch Romaine.« Robert grinste ihn unter seiner Kochmütze spitzbübisch an. »Sollen die Herrschaften sich da mal beschweren, es sei nicht exklusiv genug.«

Emil nickte zufrieden. Es war exklusiv. Wie auch die Jahrestagung des Verbands der Glasindustriellen Deutschlands und des Arbeitgeberverbands deutscher Tafelglasfabriken, die im Oktober hier über die Bühne gehen sollte. Robert machte sich wirklich hervorragend in seiner Rolle als Küchenchef.

»Hör mal, Emil, wir müssen demnächst reden, so in Ruhe.«

Emil sah auf die Uhr. »Wie wäre es mit jetzt?«

Robert machte eine Kopfbewegung zu den geschäftigen Kellnern. »Das nennst du ›in Ruhe‹?«

»Lass uns ein paar Schritte durch den Obstgarten laufen, ich möchte ohnehin sehen, wie es um die Ernte steht.« Emil wartete, bis Robert die Papiere am Tisch in die Mappe zurückgeschoben hatte, und ging mit ihm zum Ausgang.

»Zigarette?« Robert hielt Emil sein Etui hin.

»Danke«, lehnte Emil ab, wartete aber, bis Robert sich seine angezündet hatte, bevor er auf die Straße trat. »Um was geht es?«

»Schneider.« Robert inhalierte tief. »Er ist wieder da, und er steckt mit den Senkerts zusammen. Soll es auf dich abgesehen haben.«

Emil senkte den Kopf. Dieser verdammte Erpresser! Der Krieg war fast zehn Jahre her, was glaubte er, jetzt noch mit so einer Geschichte anfangen zu können?

»Da geht es nicht mehr um Geld, Emil, ich glaube, der will sich rächen, weil er abgeblitzt ist. Und die Senkerts sind ganz Feuer und Flamme, sie haben dich wohl auf dem Kieker, kann das sein?«

Emil nickte. Das war sogar sehr wahrscheinlich, vor allem Senkerts Sohn. Aber auch der Alte war nicht gut auf ihn zu sprechen, seitdem er, wie Senkert es nannte, die Frivolität des Berliner Hexenkessels nach Bad Godesberg geholt hatte.

»Die sollen 'ne Akte von dir haben, Emil, aus Berlin, und mit der können sie dich auch zehn Jahre nach Kriegsende noch einbuchten.«

»Und warum tun sie es nicht?«

»Pützer. Der alte Haudegen hält seine Hand über dich, aber mein Kontakt sagt mir, dass der Pützer weniger zu sagen hat, seit die SA-Leute sich breitmachen. Bei denen spielt der junge Senkert ganz vorne mit, und wenn der alte Senkert dem nicht die Zügel angelegt hätte, wären die schon lange hier aufgekreuzt. Aber der alte Senkert will deinen Vater nicht gegen sich haben.«

»Kann ich doch 'ne Zigarette haben?« Emil nahm sich eine aus Roberts Etui und zündete sie an. Schweigend inhalierte er den Tabak. Fast zehn Jahre hing dieses Damoklesschwert nun über ihm. Sollte er endlich klar Schiff machen? Lieber ein schnelles Ende mit Schrecken als qualvolles Dahinsiechen. Elsa hatte diesen Leitspruch auf ihre Liebe angewandt. Nur war es kein schnelles Ende mit Schrecken gewesen, sondern der Anfang des langsamen Dahinsiechens seiner noch vorhandenen Liebe.

Was würde passieren, wenn er zu seiner Fahnenflucht stand und sich selbst anzeigte? Er würde eine Strafe bekommen, sie absitzen, und damit wäre die Sache erledigt, er knüpfte wieder dort an, wo er jetzt aufhörte. Es war aber auch möglich, dass sein Vater ihn enterbte, ihn des Hauses verwies, dass selbst Großmutter und Georg mit ihm brachen, dass die Wahrheit alles zerstören würde, was er über die Jahre aufgebaut hatte.

Verdrossen schlug er gegen einen Pflaumenbaum.

»Hinter mir sind sie auch her«, sagte Robert, »hab mir auch schon überlegt, ob ich hier wegsoll, nach Berlin oder nach Hamburg, in 'ne Stadt, wo ich mich nicht immer umsehen muss, ob mir gerade ein Prügeltrupp folgt. Was meinst du? Du und ich? Ein Neuanfang?«

Neu anfangen. Alles hinter sich lassen. Weit weg. Langsam schüttelte Emil den Kopf. So verlockend das für einen Moment klang – seine Zukunft war hier. Und jetzt, mit Ulla und Louis unter seinem Schutz, mehr als je zuvor.

Spätsommer 1928

31 »He, he, he!« Emil lief die Treppe des Haupteingangs hinunter und fuchtelte wild mit den Armen. »Was zum Teufel machen Sie da?«

»Nach was sieht es denn aus?« Der blonde Mann mit akkuratem Scheitel nickte seinen Gefährten zu, sie alle trugen die Braunhemdenuniform der Nazis, die Emil auch ohne die signalfarbenrote, über den Arm gestreifte Hakenkreuzbinde erkannt hätte. »Wir bereiten uns auf den Empfang des Führers vor.« Schon entrollte er die nächste Hakenkreuzflagge auf einem speziell präparierten Heuwagen.

»Das ist Privatgrund.« Emil machte eine entschiedene Armbewegung, die das Hotel, den Kastaniengarten, den Pavillon, einfach alles miteinschloss. »Sie können hier nicht einfach Fahnen aufhängen, wie Sie wollen.«

Der Mann in dem hellbraunen Hemd trat näher an ihn heran. »Ihnen passen unsere Flaggen nicht?«, fragte er lauernd.

»Ihre Flaggen sind politisch, und wir sind ein Hotel, in dem sich alle Gäste wohlfühlen sollen.«

»Sie wollen uns also verbieten, unserem Führer die Ehre zu erweisen?«, sagte der Mann eisig, während seine Gefährten drohend auf Emil zutraten.

Emil versteifte sich, doch er wich keinen Zentimeter zurück. Er hasste diese Kerle und ihre Drohgebärden. Im Rudel waren sie stark, allein waren die meisten jämmerliche Versager. Er vermied jeden Ärger mit ihnen, aber hier war er der Chef. »Wenn Sie Ihre Flaggen aufhängen wollen«, sagte er und achtete darauf, dass seine Stimme laut und fest klang, »können Sie das Hotel gerne komplett für sich buchen. Dann stören Sie damit unsere anderen Gäste nicht.«

»Nichts dergleichen werden wir tun«, trumpfte der Blonde auf, »wir haben nämlich die Genehmigung vom Chef persönlich.«

»Herr Hitler hat hier aber nichts zu sagen«, erwiderte Emil scharf.

»Aber Ihr Vater, nehme ich doch an«, grinste der Mann, »oder zählt das Wort eines Dreesen heute nichts mehr? Würde mich ja nicht wundern, welcher Jude hält sich schon an sein Wort...«

Emil ballte die Fäuste. Diese Schweine wurden immer dreister. Er verstand einfach nicht, warum Hitler sich ausgerechnet bei ihnen einquartierte, wieder und wieder, während er gleichzeitig in seinem Buch und in seinen Reden die Juden als Parasiten beschimpfte, die das arische Geschlecht schwächten. Doch er hielt dem triumphierenden Blick des Blonden stand. Keinen Millimeter würde er weichen, schon gar nicht auf seinem Grund und Boden. »Ich werde das prüfen.«

Emil machte auf dem Absatz kehrt und lief zurück ins Hotel, direkt ins Direktionsbüro. Ohne anzuklopfen, stürmte er hinein.

»Vater!« Mit vier Schritten war er an seinem Schreibtisch. »Hast du den Nazis erlaubt, ihre Flaggen vor unserem Eingang zu präsentieren?«

»Was? Bitte?« Irritiert sah Fritz von seinen Büchern auf.
»Die Hakenkreuzflaggen, sie haben einen Heuwagen damit geschmückt und vor dem Eingang aufgebaut.« Emil zeigte verärgert zum Fenster. »Dieser Dämel da draußen sagt, du hättest es ihm erlaubt.«
»Äh ... ja, das ist wohl korrekt.«
»Vater!«, rief Emil empört. »Du kannst doch diesen ungehobelten Raufbolden hier nicht das Feld überlassen! Es reicht, dass sie sich in Bad Godesberg aufführen, als hätten sie das Sagen!«
»Ich überlasse niemandem das Feld«, polterte Fritz, senkte aber gleich wieder seine Stimme. »Wir wissen doch alle: Hunde, die bellen, beißen nicht. Die NSDAP hat bei den Wahlen im Mai keine drei Prozent geholt, dieses ganze Gedöns, das ist nichts als heiße Luft. Ein politischer Furz, er poltert, verschreckt und verfliegt. Sie fahren den Wagen weg, sobald Hitler angekommen ist. Im Gegenzug werden unsere Gäste auch außerhalb des Hotels von keinen Braunhemden angepöbelt. Ein Handel zum Wohle des Hotels. Wenn einer das gutheißen kann, dann doch wohl du.«

Emil atmete tief durch. Es war unsinnig, sich mit Vater auf einen Streit einzulassen, bei dem sie beide nur verlieren konnten. »Wäre es nicht einfach besser, wenn wir Hitler in Zukunft kein Zimmer mehr geben? Dann haben wir auch seine unsäglichen Schlägertruppen nicht hier.«

»Was ist dein Problem, Emil?« Fritz erhob sich von seinem Stuhl und kam auf die andere Seite des Schreibtisches. »Ich habe dich nicht besorgt gesehen, als letzten Monat deine Theatergruppe aus Berlin in unserem Konzertsaal eine regelrechte Orgie aufgeführt hat. Auch das hat unsere Gäste verschreckt.

Ich hatte Dutzende Beschwerden, und ich sage dir, mir sind die Ohren vor Scham rot geworden, bei dem, was ich mir anhören musste.«

Emil verzog zerknirscht den Mund. Nicht nur Vater hatte sich die Empörungsstürme anhören müssen, und ja, die Gäste aus Berlin hatten vollkommen über die Stränge geschlagen, sogar für seinen Geschmack. »Wenigstens haben sie niemanden bedroht«, sagte Emil, wusste jedoch, dass sein Argument schwach war.

»Die einen erschrecken mit ihrer politischen Überzeugung, die anderen mit ihrer... Freizügigkeit. Du warst selbst dabei, die Männer der Gruppe haben sich mehr als skandalös benommen.« Fritz legte Emil seine Hand auf die Schulter. »Sohn, wenn wir Offenheit propagieren, dann konsequent und in alle Richtungen. Nennen wir es das Dreesen'sche Neutralitätsgesetz: Wer unseren Grund betritt, befindet sich auf neutralem Gebiet, hier darf jeder sein, wie er ist, solange er sich ordentlich benimmt. Das heißt, wenn die Braunhemden pöbeln, bekommen sie genauso Hausverbot wie deine Gäste, die offen gegen Paragraf 175 verstoßen. Und jetzt, wenn du mich entschuldigst, habe ich eine Menge zu erledigen.«

Fritz setzte sich hinter seinen Schreibtisch und vertiefte sich wieder in seine Papiere.

Das Dreesen'sche Neutralitätsgesetz. Emils Augen ruhten auf seinem Vater, der sich von seiner stummen Anwesenheit nicht im Geringsten irritieren ließ. Neutraler Grund und Boden, ein wenig Schweiz am Rhein, eine schöne Idee, auch wenn das Aufstellen von Naziflaggen eine seltsame Form schien, dies zu zeigen.

Er nickte, und ein Lächeln überzog sein Gesicht. Das Dreesen als Ort, an dem Menschen sein durften, wie sie waren. Ein Ort, an dem Menschen auf Menschen trafen, mit denen sie im Alltag nie in Berührung kommen würden. Eine Oase der Freizügigkeit, zwar im Rahmen des Gesetzes, aber außerhalb der strengen Normen, die die Gesellschaft sich selbst auferlegte.

Nachdenklich verließ Emil das Büro, überlegte, ob er zu dem blonden Scheitelträger zurückgehen sollte, grünes Licht geben, schlug dann aber den Weg zur Küche ein. Was sollte er sich seine gute Laune von diesen Nazis verderben lassen.

Heute war ein besonderer Tag – Ulla reiste aus Berlin zurück, im Schlepptau eine französische Sängerin mit ihrer Truppe, einem Ensemble, von dem Ulla schon seit Wochen in höchsten Tönen schwärmte. Er konnte nur hoffen, dass ihr Bus erst ankam, wenn Hitlers Gefolgschaft bereits wieder abgezogen war.

***

Das Hupen drang bis ins Foyer. Die Köpfe der Gäste wandten sich zum Eingang, Emil sah, wie der Blondscheitel von dem Sessel hochsprang und zwei Braunhemden zu sich winkte. Gemeinsam eilten sie zu der Drehtür, kamen kurz darauf jedoch enttäuscht wieder zurück.

War das Hupen wohl doch nicht der heiß ersehnte Führer ihrer bedeutungslosen Partei. Neugierig ging Emil selbst nach draußen. Tatsächlich waren die Neuankömmlinge, die gerade dem hupenden Bus entstiegen, das Gegenstück der üblichen Anhänger der NSDAP. Anstelle des uniformen Brauns trugen sie bunte Kleider und die unterschiedlichsten Frisuren.

»Emil!« Ulla lief gut gelaunt auf ihn zu. »Du musst Claire Deltour und ihre...« Mitten im Lauf stoppte sie und starrte verdattert auf die Hakenkreuzbanner. »Was ist hier los? Seid ihr verrückt? Was soll Fräulein Deltour von uns denken?«

»Lange Geschichte«, winkte Emil ab, obwohl ihm genau das Gleiche durch den Kopf ging. Er konnte nur hoffen, dass Claire Deltour und ihre Truppe die Bedeutung der Hakenkreuze nicht kannten. »Vater nennt es das Dreesen'sche Neutralitätsgesetz.«

Ulla zeigte auf die Banner. »Neutral? Machst du Witze?«

»So neutral wie die bunte Truppe, die gerade dem Bus entsteigt.« Emil lächelte aufmunternd. »Nimm es als gegenseitige Toleranzübung.«

»Euch kann man nicht alleine lassen.« Ulla verdrehte vorwurfsvoll die Augen, dann zog sie Emil mit sich zum Bus.

Emil musterte die Männer und Frauen, die meisten von heller Hautfarbe, manche dunkel, vorwiegend jung, Vereinzelte jedoch schätzte er auf vierzig oder fünfzig und noch älter, eine Frau hatte schlohweißes Haar. Dabei bemerkte er die Blicke der Gäste, die an der ungewöhnlichen Truppe vorbei das Hotel betraten. Langsamer als sonst erklommen sie die Stufen zur Drehtür, da der Kopf sich immer wieder zu den Neuankömmlingen wandte.

Zwei Pagen eilten auf den Turm aus Gepäck zu, der sich langsam neben dem Bus aufbaute. Wie hatte das nur alles in den Bus gepasst?

»Das ist sie«, wisperte Ulla aufgeregt, als der letzte Passagier ausstieg. »Claire Deltour. Ist sie nicht hinreißend?«

Ein Bubikopf, die Haare schwarz, die Augen dunkel und groß, die Nase zierlich, die Wangenknochen hoch. Die Lippen, in pastellenem Rosé, verzogen sich zu einem schelmischen Lächeln, während sie ihm ihre Hand zum Kuss hinhielt.

»Emile Dreesen«, sagte sie mit einer satten Altstimme, »der göttergleiche Bruder. Ulla hat mir so viel von Ihnen erzählt, dass ich ihr alleine deshalb folgen musste.«

Hitze stieg Emil zu Kopf wie einem Pennäler. Was um Himmels willen hatte Ulla über ihn erzählt? Er deutete einen Handkuss an und setzte sein charmantestes Lächeln auf. »*Enchanté, Madame.* Ich hoffe, Sie werden nicht allzu enttäuscht sein. Seien Sie auf das Herzlichste willkommen im Rheinhotel Dreesen.«

»Wie du siehst, spricht Claire ausgezeichnet Deutsch«, erklärte Ulla, so stolz, als wäre Claire Deltours Sprachtalent ihr persönlicher Verdienst. »Aber auch Englisch und Russisch. Sie hat viel in Berlin gearbeitet, und in ihrer Truppe sind vier oder fünf Nationalitäten vertreten.«

Claire Deltour sah sich neugierig um, wandte sich dann erneut an Emil. »Oh, là, là, das wird spannend, was Sie da mit uns vorhaben. Wenn man von dieser Abscheulichkeit absieht«, sie zeigte auf die NSDAP-Flaggen, »erinnert mich dieser Ort ein wenig an das Märchenschloss von Dornröschen.« Sie schaute amüsiert den anderen Gästen nach, deren Neugier angesichts der Neuankömmlinge nicht zu übersehen war. »Ob die Menschen hier schon bereit sind, wachgeküsst zu werden?«

»Nun, Ulla sagte, Sie würden sich jeder Herausforderung stellen...«

»*Absolument, mon très cher Directeur!*« Verspielt schickte Claire Deltour den Hotelgästen einen Luftkuss hinterher. »Ich werde sie mit einem Kuss aus ihrem verschlafenen Leben erwecken!«

Wieder spürte Emil die Hitze, die in sein Gesicht schoss.

Natürlich wusste er, dass sie nicht ihn, sondern die Zuschauer meinte, und doch fühlte er sich seltsam angesprochen, als gälte ihr zu erwartender Kuss nur ihm allein.

Hastig wandte er sich an Ulla. »Geleitest du Madame Deltour zur Rezeption? Ich muss mich um das Gepäck kümmern, es ist... reichlich.«

»Ein *directeur*, der mit anpackt. *Très moderne!* Ah, Ulla, es könnte sein, dass Ihre *Légende de Grand Emile* doch stimmt, ich werde es weiter beobachten.« Claire Deltour zwinkerte ihm zu, bevor sie Ulla die Stufen hinauf zum Foyer folgte.

Emil sah ihr verblüfft nach, das kniekurze, schwarz-grau changierende Kleid umfloss ihre knabenhaft schlanke Figur, ihr Schritt war leicht und doch voller Elan und Kraft. Hatte sie gerade mit ihm geflirtet? Oder hatte sie sich einfach nur über ihn lustig gemacht?

Eine Sängerin, wie er sie noch nie gesehen habe, der Auftritt skandalös und grandios, hatte Ulla ihm vorgeschwärmt, er werde begeistert sein, denn so etwas habe es in dieser Gegend noch nie gegeben.

Emil packte zwei Koffer.

Claire Deltour.

Sie war hübsch, zweifelsohne, und selbstbewusst, auf jeden Fall eine interessante und außerordentlich anziehende Person, aber ob ihr Auftritt heute Abend wirklich so spektakulär sein würde, wie Ulla behauptete? Nun, da er ihre Truppe gesehen hatte, befürchtete er eher, dass Ulla sich von den dunkelhäutigen Menschen darunter angezogen fühlte, die allerdings mehr Provokation denn Sensation auf der Bühne sein würden.

»Aber bitte, Herr Direktor, das machen *wir* doch«, rief der Chefpage entrüstet, als er ihn mit den Koffern sah.

»Ich weiß, ich weiß«, sagte Emil und übergab ihm die beiden Koffer. Kurzerhand schlenderte er zurück zu dem chaotischen Gepäckberg.

Er wollte noch nicht ins Foyer, wo er unweigerlich Claire Deltour wieder in die Arme laufen würde. Er hielt inne. Verwirrte ihn diese Frau gerade so sehr, dass er lieber Koffer schleppte, anstatt sich mit den angekommenen Gästen zu unterhalten? Entschieden schnappte er sich die nächsten Koffer. Unsinn, natürlich nicht. Es war einfach viel Gepäck… Wortlos übergab er die Koffer dem herauseilenden Pagen.

Von Verwirren konnte gar keine Rede sein, Madame Deltour war nur etwas unberechenbar mit ihren Bemerkungen – wie sollte er seine Würde als Juniorchef wahren, wenn sie ihn wie einen Schuljungen erröten ließ! Vielleicht noch vor seinem Vater!

Schließlich war der Kofferberg auf eine einzelne, dunkelrote, speerlange Tasche geschmolzen. Gemächlich schlenderte Emil damit ins Foyer, wo der aufgestapelte Kofferberg noch viel beeindruckender wirkte als draußen.

Emil stellte die dunkelrote Tasche dazu und blieb neben seiner Mutter stehen. Sie blickte ungläubig von dem Kofferberg zu der bunten Truppe.

Verstohlen beobachtete Emil, wie Whoolsey Claire Deltour den Schlüssel übergab, sein Empfangscheflächeln war noch strahlender als sonst. Emil wandte sich ab, er hoffte, dass Ulla ihn nicht zu sich und Madame Deltour winken würde, deren Anwesenheit allein bereits in seinem Rücken brannte.

»Wie lange bleiben diese Menschen?«, fragte Maria besorgt. »Und warum so viele? Fünfzehn Personen! Alle freie Kost und Logis, und dann noch die Gage, das ist ruinös!«

»Ulla sagt, sie sind spektakulär.« Emil tippte sich an die Nase. »Bislang hatte sie immer einen guten Riecher, was die Künstler anging.«

»Da gehen unsere Geschmäcker wohl auseinander«, sagte Maria schroff. »Aber«, fügte sie sanfter hinzu, »Ullas Bühnenprogramm bringt neue Gäste, sie scheint also nicht allein zu sein mit diesem Geschmack.«

Emil musste lächeln. Das eben war ein Kompliment gewesen, so gut versteckt, dass es wohl außer ihm niemand entdeckt hätte. Vielleicht Vater, der im Eilschritt auf sie zukam, jedoch nur Augen für den Kofferberg hatte.

»Whoolsey«, rief er, »sorgen Sie dafür, dass das Gepäck zügig auf die Zimmer kommt!« Etwas leiser fügte er hinzu: »Was sollen unsere Gäste beim Anblick dieser ramponierten Koffer und Kisten denken!«

»Praktisch schon erledigt.« Whoolseys Wangen glühten rosig – viele Menschen mit vielen Problemen, die er ad hoc zu lösen hatte, das war sein Lebenselixier.

Maria hängte sich bei Fritz ein, bevor dieser wieder davonstürmen konnte. »Langsam bekomme ich Angst um unser schönes Hotel. Wer weiß, was diesen Künstlern noch so alles einfällt.«

Von der Seite bemerkte Emil einen kleinen Aufruhr am Eingang, er drehte sich um, als sein Vater schon loslief – gerade als Hitler durch die Drehtür trat. Hinter ihm Rudolf Heß und der blonde Scheitelträger von vorhin. Nach einem kurzen Blick auf den Andrang an der Rezeption eskortierten der Blonde und Heß Hitler zu der abgeschotteten Sitzgruppe im Vestibül.

Welch absurdes Tamtam um einen Mann, dessen so großmäulig beschriene Partei nur magere zwei Komma sechs Prozent erhaschen konnte. Immerhin wirkte er selbst nicht mehr so abgerissen wie vor zwei Jahren, als er das erste Mal die Schwelle des Dreesen überschritten hatte.

Wie devot Heß um Hitler herumschwänzelte. Was war nur in ihn gefahren? Wann war er zu diesem Stiefellecker geworden? Damals, als er ums Eck ins Internat gegangen war, schien er ganz passabel zu sein, jedenfalls wenn er im Dreesen zu Gast gewesen war. Oder war das damals nur der Tatsache geschuldet gewesen, dass Heß ein paar Jahre älter als Emil und damit per se interessant gewesen war?

In dem Moment winkte Heß ihn zu sich. Langsam ging Emil zu der kleinen Gruppe, Heß' Winken einfach zu ignorieren, wäre ein offener Affront gewesen.

»Und das, Herr Dreesen«, sagte Hitler gerade zu Fritz und zeigte auf den Blonden, »ist Standartenführer Altmann.«

»Heil Hitler.« Prompt reckte Altmann den rechten Arm, was Fritz mit einem Nicken zur Kenntnis nahm, sich jedoch wieder direkt an Hitler wandte.

»Ich fühle mich geehrt, Herr Hitler.«

Neugierig trat Emil neben Heß. Wegen was fühlte sein Vater sich geehrt? Heß zwinkerte Emil verschwörerisch zu.

Was ging hier gerade vor sich?

»Nun, Herr Dreesen«, sagte Altmann, ohne von Emil die geringste Notiz zu nehmen, »wie unser Führer soeben bekundet hat, fühlt er sich schon länger als Privatgast in Ihrem Hause ausgesprochen wohl. Es ist der Wunsch des Führers, zukünftig das Dreesen als Basis am Rhein zu nutzen, um den Idealen unserer Bewegung auch am Rhein Geltung zu verschaffen.« Altmann machte eine dramatische Pause und sah sich in der kleinen Runde um. Heß nickte zustimmend, Fritz eifrig.

Emils Hotelierslächeln gefror. War sein Vater von Sinnen? Das Dreesen als Basis für die Braunhemden? Wo blieb das Dreesensche Gesetz der Neutralität? Was für ein Licht würde das auf sie werfen... und wie unerträglich wäre es, Menschen wie Altmann und seine Raufbolde, Dutzende von ihnen, regelmäßig hier beherbergen zu müssen! Das durfte er auf keinen Fall zulassen!

»Es hängt allerdings an einem wichtigen Punkt«, fuhr Altmann fort. »Wir müssen uns auf Ihre Diskretion verlassen können.«

»Meine Herren, wenn es nur das ist«, sprang Fritz sogleich auf Altmanns Bemerkung an. »Als Hotelier eines Spitzenhotels stehe ich selbstredend für höchste Diskretion.«

Eine Welle kichernd guter Laune schwappte zu der abgeschiedenen Sitzgruppe. Hitler und Altmann drehten ihren Kopf und blickten drei Damen aus Madame Deltours Truppe samt zwei Pagen hinterher.

»Außerdem bieten wir unseren Gästen Unterhaltung auf dem höchsten Niveau und scheuen weder Geld noch Mühe, um ihnen talentierte Künstler aus ganz Europa zu präsentieren.« Emil lächelte charmant in die Runde.

»Das ist Herr Alt...«

»Mit Herrn Altmann hatte ich heute schon das Vergnügen«, unterbrach Emil seinen Vater.

»Ich aber nicht.« Lautlos, wie nur Adelheid dies vermochte, trat sie neben Emil und sah Fritz herausfordernd an. »Mein lieber Fritz. Möchtest du mich unserem neuen Stammgast nicht endlich einmal vorstellen?«

»Mutter... bitte...«

Emil bemerkte die Blicke zwischen Heß und Altmann. Als

wäre Adelheid Dreesens Anwesenheit nicht erwünscht bei diesem Gespräch, mehr noch, ein Affront. Hitler jedoch erhob sich aus dem bequemen Sessel.

Adelheid streckte ihm die Hand zum Kuss hin, in exakt derselben selbstbewussten Bewegung, mit der Madame Deltour vorhin Emils Respekt eingefordert hatte. Doch anders als Emil bei Claire Deltour, nahm Hitler Adelheids Hand nicht, sondern deutete nur eine knappe Verbeugung an.

»Frau Dreesen«, sagte er kühl.

»Nun«, lächelte Adelheid und nahm elegant ihre verschmähte Hand zurück. »Dann stimmt also doch, was man so über Sie hört.«

Emil sah, wie Hitler sich versteifte, nur einen winzigen Moment, bevor er sich wieder setzte, als wäre Adelheid nicht vorhanden. In Altmanns Gesicht jedoch spiegelte sich all das, was Hitler hinter seiner Fassade perfekt zu verstecken wusste: Verachtung und blanke Wut über die Anmaßung dieser alten, jüdischen Frau, die auftrat mit der Grandezza einer Königin und der Macht einer Hotelbesitzerin, obgleich sie doch in ihren Augen nicht den Dreck unter ihren Fingernägeln wert war.

»Wir wären natürlich entzückt, wenn unser Hotel als Basis für Sie infrage...«, wechselte Fritz hastig das Thema.

»Komm, Großmutter«, flüsterte Emil und hakte sich bei ihr unter. »Lass uns Ulla begrüßen.«

Willig ließ Adelheid sich von der Männergruppe wegführen, dann jedoch änderte sie energisch die Richtung und zog ihrerseits Emil mit zur Rezeption.

Geduldig wartete sie, bis Whoolsey den nun letzten der Künstler abgefertigt hatte, dann wandte sie sich mit freundlichem Lächeln an ihn. »Haben wir nicht kürzlich eine jüdische Hochzeit abgesagt?«

»Leider ja, gnädige Frau, wir waren bereits ausgebucht.« Whoolsey blätterte geschäftig in dem Reservierungsbuch. »In all den Jahren, die ich nun schon hier stehe, so viele Buchungen im Voraus hatten wir noch nie.«

»Nun, lieber Whoolsey, wie auch immer Sie das anstellen, wenn es sein muss, bieten Sie ihnen einen Rabatt von fünfzig Prozent, aber holen Sie die Leute zurück. Egal wie. Und ab sofort möchte ich, dass jede jüdische Hochzeit und jede Bar-Mizwa zwischen Koblenz und Düsseldorf in diesem Haus stattfindet.«

»Natürlich, ganz wie Sie wünschen.« Whoolsey lächelte zufrieden, doch bei Weitem nicht so zufrieden wie Adelheid selbst.

Sie bot Emil den Arm an. »Nun, Emil, wollen wir Ulla und Louis auf einen Tee in meinen Salon bitten? Ich hoffe, sie hat reichlich skandalöse Geschichten im Gepäck, mit denen sie mich von diesem Pöbel in unserem Haus ablenken kann.«

Unwillkürlich musste Emil lachen. Wie seltsam die Welt doch war. In den Augen seiner Mutter waren Claire Deltours Künstler Pöbel, für die Nazis Menschen wie Adelheid und für seine Großmutter Hitler und seine Schergen.

32

»*Non! Non! Non!*« Atemlos hielt Claire mitten im Tanz inne. Mit nur einer Handbewegung brachte sie alle anderen auf der Bühne ebenfalls zum Stillstand, inklusive Jean-Luc am Klavier. »*Plus explosif,* bitte!«

Einen Moment stand sie wie angewurzelt an der Stelle, die Arme zur Seite geöffnet, die Füße fest auf den Holzbohlen, der Blick in den leeren Konzertsaal gerichtet. Erst dann nickte sie Jean-Luc zu. Er schlug die Takte an.

Langsam bewegte Claire die Arme, weiches Schwingen, begleitet von trippelnden Schritten zur Mitte der Bühne, dort schwang sie ihren Oberkörper nach rechts, nach links, nach vorne, als wäre sie auf der Suche.

Sie nickte Jean-Luc wieder zu, er veränderte Ton und Takt, die ersten drei Tänzer sprangen von hinten auf die Bühne und wirbelten um Claire herum.

Großes Erschrecken, drei Schritte links, drei Schritte rechts, zurück zur Mitte, eingekreist von den immer dreister nach ihr greifenden Tänzern.

Bam Bam Bam, die Pauke, wieder wechselte Jean-Luc das Tempo und den Ton, aus wild wurde lieblich, nun kamen die Tänzerinnen und umgarnten die Tänzer, die, als wären sie verwirrt, aus dem wirbelnden Tanz in einen willenlosen Taumel fielen, während Claire sie mit neugierig-unschuldigen Gesten inspizierte.

Claire wartete zwei weitere Takte, dann tanzte sie nach vorne und begann zu singen. Konzentriert beendeten sie das Stück, diesmal ohne sich zu verhaspeln, ohne den Einsatz zu versäumen, ohne zu schnell zu werden.

»Pause!«, rief Claire erleichtert und setzte sich an den Bühnenrand.

»Die Akustik ist nicht ideal.« Jean-Luc machte es sich neben ihr bequem und ließ die Beine baumeln. »Entweder wir dämpfen das Klavier, oder wir schieben es weiter nach hinten auf die Bühne. Ich habe den Eindruck, man hört dich nicht laut genug.«

»Ich bitte Ulla nachher dazu«, sagte Claire, »sie soll uns sagen, wie es im Zuschauerraum klingt.«

»Großartig klingt es.« Ein Mann löste sich aus der Ecke, auf dem Kopf eine Kochmütze, eine Schürze um den Körper gewickelt. Langsam klatschte er in die Hände. »So etwas hat die Bad Godesberger Welt noch nicht gesehen.«

»Natürlich nicht«, rief Claire, »wir sind einzigartig.«

»Allerdings«, sagte der Koch und kam näher, »und das nicht nur auf der Bühne, ich habe mir eben die Sonderwünsche an die Küche angesehen – ist das euer Ernst? Froschschenkel auf Couscouspüree? Erdbeeren Anfang September? Austern? Wo soll ich das hernehmen?«

»Nun, das, *Monsieur le Chef*«, sagte Claire, »kann ich Ihnen leider nicht beantworten.«

Schließlich stand er vor der Bühne und deutete eine Verneigung an. »Robert Harthaler mein Name. Ich freue mich darauf, für euch zu kochen, aber zaubern ist nicht. Das ist euer Repertoire, nicht meins.«

»Tatsächlich, Monsieur Harthaler, gehört zaubern auch nicht in unser Repertoire«, erwiderte Claire, »verzaubern vielleicht.«

»Nu, bezaubernd sind Sie auf jeden Fall.« Er zwinkerte Raissa zu, die sich nun ebenfalls an den Bühnenrand setzte. »Und damit Sie gestärkt weiterüben können, hab ich Ihnen mal eine Auswahl an Alternativen zu Ihren Froschschenkeln vorbereiten lassen.« Er hob die Hände auf Kopfhöhe und klatschte zweimal.

Schon öffnete sich die Saaltür, und vier Burschen in weißer Küchentracht marschierten mit großen silbernen Tabletts auf, die sie auf den Tischen vor der Bühne abstellten. Bunte Kanapees, gelbliche Röllchen, deren Inhalt sich Claire auf den ersten Blick nicht erschloss, weiße, mit grünen Kräutern bestreute Kugeln, Spießchen mit Gemüse und Fleisch.

Es sah köstlich aus. Sie stieß sich vom Bühnenrand ab und landete direkt vor einem der mit den Köstlichkeiten beladenen Tische. Erst jetzt bemerkte sie, wie hungrig sie war. Sie griff sich eine der grün bestreuten weißen Kugeln und steckte sie in den Mund. Ziegenkäse, cremig, mild und süßlich, sie schmeckte den Honig, die Kräuter, dann stieß sie auf etwas Knuspriges. Nussiger, kross gebackener Teig. »Sie sind ein Künstler«, rief Claire entzückt, »vergessen Sie unsere Wünsche, überraschen Sie uns mit Ihren *créations!*« Sie winkte die anderen zu sich. »Bedient euch, ihr Lieben, ihr habt es euch verdient!«

»Sehr erfreut, Madame«, sagte Harthaler, »Sie wissen, wo Sie mich finden können, ich stehe jederzeit zu Ihren Diensten.«

Belustigt registrierte Claire, wie Roberts Blick zu Raissa glitt und dort hängen blieb, als würde er sich mit ihr in eine nonverbale Unterhaltung vertiefen. Claire verkniff sich ein Grinsen. Falls dieser Harthaler gerade dachte, dass er mit Raissa flirtete, lag er falsch. Sie flirtete mit ihm, und es war jetzt schon vollkommen klar, wer in der bald beginnenden Liaison die Hosen anhaben würde.

***

Beschwipst irrte Claire durch den nächsten Flur. Zwei Glas Perlwein vor dem Essen waren wohl eines zu viel gewesen. Allerdings hatte sich die Konversation mit Madame Adelheid, wie sie Frau Dreesen nun hochoffiziell nennen durfte, einfach zu köstlich entwickelt. Ihr Gesichtsausdruck, als sie Jean-Lucs Erzählungen aus Paris lauschte. Insbesondere bei seinen Anekdoten aus der Welt der Avantgarde, die ihr doch zu spektakulär geklungen haben mussten, eine furchtbare Übertreibung, wie Madame Adelheid wohl angenommen hatte, da solch Frivolitäten doch nicht allen Ernstes in lichter Öffentlichkeit dargeboten werden konnten. Dabei hatte Jean-Luc nicht *über-*, sondern aus Rücksicht auf Madame Adelheids Alter stark *unter*trieben. So stark, dass Madame Adelheid bei der Premiere morgen Abend wohl an die Grenzen ihrer Offenheit stoßen würde.

Claire las die Zimmernummer ab. War sie überhaupt im richtigen Stockwerk? Und im korrekten Flügel des Hauses? Warum nur mussten Hoteliers ihre Häuser immer mit labyrinthartigen Gängen anlegen?

Ein Scheppern lenkte ihre Aufmerksamkeit auf den abgehenden Flur. Sie blinzelte. Halluzinierte sie gerade? Mit offenem Mund starrte sie auf die mechanische Ente, die scheppernd und quakend über den Boden ratterte. Neugierig folgte sie dem Spielzeug, das mutterseelenallein den Gang entlangspazierte, als wollte es Claire foppen. Da ging eine Tür auf, ein schwarzer Stiefel schob sich heraus, direkt vor die Ente, deren Schlüssel sich weiter drehte. Ein zweiter Stiefel mitsamt seinem Träger folgte. Dieser sah verwundert von der Ente zu ihr, die Stirn gerunzelt, als frage er sich, was eine erwachsene Frau dazu brachte, eine Spielzeugente durch einen Hotelflur zu schicken.

»Monsieur Canard! Belästigen Sie schon wieder fremde Männer?«, rief sie spontan und hielt dem missbilligenden Blick des Mannes ein charmantes Lächeln entgegen. Er kam ihr bekannt vor, dieser schmale Oberlippenbart, das strengstens gescheitelte Haar. »Verzeihen Sie, meine Ente büxt gerne mal aus. Sehr böse, Monsieur Canard!«

In dem Moment schoss ein kleiner Junge um die Ecke, zwei, vielleicht drei Jahre alt. Er stürzte auf die Ente zu und hielt bei dem schwarzen Stiefel inne. Langsam hob er den Kopf und sah an dem Mann hoch.

Hitler, schoss es Claire durch den Kopf, dieser stumme Spaßverderber war der Anführer der Rüpelpartei, dessen Hakenkreuzflaggen den Eingang dominiert hatten. Das also war der Chef dieser brutalen Braunhemden, die in Berlin ihre Truppe schon so oft belästigt hatten.

»Dann ist das wohl dein *canard*«, sagte Claire und kniete sich neben den kleinen Jungen. Sie hob die Ente über den Stiefel, zog sie auf und setzte sie auf der anderen Seite wieder auf die Erde. Ratternd setzte die Ente ihren Weg fort.

»Conna, Conna«, rief der kleine Junge und lief hinterher.

Claires Mundwinkel zuckten. *Connard,* ein Blödmann, ja

genau das war dieser Mann. Sie erhob sich und stand nun direkt vor Hitler, der sich die letzte Minute keinen Millimeter bewegt hatte, als wisse er nicht, was er mit der Ente, Claire und dem kleinen schwarzen Kind anfangen sollte.

»Gibt es ein Problem?« Ein zweiter Mann kam zur Tür, in der Uniform der Braunhemden, dunkle Haare, eng stehende Augen, mit denen er Claire taxierte.

»Alles bestens«, rief Claire. Militärisch drehte sie ab und marschierte den Gang entlang, dem kleinen Jungen nach.

Zu wem er wohl gehören mochte? Außer ihren Tänzern hatte sie im Hotel bisher keine dunkelhäutigen Gäste gesehen.

»Louis!« Ulla rannte barfuß an ihr vorbei, die Bluse wehte offen nach hinten und gab den Blick auf ein spitzenverziertes Unterhemd frei.

»Louis! Komm sofort her!«

Der Junge rannte nur noch schneller, überholte seine Ente und quietschte vor Freude, als Ulla ihn schließlich einfing und hochhob. »Keine Minute kann man dich aus den Augen lassen!«, schimpfte sie. »Du sollst doch nicht allein aus dem Zimmer laufen. Wie soll ich dich denn da wiederfinden?«

Als sie an Claire vorbeikam, lächelte sie entschuldigend. »Ich hoffe, er hat Sie nicht belästigt.«

»Aber! *Ma chère* Ulla! Dieser kleine Prinz gehört zu Ihnen?« Fasziniert besah sie den kleinen Louis näher. Die dunkle Haut, die schwarzen, lockigen Haare, die großen Augen.

»Mein Sohn Louis.« Ulla küsste das Kind auf die Kringellocken.

»*Enchanté*, Louis.« Claire lächelte den Jungen an. Sie hielt ihm die Ente hin, die er im Eifer des Davonlaufens zurückgelassen hatte. »Vergiss nicht deinen kleinen Freund.«

»Danke«, sagte Ulla. »Ohne Sie hätten wir die Ente morgen stundenlang gesucht.«

»Apropos suchen...« Claire rollte in gespielter Verzweiflung die Augen. »Ich finde mein Zimmer nicht.«

»Sie stehen fast davor.« Ulla zeigte auf eine Tür wenige Meter weiter. »Denken Sie sich nichts, Sie sind nicht die Einzige, die sich im Haus verläuft, in ein, zwei Tagen tragen Ihre Füße Sie ganz von allein in den richtigen Flur.«

Claire nickte, obwohl sie das stark bezweifelte. Weniger wegen ihres nur mittelmäßig ausgeprägten Orientierungssinnes, sondern mehr, weil sie nicht sicher war, ob das Dreesen schon bereit war für ihren Auftritt.

In ihrem Zimmer warf sie sich aufs Bett. Welch göttliches Gefühl, die müden Beine endlich hochzulegen. Nachdenklich beobachtete sie die friedlich vorbeischippernden Schiffe.

Sie waren hier fehl am Platz.

Ulla war bereit für ihren Auftritt, daran zweifelte sie keine Sekunde. Sie war ledig und hatte ein Kind, das nur von einem Schwarzen stammen konnte. Sie lebte, was ihre Truppe spielte.

Aber der Rest der hier Anwesenden?

Hitlers Gefolgschaft sicher nicht. Im Gegenteil, sie hassten alles, wofür Claire und ihre Tänzer und Musiker standen. Ullas Eltern schätzte sie eher konservativ ein, Madame Adelheid war zwar offen für Neues, aber ob sie einen Sprengsatz auf die ihr bekannten Normen und Regeln goutieren konnte? Die anderen Gäste, soweit sie ihr bislang begegnet waren... Sie kannte die Blicke. Neugierde, gepaart mit leichter Verstörung ob des möglichen Skandals, und das bereits, bevor sie und ihre Truppe auf der Bühne die Prüderie exorzierten.

Und Emil? Ihn konnte sie am wenigsten einschätzen. Ulla

war überzeugt, er werde ihre Aufführung lieben, aber Ulla liebte ihren Bruder, und vielleicht hoffte sie das einfach nur. Bei ihrer Begegnung heute Nachmittag war er eher wortkarg geblieben, sie hatte sogar den Eindruck gehabt, er hatte sie bewusst gemieden. Seltsam eigentlich, warum sollte er das tun?

Claire seufzte. Morgen würden sie sehen, was der Abend brachte. Tomaten oder Beifall, beides war möglich. Ein Engagement über mehrere Wochen oder den sofortigen Abbruch des gesellschaftlichen Experiments.

Und heute würde sie sich das Essen aufs Zimmer bringen lassen. Sie hob ihre Füße, einen nach dem anderen, und öffnete die Schnallenschuhe.

Elegant schleuderte sie die Schuhe von den Füßen. Keinen Schritt würde sie heute mehr machen. Kaum war der zweite Schuh am Boden gelandet, klopfte es.

»Claire?«, hörte sie Jean-Lucs vertraute Stimme rufen. »Bist du da?«

Seufzend erhob sie sich und ließ ihn ein. Ohne zu fragen, warf er sich auf ihr Bett.

»Ich fühle mich schrecklich verloren hier.« Er streckte den Arm nach ihr aus. »Wie auf einem fremden Planeten. Als ich von Paris nach Berlin gezogen bin, habe ich mich keinen Tag so gefühlt.«

Sie legte sich neben ihn. »Berlin pulsiert mit dem gleichen wilden, verrückten Rhythmus wie Paris. Und hier...« Sie wandte den Kopf zum Fenster, spürte, wie Jean-Luc den seinen ebenfalls drehte.

»Tuck tuck tuck...« Er legte seinen Arm um Claire. »Der Rhythmus der Schlafenden. Was machen wir hier?«

»Geld verdienen.«

»Das verdienen wir in Berlin auch.«
»Es ist noch Sommerpause, das Kabarett hat geschlossen«, sagte Claire, »die Berliner bezahlen dafür, dass sie hierher in die Sommerfrische fahren, und wir werden dafür bezahlt. Ganz in der Nähe von dem Hotel gibt es sogar ein öffentliches Schwimmbad, das wir benutzen können. Mit Liegewiese und Sprungturm! Und der Biergarten des Hotels soll einen sehr guten Ruf haben, und dieser Harthaler, der Koch, warte nur, bis Raissa ihn unter ihre Fittiche genommen hat, wir werden leben wie die Götter...«

»...auf dem fernen Planeten Bad Godesberg«, seufzte Jean-Luc und vergrub sein Gesicht in ihrer Schulter. »Und so lange bist du meine Heimat.«

»Natürlich, ich und Lulu und ZsaZsa und Gérard... wir sind uns alle gegenseitig Heimat.«

Wieder klopfte es.

»Claire?« Lulus Stimme drang kläglich durch die Tür.

»Komm herein!«

Lulu trat ins Zimmer, sah Jean-Luc und zeigte auf ihn. »Du auch?«

Claire winkte Lulu zum Bett. »Komm, leg dich zu uns, wir genießen gerade den ersten Abend unserer Sommerfrische.«

Lulu sah Jean-Luc fragend an.

»Bezahlter Arbeitsurlaub mit Schwimmbad.«

»Genießt ihn«, sagte Claire, als Lulu sich zu ihnen legte, »er könnte kürzer ausfallen als gedacht.«

33

»Eine Gruppe aus Berlin«, sagte Whoolsey und beugte sich über das Gästebuch. »Vier Männer und eine Dame, soweit ich verstanden habe, sind sie speziell wegen des Auftritts von Madame Deltour angereist.«

»Aus Berlin?« Emil beugte sich über den Tresen und warf einen neugierigen Blick ins Gästebuch. Claire Deltour kam frisch aus Berlin, wer sie dort hätte sehen wollen, hatte dazu nun über ein Jahr Gelegenheit gehabt. Er blieb bei einem Namen hängen. Gründgens? Wie passend für den Abend. Nun wunderte er sich nicht mehr, dass die Gruppe mehr Herren als Damen beinhaltete. Er konnte nur hoffen, dass sie diskreter waren als die letzte Herrenrunde dieser Art.

»Die Veranstaltung ist ausgebucht, ich hatte Probleme, den Herren noch Plätze zu besorgen.«

»Was Sie aber natürlich bravourös gelöst haben«, lächelte Emil. »Was würden wir ohne Sie machen?«

»Was haben Sie ohne mich gemacht? Über vier Jahre lang!«

»Ich weiß es nicht«, sagte Emil, »es ist zum Glück schon über zehn Jahre her, und die meiste Zeit davon war ich selbst nicht hier. Ist es nicht umso schöner, dass heute Abend eine Künstlerin aus Paris bei uns auftreten wird und Sie die Probleme unserer Gäste lösen? Achten wir darauf, dass es nie wieder ein Problem sein wird, in Deutschland kein Deutscher zu sein.«

»Ihr Fräulein Schwester kommt.« Whoolsey nickte Richtung Treppe. »Sehr glamourös.«

Emil drehte den Kopf. Ulla schwebte regelrecht die letzten Stufen herunter, sie trug ein neues Kleid, kniekurz, pastellpink mit Akzenten aus grünen Pailletten, dazu grüne Schuhe und im Haar ein filigranes Stirnband aus den gleichen grünen Pailletten, das eine pastellpinke Feder über dem linken Ohr am Platz hielt.

Sie verblüffte ihn immer wieder. Wo war die wilde Ulla geblieben, die ihre Rüschenkleider gehasst und Heinrich und ihn so sehr darum beneidet hatte, einfach Hosen anziehen zu dürfen?

Strahlend kam sie auf ihn zu. »Na, aufgeregt?«

»*Comme ci, comme ça,* du fährst heute Abend schweres Geschütz auf.« Emil wackelte mit den Händen und merkte, dass er tatsächlich ein wenig nervös war. »Als du gesagt hast, der Auftritt sei skandalös – was genau hast du damit gemeint?«

»Lass dich überraschen!« Ulla grinste schelmisch.

»Es hat nicht zufällig mit Gründgens zu tun? Er ist mit einer Gruppe aus Berlin gekommen. Um Madame Deltour zu sehen.«

»Gründgens ist sicher hier, um Claire zu unterstützen«, Ulla zwinkerte verschmitzt, »falls Bad Godesberg noch nicht für sie bereit ist.«

»Dann ... kennt Gründgens Madame Deltour?«

»Er ist ihr größter Bewunderer.« Ulla lachte. »Emil, du müsstest dein Gesicht jetzt sehen!«

»Du hast gut lachen«, stöhnte Emil, »ich bin der Jeck, der sich morgen eine Predigt über den Verfall der Sitten anhören muss.«

»Das Gute daran ist, lieber Bruder, dass nach Claires Auftritt mein Verfall der Sitte erquicklich harmlos scheinen wird.« Sie klatschte vor Vorfreude in die Hände und strahlte über das ganze Gesicht. »Wie sehr ich mich auf die Gesichter unserer Eltern und das von Großmama freue...«

Just in dem Moment verließen Fritz und Maria das Direktionsbüro und gingen auf den Konzertsaal zu.

»Na, dann auf in den Kampf.« Emil hakte Ulla unter. Worauf hatte er sich da eingelassen? Es spielte keine Rolle, dass nicht er, sondern Ulla Madame Deltour eingeladen hatte, er trug die volle Verantwortung für alles, was im Rahmen seines Bühnenprogramms im Dreesen aufgeführt wurde. Gegenüber Fritz und Maria und Adelheid, gegenüber den Gästen, gegenüber sich selbst. In seinem Magen rumorte es. Warum nur hatte er nicht wenigstens der Probe beigewohnt?

Sie betraten den Konzertsaal direkt hinter ihren Eltern. Emil ließ seinen Blick durch den Saal schweifen. Er sah Gründgens und seine Freunde, erkannte drei Journalisten aus Köln, Bonn und Bad Godesberg, bemerkte, wie jung das Publikum war im Vergleich zu den Tanztees, die über Jahrzehnte diesem Saal seine Berechtigung gegeben hatten. Nervös folgte er seiner Familie zu dem Tisch, an dem Großmutter bereits ihren Platz eingenommen hatte.

Ein Kellner eilte herbei und schenkte Rotwein in ihre Gläser, gerade noch rechtzeitig, bevor die großen Kronleuchter im Saal erloschen.

Adelheid stieß Emil an. »Ich hoffe, du denkst an mein Herz«, raunte sie, »zu viel Aufregung ist gar nicht gut.«

»Dann wäre es wohl besser, wenn ich dir noch einen Johanniskrauttee bringen lasse«, grätschte Ulla grinsend in das Gespräch, »wir haben nicht vor, halbe Sachen zu machen.«

»Genau das habe ich befürchtet«, seufzte Adelheid. Sie trank einen großen Schluck Wein. »Dann lass uns mal sehen, was ihr diesem ehrwürdigen Saal nun wieder zumutet.«

Jäh ertönte ein markerschütternder Trompetenstoß. Emil spürte, wie Adelheid zusammenschreckte. Er nahm ihre Hand und drückte sie.

»Das Leben, Großmutter«, flüsterte er, »denk nur daran, wie mutig Großvater und du gewesen seid, als ihr euer Hotel gebaut habt. Modernste Technik, oder auch *Teufelszeug*, wie es damals genannt wurde, habt ihr euren Gästen zugemutet... Lichter, die wie von Geisterhand an- und ausgingen, Zimmer, die sich von alleine erwärmten, Wasser, das direkt aus der Wand kam...«

Sie drückte seine Hand. »Ihr habt ja recht«, flüsterte sie zurück, »das Leben schreitet unaufhörlich voran. Nur schreitet es immer schneller, je älter ich werde. Ich glaube, ich komme nicht mehr ganz mit.«

Im Saal war nun kein Mucks mehr zu hören. Es war stockdunkel. Da flammten einzelne Lichter auf und wanderten durch den Raum, vereinigten sich dann auf der Bühne zu einem großen Kegel auf Claire Deltours Kopf.

Emil erschrak. Was war mit Claire Deltour passiert? Nicht nur der knallrote Mund wirkte zu groß, auch die Augen. Übergroß mit grellen Pupillen, so unnatürlich, dass sie in dem ansonsten schneeweiß geschminkten Gesicht furchterregend wirkten.

Die Musik begann. Zarte Klarinettenklänge, ein verliebtes Zwitschern, untermalt von harmonischen Akkorden des

Pianos. Claire Deltour rührte sich nicht. Stocksteif stand sie in dem Lichtkegel, die Augen starr, wie tot, auf die Zuschauer gerichtet.

Da verschwanden die Augen.

Ein irritiertes Raunen ging durch den Saal, gefolgt von einem erleichterten, als Madame Deltours echte, wunderschöne Augen erschienen. Keck blinzelte sie mit den auf die Lider aufgemalten falschen Augen, dann ertönte ihre Stimme, kräftig und lockend, während gleichzeitig die Scheinwerfer langsam über ihren Köper glitten. Emil hielt die Luft an. Wie konnte ein Kostüm, das so knapp bemessen war, ihren schmalen Körper so sehr betonen? Es war unmöglich, die Augen von ihr zu nehmen.

Die Worte »*mon homme*« perlten verführerisch durch die Luft, während Claire Deltour einen aus dem noch immer geschlossenen Bühnenvorhang tretenden Tänzer umgarnte.

Gebannt beobachtete Emil, wie Claire Deltour den Tänzer abwechselnd lockte und von sich stieß, als sich plötzlich der Vorhang hob, während die Big Band mit einem Fanfarenstoß den wildesten Swing vorlegte, den Emil je gehört hatte.

Claire Deltour stieß den Tänzer von der Bühne, schmetterte den Refrain »*mon homme*« und zog eine Tänzerin zu sich heran, die noch spärlicher bekleidet war als sie selbst.

Noch nie hatte er so eine Vorführung gesehen. Niemand in dieser Gegend hatte je so eine Vorführung gesehen.

Es war skandalös, und es war unmöglich, nicht hinzusehen. Emil spürte, wie der Rhythmus ihn langsam erfasste, wie seine Beine im Takt zu wippen begannen. Ulla stupste ihn an und zeigte mit einer Kopfbewegung zu ihren Eltern. Mit versteinertem Gesicht starrten sie zur Bühne.

Emil sah zu Adelheid, sah ihr unergründliches Lächeln, sah, wie die Finger ihrer linken Hand im Takt auf den Handrücken der rechten klopften.

Da stürmten weitere Tänzer auf die Bühne. Sie stürzten sich auf Claire und die spärlich bekleidete Tänzerin und schleuderten sie zu dem schnellen Rhythmus über die Bühne. Es war ein Spektakel. Wild. Ungestüm. Ekstatisch.

Von der Seite nahm er eine Bewegung wahr. Seine Mutter stand auf und verließ den Saal.

Fritz schüttelte verständnislos den Kopf, dann stand auch er auf und folgte seiner Frau.

Emil seufzte, stupste Ulla an und zeigte auf die leeren Plätze. Doch Ulla lächelte nur, zog die Schultern hoch und bewegte ihren Kopf im Takt der Musik.

Ergeben richtete Emil seine Aufmerksamkeit wieder auf die Bühne. Die Sittenpredigt würde er morgen über sich ergehen lassen müssen, aber jetzt würde er genießen, was Großmutter das Voranschreiten des Lebens nannte. Ob es je so schnell und verrückt vorangeschritten war wie in den letzten zehn Jahren? Und wo würde es hinführen, wenn es weiter so voranschritt? In ein freies, tolerantes, friedliches, demokratisches Deutschland, in dem Frauen gleiche Rechte hatten wie Männer und Männer andere Männer lieben durften und all die Utopien sich verwirklichten, von denen Elsa so vehement behauptet hatte, dass es keine Utopien, sondern die Zukunft sei.

34

Was Bruno Mayen wohl so spät noch von ihr wollte? Elsa hastete durch die dunkle Gasse, sah sich ängstlich um. Dieser Teil von Bonn war keine gute Gegend für eine Frau allein, schon gar nicht im Dunkeln. Wobei es inzwischen auch für Männer nicht mehr ungefährlich war, des Abends durch die Straßen zu laufen, egal ob in Bonn oder sonst wo in Deutschland. Die Übergriffe auf ihre Genossen wurden nicht nur brutaler, sie kamen auch immer häufiger vor.

Wohin steuerte das Schiff? Hätten die Reichstagswahlen nicht eine andere Sprache gesprochen, hätte man glauben können, dass die Nazis sich seit dem Abzug der Franzosen in der Gegend massiv ausgebreitet hatten. Wie Bruno es schon vor einem Jahr vorausgesagt hatte, als er zum Vorsitzenden der Bonner Genossen gewählt worden war. Dass die rechte Brut sich breitmachen werde wie Dünnschiss, hatte er damals prophezeit, und dass sie die Sozialisten noch mehr ins Visier nehmen würden. Seine Vorahnung hatte sich bewahrheitet, und dabei trugen sie auch noch die passende Uniformfarbe. Und das ganz und gar freiwillig.

Endlich hatte sie Brunos Haus erreicht. Sie klopfte, sah sich nervös um, als die Tür einen Spalt geöffnet wurde.

»Ja?«, fragte Bruno.

»Ich bin's.« Elsa drückte gegen die Tür und trat in den schwach beleuchteten Hausgang, aus dem ihr der Geruch nach Kohl und altem Fett entgegenschlug.

Sorgfältig schloss Bruno ab und legte einen Riegel vor. »Die anderen sind schon da.«

Sie folgte Bruno durch einen engen Flur in einen spärlich beleuchteten Hinterraum, in dem vier Männer und eine Frau um einen ramponierten Arbeitstisch saßen. Elsa erkannte die Frau sofort. Melitta, eine altbekannte Mitstreiterin für Frauenrechte. Erfreut setzte sie sich neben sie, während Bruno sich ans Kopfende des Tisches begab.

»Genossen, wir sind nun vollzählig, ich eröffne die Sitzung.« Er zeigte auf die bunt schraffierten Pläne am Tisch.

»Keine Handbreit Boden sollten die Nazis bekommen, haben wir uns vor einem Jahr hier in diesem Raum geschworen. Und jetzt schaut euch die Karte an.«

Elsa beugte sich zur Mitte des Tisches, um die Karte besser sehen zu können. Nun verstand sie auch, was die schraffierten Flächen darstellten. Übergriffe auf Sozialisten. Erschrocken studierte sie die Ortsnamen der schraffierten Flächen in Bonn und Umgebung.

»Wir müssen endlich reagieren. Das, was die Braunhemden hier mit uns machen, ist reiner Terror. Sie schüchtern die Leute ein, und wenn sie das nicht mit den Fäusten machen, dann machen sie es mit ihrem martialischen Auftritt.«

»Habt ihr die scheiß Hakenkreuzflaggen gesehen? Gestern, vor dem Dreesen?«, warf einer der Männer ein, Herbert, soweit Elsa seinen Namen richtig in Erinnerung hatte.

»Den Dreesens gehört endlich mal eine Lektion erteilt, kann

nicht sein, dass die weiterhin so offen den Nazis den Hof machen.«

»Mach mal langsam. Die Dreesens sind keine Nazis«, warf Elsa ein. Dass Ulla oder Emil ohne Not Hakenkreuzflaggen an ihrem Hotel dulden würden, konnte sie sich nicht vorstellen. »Die Jungen ganz sicher nicht.«

»Und das weißt du woher?«, fragte Herbert.

»Weil ich dort acht Jahre gearbeitet habe.«

»Ich arbeite seit zwanzig Jahren in der Päler Druckerei und habe keine Ahnung, wen mein Chef wählt.«

»Hast du auch seit zwanzig Jahren eine Liaison mit deinem Chef?« Elsa sah angriffslustig in die Runde. Sollten sich die anderen später ruhig ihr Maul über sie zerreißen, die Einzigen, deren Meinung ihr in diesem Raum wichtig war, wussten von ihrer früheren Affäre mit Emil Dreesen. Melitta und Bruno. Und Bruno würde verstehen, dass sie Emil und Ulla in Schutz nehmen musste.

»Unser Freund und Genosse Harthaler kennt den Dreesen junior auch und sagt das Gleiche. Und der hatte keine Liebelei mit ihm.« Bruno machte eine beschwichtigende Handbewegung. »Es ist nicht unsere Aufgabe, all jenen eine Lektion zu erteilen, die die Rechten bewirten oder meinetwegen auch unterstützen. Dann stellen wir uns nämlich mit denen auf eine Stufe, die wir bekämpfen wollen. Wir sind hier, weil wir nicht länger dulden, dass die Rechten uns angreifen können und die Polizei einfach wegschaut, weil sie von Deutschnationalen und Nazis unterwandert ist.«

»Meinste, mit deinem Gerede wirste was ändern?«, bellte Herbert in die Runde und sah sich Beifall heischend um.

»Nein, Herbert«, sagte Bruno scharf, »aber mit Brandsätzen, und wenn du nicht endlich die Schnauze hältst und mich ausreden lässt, dann wirst du als Einziger hier keinen davon werfen.«

Herbert zog den Kopf ein, vielleicht erinnerte er sich gerade daran, dass Bruno nicht umsonst zum Vorsitzenden gewählt worden war.

»Jeder von uns bekommt einen Nazi zugewiesen, der sich in letzter Zeit als besonders brutal gegen uns und unsere Genossen hervorgetan hat. Und dann bekommt dieser eine Portion seiner eigenen Medizin.«

»Ich soll mich mit einem Nazi prügeln?« Melitta schüttelte verwundert den Kopf. »Dann such mir mal 'nen Kleinen raus. Am besten einen mit Holzbein und Schwindsucht.«

Elsa runzelte die Stirn. Das konnte wohl kaum Brunos Plan sein.

»Nein, liebe Genossin, denn wenn du im fairen Zweikampf antreten würdest, wäre es doch kaum ein Löffel seiner eigenen Medizin? Du wirst dir zwei Mitstreiter aussuchen und mit diesen gemeinsam einen Anschlag auf ihn ausführen. Jeder von euch wird das tun, und zwar genau am selben Tag zur selben Zeit.«

Melitta nickte zufrieden, auch Herbert schien an Brunos Vorschlag nichts auszusetzen zu haben.

»Habe ich so weit eure Zustimmung?«

Bejahendes Murmeln ging durch das Zimmer.

»Gut, dann gebe ich euch jetzt eure Namen.«

Er reichte sechs gefaltete Notizblätter herum, auf denen vorne jeweils der Name eines der Anwesenden stand.

Elsa nahm ihren Zettel und faltete ihn auf. Ihre Augen weiteten sich. War Bruno verrückt? Kurt Senkert? Sie sollte einen

Polizisten angreifen? Das war mehr als einfach nur ein Vergeltungsschlag gegen einen pöbelnden Nazi, das war ein Verbrechen!

»Ich soll dem Wachtmeister aus meinem Bezirk eine überziehen?«, fragte Herbert entsetzt. »Bist du jeck?«

»Ich auch… Das ist doch Wahnsinn… Die sperren uns ein und werfen den Schlüssel weg… die jagen die gesamte Polizei auf uns…«

Eine Kakofonie der Empörung schwirrte durch den Raum und verfing sich in Elsas Kopf. Was dachte sich Bruno nur dabei, er konnte doch nicht allen Ernstes von ihnen verlangen, dass sie Polizisten angriffen! Das war *wirklich* Wahnsinn! Selbst wenn die Polizisten es doppelt und dreifach verdient hatten – das würde sie Kopf und Kragen kosten!

Elsa sah zu Bruno. Lächelnd hörte er sich die aufgeregten Kommentare an, nickte ihr dann beschwichtigend zu.

»Hmmhm«, räusperte er sich, was bereits reichte, um wieder Ruhe einkehren zu lassen. »Warum, glaubt ihr, beauftrage ich *euch* damit und nicht irgendjemanden?«

Sechs Augenpaare waren stumm auf ihn gerichtet. Genau diese Frage hatte Elsa sich auch gerade gestellt. Warum wollte er sie dabeihaben?

»Weil ich es euch zutraue«, fuhr Bruno fort. »Es bedarf der genauesten Absprache und Planung und Verschwiegenheit. Wenn einer von uns einen Wachtmeister angreift, dann ist das ein lokaler Affront und eine Ungeheuerlichkeit, für die ein paar von uns in den Tagen darauf extra Prügel einstecken müssen. Wenn sieben am gleichen Tag zur gleichen Zeit angegriffen werden, dann ist das ein Terrorakt, der es in die nationalen, vielleicht sogar internationalen Zeitungen schaffen wird – zusammen mit unserer Darstellung, in der die Übergriffe genau dieser Polizisten auf uns einwandfrei dokumentiert sind.«

»Was uns aber nicht den Bau erspart, wenn wir geschnappt werden«, warf eine Stimme ein.

»Das ist leider wahr«, bestätigte Bruno. »Deshalb dürfen wir uns nicht schnappen lassen, und deshalb ist es so wichtig, dass wir exakt zur selben Zeit zuschla…«

Lautes Klopfen und Rufen unterbrach seine Worte. Alle im Raum erstarrten, dann stand Bruno auf und legte den Finger an den Mund. »Keinen Mucks, verstanden?«

Eilig verließ er den Raum und schloss die Tür hinter sich.

Elsa drehte sich zu Melitta, die fragend mit den Schultern zuckte. Elsa sah Angst in ihren Augen, nicht nur vor der Möglichkeit einer potenziellen Razzia, die ihr Schwierigkeiten einbringen konnte, auch vor der Aufgabe, die Bruno ihnen angetragen hatte.

Da kam Bruno zurück, im Schlepptau einen rotblonden Mann Mitte dreißig, Johannes Dobenau, glaubte Elsa sich zu erinnern, ein Freund von Robert Harthaler. Bisher hatte sie ihn immer lachend gesehen, jetzt jedoch zitterte er, sein Gesicht war totenbleich, als hätte er gerade eine Begegnung mit dem Leibhaftigen erfahren.

»Genossen, ein Unglück ist geschehen«, sagte Bruno, die Stimme dunkel vor Wut. »Robert Harthaler wurde soeben gemein ermordet.«

Elsas Aufschrei ging in dem Wutgebrüll der anderen unter. Robert Harthaler! Ein Stich fuhr ihr ins Herz. Robert! Er war nie ein enger Freund gewesen, aber ein Freund, dessen lockere Art und bedingungslose Freundschaft zu Emil sie zu schätzen gelernt hatte. Und nun war er tot? Ermordet? Aber wie? Von wem? Und warum?

***

Kurt Senkert, Jupp Pützer und Schneider, der miese Erpresser. Elsa wischte sich die Tränen aus den Augen. Sie würden dafür bezahlen, diese miesen, verfluchten, hinterhältigen Schweine. Hätte sie doch nur ihren Auftrag schon ausgeführt und Kurt Senkert bereits mit einem Brandsatz ins Jenseits befördert! Hätte sie ihn nur erwischt, bevor er sich an Robert hatte vergreifen können.

Bruno legte ihr die Hand auf die Schulter. »Bist du sicher, dass du mitkommen willst?«

Sie nickte vehement. Ob sie sicher war? Absolut. Diese Dreckskerle sollten bluten. Für jeden Tropfen, den sie Robert aus dem Körper geprügelt hatten, damit er ein Geständnis unterschrieb, in dem er seinen Freund Emil Dreesen des Hochverrats am deutschen Volk bezichtigte.

Wie verzweifelt mussten diese Mörder Emil schaden wollen, dass sie einen Mann töteten, um eine zehn Jahre alte Fahnenflucht ans Licht zu zerren?

Es war Senkert gewesen, hatte Johannes erzählt, der Robert in den Kopf geschossen hatte. Als Pützer ihn hatte gehen lassen wollen. Und Schneider hatte applaudiert.

Er habe nichts machen können, hatte Johannes unter Schluchzen erzählt, als Senkert, Pützer und Schneider plötzlich mit Robert in der verlassenen Fischerhütte aufgetaucht seien. Robert sei bereits gefesselt und halb bewusstlos geschlagen gewesen, er allein habe gegen die drei nichts ausrichten können, also habe er sich versteckt und dann der Misshandlung und Ermordung seines Freundes beiwohnen müssen.

Hasserfüllt umklammerte Elsa den Brandsatz in ihrer Hand, den Blick auf das Wirtshaus gerichtet, dem sie sich schnell näherten. Es musste gut besucht sein, sie hörte bereits das Johlen und Lachen bierseliger Männer. Ihnen würde das Lachen schon bald vergehen, wenn sie und ihre Genossen mit ihren Brandsätzen für Chaos und Schrecken sorgten. Wieder berührte Bruno sie an der Schulter.

»Wir müssen vorsichtig sein«, sagte er leise, »die könnten ein paar ihrer Leute zum Wacheschieben abgestellt haben.«

Elsa sah sich um. Vor dem Wirtshaus stand ein Braunhemd – war er ein Wachkommando? Oder einfach ein später Besucher?

»Wir teilen uns auf«, sagte Bruno und drehte den Kopf zu den anderen. »Elsa und ich machen die Vorhut und prüfen die Lage, wir können uns als Paar tarnen, das einen Spaziergang macht. Ihr bleibt im Hintergrund, bis wir euch holen. Verstanden?«

Elsa nickte, ebenso wie ihre fünf Genossen – sie alle gemeinsam wollten Robert in einem spontanen Vergeltungsschlag rächen.

Bruno hakte sie unter und schlenderte mit ihr auf das Wirtshaus zu. Elsas Brust wurde immer enger, je näher sie den hell erleuchteten Fenstern kamen. Sie gingen an dem Eingang vorbei ums Eck und blieben stehen.

Wachsam sah Elsa sich um. Doch niemand war ihnen gefolgt. Bruno legte den Finger an den Mund und deutete ihr an, sich zu ducken. Sie schlich gebeugt zum nächsten Fenster und spähte in die Wirtsstube.

Sie war so voll, wie es sich anhörte. Männer, viele Männer, manche in der Uniform der Nazis, die Armbinde mit dem Hakenkreuz gut sichtbar über dem braunen Hemd. Sie saßen dicht gedrängt an den Tischen, vor sich ein Bier, die Luft verqualmt und dunstig.

Bruno tippte sie an und zeigte zur Mitte des Raums. Kurt Senkert stand in seiner SA-Uniform auf einem kleinen Podest und heizte die Männer an den Tischen an. Elsa bebte vor Hass. Am liebsten hätte sie jetzt sofort einen Brandsatz auf ihn geworfen.

Am Tisch vor ihm saß Pützer, der Verräter, er hatte mit Robert zusammengearbeitet, wusste, dass Robert Emils Freund gewesen war, wie hatte er das zulassen können! Neben Pützer erkannte sie Hans Senkert und... Elsa verschluckte sich fast vor Schreck, Hilde! Was zum Teufel hatte Hilde mit Hans Senkert zu tun? Da legte Hans Senkert seinen Arm um Hilde, woraufhin sie ihren Kopf an seine Schulter lehnte, auf dem Gesicht ein glückliches Lächeln.

Elsa blickte wieder zum Podest und versuchte, Kurt Senkerts Worte zu verstehen.

»... wollen wir wirklich zulassen, dass jüdische Blutsauger ihr Luxushotel vor unserer Nase zu einer Brutstätte der Sünde ausbauen?«

Die Frage löste Trampeln und Buhrufe aus. Was hatte Senkert vor?

»Während unsere tapferen Kriegsversehrten um jeden Pfennig betteln mussten, haben sie einen Pakt mit dem Erbfeind geschlossen und ihr Hotel vergrößert und verschönert und mit jedem Luxus ausgestattet. Bezahlt mit der Schande und dem Verrat am deutschen Volk und deutschen Blut!«

Der Tumult im Saal wuchs, zu dem Trampeln gesellte sich ohrenbetäubendes Pfeifen, zwischendurch Rufe nach dem Galgen für die Juden im Dreesen, aber auch die im Ort. Gänsehaut überzog Elsas Arme und lief ihren Rücken hinunter. Senkert hetzte gerade ein Lynchkommando auf. Sie konnte nur hoffen, dass Hitler sich tatsächlich gerade im Hotel Dreesen aufhielt. Sonst würde der Wachtmeister mit Freuden das Dreesen mit dieser vom Alkohol benebelten, aufgestachelten Meute stürmen und die Familie Dreesen ebenso töten wie Robert Harthaler!

Bestürzt wandte sie ihren Kopf zu Bruno, der erneut den Finger auf den Mund legte und auf einen blonden Mann mit düsterer Miene am Tisch von Pützer und Hans Senkert zeigte. Trotz seines finsteren Gesichtsausdrucks gab er nicht einen Laut von sich, um in den Tumult der Meute einzustimmen.

»Das ist Harm Altmann«, flüsterte Bruno, »einer der wichtigsten Hitlervasallen. Strammer SS-Mann. Wenn der hier ist, dann ist Hitler nicht weit.«

»Sicher im Dreesen«, raunte Elsa und dachte an Herberts Bemerkung zu den Hitlerflaggen vor dem Hotel.

»Dann wird das gerade richtig spannend.«

Elsa wandte sich wieder Kurt Senkert zu, der gerade eine abwiegelnde Armbewegung machte, um die Meute im Saal zu beruhigen. »Kameraden! Kameraden«, rief er, »ich verstehe euren Unmut, aber ich verspreche euch, wir werden diese Schmarotzer nicht ungeschoren davonkommen lassen, zumal heute erst wieder Schandtaten ans Licht kamen, die all unsere schlimmsten Befürchtungen zum jüdischen Verrat um Welten übersteigen.«

Diesmal wurden seine Worte nicht mit Gejohle begrüßt, sondern es trat gespannte Stille ein.

»Kameraden«, sagte Senkert salbungsvoll, »so wahr ich hier stehe, ich werde jeden dieser Hochverräter persönlich büßen lassen.«

Der Tumult, der nun ausbrach, erschreckte Elsa bis ins Mark. Sie packte Bruno am Arm. »Wir müssen Emil warnen«, flüsterte sie, doch Bruno schüttelte den Kopf und zeigte auf Senkert. Harm Altmann stand vor ihm und zeigte mit einem Kopfnicken zur Tür. Senkert erbrachte eilfertig den Hitlergruß und folgte ihm augenblicklich nach draußen.

Bruno packte Elsa an der Hand und lief geduckt zur Hausecke, wo er reglos stehen blieb. Schon hörte Elsa Senkerts Stimme.

»... wirklich eine Ehre, dass Sie heute bei uns zu Gast sind, ich hoffe, meine Rede hat Ihnen ...«

»Hör mir genau zu, Senkert«, unterbrach ihn Altmann, »und ich sage das nur ein einziges Mal: Das war das erste und letzte Mal, dass du oder sonst einer hier über das Dreesen sprecht! Ist das klar?!«

»Aber ... Standartenführer ...«, stammelte Senkert, »mit Verlaub, wenn Sie wüssten, was ...«

»Habe ich mich nicht deutlich genug ausgedrückt, Parteigenosse Senkert?« Altmanns Stimme war rasiermesserscharf.

»Natürlich ... Jawohl, Standartenführer. Habe verstanden«, sagte Senkert, doch Altmann war schon wieder im Wirtshaus verschwunden, als bräuchte er Senkerts Bestätigung gar nicht.

»Zeit für Kommando Robert«, raunte Bruno und winkte zweimal. Sogleich kamen ihre Genossen angelaufen. Momente später waren die Brandsätze entzündet, sie positionierten sich, dann warfen sie die Brandsätze durch die Fenster.

Elsa hörte die Schreie, die Explosionen, sah die Stichflammen.

»Lauft«, rief Bruno ihnen zu und rannte an Elsa vorbei die Straße entlang. Blindlings hastete sie ihm nach, hörte hinter sich die ersten Menschen aus dem Wirtshaus stürzen. Sie wagte einen Blick zurück, sah einen Mann, dessen Ärmel lichterloh brannte, sah, wie er sich auf den Boden warf.

Da lief Herbert an ihr vorbei. »Sie kommen uns nach«, keuchte er, »renn, was du kannst, und wenn du nicht mehr kannst, versteck dich.«

Sie rannte schneller, hörte hinter sich Rufe, Schritte. Wohin sollte sie laufen? Weiter in den Ort? Um die Aufmerksamkeit eines Polizisten auf sich zu ziehen? Nein, sie musste weg vom Licht, weg von dem Wirtshaus. Sie änderte die Richtung, lief eine Gasse hinunter, Richtung Rhein. Hinter sich hörte sie wütend gebellte Befehle, Männer, die sich aufteilen und jede Gasse absuchen sollten.

Panik stieg in Elsa auf. Sie konnte nicht nach Hause, da würde sie ihren Verfolgern direkt in die Arme laufen.

Sie rannte immer weiter, erreichte den Fluss. Noch immer hörte sie die Stimmen ihrer Verfolger. In der Nähe krachte Holz, wohl von Verschlägen oder Bootshäusern. Es war sicher keine gute Idee, sich in einem solchen zu verstecken.

Elsa verlangsamte ihren Schritt, Seitenstechen nahm ihr den Atem. Sie brauchte eine Pause. Doch ihre Verfolger kamen immer näher, wohin sollte sie fliehen?

Sie stolperte, fiel die Böschung hinunter und blieb in einem Strauch liegen. Das Wasser umspülte ihre Füße, stachelige Zweige zerkratzten ihre Haut.

Immer noch waren die Verfolger zu hören. Sie näherten

sich, entfernten sich, erneut krachte Holz, sie vernahm Schläge, Schreie. Es waren die Schreie eines Mannes. Wen hatten sie gefunden? Bruno? Herbert?

Elsa kauerte sich ins Gebüsch und presste die Hände auf ihre Ohren. Sie wagte nicht einmal zu atmen.

Da kamen die Verfolger wieder näher. Sie lachten und schleiften etwas hinter sich her. Ein Platschen, dann lachten die Männer noch lauter. Im nächsten Moment streifte etwas ihren Fuß.

Ein Körper!

Elsa griff danach, erwischte ihn am Hosenbein und hielt ihn fest, bis die Schritte der Männer endgültig verklungen waren. Erst dann wagte sie, den Körper aus dem Wasser zu ziehen.

Es war Bruno! Sie schluchzte auf. Vor Erleichterung, dass er bei ihr war und sie seinen Atem spürte, und vor Entsetzen, wie diese Schlächter ihn zugerichtet hatten.

35

Das letzte Lied des Abends. Das Lied, das die Toleranz der Zuschauer auf den finalen Prüfstand hob. Der Abschluss der sorgfältig geplanten Eskalation. Bis zur Pause ein Aufwärmen, ein langsames Hinführen an die neuen Spielregeln, nach der Pause die schrittweise Steigerung des Unerhörten bis zum abschließenden Bruch mit dem Bekannten.

Claire wirbelte in Gérards Arme hinein und ließ sich sogleich von ihm zurückstoßen. Sie spürte den Rhythmus, der die Luft zum Vibrieren brachte. Ein letztes Mal flog sie in seine Arme, diesmal stieß sie ihn von sich, zu Boden, ließ ihn liegen und umgarnte stattdessen ZsaZsa, bis sie beide zum Stillstand kamen. Exakt in der Mitte der Bühne, wo die Scheinwerfer ihre Lichtkegel auf sie vereinten. ZsaZsa schloss die Lider und präsentierte ihre aufgemalten Riesenaugen. Claire tat es ihr nach.

Still standen sie sich gegenüber.

»*Mon homme*«, sang Claire ein letztes Mal zu den zarten Klängen von Jean-Lucs Harmonien, sie ließ das »mmm« nachklingen, verstummen, dann küsste sie ZsaZsa fest auf die knallroten Lippen, bis auch der letzte Ton des Klaviers verhallte.

Vorbei.

Claire löste ihre Lippen von ZsaZsas Mund, blieb jedoch

noch einen Augenblick ihr zugewandt stehen, die Augen weiterhin geschlossen.

Nun kam der spannendste Moment des Abends.

War Bad Godesberg bereit, die Grenzen der triefenden Moral aufzusprengen?

»Schweinerei!«, rief da jemand.

»Das gehört verboten!«, brüllte ein anderer.

Sie waren nicht bereit.

Claire öffnete die Augen und drehte sich zum Publikum.

»Buhhhhh! Schämt euch!«, schallte es aus der linken Ecke, eine kleine Gruppe war aufgestanden und verließ protestierend den Saal.

Immerhin hatten sie nichts nach ihr geworfen. Als Künstlerin musste man manchmal schon dafür dankbar sein.

Sie lächelte. Professionell bleiben. Bis zum bitteren Ende. So wie die Größten der Großen es sie in Paris gelehrt hatten. Nicht das Benehmen des Publikums, sondern die Integrität der Künstlerin ist das, was bleiben wird.

Sie verbeugte sich.

Plötzlich brandete Applaus auf. Er kam nur aus einer Ecke, aber mit großer Vehemenz. Bravorufe wurden laut, aus der gleichen Ecke, gefolgt von »Zugabe!«- und »Mehr!«-Rufen. Hörte sie da ihren Freund Gründgens heraus? Ihr Lächeln wurde breiter, sie winkte von links und rechts ihre Truppe zu sich, als der Applaus kräftiger wurde.

Das war nicht mehr nur Gründgens. Der Applaus kam von überall im Saal, ebenso die Rufe.

War Bad Godesberg doch schon bereit für die Revolution der Kunst? Vielleicht war es sich auch noch nicht ganz sicher. Ein »Unentschieden«?

Die Lichter im Saal flammten auf, nun sah sie auch, wer im Publikum klatschte und wer nicht. Es lief wohl wirklich auf ein Unentschieden hinaus. Nicht nur im Saal, auch an Ullas Tisch. Dem wichtigsten im Saal, denn dort wurde die Zukunft ihres Engagements in diesem Hotel bestimmt. Monsieur und Madame Dreesen waren nicht mehr am Tisch, sie mussten die Aufführung schon früher verlassen haben, Madame Adelheid dagegen saß noch da, sie applaudierte zwar nicht, aber allein, dass sie geblieben war... *Mon respect, Madame Adelheid,* dachte Claire und lächelte besonders freundlich in ihre Richtung.

Ulla klatschte frenetisch, ihr Onkel Georg Dreesen, der ruhige, große Mann mit dem freundlichen Lächeln, den sie gestern mit Madame Adelheid kennengelernt hatte, eher verhalten. Er musste im Laufe des Abends dazugestoßen sein, seine Aufmerksamkeit schien vor allem der wunderschönen, dunkelhaarigen Frau neben ihm zu gehören, die dafür so begeistert klatschte wie Ulla. Ob das diese Änni Schwarz war, von der Ulla ihr erzählt hatte? Die Kunstmäzenin und Tochter des Industriellen Paul Schwarz, die Ulla ihr vorstellen wollte?

Ihr Blick wanderte weiter.

Aber wo war Emil Dreesen? Sein Platz war leer.

Dass er nicht bis zum Ende geblieben war... Schade.

Sie verbeugte sich erneut, zeigte auf ihre Tänzer, ihre Musiker, hob die Arme, um den Applaus für sie zu heben, als Emil Dreesen auf die Bühne kam, im Arm einen riesigen Blumenstrauß.

Er lief zu ihr und überreichte die Blumen. »*C'était... incroyable, Madame.*« Er sah ihr direkt in die Augen, und sie erkannte, dass es kein leeres, sondern ein ehrliches Kompliment war.

Sie nahm die Blumen und verließ die Bühne, noch getragen von der Ekstase des Auftritts. Die Ernüchterung würde später kommen, wenn sie in ihrem Bett lag und Stunden brauchte, um wieder herunterzukommen von dem Adrenalin, das ihr Körper auf der Bühne ausgeschüttet hatte.

Sie legte ihren Mantel um, so aufgehitzt wie ihr Körper jetzt war, stieg auch die Anfälligkeit für eine Verkühlung. Langsam schlenderte sie in die improvisierte Maske hinter der Bühne. Adeline, ihre schlohweißen Haare kunstvoll hochgesteckt, wartete schon auf sie.

»Und?«, fragte sie und winkte sie zu dem Stuhl, bewaffnet mit einem großen Schwamm. »Bist du zufrieden?«

»So lala«, seufzte Claire und hielt Adeline ihr Gesicht zum Abschminken hin. »Ob die Menschen je verstehen werden, was wir ihnen auf der Bühne vorleben?«

»Ihre Fantasie würde das gar nicht aushalten.« Adelines Schwamm fuhr über Claires Gesicht, weich schäumte sie die Schminke auf und nahm sie dann mit einem Tuch ab. »Du bist fertig.«

Claire stand auf und überließ den Stuhl Lulu.

Ob sie hierbleiben sollten?

Mit jeder Minute, die Auftritt und Applaus länger zurücklagen, wurde sie unsicherer. Zweifelnd verließ sie die Maske, schlenderte durch den Konzertsaal und betrat die angrenzende Terrasse. Die frische Abendbrise war erquickend nach der aufgeheizten Luft im Saal. Sie trat an den Rand der Terrasse und blickte über den Rhein. Diese Ruhe ...

»Madame!« Emil Dreesen stellte sich neben sie und hielt ihr ein Glas Champagner hin. »Ich ... ich hatte gehofft, Sie noch hier anzutreffen.«

Sie nahm ihm den Kelch aus der Hand und trank einen großen Schluck. Der Champagner perlte herrlich kühl durch ihre Kehle. »Unser Experiment hat nicht funktioniert. Ich konnte sie nicht wachküssen. Haben Sie gehört, was diese Männer gerufen haben?«

»Nun«, Emil prostete ihr zu, »Sie müssen diesen ignoranten Tölpeln verzeihen. Ihr... äh... Auftritt ist für manche hier ein... ein Tabu.«

Es war zu dunkel, um tatsächlich zu erkennen, ob er errötete, aber er hörte sich so an.

Claire lächelte. »Sie meinen, Männer, die Männer küssen, und Frauen, die Frauen küssen? Oh, là, là, ich weiß, das ist für viele unerhört. Gefährlicher als ein geladener Revolver, und doch... ist es nur ein... Kuss.« Sie hauchte einen imaginären Kuss in die Nachtluft.

Emil Dreesen nippte nachdenklich an seinem Glas. »Der Kuss als Bedrohung? Ein interessanter Gedanke.« Wieder nippte er, als wollte er sich an dem sprudelnden Getränk festhalten. Dann sah er sie direkt an. »Geben Sie ihnen Zeit, denn das, Ihr Auftritt, Sie – sind genau das, was wir brauchen!«

Sie ertappte sich dabei, dass sie fast den Blick gesenkt hätte. Als wäre sie eine Frau, die einem direkten Blick nicht standhalten könnte. Was sie jedoch konnte. Bestens sogar. Aber etwas an der Art, wie er sie anschaute, machte sie nervös. Es war, als könnte er ihre Verletzlichkeit entlarven, die sie so meisterhaft zu verbergen wusste, selbst in den Momenten der harschen Kritik der Ewiggestrigen.

»Ich hoffe, Sie werden bei uns bleiben, Madame Deltour.«

»Ich bewundere Ihren Mut, Monsieur Dreesen.« Claire nahm einen weiteren Schluck Champagner. »Vielleicht möchten Sie das morgen erst einmal mit Ihrem Vater besprechen. Ich habe den Eindruck, er ist weniger entzückt.«

»Manche brauchen wie gesagt etwas Zeit.«

»Nun, die benötige ich jetzt auch.« Sie trank das Glas aus und hielt es ihm hin. »Ich bin erschöpft. *Bonne nuit, Monsieur Emile.*«

»Gute Nacht, Madame.« Er nahm ihr das Glas ab. »Ihr Auftritt heute Abend war das Unglaublichste, was ich je gesehen habe.«

Claire ging, ohne auf sein Kompliment zu reagieren. Der Champagner war ihr zu Kopf gestiegen, sie wollte auf keinen Fall, dass sie etwas aussprach, was sie morgen früh bereuen würde. Etwas zu Familiäres oder gar das Angebot, sie auf ihr Zimmer zu begleiten, um die Macht des Kusses auf den Prüfstand zu stellen…

36

Im ersten Licht des Morgengrauens vertäute Emil das Ruderboot an Zerbes' Anlegestelle. Die Anstrengung hatte ihm gutgetan. Nicht nur körperlich, auch seinem Kopf. Endlich hatte er sich von den Gedanken an Claire Deltour befreit, die ihm eine fast schlaflose Nacht beschert hatten.

Claire Deltour.

Schon drängten sich wieder die Bilder des gestrigen Abends vor sein inneres Auge. Ihr Körper, ihre Bewegungen, eine einzige Verheißung, ein endloses Locken. Ihr Lächeln hintergründig, ihr Lachen ein Sog, stärker als die tückischen Strudel des Rheins.

Er prüfte das Seil, zog dann sein verschwitztes Hemd und die Hose aus und legte sie in das Boot. Eine kleine Abkühlung, bevor er nach einem Morgenkaffee mit Zerbes zum Hotel zurückkehren und sich der nächsten Begegnung mit Claire Deltour stellen würde.

Vielleicht wusste Zerbes einen Rat, wie er mit einer Frau umgehen sollte, die er mit jeder Faser seines Körpers und jeder Silbe seines Denkens begehrte, von der er aber wusste, dass sie Liebe unkonventionell und großzügig zelebrierte. Vielleicht sogar mit ihm, wenn er ihren letzten Blick gestern Abend richtig deutete. Wie sie ihn gemustert hatte, als wäge sie ab, ob es opportun sei, ihn auf ihr Zimmer einzuladen… Emil spürte Hitze in sich hochwallen. Ob sie das wirklich in Erwägung gezogen hatte? Oder war das nur sein Wunschdenken?

Genug! Er lief in den kühlen Fluss, achtete darauf, am Rand zu bleiben, fern der tückischen Strudel, die schon bessere Schwimmer, als er einer war, ins Verderben gezogen hatten.

Claire Deltour.

Verdammt!

Wie brachte er diese Frau nur wieder aus seinem Kopf! Seit Elsa ihn verlassen hatte, konnte keine Frau – und Mutter hatte sich redlich Mühe gegeben, ihm jede Frau in halbwegs passablem Stand und Alter zu präsentieren – ihn zu mehr als ein paar Sätzen höflicher Konversation bewegen. Und nun das. Er begehrte eine frivole Französin. Als hätte er nur darauf gewartet, dass endlich wieder eine Frau in sein Leben trat, die den Erwartungen seiner Eltern diametral entgegenstand.

Er schwamm zum Boot zurück. Fröstelnd griff er nach seinem Handtuch, trocknete Gesicht und Körper und wickelte es dann um seine Lenden.

In dem Moment nahm er einen Schatten neben sich wahr.

»Nimm die Hände hoch, Emil.«

Jupp? Emil drehte sich um und starrte in den Lauf einer Pistole. Sekundenschnell erfasste er die Situation.

Jupp, der mit der Pistole auf ihn zielte, neben ihm Kurt Senkert, der, das Gewehr im Anschlag, Zerbes' Haustür im Visier behielt.

»Spinnst du, Jupp?« Emil versuchte, seine Stimme so ruhig wie möglich klingen zu lassen. »Was soll das werden?«

»Hände hoch, zackig«, schnauzte Jupp, doch sein Gesicht widersprach dem harschen Ton.

Kopfschüttelnd hob Emil die Hände. »Was soll das, Jupp? Was machst du hier? Seit wann bin ich dein Feind?«

Jupp senkte den Kopf. In dem Moment stieß Senkert Emil den Gewehrkolben in die Seite.

Emil stöhnte auf, sein Körper sackte nach vorne. »Was...«

»Maul halten, Verräter, geh schon, vorwärts!«

Angst kroch in Emil hoch. Was zum Teufel hatten sie vor? War es wegen des Auftritts gestern? Dem Verfall der Sitten, den er mit Künstlerinnen wie Claire Deltour nach Bad Godesberg brachte?

Mit erhobenen Händen bewegte er sich vorwärts. Jupp und Senkert führten ihn von Zerbes' Hütte weg, ein Stück weiter den Rhein hinab. Da tauchte ein dritter Mann aus dem Gebüsch auf.

Erschrocken verharrte Emil in der Bewegung. War das... Schneider? Woher kam der nach all den Jahren gekrochen? Er konnte ihn doch nicht ernsthaft immer noch wegen der Fahnenflucht erpressen wollen!

»Weiter!«, bellte Jupp hinter ihm und stieß ihm den Pistolenlauf zwischen die Schulterblätter.

Mechanisch setzten Emils Füße den Marsch fort, während seine Gedanken rasten: Wie konnte er seinen Häschern entkommen? In den Rhein stürzen, davonschwimmen, hoffen, dass die Pistolen- und Gewehrkugeln ihn verfehlen würden? Hoffen, dass der Strudel ihn nicht erfassen und in die Tiefe reißen würde? Stehen bleiben, kämpfen, im Kampf die Kugel kassieren, Auge in Auge mit der feigen Truppe?

Jupp! Wie konnte Jupp ihm eine Pistole an den Kopf halten? Er war wie ein Onkel. Ein Freund. Ein...

»Bleib stehen«, sagte Jupp da laut und presste seinen Pistolenlauf hart gegen Emils Schläfe.

Emil blieb stehen, wagte nicht zu atmen, sah Schneider, der von der Böschung erwartungsvoll auf Jupps Pistole starrte, sah Senkert, der sich nervös umblickte.

Kurt Senkert. Der Polizist, der Verbrecher, der Mörder. Übelkeit stieg in Emil hoch.

»Jupp«, sagte er flehend, »Jupp, bitte...«

»Halt's Maul, du feiges Stück Dreck!«, brüllte Senkert plötzlich los und zielte mit dem Gewehr auf seinen Kopf. »Deutsche Soldaten hast du auf dem Gewissen, du Judensau! Leute wie du haben uns die ganze Scheiße eingebrockt!«

»Sagt Schneider das? Was hat er euch für die Geschichte abgeknöpft? Der will doch nur Geld! Jupp! Der erzählt dir alles, wenn der Preis stimmt.«

»Und der Harthaler hat's bestätigt«, verteidigte Schneider sich, »schriftlich sogar. Mit Unterschrift. Und, was sagt der feine Pinkel jetzt?«

Robert? Panisch sah Emil zu Jupp. »Was habt ihr mit Robert gemacht? Jupp? Robert ist mein Freund!«

Jupp sah weg, doch Senkert sprang sogleich in die Bresche. »Wirst du gleich wiedersehen, deinen Freund. In der Hölle für Judenschweine und rote Verräter.«

»Ihr habt ihn...« Eine Welle der Übelkeit schwappte durch Emil. »Robert... ist... tot?«

»Mach endlich Schluss, Jupp!«, rief Senkert.

Emil hörte das Klack, als Jupp die Pistole durchlud, spürte die Panik in seiner Kehle. »Ich habe keinen einzigen Kameraden verraten, Jupp. Ich schwör's dir!«

Die Pistole bohrte sich schmerzhaft in seine Schläfe. Er

spürte Jupps Finger in seinen Haaren, grob riss er seinen Kopf zur Seite, schubste ihn zum Wasser, dann hörte er ihn flüstern.

»Biste im Wasser, dann hau mir in 'n Bauch und spring rein und tauch. So lang du kannst ...«

»Jupp, wird das heute noch?«, rief Senkert ungeduldig. »Schieß endlich.«

»Mensch, Kurt, nu ma sachte, der soll schön in den Rhein fallen, oder willste ihn durchs Dorf schleppen?«

»Ich will, dass die Sau verreckt«, knurrte Senkert und kam näher, das Gewehr im Anschlag. »Geh aus dem Weg, Jupp.«

»Nein, du gehst verdammt noch mal aus dem Weg!«, brüllte Jupp, plötzlich wieder der Alte, der Kopf rot und hoch erhoben.

»Ich sag's nicht noch mal ...« Senkert lud durch. Zielte.

Der Schuss zerriss den Morgen, Vögel stoben kreischend in die Luft. Neben ihm schlug Senkert dumpf auf dem Kies auf, aus dem Hals sprudelte eine rote Fontäne. Ungläubig sah Emil zu Jupp, doch dessen Pistole war immer noch auf ihn gerichtet.

Wer hatte geschossen?

In dem Moment krachte der zweite Schuss, gefolgt von einem spitzen Schrei. Die Pistole fiel aus Jupps Hand, Jupp drehte sich um sich selbst und fiel zu Boden.

»Jupp!«, schrie Emil auf und kniete sich neben ihn.

Da krachte es das dritte Mal.

»Nicht«, brüllte Schneider, »bitte!«

Emil drehte sich um. Zerbes kam auf ihn zu und lud seinen Karabiner durch. Schneider rannte panisch los, stolperte, fiel, gerade als der vierte Schuss durch die Stille krachte und ihn erneut verfehlte. Die Ratte, die wieder davonwieselte und

Unglück über den nächsten brachte. Die Ratte, die schuld war an Roberts Tod. Und Jupps.

Schneider rappelte sich auf, rannte weiter.

Ohne nachzudenken, schnappte Emil sich Jupps Pistole und schoss. Wieder und wieder. Mitten im Lauf bäumte Schneider sich auf und fiel dann vornüber.

Im nächsten Moment war Zerbes bei ihm.

»Emil!« Er nahm ihm die Pistole aus der Hand. »Bist du verletzt?«

»Nein, aber Jupp!«, schrie Emil verzweifelt. »Er wollte mich retten! Was hast du getan?«

Zerbes kniete sich neben Jupp. Er drehte ihn auf den Rücken, fühlte seinen Hals und schloss dann seine weit aufgerissenen Augen. »Tut mir leid, Emil.« Zerbes' Stimme zitterte. »Von meiner Warte sah es anders aus. Seine Pistole war an deinem Kopf.«

Emil nickte und schüttelte gleichzeitig den Kopf. Wie konnte er Zerbes einen Vorwurf machen. Er hatte ihn retten wollen.

Er hatte ihn gerettet.

»Jupp wollte mich vor Senkert beschützen, du kennst ihn doch!« Tränen rannen aus seinen Augen.

»Es tut mir leid.« Zerbes legte seinen Arm um Emils Schulter. »Darauf konnte ich nicht vertrauen. Nicht nach gestern Nacht. Jupp und Senkert haben Harthaler gefoltert und erschossen. Dann haben sie eine Meute gegen deine Familie aufgehetzt. Wäre euer Hotel gestern wegen Hitler keine Sperrzone gewesen, wer weiß, was passiert wäre...« Zerbes zeigte zornig auf den nächsten Baum. »Und später haben sie Elsa gejagt. Einen ihrer Genossen haben sie halb tot in den Rhein geworfen. Er liegt in meiner Hütte. Ohne Elsa wäre er auch tot.«

Zerbes schnellte plötzlich hoch. Er sah sich hektisch um. Alarmiert lauschte Emil. Was hatte Zerbes aufgeschreckt? Da hörte auch er es. Ein Motorengeräusch! Ein Auto näherte sich in hoher Geschwindigkeit.

Nun sprang auch Emil auf. Was sollten sie tun? Drei tote Männer, einer davon der Polizeichef der örtlichen Wache! Das Auto kam viel zu schnell näher – das Einzige, was sie noch tun konnten, war weglaufen, sich verstecken, hoffen, dass sie keine Spuren hinterlassen hatten.

»Zerbes!«, rief Emil, doch es war schon zu spät. Das Auto hatte die Uferstelle erreicht, bremste scharf ab.

Die Tür öffnete sich, dann sprang Fritz aus dem Auto. »Emil!« Er rannte auf Emil zu, blieb dann wie angegossen stehen.

»Jupp«, sagte er leise und ging neben dessen leblosem Körper in die Knie.

»Es tut mir leid«, wiederholte Zerbes und kniete sich neben Fritz.

***

»Fahnenflucht, Befehlsverweigerung und ein Aufständler…« Fritz' Stimme brach. »Warum erzählst du mir erst jetzt davon?« Er setzte sich neben Emil auf Zerbes' Holzbank. Sein Blick lag unverwandt auf dem Wasser, als scheue er sich, seinen Sohn anzusehen.

»Ich dachte, dass du mich nicht verstehen würdest.«

Emil sah ebenfalls auf das Wasser. Es floss heute besonders ruhig, als wollte es den Aufruhr des Morgens ausgleichen. Und der letzten Nacht.

Robert ermordet.

Senkerts Brandrede gegen Emil und seine Familie. Wenn er Bruno Mayens Worten Glauben schenken konnte, und es sprach nichts dagegen, hatte ausgerechnet SS-Standartenführer Harm Altmann die schützende Hand über sie gehalten. Welch absonderliche Wege das Leben doch nahm.

»Wer weiß noch davon?«, fragte Fritz schließlich.

»Elsa, aber sie ist keine Gefahr, du hast Herrn Mayen gehört, ihr erster Gedanke war, uns zu warnen, bevor Altmann Senkert einen Maulkorb verpasst hat.«

»Elsa ...« Fritz seufzte. »Eine widerspenstige Person, aber mit dem Mut und dem Herzen eines Ritters. Vielleicht haben wir ihr unrecht getan – euch«, verbesserte er sich.

Emil sah verwundert zu seinem Vater. Wollte er ihm sagen, dass er Elsa als Schwiegertochter hätte akzeptieren sollen?

Elsa. In letzter Zeit hatte er kaum noch an sie gedacht, er hatte nicht einmal gewusst, dass sie wieder in der Gegend war. Ob Robert es gewusst und ihm verschwiegen hatte? Und nun, just an dem Tag, da er sich das erste Mal wieder für eine andere Frau interessierte, trat sie in sein Leben zurück – wenn auch nur als Überbringerin einer Hiobsbotschaft.

»Danke, Vater«, sagte Emil schließlich.

»Wofür?«, fragte Fritz.

»Danke, dass du da warst.«

»Jupp hat mir eine Nachricht zukommen lassen. Ich soll dich wegschaffen. Aber ich habe sie zu spät gesehen, und dann warst du nicht mehr da.« Er sah Emil eindringlich an. »Ich dachte, ich wäre zu spät. Ich dachte, ich sehe dich nie wieder.« Dann wandte er seinen Kopf wieder dem Wasser zu.

Emil stützte sein Kinn auf die Hände und folgte mit den

Augen dem ewigen Strom des Wassers. Unendlich viele Tropfen Wasser, die unentwegt weiterflossen, unberührt von den Ereignissen, die am Ufer geschahen. Was so ein Tropfen auf seiner Reise wohl alles sah?

»Schneider hat gesagt«, brach er das Schweigen erneut, »Robert hätte eine Art Geständnis unterschrieben. Die haben Robert gefoltert. Da kann alles drinstehen, jede noch so gemeine Lüge.«

Fritz knetete nervös seine Hände. »Weder Senkert noch Schneider noch Jupp hatten so ein Geständnis bei sich.«

Wieder verstummten sie. Was das hieß, wussten sie beide: Das Geständnis konnte jederzeit in die Hände des nächsten Aasgeiers fallen. Sie konnten es auch bereits weitererzählt haben. Senkert konnte es seinem Sohn Hans gegeben haben.

Emils Magen krampfte sich zusammen. Hans Senkert war genauso fanatisch wie sein Vater, sogar noch fanatischer. Wenn er davon Kenntnis hatte, würde er ihn niemals von der Angel lassen. Und wenn er vom Plan seines Vaters gewusst hatte, an ihm ein Exempel für den Umgang mit Verrätern zu statuieren, dann würde er schon sehr bald eins und eins zusammenzählen und bei ihm aufschlagen. Und dann würde er keine Ruhe geben, bis er herausgefunden hatte, warum er noch lebte und sein Vater nie nach Hause zurückgekehrt war.

»Du musst von hier verschwinden, Sohn. Berlin, Paris, geh an einen Ort, an dem sie dich nicht finden.« Wieder richtete Fritz seinen Blick auf den Fluss, doch Emil sah, wie es in ihm arbeitete. Er kämpfte mit sich. »Was passiert nur mit uns?«, fragte er so leise, als spräche er nur mit sich allein. »Wann sind wir so unversöhnlich in die eine oder andere Richtung abgebogen, dass man nicht mehr sieht, worum es im Leben wirklich geht? Du weißt, dass ich Pützer und Senkert jahrelang unterstützt habe.«

Emil nickte stumm.

»Wir haben auf der gleichen Seite gestanden, der Kurt und ich. Und nun sind wir jüdische Blutsauger in seinen Augen, das Dreesen eine Brutstätte von was auch immer und du ein Verräter am deutschen Volk.«

»Das war gegen mich gerichtet, Vater, nicht gegen dich«, versuchte Emil, seinen Vater zu trösten. »Es sind meine Künstler, die ihnen sauer aufstoßen, und es war meine Befehlsverweigerung, meine Fahnenflucht.«

»Nein, Emil, es hat nichts mit dir oder deiner seltsamen Auffassung von gutem Geschmack zu tun.« Fritz schüttelte müde den Kopf. »Es geht gegen uns. Weil deine Großmutter eine geborene Herschel ist und bei uns die gehobene jüdische Gesellschaft ein und aus geht.«

»Aber mit Ausnahme von Großmutter sind wir alle katholisch getauft!«, rief Emil. »Und selbst Großmutter praktiziert das Judentum fast gar nicht.«

»Das spielt alles keine Rolle.« Zerbes kam vom Ufer hoch und setzte sich neben Fritz. »Ihr seid erfolgreich und habt eine natürliche Grandezza, die ein Senkert niemals haben wird. Neid und Missgunst sind starke Triebfedern. Eure jüdische Abstammung ist für solche Menschen ein willkommener Makel.«

Nun starrten sie alle drei auf den Rhein, der noch immer ruhig und friedlich dahinfloss.

»Ich will nicht zur Eile antreiben, aber die Leichen sind verpackt, mitsamt den Waffen und Gewichten. Wir sollten sie so schnell wie möglich im Fluss versenken – noch sind wir unter uns.«

»Gut«, sagte Fritz und erhob sich als Erster. »Und dann wird Emil von hier verschwinden.«

»Nein, Vater«, sagte Emil und stand ebenfalls auf, »wenn Kurt Senkert wirklich etwas gegen mich in der Hand gehabt hätte – warum dann diese Nacht-und-Nebel-Aktion? Das war keine offizielle Polizeisache, aber jetzt sind die drei tot, und wenn ich abhaue, macht mich das verdächtig. Wir müssen weitermachen, als wäre nie etwas geschehen.«

Fritz sah grübelnd zu Zerbes, der Zustimmung signalisierte, dann schaute er Emil an. »Gut. Wir machen weiter wie immer und werden nie wieder über diesen Tag reden. Mit niemandem.«

Emil nickte.

Fritz machte einen Schritt auf ihn zu und nahm ihn in den Arm. Überrascht spürte Emil die Arme um seine Schultern, spürte, wie sein Vater ihn kurz drückte.

»Mein Sohn.« Es war kaum ein Murmeln, dann war der Moment wieder vorbei. Fritz drehte sich zum Ufer und ging los. Emil folgte ihm. Dankbar, dass dieser grauenhafte Morgen wenigstens einen Lichtblick mit sich gebracht hatte: seinen Vater.

***

Emil bestrich sich schon das dritte Brot mit Butter und Honig, als er den neugierigen Ausdruck im Gesicht seiner Großmutter bemerkte.

»Dir schmeckt es heute besonders gut«, sagte Adelheid und schenkte sich eine zweite Tasse Kaffee ein.

»Ich war rudern.« Emil biss in das Brot. Er spürte Adelheids inquisitorischen Blick und war froh, dass seine Mutter ihn ignorierte. Schon seitdem er den Salon betreten hatte. Kein Guten Morgen, kein nichts.

»Rudern...«, sagte Adelheid, als sich die Tür öffnete.

Sein Vater trat ein und setzte sich, nickte kurz in die Runde und entfaltete mit einer Winkbewegung seine Serviette. »Kaffee?«

Maria legte die Zeitung weg, in die sie sich ostentativ versenkt hatte, und schenkte Fritz eine Tasse ein, nahm die Zeitung dann jedoch gleich wieder auf.

»Nun hört euch das an, Fritz, du auch, bitte.« Sie hob die Zeitung ein wenig höher und holte Luft. »Im Lokalteil der *Godesberger Nachrichten* über den gestrigen Abend: ›Niedergang von Anstand und Sitte im Rheinhotel Dreesen‹.«

Maria ließ die Zeitung so weit sinken, dass sie, an Emil scharf vorbei, Adelheid ansehen konnte. »Ist es das, was du für unser Hotel möchtest?«

Emil starrte weiterhin auf seinen Teller. Er hatte keinerlei Bedürfnis, sich in die Unterhaltung einzumischen.

»Ich kann mich doch nirgendwo mehr sehen lassen, ohne mich zu schämen!«, rief Maria entrüstet.

»Dann bleib hier«, entgegnete Adelheid ungerührt. »Meine Güte, was war denn so schlimm? Die Kostüme? Die Musik? Der Tanz? Meines Erachtens dreimal eine grauenvolle Geschmacksverirrung, aber schämen?« Adelheid schüttelte energisch den Kopf. »Ich persönlich schäme mich mehr dafür, dass eine Partei, die Juden zu Untermenschen erklärt, demnächst regelmäßig ihre Fahnen vor meinem Hotel hissen darf. Und dass ein Mann bei uns als Stammgast hofiert wird, der in seiner Hetzschrift, die er auch noch großspurig *Mein Kampf* betitelt, die Juden einer Weltverschwörung bezichtigt. Und, als wäre das nicht genug, uns Juden als Parasiten und Krankheitserreger beleidigt. Gemäß eurem Lieblingsgast fördern wir Juden die Prostitution und sorgen für die Verbreitung der Syphilis. Nun, liebe Maria, angesichts dessen, was *uns* von den Nazis so alles unterstellt wird, finde ich den Auftritt von Madame Deltour durchaus gemäßigt.«

Emil verbiss sich ein Lächeln. Normalerweise wäre er seiner Großmutter längst beigesprungen, obwohl sie von allen in der Familie am wenigsten Beistand brauchte. Aber heute war nicht der Tag, um über knappe Kostüme und frivole Programme zu streiten. Heute war ein Tag, sich klarzumachen, wie urplötzlich ein Leben beendet sein konnte und was einem im Leben wirklich wichtig war.

»Was...« Marias Tasse knallte klirrend auf die zarte Meißner Untertasse. »Du verteidigst dieses unsägliche Gebaren? Und das mit einer so... so absonderlichen Rechtfertigung? Bei allem Respekt, aber so langsam muss ich wohl an deinem Verstand zweifeln.«

»An meinem Verstand?« Adelheid lächelte grimmig. »Weil ich mich mehr für eine anstößige Künstlerin erwärme als für einen Mann, der mich als Parasit und Krankheitsüberträger bezeichnet? Dazu sei angemerkt, dass Emil mit seiner Programmwahl so falsch nicht liegen kann. Es ist kein Geheimnis, dass wir so ausgebucht sind wie seit Jahrzehnten nicht mehr.«

»Natürlich. Darum also geht es!«, trumpfte Maria auf. »Das sieht dir und deinesgleichen ähnlich. Geht es ums Geld, zählen Anstand und Werte plötzlich nicht mehr! Aber ich werde dem Niedergang dieses Hauses nicht weiter zusehen!« Sie stieß den Stuhl zurück und stand auf.

Emil hob den Kopf und starrte seine Mutter entsetzt an. Hörte sie sich selbst zu?

Auf welcher Seite hätte sie gestern gestanden, wenn die Meute gekommen wäre, um die »Judenverräter« aufzuknüpfen? Ihre Schwiegermutter, ihren Mann, ihre Kinder, wer weiß, vielleicht auch sie, als »Judenhure«.

»Wirklich, Fritz«, klagte Maria, »dass du dem Ganzen einfach tatenlos zusiehst, ist mir unverständlich!«

Diesmal klirrte Fritz' Tasse auf den Unterteller. »Ich sehe sicher nicht tatenlos zu, wie du dich gerade benimmst! Emil wird mit seinem Programm weitermachen wie bisher, und du wirst dich auf der Stelle bei meiner Mutter entschuldigen.«

»Danke, nein«, sagte Adelheid spitz und sah mit Bedauern auf den zerbrochenen Unterteller unter Fritz' Tasse. »Meinst du, ich wüsste nicht schon lange, welch Geistes Kind sie ist? Damit sind jetzt wenigstens die Fronten geklärt!«

Emil schüttelte betroffen den Kopf. »Weißt du, was du da tust, Mutter?«

Da trat Georg in den Salon. »Einen wunderschönen guten Morgen«, sagte er gut gelaunt, als er die Gesichter der Anwesenden sah, verstummte er jedoch abrupt. »Störe ich?«

»Absolut nicht«, sagte Adelheid und zeigte auf Marias Platz, während Maria wutentbrannt aus der Tür stürmte.

Besorgt sah Emil ihr nach. Wenn sie nicht einmal in ihrer eigenen Familie genug Toleranz füreinander aufbringen konnten, wie sollte das dann außerhalb der Familie funktionieren?

37

»*Très bien. Merci.*« Claire reichte Adeline das Kostüm und nahm das glitzernde Abendkleid entgegen. Der heutige Abend war schon besser verlaufen als der gestrige. Ein paar Buhrufe bei dem letzten Kuss, aber keine Beschimpfungen, denn dank der lokalen Presse wussten im Gegensatz zu gestern die Zuschauer heute, worauf sie sich gefasst machen mussten. Dieses Mal war nach dem Auftritt Tanz angesagt – bei dem nur die Big Band weiterspielte.

Sie schlüpfte in den Saal. Die Tische waren seitlich aufgestellt worden, damit die Gäste tanzen konnten – und das taten sie! Lächelnd bewegte sich Claire durch die Männer und Frauen, drehte sich mit ihnen und von ihnen weg, bis sie das andere Ende des Saals erreicht hatte – die Bar. Sie brauchte dringend ein Glas Champagner.

»Einen Champagner, bitte«, bestellte sie, als sie Emil Dreesen entdeckte. Allein saß er im hintersten Eck der Bar, zusammengekauert über den Tresen gebeugt, als verstecke er sich vor der Welt.

Nun, sie hatte ihn soeben gefunden.

Sie nahm ihr Glas und setzte sich auf den leeren Barhocker neben ihm. »Monsieur Emile«, sagte sie, »stoßen Sie mit mir auf das Ausbleiben der Beleidigungen an.« Dann kostete sie den Champagner. Der erste Schluck nach einem Auftritt war immer der beste.

Emil Dreesen schreckte hoch. Er sah sie so verwirrt an, als habe er sie erst jetzt wahrgenommen.

»Madame Deltour, verzeihen Sie, ich war in Gedanken.« Er winkte dem Ober. »Noch einen Haus-Cocktail...« Fragend sah er sie an. »Für Sie auch einen?«

Claire nickte. Warum nicht.

»Zwei, bitte.« Erst dann wandte er sich ihr zu. »Madame, herzlichen Glückwunsch, Sie sind der größte Skandal am deutschen Rhein. Ich schätze, wir werden auf Wochen ausverkauft sein.«

»So sieht also Freude bei einem deutschen Mann aus.« Sie schnitt erst eine traurige Grimasse, dann eine lustige. »Emile! Kommen Sie, wir sollten jubeln vor Freude, und Sie sitzen hier, als kommen Sie von einer, wie sagt man – Erdung?«

»Beerdigung«, korrigierte Emil Dreesen und öffnete ein silbernes Zigarettenetui. Er hielt es ihr hin, gab ihr Feuer. »Es waren zwei. In gewisser Weise.«

»Zwei?«, fragte sie betroffen.

»Beerdigungen. Gewissermaßen. Zwei tote Freunde.« Er zog hektisch an der Zigarette. In seinen Augen sah sie das verräterische Glitzern einer Träne.

Sie inhalierte langsam, stieß den Rauch aus. Es war nicht nur dahingesagt, er hatte wirklich jemanden verloren. Sie betrachtete sein trauriges Gesicht. Wie gerne hätte sie ihm die lockige Strähne aus der Stirn gestrichen, ihre Finger über seine Wangen streichen lassen, seine Trauer fortgeküsst. Sie musste sich regelrecht zwingen, ihm nicht über die Haare und das Gesicht zu streichen – was war das nur für eine seltsame Anziehung, die dieser Mann auf sie ausübte?

Hastig griff sie nach ihrem Champagner und nahm einen großen Schluck.

»Manchmal, Emile, spielt das Leben ein seltsames Spiel. Kennen Sie das Spiel?«

Emil Dreesen schüttelte den Kopf.

»Es nimmt Ihnen etwas weg und gibt Ihnen etwas anderes zurück.« Sie trank den Champagner aus und stellte das Glas auf den Tresen. Der Ober kam, nahm es und servierte die Haus-Cocktails.

»Sehen Sie? Leeres Glas weg, volles Glas hin.« Sie hob ihren Cocktail hoch und merkte an seinem Gesichtsausdruck, wie sehr der Vergleich hinkte. Es war aber auch verdammt schwer, das, was sie sagen wollte, in deutsche Worte zu kleiden! »Ich möchte Ihre Freunde nicht mit einem Glas Champagner vergleichen. Das wäre respektlos. Nur... das Leben geht weiter und bringt Neues. Vielleicht hat Ihr Lebensspiel heute mich gebracht, um Ihnen über Ihren Verlust zu helfen.« Sie legte ihre Hand auf seinen Arm, spürte, wie er erstarrte.

»Und wie würden Sie das tun?«, fragte er leise.

Lächelnd ließ sie sich vom Barhocker gleiten. Sie nahm seine Hand und zog ihn mit sich, durch den Saal, das Foyer, die Treppe hoch, in ihr Zimmer.

Die Tür war kaum zu, da schlangen sie die Arme umeinander, ihre Lippen trafen sich, jede Berührung eine Explosion in ihrem Körper, während sie, eng umschlungen, zum Bett stolperten, daraufstürzten, gierig übereinander herfielen, als hätten sie schon immer darauf gewartet, endlich den Körper des anderen zu erobern.

November 1929

38 »Er war plötzlich unter meinem Paddel«, erklärte Emil seinem hinzugetretenen Vater. Bei dem Gedanken an den aufgeschwemmten Toten schauderte ihn. Welch schrecklichen Schlag musste einem das Leben versetzen, dass man es freiwillig beendete? Aus den Augenwinkeln registrierte er eine Bewegung und wandte sich zum Hotel. An der Mauer des Kastaniengartens stand Claire, der neue Dorn in Mutters Auge, während Vater beide Augen fest zudrückte, wenn Claire Emil alle paar Monate im Dreesen besuchte. Neben sie trat Änni Schwarz, die nach Claires erstem Auftritt im Dreesen nicht nur Claire eine enge Vertraute geworden war, sondern vor allem Onkel Georgs Herz im Sturm erobert hatte. Claire gestikulierte wild, formte einen Frauenkörper, zeigte auf ihre Uhr, mimte Lenkbewegungen, zeigte auf ihn, winkte ein Nein. Er verstand. Sie mussten los. Die Anprobe des Hochzeitskleides konnte nicht länger warten, und daher würden sie nun ohne ihn fahren. Das Brautkleid für Änni, die schon bald Onkel Georg heiraten und damit die jahrzehntelange Freundschaft der Familien Schwarz und Dreesen mit ihrem gemeinsamen Glück besiegeln würde. Er winkte ein scheuchendes »Fahrt nur« zurück und drehte sich wieder zu seinem Vater und Hans Senkert um, der gerade die durchweichten Papiere des Toten prüfte.

»Davon gibt es jetzt viele«, sagte Hans Senkert abfällig und reichte die Papiere dem Polizisten neben sich.

»Dann hoffen wir, dass sie nicht alle vor unserem Hotel auftauchen.« Fritz wandte sich zum Gehen, als Senkert weitersprach.

»Wäre schon passend, wenn die Pleitiers sich hier stapeln würden. Verdanken wir schließlich euch jüdischen Spekulanten, die verdammte Krise.« Senkert feixte hämisch. »Und, hat er dich auch erwischt, der Black Friday? Ich wart ja drauf, dass der Schwarz, euer Oberjude, endlich vorbeischwimmt.«

»Halt dein blödes Maul«, knurrte Emil. Dieses Nazischwein sollte es ja nicht wagen, Paul Schwarz zu beleidigen. Den ältesten Freund der Familie, den Retter in der Not, und schon bald, sobald Änni und Georg sich das Jawort gaben, ganz offiziell auch Teil der Familie.

»Emil...« Fritz legte die Hand beruhigend auf Emils Arm, »merkst du nicht, dass er dich provoziert?«

»Bis ich euch erwische bei euren kriminellen Machenschaften, und dann...«, Senkert schnaubte, »dann prügel ich aus euch raus, was mit meinem Vater passiert ist. Wir wissen beide, dass er niemals einfach so verschwunden wäre. Und ich weiß, dass er dich holen wollte. Aber du bist noch da, und er ist weg.«

Emil presste die Lippen aufeinander. Vater hatte vollkommen recht. Er durfte sich von Hans Senkert nicht provozieren lassen. Die Ermittlungen zum Verschwinden von Kurt Senkert waren ausnahmslos im Sande verlaufen, und dabei sollte es auch bleiben. Emil war noch da, Kurt Senkert nicht. Und sein Glück in der Sache war, dass Senkert offenbar nur seinem Sohn erzählt hatte, dass er sich, wenn Altmann seinen Schutz über den alten Dreesen legte, zumindest den jungen schnappen würde.

»Komm, Vater, wir sind hier fertig.« Emil ging die Böschung hoch, als Senkert ihnen nachbrüllte.

»Was meint ihr, wie lang es noch dauert, bis Hitler euch nicht mehr hilft? Bald wacht er auf und sieht, dass ihr nur jüdisches Rattenpack seid!«

Stoisch ging Emil weiter. Nicht provozieren lassen. Hier hatten sie die Oberhand. Aber wenn Senkert ihn erst einmal auf seiner Wache hatte, dann war er ihm und seinem lodernden Hass auf Gedeih und Verderb ausgeliefert. Und wie sich das anfühlte, hatte er nicht vergessen.

***

Emil sah auf die Uhr. Wo Claire und Änni nur blieben? Wie lange konnte die Anprobe eines Brautkleides dauern? Ein mulmiges Gefühl machte sich in seinem Inneren breit, ein Gefühl, das sich in den letzten Wochen seit den Tumulten an den Börsenmärkten deutlich verstärkt hatte. Dabei würde gerade Claire ihn auslachen, wüsste sie von seiner Sorge. Sie, die mit ihrer Truppe durch das ganze Land tourte, die wochenlang unterwegs war und bestens alleine auf sich aufpassen konnte. Und Änni, die sich einen Namen als Kunstsammlerin gemacht hatte, über Deutschland hinaus, und ebenso sicher auf eigenen Beinen stand wie ihre inzwischen beste Freundin Claire.

Claire und Änni. Eine sittenlose Pariserin, wie Schundblätter sie gerne betitelten, und eine reiche, gebildete Jüdin, die genau das verkörperte, was Menschen wie Senkert verachteten.

Emil sah die Straße hoch, hoffte, endlich das Röhren von Ännis Auto zu hören, doch es blieb still. Nicht einmal Lieferanten oder Gäste fuhren vor, das rege Treiben eines Mittwochvormittags blieb einfach aus.

Besorgt trat er ins Foyer des Hotels zurück und warf einen fragenden Blick zu Whoolsey.

»Fräulein Änni hat anrufen lassen«, sagte Whoolsey, »die Damen werden sich etwas verspäten.«

Erleichtert lief Emil weiter, in Richtung von Adelheids Salon. War er paranoid, dass er sich am helllichten Tag Sorgen um Claire und Änni machte? Oder einfach nur aufgescheucht durch Senkerts sprühenden Judenhass? Er betrat Großmutters Salon. Neben Adelheid hatten sich bereits Maria, Fritz, Georg und Ulla um den runden Tisch versammelt.

»… nicht einmal unsere jüdischen Gäste kommen noch«, hörte er Georg sagen. »Fast alle Feiern wurden abgesagt. Und heute früh hat der Druckerverband seine Tagung storniert.«

Emil setzte sich leise an den leeren Platz neben seinem Vater. Er sah die Sorgenfalten in Fritz' Gesicht. Es musste schlimmer sein, als er bislang angenommen hatte.

Wie konnte ein Börsensturz in New York so verheerende Auswirkungen auf die Reservierungen in einem deutschen Hotel haben? Er dachte an den toten Mann im Fluss. Was er wohl verloren hatte? Nur sein Vermögen? Oder hatte er, wie so viele, auch das Vermögen anderer verspekuliert?

»Hören wir auf, um den heißen Brei herumzureden«, sagte Fritz düster. »Wir stecken mitten in einer Finanzkrise, und wenn ich Paul Schwarz richtig verstanden habe, dann wird die darauffolgende Wirtschaftskrise noch viel, viel schlimmer werden als die zu Beginn des Jahrzehnts.«

»Du meinst«, rief Ulla aus, das Gesicht plötzlich bleich, »wir verkaufen Kännchen Kaffee wieder für Milliarden?«

»Nein«, sagte Georg, »die Regierung wird nicht den gleichen Fehler machen und unkontrolliert Geld drucken. Aber es wird Pleiten geben, Menschen verlieren ihre Arbeit, andere werden Angst davor haben, ihre Arbeit zu verlieren, und dann wird da gespart, wo man am ehesten sparen kann, bei Kongressen, Reisen, Vergnügen…«

»Wir haben gestern ausgerechnet«, sagte Fritz düster, »dass wir in einem halben Jahr bankrott sind – wenn keine weitere Absage kommt.«

Bankrott? Emil stockte der Atem. Meinten Vater und Georg das ernst? Es gab eine Krise. Ja. Die Zeitungen waren voll von Pleiten und Tragödien und Endzeitapokalypsen, aber sie hatten vier Jahre Krieg und eine noch längere Zeit der Besatzung überstanden! Und nun sollte ihnen das Aus drohen, weil in Amerika die Börse in den Keller gerauscht war?

Er warf einen hilfesuchenden Blick zu Adelheid. Das konnte sie doch nicht zulassen! Wenn Fritz und Georg keine Lösung mehr wussten, sie würde doch ein Ass aus dem Ärmel ziehen!

»In den angesprochenen sechs Monaten sind meine gesamten Reserven eingerechnet.« Adelheids Hand zitterte, als sie die Teetasse zum Mund führte. »Mehr als alles zu geben, was ich besitze, kann ich nicht tun.«

Emil sah, wie Ulla ihr liebevoll die Hand auf den Arm legte. Er schaute zu seiner Mutter, verwundert, wie wenig sie das alles mitzunehmen schien. Als Einzige im Raum strahlte sie weder Betroffenheit noch Sorge aus. Hatte sie sich bereits mit dem Untergang des Dreesen abgefunden? War heimlich sogar froh, dem Zweikampf mit der Schwiegermutter endlich entfliehen zu können?

»Ich weiß, Mutter«, sagte Fritz, »deshalb habe ich nach einem Ausweg gesucht – und habe vielleicht einen gefunden.« Fritz sah ernst in die Runde. Emil bemerkte das stille Lächeln um den Mund seiner Mutter. Sie wusste also, was Vater gleich vorschlagen würde. Und sie stimmte dem zu.

»Nun«, fuhr Fritz gemessen fort, »wie ihr alle wisst, ist Herr Hitler seit gut drei Jahren ein treuer Gast, der noch nie zu Beanstandungen Grund gegeben hat.«

Emil glaubte seinen Ohren nicht zu trauen. Hitler? Dieser Mann sollte ihre Lösung sein?

»Papa«, rief Ulla entrüstet, »der Mann ist ein Stinkbock!«

»Halt bitte dein loses Mundwerk, Ulla!«, fuhr Fritz sie an. »Du hast keine Ahnung, um was es hier geht!«

»Das hat bisher keiner, außer offenbar deine Frau.« Adelheid setzte sich kerzengerade auf. »Komm doch bitte zur Sache, Fritz.«

»Hitler bietet uns an, seine Anlaufstelle für alle seine Aufenthalte im Westen zu werden.« Fritz öffnete die Handflächen. »Wisst ihr, was das bedeutet? Großveranstaltungen, Besprechungen, Tafelrunden... Alle Teilnehmer übernachten im Hotel, es würde uns den Betrieb garantieren, den wir gerade so dringend brauchen.«

»Es würde das Hotel retten«, pflichtete Maria lächelnd bei.

Hitler. Als Retter des Dreesen. Zum zweiten Mal. Allerdings... Misstrauisch sah Emil zu seinem Vater. Wenn es so einfach war, wenn Hitler weiter hier Gast war, mal allein, mal

mit seinen Gefolgsleuten, warum machte sein Vater dann so ein Aufheben darum?»Was ist...«, hob er an.
»...der Haken?«, vollendete Georg Emils Satz, die Stirn gefurcht.
»Nun...«, begann Fritz, der sich sichtlich unwohl fühlte. »Jüdische Feiern wären nicht erlaubt«, sagte Maria.
»Soso.« Adelheid warf Maria einen verächtlichen Blick zu. »Jüdische Feiern sind also nicht erlaubt. Wie steht es denn dann um die Hochzeitsfeier von Georg und Änni? Sollen die auf der Straße essen? Oder wäre dir der Schweinestall lieber?«
»Mutter«, wiegelte Fritz ab, »bitte...«
»Nein, sie hat recht, Vater«, sagte Emil ruhig. »Ich glaube nicht, dass du das wirklich bis zum Ende durchdacht hast. Sonst könntest du nicht ernsthaft vorschlagen, ein Stützpunkt für die Braunen zu werden. Großmutter ist Jüdin! Hast du das vergessen?«
»Was dich ebenfalls zum Juden macht«, sagte Ulla und setzte ein eisiges »Vater« nach.
Emil bemerkte das Zucken um Fritz' Mund. Ihre Einwürfe bestätigten anscheinend, was ihn selbst bewegte.
»Unsinn!«, wies Maria Ulla zurecht und legte beruhigend die Hand auf Fritz' Arm. »Wage ja nicht, in der Öffentlichkeit solche Lügen zu verbreiten. Es kommt doch immer darauf an, welches Blut sich durchsetzt! Und bei Fritz ist es das eures Großvaters, und daher ist er katholisch, genau wie du und Emil und...«, sie sah zu Georg, »...auch Georg.«
»Lass mich aus dem Spiel, Maria«, zischte Georg mit offensichtlich letzter Beherrschung. »Ich bin so jüdisch wie meine Mutter und so katholisch wie mein Vater, und ich werde Änni heiraten, nicht weil oder obwohl sie Jüdin ist, sondern weil ich

sie liebe. Wie mein Vater meine Mutter. Und jeder Mensch, der glaubt, dass ein Glaube sich mit dem Blut vererbt, ist einfach nur von Grund auf dumm.«

»Ich bin nicht...«, protestierte Maria, als Fritz die Hand hob.

»Bitte! Können wir aufhören, uns zu streiten, und zum tatsächlichen Problem zurückkehren, dem Hotel?« Er seufzte tief. »Ich bin kein Nationalsozialist, auch wenn sich das gerade in der Gegend als hartnäckiges Gerücht verbreitet. Ich verurteile die Anfeindungen von Juden, und ich weiß, dass dieser SA-Pöbel problematisch ist. Aber ich sehe auch, dass in einem guten Verhältnis zu Herrn Hitler eine Chance für uns steckt. Ihr alle kennt unseren Leitspruch: Wer einem als Freund nicht viel nutzen kann, kann einem als Feind viel schaden. Wir werden Herrn Hitler nicht vor den Kopf stoßen.«

»Sondern?«, grätschte Ulla dazwischen. »Mensch, Papa! Wach doch auf! Bitte! Hör hin, wenn dieser Schmierenkomödiant seine Reden schwingt! Der nennt Juden Ratten und...«

»Ist das nicht ein Grund mehr, sich gut mit ihm zu stellen?«, rief Fritz regelrecht verzweifelt. »Solange wir das tun, genießen wir auch seinen Schutz. Und er ist nun mal der Führer einer Bewegung, die immer bedeutender wird. Und abgesehen von den Schmähreden auf Juden – wollen wir nicht, ebenso wie Hitler, dass Deutschland wieder groß wird?«

»So siehst du das also?« Adelheid erhob sich. »Ich hatte dir mehr Verstand zugetraut, Fritz.« Mit energischem Schritt verließ sie den Salon.

»Was ist deine Lösung, Mutter?«, rief Fritz ihr nach. »Das Hotel pleitegehen lassen?«

»Vielleicht gibt es auch eine dritte Lösung«, sagte Georg

und stand ebenfalls auf. An der Tür drehte er sich noch einmal um. »Du begibst dich auf gefährliches Terrain, Bruder.«

»Warte«, rief Emil und lief Georg hinterher zum Privatraum seiner Großmutter. Adelheid stand an dem großen Fenster mit Blick zum Rhein, die Hände ruhten verschränkt auf dem Fenstersims. Georg legte den Arm um ihre Schulter.

»Es tut mir leid, Großmutter«, sagte Emil. »Ich weiß nicht, was in Vater und Mutter gefahren ist.«

Georg drehte sich um. »Du musst dich nicht für deine Eltern entschuldigen, Emil.«

»Aber sie werden es nicht tun.« Emil stellte sich zu seinem Onkel und seiner Großmutter ans Fenster und schaute ebenfalls auf den Rhein. Um diese Uhrzeit müssten schon viel mehr Schiffe über den Strom schippern. Ob das das erste Anzeichen einer sich erneut anbahnenden Wirtschaftskrise war?

»Was Vater wohl getan hätte?«, fragte Georg.

»Das habe ich mich die ganze Zeit gefragt«, seufzte Adelheid. »Er hätte niemals etwas in Erwägung gezogen, was mich oder euch Kinder in Gefahr gebracht hätte, aber er hätte, wie Fritz heute, auch nach Lösungen gesucht, die vielleicht nicht klar auf der Hand lagen.«

»Du verteidigst Fritz' Vorschlag?« Georg schüttelte verwundert den Kopf.

»Ich betrachte ihn in aller Ruhe und mit Abstand«, korrigierte Adelheid. »So wie man dies mit Geschäftsvorschlägen tun sollte, bevor man sie annimmt oder ablehnt.«

»Diese Menschen sind gefährlich«, sagte Georg. »Für uns alle.«

»Und wie siehst du das?« Adelheid wandte sich an Emil.

»Sie sind gefährlich, fanatisch, verrückt, sie haben etwas

gegen Juden und Ausländer und Schwarze und Kommunisten…«, sagte Emil und dachte an Senkert und Pützer und ihre großen, hasserfüllten Reden, »aber eigentlich sind sie einfach nur erbärmlich. Und haben nichts zu sagen. Keine drei Prozent haben sie letztes Jahr bei den Wahlen geholt. Sie führen sich in ihren Gruppen auf wie die Axt im Walde, weil sie politisch vollkommen bedeutungslos sind und es auch bleiben werden. Ulla hat den Nagel auf den Kopf getroffen: Hitler ist ein Schmierenkomödiant.«

»Und was schließt du daraus?«, fragte Adelheid nach. »Sind sie nun gefährlich oder nicht?«

»Wahrscheinlich eher nicht. Im Dreesen bestimmen ohnehin wir die Regeln.« Emil sah nachdenklich von Adelheid zu Georg. Hatte Vater recht mit seinem Vorstoß? Blickte Fritz gerade als Einziger über den Tellerrand? »Vielleicht… macht es wirklich Sinn, die Hand zu greifen, die sich bietet. Auch wenn man ihre Ansichten nicht gutheißt. Diese Braunhemden sind sowieso regelmäßig im Hotel. Also geht es darum: Akzeptieren wir ihre Bedingungen, oder schicken wir sie weiter? Und wenn die Krise vorbei ist, drehen wir den Spieß um und sagen: Tut uns leid, aber entweder ihr gewöhnt euch an jüdische Feiern, oder ihr feiert woanders.«

»Ich denke«, sagte Adelheid und lächelte müde, »dein Großvater hätte ähnlich geantwortet. Du und Georg«, sie nahm Georgs Hand in die Rechte und Emils in die Linke, »passt mir auf, dass Fritz auf dem rechten Weg bleibt.«

***

Es war entschieden. Die erste Abstimmung, bei der er eine volle Stimme hatte. Fritz, Georg und er. Eine der schwersten Entscheidungen seines Lebens, gegen all das, wofür er stand: Toleranz, Respekt, Freiheit. Je näher er Zerbes' Hütte kam, desto langsamer wurde er. Sie würden ihn lynchen. Besonders Ulla. Und doch war seine Entscheidung richtig.

Er roch das Lagerfeuer, sah den Schein der Flammen, dann hörte er Ullas klare Stimme. Sie erzählte von Louis. Was er heute wieder angestellt hatte. Leichtigkeit erfasste Emil. Louis – wie viel Freude er in sein Leben gebracht hatte. Selbst Claire hatte er von Anfang an um seine kleinen Finger gewickelt. Im nächsten Moment verflog die Leichtigkeit wieder. Was würde seine Entscheidung für Louis bedeuten?

»Emil! Endlich!« Ulla winkte ihn zu sich.

Er setzte sich neben Claire und küsste sie auf die Wange. Dann atmete er tief durch. »Es tut mir leid. Wir haben keine andere Chance.«

»Spinnst du? Mit diesen Zecken gemeinsame Sache zu machen, ist doch keine Chance! Du hast wirklich dafür gestimmt, jüdische Gäste auszusperren? Bist du bescheuert?«, fuhr ihn seine Schwester an.

»Ulla...«, sagte Claire leise. »Ich bin sicher, Emil hat sich das nicht leicht gemacht.«

»Und wir werden auch keine jüdischen Gäste aussperren. Es werden nur keine jüdischen Feiern ausgerichtet. Dafür werden wir noch stärker als bisher jüdische Lieferanten bevorzugen.« Er ließ müde die Schultern sinken. Wie anstrengend doch Verantwortung war. »Ulla, wir gehen sonst pleite!«

»Und Louis?« In Ullas Augen glitzerten Tränen. »Soll ich ihn in den Keller sperren?« Sie sprang auf. »Nein, Emil, ohne mich.

Ich verkaufe mich nicht für Geld.« Wutentbrannt stürmte sie davon.

»Was soll ich denn sonst machen?«, rief er ihr nach. »Den Laden verrecken lassen?«

Doch Ulla antwortete nicht mehr, mit einer unmissverständlichen Geste winkte sie ihn zum Teufel.

Claire nahm seine Hand. »Soll ich ihr nach?«

»Danke, aber das muss ich selbst regeln.« Er küsste sie flüchtig und rappelte sich hoch. »Ich verstehe so gut, wie sie sich fühlt. Wahrscheinlich besser als jeder andere auf der Welt.«

Januar 1933

39 »Emile!« Claire lief so schnell die Uferpromenade entlang, wie es ihre glatten Ledersohlen auf dem matschigen Weg zuließen. »Emile!«

Von Weitem winkte Emil ihr zu, wechselte ein paar Worte mit einem der verhassten Braunhemden, dann ging er ihr entgegen.

Atemlos kam sie vor ihm zum Stehen. »Hast du es gehört?«

»Gehört? Was?«

Lautes Hupen und Johlen lenkte ihre Aufmerksamkeit auf die Zufahrt. Ein Lkw fuhr zum Ufer, ein Dutzend junge Männer in den schwarzen Uniformen der SS sprangen singend ab und schwenkten ihre Hakenkreuzfahnen. Claire schüttelte sich.

»Die Nazis regieren Deutschland!«, rief Claire und senkte sofort ihre Stimme. »Hindenburg hat Hitler zum Reichskanzler ernannt!«

»Es wurde mir gerade mitgeteilt«, sagte Emil düster. »Und dass die Bad Godesberger Nazis heute Abend diesen Triumph bei uns feiern werden.«

»*Quelle horreur!*« Claire zeigte zum Hotel. Noch mehr Nazis erschienen, dieses Mal mit größeren Fahnen. Sie rissen die Fahnen des Dreesen herunter und hissten die Fahne der NSDAP. In immer mehr Stockwerken wurden Fenster aufgerissen und Fahnen herausgehängt, als wäre das Dreesen ihre persönliche Festung.

Claire spürte Übelkeit in sich hochsteigen. Zu oft schon hatte sie miterlebt, wie in Berlin und anderswo die Braunhemden die Gäste ihrer Bühnenshow belästigt oder sogar brutal zusammengeschlagen hatten. Schon bevor die Partei zweistellige Ergebnisse bei den Wahlen eingefahren hatte. Mit jedem Jahr steigerte sich die Brutalität. Die Männer schalteten ihren Kopf aus, sobald sie diese Uniform anzogen. Sie sahen keine Menschen mehr, sie sahen nur noch Arier oder Nichtarier und Nazis oder Nichtnazis, und alles, was ein »Nicht« davor hatte, wurde niedergemacht. Und nun regierte Hitler Deutschland, und sie würden noch brutaler vorgehen.

»Da kommen sie und feiern, dass Deutschland endgültig von jeder Vernunft und jedem Anstand befreit wird.« Inzwischen hatten auch Ulla und Louis sie erreicht. »Und wo feiern sie? Im Hotel einer Jüdin. Wenn es nicht so beschissen wäre, wäre es schon fast lustig.«

Claire kniete sich vor Louis. »Was sagst du, Louis, wollen wir Zerbes überraschen?«

»Ja!«, rief Louis und klatschte fröhlich in die Hände. »Lass uns Zerbes überraschen!« Doch plötzlich verschwand sein Lachen, und Angst schlich sich in seine Züge. Er spähte an Claires Schulter vorbei zum Hotel und schüttelte dann den Kopf. »Können wir bei Zerbes bleiben? Die mit der Fahne mögen mich nicht.«

»Natürlich, mein Schatz.« Claire wechselte einen kurzen Blick mit Ulla. »Du, deine Mama und ich bleiben bei Zerbes, bis diese Krachmacher wieder weg sind. Wir mögen nämlich keine Leute, die dich nicht mögen.«

Zufrieden nickte Louis und knipste sein fröhliches Lachen wieder an. Er drehte sich auf dem Absatz um.»Wer zuerst am Baum ist!«

Schon sauste er los. Claire seufzte und trabte auf den glatten Sohlen hinterher. Es war ein Eiertanz, so glatt und gefährlich wie jede Minute in Gesellschaft der immer mächtiger werdenden Nazis.

***

»Nach Paris?« Ulla seufzte.»Ach, Claire, das wäre mein Traum. Aber was soll ich dort machen? Und wohin? Denk doch an Louis.«

»Ich denke nur an Louis.« Claire nahm den heißen Tee von Zerbes entgegen und nickte ihm dankend zu.

»Würdest du denn mitkommen?«, fragte Ulla.

Claire schüttelte den Kopf.»Wir sind bis Mitte nächsten Jahres ausgebucht, ich kann meine Truppe nicht im Stich lassen.«

»Allein nach Paris?« Ulla zuckte die Schultern.»Ich weiß nicht.«

»Und wenn Madame Adelheid mit dir mitkäme?«, schlug Claire vor.

»Einen alten Baum verpflanzt man nicht.« Zerbes setzte sich mit einem Glas Rotwein zu ihnen an den Tisch.»Adelheid gehört ins Dreesen, und die Nazis gehören in die Hölle.«

»Sie sind aber im Dreesen und machen es für Großmama zur Hölle.« Ulla gähnte.»Ich gehe ins Bett, entschuldigt, aber wir werden das Problem heute nicht mehr lösen.«

Claire lauschte Ullas leisen Schritten, die darauf bedacht war, Louis nicht aufzuwecken, wenn sie sich gleich zu ihm in das Gästebett legte. Es war ein zweites Zuhause geworden in den letzten Jahren, so häufig hatten sie hier übernachtet, vor allem im Sommer, wenn die Nächte lau waren und zu viele Braunhemden im Dreesen Ulla die Laune verdorben hatten.

Sie waren oft da gewesen, die Nazis, manchmal mit mehr, manchmal mit weniger Leuten, aber sie hatten sich – wie selbst Ulla zähneknirschend zugeben musste – immer korrekt benommen. Fritz Dreesen war der Chef des Dreesen, wie Hitler der Chef der NSDAP. Nie hatte das infrage gestanden.

Aber heute... als die Horden die Fahnen heruntergerissen hatten, als sie die Fenster geöffnet und ihre Hakenkreuze hinausgehängt hatten – das war nie und nimmer mit Fritz Dreesen abgesprochen gewesen. Das hatte wie eine feindliche Übernahme gewirkt. Nazipiraten, die das Schiff kaperten und ihre eigene Flagge hissten.

»Du bist besorgt«, sagte Zerbes.

»Wegen Ulla«, bestätigte Claire. »Sie ist so wütend, dass sie vergisst, wie gefährlich diese Nazis sind.«

Zerbes nickte, drehte den Kopf. »Ich glaube, Emil kommt.«

Tatsächlich klopfte es nur Sekunden später.

Emil wirkte erschöpft. Er schnappte sich ein Glas und setzte sich zu Claire.

»Ist Ulla schon im Bett?«

»Du hast sie knapp verpasst«, sagte Zerbes.

»Gut.« Emil schenkte sich Wein ein und trank schnell mehrere Schlucke. Er rückte näher an Claire und zog sie zu sich, als brauche er ihre Nähe ebenso wie sie seine. Sie lehnte sich an ihn. Wie sehr sie die Zeit mit ihm genoss, noch immer, nach über vier Jahren, in denen sie nach jeder Tour zu ihm zurückkehrte. Weil sie ihn liebte, weil er ihr Geborgenheit gab und weil er ihren Traum teilte, die Welt zu verändern.

»Was habe ich nur getan?«, sagte Emil mehr zu sich selbst.

»Was hast du getan, *mon homme*?«, fragte Claire.

»Ich hätte mit Georg stimmen müssen. Wir hätten nie auf Hitlers Vorschlag eingehen dürfen.«

»Dann hättet ihr vielleicht das Hotel schließen müssen«, sagte Zerbes ruhig.

»Vielleicht hätten wir eine andere Lösung gefunden, wenn wir nur länger danach gesucht hätten.« Emil trank das Glas leer. »Und wenn nicht...« Er zuckte die Schultern. »Dann hätte uns jemand das Hotel abgekauft. Jetzt hat die Hitlerbrut das Hotel einfach übernommen.«

»Lass uns abwarten, was passiert, wenn die Braunhemden sich wieder ein wenig beruhigt haben«, sagte Claire, »heute feiern sie, morgen erinnern sie sich an die Spielregeln. Dein Vater wird sich das nicht bieten lassen.«

40

Verschlafen! Ausgerechnet heute, beim ersten Besuch Adolf Hitlers nach seiner Ernennung zum Reichskanzler!

Emil hetzte die letzten Stufen hinab, lief ins Foyer, er fuhr mit den Fingern über sein Kinn, spürte die von der notdürftigen Rasur verschont gebliebenen Bartstoppeln.

Im Foyer war bereits die Hölle los, ein Lärm, der den Nachwirkungen des gestrigen Weinkonsums nicht guttat. Was suchten überhaupt all diese Kinder hier? Hitlerjungen in Uniform, die Haare ordentlich gescheitelt, die Schuhe gewichst, die Münder keine Sekunde still.

Er kämpfte sich an ihnen vorbei zu Whoolsey, als von der Seite Senkert auf ihn zutrat. In SA-Uniform, die er nach der Machtergreifung seiner Partei wohl endgültig gegen seine Polizeiuniform einzutauschen gedachte.

»Emil Dreesen«, blaffte er ihn an. »Ich verhafte dich wegen Fahnenflucht und Hochverrats. Außerdem wegen des Mordverdachts im Zusammenhang mit dem Verschwinden meines Vaters Kurt Senkert und des Stahlhelm-Kameraden Jupp Pützer.«

Emil erstarrte. War Senkert gefunden worden? Und Pützer? Hatten sie bei der Beseitigung der Leichen einen Fehler gemacht? Etwas übersehen, was auf Zerbes und ihn als Todesschützen hinwies? Senkert packte ihn am Arm. »Du bist dran, Jude«, zischte er, »du wirst dir noch wünschen, dass mein Vater dich damals einfach erschossen hätte.«

»Was soll der Unsinn?« Emil riss sich los, versuchte, klar zu denken, er durfte auf keinen Fall mit Senkert auf die Wache, das wäre auch ohne Verfahren sein sicheres Todesurteil. Da näherte sich ein zweiter Polizist. Senkert hatte Verstärkung mitgebracht.

»Los jetzt«, befahl Senkert und zog eine Pistole. Er war verrückt, schoss es Emil durch den Kopf. Verrückt vor Hass. Er würde ihn kaltblütig hier erschießen, wenn es sein musste, vor all den Kindern. »Wird's bald«, knurrte Senkert. Der Lauf seiner Pistole war auf Emils Brust gerichtet.

»Heil Hitler!«, schallte es da engelsklar durch das Foyer. Die eben noch chaotisch lärmenden Hitlerjungen reckten in Reih und Glied den Arm in die Höhe. »Heil Hitler. Die Hitlerjugend Bad Godesberg entbietet dem Reichskanzler ihren Gruß!«

Senkert sah verwirrt zu dem jungen Empfangskomitee. Emil drehte sich um. Er reckte den Kopf und hob den rechten Arm zum Hitlergruß, als der Reichskanzler mit seinem Vater zusammen aus dem Salon ins Foyer trat, gefolgt von einer sechsköpfigen Entourage, von denen Emil nur Harm Altmann erkannte. Emil hielt seinen Arm oben, starrte zu seinem Vater. Der musste doch spüren, dass er in Lebensgefahr schwebte!

Da kreuzten sich ihre Blicke. Sein Vater zog kurz die Brauen zusammen, dann erstarrte sein eben noch lachendes Gesicht in Panik. Hektisch sah er sich um, winkte hastig Altmann zu sich und wechselte ein paar Worte mit ihm.

Altmanns Blick wanderte zu Emil und Senkert. In der nächsten Sekunde schoss er pfeilschnell auf sie zu.

»Sind Sie verrückt?«, zischte er Senkert zu. »Stecken Sie die Knarre weg, da ist der Führer!«

Senkert steckte hastig die Waffe ein, sichtlich verwirrt, was dies nun für seinen Plan bedeutete – das Aus für die Verhaftung oder nur eine Verzögerung? Emil musste Hitlers Aufmerksamkeit auf sich lenken. Er musste Senkert loswerden. Jetzt.

»Heil Hitler, Herr Reichskanzler!«, salutierte er laut, den Arm weiterhin so stramm ausgestreckt, dass die Muskeln zu schmerzen begannen.

»Heil, mein Führer!«, rief Senkert, den Arm ebenfalls gestreckt.

Tatsächlich kam Hitler nun auf sie zu. Er fixierte Emil und seinen gestreckten Arm, ohne Senkert auch nur eines Blickes zu würdigen.

»Kann er also doch grüßen, der Sohn«, wandte er sich an Fritz, der geflissentlich nickte und Hitler weiter zum Ausgang begleitete.

Emil nahm den Arm herunter. Hatte seine Reaktion mehr gebracht als eine kurze Verzögerung des Unvermeidlichen?

Schon stieß Senkert ihn erneut an. »Glaub nur nicht...«

»Jetzt reicht es aber langsam!«, donnerte Harm Altmann und baute sich vor Senkert auf. »Was zur Hölle suchen Sie hier?«

»Eine... eine Verhaftung«, stammelte Senkert, »ein Volksverräter...«

»Hauen Sie ja ab, aber zackig. Und tauchen Sie nie wieder hier auf, ohne mich vorher zu informieren! Abtreten!«

Emil wagte nicht, sich zu rühren. Er spürte Senkerts ohnmächtige Wut, eine gefährliche Wut, stark genug, um Altmanns Befehl zu ignorieren. Er hatte sein Ziel so nah vor Augen, er konnte jetzt nicht aufgeben.

»Soll ich Sie raustragen lassen, Sie Hanswurst?«, brüllte Altmann und winkte zwei seiner Leute zu sich.

Erst da regte sich Senkert. Er sah Emil an, tödlicher Hass in den Augen, im Blick das Versprechen, wiederzukommen und zu beenden, was er heute abbrechen musste.

Emil atmete erleichtert auf, als Senkert und sein Kollege endlich das Foyer verließen. Sein Körper löste sich aus der Schockstarre, die ihn die letzten Minuten gefangen gehalten hatte.

»Wir sollten uns unterhalten, Herr Dreesen«, wandte Altmann sich an ihn. »Vielleicht im Salon?« Altmann drehte sich zackig um und schritt zum Salon zurück, vorbei an den Hitlerjungen, dessen Anführer er großmütig die Wange tätschelte.

Kaum saßen sie in der gemütlichen Kaminecke, holte Altmann ein Zigarettenetui aus der Uniformtasche. »Zigarette?«

Dankbar nahm Emil sich eine und zündete sie an. Er inhalierte tief, spürte, wie er innerlich noch immer zitterte.

»Der Führer hat Ihrem Vater nie vergessen, dass er ihn aufgenommen hat, als andere die Tür zugeschlagen haben.« Altmann lehnte sich vor. »Merken Sie sich – der Führer vergisst nie etwas. Weder das Gute noch das Schlechte.«

Emil schluckte. So wie Altmann das sagte, klang es wie eine Drohung – was es wohl auch sein sollte.

»Rechnen Sie in Zukunft damit, dass der Führer jederzeit hier auftauchen könnte. Das bedeutet, wir müssen uns über die Sicherheit Gedanken machen. Und die neue ... mhhh ... Etikette. Dafür bin ich da.«

Emil stieß den Rauch aus. Etikette. Was hatte Altmann vor? Durften ab sofort keine Juden mehr im Hotel essen? Mussten alle Kellner den Hitlergruß zeigen, bevor sie das Essen servierten? In seinem Kopf katapultierte der grüßende Kellner den Kuchenteller über Hitlers makellose Uniform. Emil unterdrückte ein Grinsen. Er musste sich zusammenreißen. Senkerts Attacke hatte ihn komplett aus der Bahn geworfen, und das noch vor seinem Morgenkaffee.

Kaffee. Was gäbe er jetzt für einen Kaffee. Er spürte Altmanns bohrenden Blick.

»Verstehe«, murmelte Emil schnell.

»Natürlich, Sie sind ja nicht auf den Kopf gefallen. Sie wissen natürlich, dass das Lieblingshotel des Führers in allen Belangen unserer neuen Zeit absolut vorbildlich dastehen muss.«

Belange der neuen Zeit? Übelkeit stieg in Emil hoch. Spätestens jetzt würde sich herausstellen, ob Vater recht damit hatte, dass Hitlers Geschwätz über Juden nur Propaganda war. »Und im Detail heißt das was?«

»Nun«, sagte Altmann, »besprechen wir das ein andermal. In aller Ruhe, gern mit Ihrem Vater zusammen. Heute wollte ich nur klarstellen, dass ich Ihr Ansprechpartner für alle Probleme und Fragen bin.« Er lächelte, aber ohne den Hauch von Freundlichkeit. »Ich möchte, dass ab heute nichts in diesem Hotel passiert, ohne dass ich darüber informiert bin!«

Emil drückte die Zigarette aus. Unterdrückte den Brechreiz. »Natürlich.«

»Wusste ich es doch«, lächelte Altmann kalt, »Sie sind ein vernünftiger Mann, ganz wie Ihr Vater.«

Altmann stand auf und verließ den Salon, hielt an der Tür einen Kellner auf und gab ihm einen Befehl. Als gehörte ihm das Hotel.

Wieder überkam Emil ein Brechreiz. Er hielt den Atem an, zwang sich, normal zu gehen, sogar freundlich zu nicken, als er an Altmann vorbei zur Toilette eilte. Dort stürzte er in die erste Kabine und übergab sich wieder und wieder, obwohl er nichts in sich hatte, das sein Magen hätte von sich geben können.

Er hatte einen nicht wiedergutzumachenden Fehler begangen. Sie hätten die braunen Horden niemals in ihr Hotel lassen dürfen. Nun waren sie ihre Gefangenen, ihre Leibeigenen, faktisch enteignet in ihrem Hotel, in dem ab sofort nicht mehr sie selbst, sondern Altmann bestimmen würde. Atemlos richtete er sich auf und ging zum Waschbecken, als die Tür sich öffnete. Schnell wandte Emil den Blick zum Spiegel, setzte den misslungenen Versuch eines Lächelns auf, als er seinen Vater erkannte.

Fritz stellte sich zu ihm und legte seine Hand auf Emils Schulter.

»Hans muss Roberts Geständnis gefunden haben«, sagte Emil und spülte sich den Mund aus.

»Du hast hervorragend reagiert.«

Emil nahm ein Handtuch und trocknete sich den Mund.

»Er wird nicht aufgeben, Vater, ich habe den Hass in seinem Gesicht gesehen. Er wird so lange weitermachen, bis er mich hat.« Er merkte, wie seine Finger, in denen er das Handtuch hielt, zitterten.

»Das wird nicht passieren, Emil, ich sorge dafür.«

Emil schüttelte den Kopf. Wie sollte Vater dafür sorgen können? Begriff er nicht, dass sie gerade in eine Zeit hineinschlitterten, in denen die Hans Senkerts dieser Welt die Macht- und die Dreesens die Sklavenkarte gezogen hatten?

»Altmann hat mich eben auf ein kleines Gespräch eingeladen«, wechselte Emil das Thema, »siehst du eigentlich, was da auf uns zukommt?« Altmanns kaltes Lächeln schob sich vor Emils inneres Auge. Er schauderte.

»Natürlich, Emil, hervorragende Zeiten werden auf uns zukommen, wir müssen die Karten nur richtig spielen.« Sein Vater zwinkerte Emil zu. »Ich bin mit dem Reichskanzler persönlich bekannt. Wir sind sein Lieblingshotel. Besser kann die Ausgangslage für uns kaum sein, oder? Kopf hoch, Junge, du weißt doch, was der Rheinländer sagt: *Et hätt noch immer jott jejange.*«

Sommer 1934

41 »...*joyeux anniversaire, chère* Ulla...«

»Raus, raus, raus!«, unterbrach Fritz rüde Claires Gesang, während er in den Speisesaal stürmte. Alle Gäste der kleinen Geburtstagsgesellschaft drehten ihre Köpfe.

»Papa!«, brauste Ulla auf. »Du hast versprochen, dass ich hier unten feiern darf!«

»Bitte, Ulla, das ist nicht geplant, ich...« Hinter Fritz marschierten ein gutes Dutzend SS-Männer in den Speisesaal und stellten sich an Türen und Wänden auf. Einer sah zu ihnen, seine Augen verweilten einen kurzen Moment auf Louis, als versuche er zu verstehen, warum im Lieblingshotel des Führers ein farbiges Kind zu einer Geburtstagsgesellschaft gehörte. Dann zeigte er auf sie.

»Alle raus, aber dalli.«

Emil lief zu seinem Vater, Claire beobachtete den erhitzten, leisen Streit. Am liebsten hätte sie Emil zurückgerufen. In Fritz' Gesicht hatte sie Angst gesehen. Der plötzliche Aufmarsch der SS hatte ihn genauso erschreckt wie sie selbst. Das war keine feiernde oder tagende Horde Nazis, das war militärischer Drill.

»Lass uns gehen«, flüsterte sie Ulla zu.

»Kommt überhaupt nicht infrage!«, protestierte Ulla wütend. »Das ist mein Zuhause und mein Geburtstag...«

»Ich habe Angst, Mama, bitte«, flüsterte Louis und starrte mit schreckensweiten Augen auf die strammstehenden SS-Männer, die mit starrem Gesicht den Saal bevölkerten.

»Ich hasse diese Scheißnazis«, zischte Ulla, zum Glück leise genug, dass Claire es rechtzeitig mit einem Hustenanfall kaschieren konnte. Ulla nahm Louis an der Hand und stolzierte mit hoch erhobenem Kopf an den SS-Männern vorbei aus dem Saal.

Claire atmete auf. Eines Tages katapultierte Ulla sich noch in eines dieser Lager, die wie Pilze aus dem Boden schossen. Wann kapierte sie endlich, dass seit der Machtergreifung ein anderer Wind in Deutschland wehte?

Sie nahm die Torte und folgte den anderen, als Hitler den Speisesaal betrat, umringt von einer weiteren Schar Totenkopfträger.

Claire machte einen Schritt zur Seite, sah ihm nach. Waren die Braunen gerade in Schwierigkeiten? Standen die Deutschen endlich auf, um sich von diesem Morast zu befreien? Beschwingt ging sie weiter, zu Emil und Fritz.

»... sind heute so etwas wie das Führerhauptquartier«, sagte Fritz leise.

»Führerscheißquartier«, spie Emil aus, überdeckt von Claires eindrucksvollem Husten. Sie warf Emil einen warnenden Blick zu und erntete einen dankbaren von Fritz.

»Wir sind immer noch ein verdammtes Hotel!«, schimpfte Emil über den abklingenden Husten hinweg.

Claire verdrehte die Augen. Wie hatten Emil und Ulla eigentlich all die Monate der Nazibesatzung überlebt, als sie ihnen noch nicht andauernd die Kartoffeln aus dem Feuer geklaubt hatte?

Sie bemerkte Altmanns eisigen Gesichtsausdruck. Natürlich, Herr Oberspion hatte Emils Bemerkung gehört, mental notiert und abgeheftet.

»Emile«, rief sie, »würdest du mir bitte helfen?«

Ihre Stimme schien ihn zur Räson zu bringen. Er drehte sich abrupt um und kam auf sie zu, während Fritz, ein entschuldigendes Lächeln auf den Lippen, zu Altmann lief.

Sie drückte Emil die Torte in die Hand und schubste ihn in Richtung Treppe. »Ich wäre dir dankbar, wenn wir den Geburtstag deiner Schwester noch zusammen feiern könnten, bevor du dich von einem der Herren in den schneidigen SS-Uniformen als subversives Objekt erschießen lässt«, zischte sie und spürte, wie eine Welle der Wut sie übermannte. »Bring die Torte in Madame Adelheids Salon. Ich gebe in der Küche Bescheid, dass das Essen oben serviert wird.«

Wann zum Teufel würden Ulla und Emil endlich einsehen, dass die Nazis andere Gegner waren als ihre Eltern, gegen die sie sich so gerne auflehnten? Wer, glaubten sie, waren sie? Oder – was, glaubten sie, waren sie? Unverwüstlich? Unverletzlich? Da saßen sie in ihrem nazibesetzten Schloss und glaubten, ihre Welt bräche zusammen, weil sie eine Torte ein Stockwerk höher essen mussten? Sie hatten doch keine Ahnung, was die Nazis gerade mit der Welt außerhalb des Dreesen anstellten! Wie sehr sie den Menschen ihre Anschauung aufzwangen, alles verbaten oder unterdrückten, was dort nicht hineinpasste. Hatten Emil und Ulla etwa schon vergessen, warum sie seit neun Monaten ununterbrochen im Dreesen war? Hatten sie vergessen, dass die Nazis Jean-Luc in den

Rollstuhl geprügelt und Lulu vergewaltigt, ZsaZsa und Gérard erst verhaftet und dann des Landes verwiesen und ihre Auftritte verboten hatten? Was glaubte Emil, warum sie sich wie ein Schutzschild zwischen ihn und einen Harm Altmann stellte? Weil sie Altmann zustimmte? Oder sich von ihm einschüchtern ließ? Angst hatte?

Ja, sie hatte Angst, auch Emil in einem Rollstuhl enden zu sehen. Wenn Emil und Ulla Widerstand gegen dieses Regime leisten wollten, dann mit Verstand und Planung und Raffinesse, aber nicht in blinder, selbstzerstörerischer Wut.

Sie betrat die Küche und sah sich nach dem Maître um, als ein Serviermädchen auf sie zukam. Rotbraune Haare, eine Brille und die blauesten Augen, die sie je gesehen hatte – das Serviermädchen selbst allerdings hatte sie hier noch nie gesehen.

»Madame Deltour?«, fragte das Serviermädchen.

»Ja bitte?«

Verstohlen drückte ihr das Serviermädchen einen zusammengefalteten Zettel in die Hand. »Geben Sie das Emil«, sagte sie leise.

Claire ballte die Faust um den Zettel. »Wer sind Sie?«

»Er begreift nicht, wen er sich hier ins Nest geholt hat. Passen Sie auf ihn auf.«

»Madame Deltour«, rief da der Maître, »wo soll ich nun das Geburtstagsessen servieren?«

Claire drehte sich zu ihm. »Einen kleinen Moment bitte.« Doch als sie sich wieder dem Serviermädchen zuwandte, war es wie vom Erdboden verschwunden.

***

»Von Elsa?«, fragte Claire. Das also war die berühmte Elsa gewesen, Marias Albtraum einer Schwiegertochter, Emils erste große Liebe, die Frau, die gegangen war, um Louis einen Platz in der Familie zu erkaufen.
»Was schreibt sie?«, fragte Ulla. »Was ist los?«
»Vater, er… er hat Altmann auf Senkert angesetzt.« Emil starrte auf den Brief in seiner Hand. »Er hat Altmann erzählt, dass Senkert gegen Hitler hetzt und ihn einen bigotten Judenfreund nennt.«
»Das ist doch gut, oder?« Ulla verteilte Torte auf den Tellern. »Senkert ist ein Schwein und eine echte Gefahr für dich.«
»Altmann auch.« Claire reichte Ulla den nächsten Teller. »Er wird dafür von Emil einen Gefallen einfordern. Der Tag kommt so sicher wie der Tod.«
»Pest oder Cholera«, sagte Emil tonlos. »Und selbst wenn Altmann Senkert von mir fernhält, wer weiß, wem Senkert Roberts angebliches Geständnis noch gezeigt hat… Was ist das nur für eine verdammte Sch…« Mit einem Blick auf den etwas abseits spielenden Louis verstummte er.

Tröstend streckte Claire die Hand nach ihm aus. »Ich weiß nicht, was gerade in euren deutschen Köpfen abläuft. Aber es macht mir Angst.«

Emil ergriff ihre Hand, zog sie zu sich und schlang seine Arme um sie. »Es macht mir genauso Angst. Ich denke seit Jahren, gleich ist es vorbei, die Menschen wachen auf, aber es wird immer schlimmer. Wie können wir das nur aufhalten?«

»Zu allererst, indem wir denken, bevor wir handeln«, sagte Claire trocken. »Glaubst du, die Provokation meiner Auftritte war nicht bis ins letzte Detail durchdacht? Ich wollte damit etwas verändern und nicht mich selbst abschaffen.«

42 »Ein Putschversuch der SA?« Bruno starrte Elsa ungläubig an. »Bist du dir ganz sicher?«

Elsa zog Perücke, Brille und die Servierschürze aus und warf sie auf den kleinen Schreibtisch im Zimmer. »Ich habe es selbst gehört, der Trick funktioniert bei den Nazis noch besser als bei anderen. Wenn du als Dienstbote mit einem Tablett voller Gläser auftauchst, bist du unsichtbar.«

»Sie zerfleischen sich gegenseitig...« Genüsslich ließ sich Bruno auf das von der letzten Nacht noch zerwühlte Bett fallen und verschränkte die Arme hinter dem Kopf. »SA gegen SS! Elsa, weißt du, was das für uns heißt?«

»Dass wir vielleicht doch nicht als Volksverräter hingerichtet werden?« Sie schälte sich aus dem Rock und legte ihn über den einzigen Stuhl in dem karg eingerichteten Raum. »Du hast den Aufmarsch nicht gesehen. Hitler schlägt zurück. Er hat für heute das Dreesen zu seinem Führerhauptquartier umfunktioniert und organisiert von dort die Zerschlagung des Putsches. Und dann wird es noch schwerer werden, an ihn ranzukommen.«

Das zufriedene Grinsen auf Brunos Gesicht erlosch. »Du meinst...«

»Ja, wenn er den Putsch übersteht, wird er noch stärker sein als davor.« Sie griff nach ihrem Leinenrock, legte ihn dann aber wieder zurück. »Wer für ihn ist, gewinnt, wer gegen ihn ist, wird ausradiert. Und die Familie wird mitbestraft. Als Abschreckung. Der Preis für Widerstand wird gerade in die Höhe geschraubt. Du riskierst nicht mehr nur deine Haut, sondern auch die der Menschen, die du liebst.«
»Du willst aufgeben?«, fragte Bruno.
»Nein, aber wir brauchen einen anderen Plan. Der Flughafen, wie Herbert vorgeschlagen hat, fällt raus, da sind die Eskorten zu groß.«
»Klingt für mich nach aufgeben.«
Elsa entledigte sich ihrer Bluse und legte sich zu Bruno ins Bett. »Nein. Aber wir haben nur eine einzige Chance. Und selbst wenn wir Hitler drankriegen, werden wir es wahrscheinlich nicht überleben.« Sie knöpfte sein Hemd auf. »Wir müssen unseren nächsten Schritt perfekt vorbereiten und ab jetzt jede Minute unseres Lebens leben, als wäre es die letzte.«

Spätsommer 1936

43 »Natürlich, selbstverständlich, gnädige Frau, bitte beehren Sie uns doch bald wieder.« Emils Wangen schmerzten von dem Dauerlächeln.

Es war wirklich unglaublich, kaum sprach sich herum, dass Hitler vor Ort war, rannten die Gäste ihnen das Hotel ein. Um wenigstens einmal dem Führer nahe zu sein, und wenn es nur ein kurzer Blick auf ihn beim Durchschreiten des Foyers war, umringt von seiner Eskorte.

Müde trat Emil zurück ins Foyer und wich einem Trupp Hitlerjungen aus, die Harm Altmann tagein, tagaus für irgendwelche Miniparaden und Botengänge einsetzte.

Er lief weiter zum Kastaniengarten und öffnete ihre letzte innovative Errungenschaft: das größte mobile Glasdach in Europa. Finanziert mithilfe einer satten Investition von Paul Schwarz, wie Georg sie unermüdlich zu erinnern pflegte, wenn die Nazis dort bei Wein und Bier gegen Juden wetterten.

Lächelnd und grüßend lief er an den gut besetzten Tischen vorbei zum allerhintersten Tisch, an dem Claire und Adelheid eine Partie Dame spielten. Zwei Tische weiter, ebenfalls in der letzten Reihe, saß ganz allein eine junge, blonde Frau. Eva Braun, er erinnerte sich an den Namen und vor allem, zu wem sie gehörte: Adolf Hitler. Natürlich inoffiziell. Nie sah man sie öffentlich zusammen. Sie bezog ihr eigenes Zimmer, huschte aber regelmäßig aus der Suite im ersten Stock, die inzwischen das ganze Jahr über für Hitler gebucht war. Tagsüber jedoch saß sie stundenlang, manchmal ganze Tage alleine herum, oft mit einem Buch oder einer Patience oder auch der Kamera, die sie fast immer mit sich trug, wenn sie sich auf einen der langen Spaziergänge aufmachte – dezent begleitet von einem Sicherheitsmann der Partei und seit Neuestem auch immer öfter von Emils Mutter.

»Emile!«, rief Claire und winkte ihn an ihren Tisch. »Madame Adelheid schlägt mich nun das dritte Mal, ich hoffe, du kommst, um mich zu retten!«

Emil setzte sich zwischen Claire und Adelheid. Er beugte sich vor. »Seid ihr bereit für heute Abend?«, fragte er leise.

Claire warf einen warnenden Blick Richtung Nebentisch. »Wir sind vollzählig«, flüsterte sie. »Es war gar nicht so schwer, sie zusammenzutrommeln, dank der Olympischen Spiele durften wir ja in letzter Zeit alle wieder auftreten.«

»Ja, so sind sie, die Nazis«, Adelheid kickte einen von Claires Spielsteinen mit Nachdruck von dem Spielbrett, »um vor den internationalen Gästen gut dazustehen, verrät man schon mal seine eigenen Prinzipien und erlaubt die Musik und Kunst, die sonst verpönt ist. Aber was rede ich, es gibt Deutsche, die verraten ihre Familie, um vor den Nazis gut dazustehen.« Sie warf einen verächtlichen Blick zur Seite.

Emil folgte ihrem Blick. Maria hatte sich zu Eva Braun gesetzt. Sie redeten und lachten, als wäre diese junge Frau ein Ersatz für die störrische Tochter, die sie einfach nicht verstand. Dabei waren sich seine Schwester und Eva Braun zumindest in einem gar nicht so unähnlich, nur dass Mutter das, was sie bei Ulla verurteilt hatte, bei Eva Braun anstandslos akzeptierte. Als Ulla ein uneheliches Kind austrug, war sie eine Schande für die Familie gewesen. Eva Braun dagegen wurde umschwirrt wie ein Lichtpunkt, dabei war ihr Verhalten als heimliche Geliebte keinen Deut respektabler.

Oder war Mutters Geplänkel mit Eva Braun das Äquivalent zu Vaters Buckelei, um auf jeden Fall in Hitlers Gunst zu bleiben?

***

So aufgeregt hatte Emil seinen Vater schon sehr lange nicht mehr gesehen. Wie Louis vor der Bescherung an Heiligabend lief er auf und ab, schielte immer wieder aus den Fenstern zum anderen Rheinufer, bellte hier einen Befehl, sprach dort mit einem Gast. Er trug seinen besten Anzug, das Parteiabzeichen am Revers, die Krawatte im Rot der Hakenkreuzfahne. Ein schlechtes Gefühl stieg in Emil hoch.

Es war Fritz' Abend, den er heute zerstören würde. Wochenlang hatte Fritz diesen Abend geplant, in Absprache mit Harm Altmann und anderen Parteikadern, es war seine Art, Hitler seinen Dank für die Treue zum Rheinhotel Dreesen zu demonstrieren. Und genauso lang hatten Claire, Ulla und er den Gegenzug geplant, als ihre Antwort auf das Gebaren der Nazis. Emil spürte die Nervosität in seinem Magen grummeln, als die Dämmerung sich über den Rhein legte. Gleich war es so weit.

Die Lichter des Kastaniengartens flammten auf. Fritz winkte Maria zu, die gerade in Begleitung von Eva Braun die Terrasse betrat. Wieder bemerkte Emil, wie vertraut die beiden trotz des enormen Altersunterschiedes wirkten. Als hätte Eva Braun in Maria die mütterliche Freundin gefunden, die ihr in ihrer einsamen Rolle der Geliebten des Führers gefehlt hatte. Sie setzten sich gemeinsam an einen Tisch in der Nähe des Führers.

Maria nickte Fritz zu. Schon lief Fritz an den Tisch des Führers und grüßte stramm.

»Mein Führer«, sagte Fritz, »im Namen aller Deutschen am Rhein möchte ich Ihnen unseren Dank und unsere tiefe Verbundenheit für Ihren unermüdlichen Einsatz für das deutsche Volk zum Ausdruck bringen.«

Emil sah, wie sein Vater Altmann ein Zeichen gab, Sekunden später ertönte Wagners *Ritt der Walküren* von einem Grammofon.

Unauffällig verließ Emil die Terrasse. Es war Zeit, dass er Claire und Ulla den Einsatz gab.

Im Tanzsaal lief Ulla schon auf ihn zu, mindestens ebenso aufgeregt wie zuvor sein Vater. Der Saal war bereits bis auf den letzten Platz besetzt, junge Leute, die sich den seltenen, in letzter Minute als Geheimtipp angekündigten Auftritt der legendären Claire Deltour auf keinen Fall entgehen lassen wollten.

»Alles bereit und auf mein Zeichen warten«, rief er Ulla zu, die auf dem Absatz kehrtmachte und hinter dem Bühnenvorhang verschwand.

Die Big Band saß schon auf ihren Plätzen, etwas reduzierter als damals, aber der Wumms der Posaunen und Trompeten würde auf jeden Fall für den Furor sorgen, den er sich erhoffte.

Emil lief zum Fenster, riss es weit auf, den Blick auf das andere Rheinufer gerichtet. Da! Die Leuchtrakete.

Er schleuderte seinen Arm Richtung Bühne. Sekunden später stießen die Posaunen einen markerschütternden Fanfarenstoß aus, genau in dem Moment, als auf der gegenüberliegenden Rheinseite das so aufwendig einstudierte Hakenkreuz aus tausend Fackelträgern aufleuchtete.

Wagners *Walküren* ging in dem donnernden Rhythmus des Swings unter, der Vorhang öffnete sich, und Claire tanzte mit Lulu und zwei Tänzern auf die Bühne. Emil wandte sich vom Fenster ab und sah besorgt zu ihr.

Obgleich sie ihre Provokation sorgfältig geplant hatten, blieb ein Risiko. Hitler und seine Schergen zu verärgern, war nun einmal grundsätzlich hochriskant. Aber dieser Abend bot eben auch die einmalige Gelegenheit, um wenigstens für einen Moment aus ihrer Ohnmacht gegenüber dem Regime auszubrechen. Mit einem Plan, der in perfekter Unschuld an die Scheinheiligkeit des Regimes andockte. Nach fast drei Jahren des Auftrittsverbots hatte man Claire plötzlich wieder als Stern am Himmel entdeckt – rechtzeitig zu den Olympischen Spielen, bei denen man sich vor den ausländischen Journalisten und Gästen mit Künstlern wie Claire Deltour schmücken wollte. Sie durfte also nicht nur offiziell auftreten, ihre Auftritte waren sogar von höchster Stelle angefordert worden. Dass im Dreesen Künstler auftraten, gehörte zum Programm des Hauses, und Claire Deltour hatte früher mit einer Tour im Jahr sogar zum Standardprogramm des Hotels gezählt. Ihr Auftritt ausgerechnet heute Abend war, unschuldig betrachtet, höchstens als organisatorisch unglücklich zu erklären.

Das waren zumindest Claires Überlegungen gewesen, als sie Ulla und ihm den Plan unterbreitet hatte.

Die Big Band gab alles, um jede Unterhaltung auf der Terrasse unmöglich zu machen und die Dankesrede seines Vaters mit genau der Musik zu übertönen, die für Hitler und seine Anhänger ein besonderer Stein des Anstoßes war.

Wieder meldete sich sein schlechtes Gewissen. Vater und er hatten einen Burgfrieden geschlossen, den er hiermit brach. War es das wert? Immerhin umfasste der Burgfrieden auch sein Verhältnis zu Claire, das von seinen Eltern kommentarlos geduldet wurde. Vielleicht, weil sie sich an das Fiasko mit Elsa erinnerten und kein zweites Mal denselben Fehler begehen wollten. Vielleicht aber erkannten sie auch die Scheinheiligkeit, Claires Rolle als Geliebte zu kritisieren, solange sie Eva Braun dabei unterstützten, eben diese Rolle zu erfüllen.

Von der Bar kam Ulla mit zwei Champagnergläsern zu ihm. Sie reichte ihm eines und prostete ihm zu. »Danke«, sagte sie glücklich.

»Bedanke dich bei Claire, es war ihre Idee.« Emil nippte an dem Champagner, sein Blick klebte an Claire.

Ja, vielleicht war es das wert. Auch Claire sah glücklich aus. Als wäre sie endlich wieder sie selbst. Das knappe, glitzernde Kostüm, die grelle Schminke, der Glanz in ihren Augen. Die Bühne war ihre Welt. Dort wuchs sie über sich hinaus und erstrahlte wie die Leuchtrakete, die gerade Vaters Monumentalinszenierung für den Reichskanzler angekündigt hatte. Nur dass Claire noch immer strahlte, während die Leuchtrakete längst erloschen in den Rhein gefallen war.

Wie sollte das nur weitergehen?

Die Tänzer umgarnten Claire, ihre Stimme war stark und ausdrucksvoll wie eh und je.

Emils Brust wurde eng. Wie lange würde sie noch bei ihm bleiben? Gegen Ende des letzten Jahres war die Entscheidung schon gefallen, ihre Rückkehr nach Paris nur eine Frage des »Wann«, nicht des »Ob«. Sie wollte an den Ort zurück, wo sie wieder sie selbst sein konnte, unkonventionell und spontan. Sie war der Verantwortung müde, die sie glaubte für ihn und Ulla übernehmen zu müssen, damit sie nicht so endeten wie Jean-Luc. Zu sehr hatte die Misshandlung ihres besten Freundes und längsten Weggefährten sie damals verändert. Als wäre sie über Nacht ein anderer Mensch geworden, ernster und vernünftiger. Doch dann waren die Anfragen und Engagements im Rahmen der Olympischen Spiele gekommen, und die Abreise nach Paris wurde aufgeschoben. Aber nun waren die Olympischen Spiele vorbei, und zwischen ihnen stand die unausgesprochene Frage im Raum, wie lange die neue Offenheit des Regimes wohl andauern würde.

Ein Stich durchfuhr ihn. Ging es bei dem heutigen Abend darum? Testete Claire die Toleranz des Regimes als Antwort auf die Frage, ob sie bleiben oder gehen sollte?

Ulla wippte neben ihm im Takt der Musik, ihre Lippen umspielte ein seliges Lächeln.

Sie genoss einfach den Moment. Genau das sollte er auch tun – die Show genießen, ohne darüber zu grübeln, ob Claire ihn bald verlassen würde. Wieder krampfte sich seine Brust zusammen.

Sie durfte ihn nicht verlassen! Niemals!

Er brauchte sie!

Er liebte sie!

Sie war sein ruhender Pol und gab ihm gleichzeitig Kraft. Sie kühlte seine Wut und entfachte dennoch seinen Kampfgeist. Sie lauschte seinen Sorgen und Nöten und fütterte ihn mit…

Plötzlich krachten alle Türen gleichzeitig auf. Dutzende SS-Männer stürmten mit lautem Geschrei in den Saal. Sie zerrten Gäste von den Sitzen und stießen sie zu Boden, warfen Tische und Stühle um, entrissen den Musikern ihre Instrumente und zertrümmerten sie, trieben Claire und ihre Tänzer auf der Bühne zusammen und hielten ihnen ihre Pistolen an den Kopf. Die Gäste und Musiker schrien, kreischten, riefen um Hilfe, die SS-Männer brüllten Befehle und prügelten, sobald jemand nicht schnell genug reagierte.

Wie gelähmt starrte Emil auf das Chaos in seinem Konzertsaal, dann rannte er zur Bühne.

»Schluss!«, brüllte er und drängte sich zu den zusammengepferchten Tänzern. Er stellte sich vor Claire und breitete schützend die Arme aus. »Hören Sie auf! Das ist mein verdammtes Hotel! Das ist Claire Deltour! Vor fünf Wochen noch ist sie auf Einladung des Führers bei dem Empfang der französischen Delegation aufgetreten! Wer zum Teufel gibt Ihnen das Recht, so mit meinen Gästen und Künstlern umzugehen?«

»Ich.« Harm Altmann betrat die Bühne, das Gesicht eine kalte Maske der Wut. »Bis auf Weiteres wird es keine Veranstaltungen in diesem Hotel mehr geben.«

Wortlos machte er seinen Männern ein Zeichen, die Künstler ziehen zu lassen, und wandte sich zum Gehen.

Er passierte Fritz, der weiß vor Wut die Bühne betrat und zu Emil ging. Noch bevor Emil etwas sagen konnte, hatte er schon ausgeholt und seinem Sohn ins Gesicht geschlagen.

»Du... du...« Seine Stimme bebte, er schüttelte den Kopf und stürmte davon, erneut an Altmann vorbei, der stehen geblieben war und die Szene beobachtete.

Bestürzt starrte Emil seinem Vater hinterher. Seine Wange brannte, von dem Schlag selbst wie von der Demütigung und dem Schuldgefühl seinem Vater gegenüber. Die wenigen Momente des Triumphes würden sie noch lange teuer bezahlen.

***

»Komm schon, Emile!« Claire streckte den Arm nach ihm aus, kaum dass er ihr Zimmer betreten hatte. Sie winkte ihn zu sich ins Bett. »Ich warte seit Stunden auf dich!«
»Eine halbe Stunde, schneller konnte ich Ulla nicht beruhigen. Sie war drauf und dran, Vaters Pistole zu stehlen und Hitlers Suite zu stürmen, um ihn wegzupusten.« Er zog seine Jacke aus und hängte sie über die Stuhllehne. »Sie war kaum zu beruhigen.«
»Natürlich nicht. Sie hatte eine Minute des Triumphes, gefolgt von einer willkürlichen Demonstration ihrer totalen Machtlosigkeit.« Claire setzte sich im Bett auf. Ihre Stimme zitterte. »Es war ein unzivilisierter Überfall. Diese Nazis sind Barbaren. Es hat sich nichts verändert durch die Olympischen Spiele.«
Emil warf die Hose über die Jacke. »Ich hätte das heute Abend niemals zulassen dürfen. Es hat dich in Gefahr gebracht. Und deine Truppe. Es war unverantwortlich.«
»*Oh, là, là, mon amour.* Welch ungewohnte Worte.« Claire lächelte. »Bist nicht du derjenige, der sich sonst in Gefahr bringt, weil er sich für unverwundbar hält?«
»Das ist etwas vollkommen anderes.«
»Ja, das ist es«, stimmte Claire ihm zu, »das heute war sorg-

fältig geplant, mit einem kalkulierbaren Risiko, während du dich gerne, ohne nachzudenken, um Kopf und Kragen redest.«
Emil setzte sich zu ihr ins Bett. »Was würde ich nur ohne dich machen?«
»Ohne euch.« Sie lächelte spitzbübisch. »Ich bin nicht allein.«
Er sah sie verwirrt an.
Sie lachte und zeigte auf ihren Bauch.
Emils Blick folgte ihrer Hand. Es dauerte einen kleinen Moment, dann verstand er. »Du... ein Kind?«, hauchte er.
Sie nickte. »Vielleicht auch zwei, wer weiß?«
»Ich werde Vater...« Freudestrahlend legte er seine Hand auf die ihre. »O Gott, Claire, Liebste, das ist...«
»... das Natürlichste der Welt?«, grinste Claire.
»Das Wunderbarste, Großartigste, Beste, was mir je passiert ist.« Er bedeckte ihr Gesicht mit Küssen, bis sie lachend protestierte. Dann wurde er schlagartig ernst. »Wenn das so ist... wir heiraten und ziehen weg. Nach Paris. Ich will nicht, dass mein Kind in einem Hotel groß wird, in dem seine eigene Mutter von der Bühne gescheucht wird.«
»Aber Emile!« Claire strich ihm liebevoll über die Wange. »Und Madame Adelheid? Willst du sie alleine zurücklassen? Du weißt, gehen wir, geht Ulla ebenfalls. Diese Barbaren bleiben doch nie lange! Ein paar Tage hier, ein paar Tage da. Ich stelle mir immer vor, ich tauche im Meer unter einer Welle durch. Ich halte die Luft an, und dann, wenn es vorbei ist, atme ich tief durch. Und außerdem... ich kenne dich inzwischen zu gut, du wirst das Hotel nicht einfach zurücklassen. Es ist dein Leben.«
»Du... ihr seid mein Leben. Ich würde alles für euch tun.«

»Ein Glas Milch würde mir für den Anfang schon genügen.«
»Ich besorge sogar eine Kuh, wenn es sein muss!« Er sprang aus dem Bett und schlüpfte in Hose und Hemd.

Fröhlich lief er durch die leeren, stillen Flure, als ein Hitlerjunge ihm entgegenkam. Sobald er Emil bemerkte, hob er die Hand zum Hitlergruß, seine Augen jedoch blieben auf den Boden geheftet. Stirnrunzelnd sah Emil ihm nach – was machte ein Junge um diese Zeit hier auf dem Flur? Der Junge verschwand auf der Treppe, plötzlich so eilig, als würde er verfolgt. Emil drehte sich um und ging den Flur zurück, aus dem der Junge gekommen war. Er lauschte – hörte er aus einem der Zimmer noch Lärm? Aus einem kam ein Scharren, in einem anderen lief ein Wasserhahn. Emil sah auf die Zimmernummern und prägte sie sich ein. Morgen würde er nachsehen, wer diese Zimmer bewohnte, heute zählte nur noch Claire.

***

»Emile! Emile!«
Emil sah von dem Menüvorschlag hoch. Claire stürmte durch die Küche auf ihn zu. »Schnell! Ulla!«
Wie der Blitz lief Emil ihr entgegen. »Was ist mit Ulla?«
»Sie hat…« Claire senkte ihre Stimme. »Sie hat dem Führer die Suppe über die Hose gekippt.«
»Sie hat was?« Entsetzt packte Emil Claires Hand.
»Sie ist im Büro deines Vaters, Altmann ist bei ihr, du musst sie da rausholen, sie redet sich noch an den Galgen, sie ist verrückt!«
Emil rannte los, er klopfte, öffnete noch im gleichen Moment die Bürotür und trat ein. Altmann bemerkte ihn gar nicht, er

stolzierte vor Ullas Stuhl hin und her und bezichtigte sie des gemeinen und hinterrücks geplanten Anschlags auf den Führer des deutschen Volkes. Ulla saß ausdruckslos auf dem Stuhl, der Blick abwesend, während ihr Vater mit hochrotem Kopf hinter dem Schreibtisch saß und nervös mit einem Stift auf die Tischplatte tippte.

»Bitte, Herr Altmann, es war nur ein bedauerlicher Unfall. Ein Versehen. Unverzeihlich, aber natürlich war das nicht geplant. Meine Tochter ist nur... gestolpert. Sie war schon immer ein ungeschicktes Kind.«

»Hören Sie doch auf, Dreesen! Sie halten mich wohl für blöd! Sie hat den Führer absichtlich verletzt! Ich erkenne subversive Elemente und habe gute Lust, sie auf der Stelle festnehmen zu lassen! Sie alle!« In dem Moment bemerkte er Emil. »Raus, Sie haben hier nichts verloren!«

Emils Arm schnellte nach oben. »Heil Hitler, Brigadeführer. Ich möchte mich im Namen der Familie für das völlig inakzeptable Verhalten meiner Schwester entschuldigen.«

»Sie... Was?« Altmanns Augen verengten sich zu Schlitzen. »Wollen Sie sich jetzt noch über mich lustig machen?«

»Nein, Brigadeführer«, improvisierte Emil weiter, »der Reichskanzler verbringt nicht grundlos seine freien Tage besonders gerne in unserem Haus. Wir haben einen sehr hohen Standard im Umgang mit Gästen, mit allen Gästen, und ganz besonders, wenn wir die Ehre haben, den Führer und Reichskanzler bei uns zu Gast haben zu dürfen. Ich schlage vor, meine Schwester zu einem Freund der Familie zu bringen. Dort wird sie unter Hausarrest gestellt. Dafür verbürge ich mich.«

»Emil!«, rief Ulla aufgebracht. »Wie...«

»Verdammt, Ulla«, schnitt er ihr das Wort ab, »wie kannst

du so fahrlässig sein! Der Führer hätte sich verbrühen können!«

Altmann klatschte langsam in die Hände. »Haha, Herr Dreesen, Sie sollten zur Komödie gehen. Wird Ihrer Schwester aber nicht helfen.«

»Tatsächlich...«, Fritz räusperte sich, »wenn Sie erlauben, Herr Altmann, hatte ich mit meinem Sohn gestern noch ein klärendes Gespräch. Er wird mich zukünftig voll und ganz unterstützen!«

Emil trat einen Schritt vor. »Ich weiß, ich habe mich nicht immer ganz korrekt benommen, aber auch meine Lage hat sich geändert.«

»Ach ja?« Altmann zog zynisch einen Mundwinkel hoch. »Sie werden Schauspieler?«

»Ich werde Vater. Ich habe es gestern erfahren. Ich trage nun Verantwortung und sehe die Welt mehr aus der Perspektive meines eigenen Vaters.«

»Bist du verrückt, Emil?«, schnappte Ulla.

»Halt einfach mal den Mund, Ulla«, herrschte Emil sie an. »Die Welt dreht sich verdammt noch mal nicht nur um dich, kapiert? Du hast mit deinem Verhalten nicht nur dem Führer geschadet, sondern dem Ansehen unseres Hauses, bist du dir darüber eigentlich im Klaren?«

Das zynische Lächeln verschwand von Altmanns Lippen. Nachdenklich sah er von Emil zu Fritz, schüttelte dann den Kopf. »Also gut. Da der Führer ausdrücklich wünscht, dass dieser Vorfall das gute Verhältnis zur Familie Dreesen nicht trüben soll... Nehmen Sie sie mit.«

Emil trat zu Ulla, versuchte, sich seine Erleichterung nicht anmerken zu lassen, als Altmann ihn hart am Arm packte.

»Vergessen Sie nicht, der Führer wünscht ein gutes Verhältnis. Nicht ich. Sie sollten mich nie unterschätzen.« Er zeigte mit einem Nicken zu Ulla. »Ich will sie hier nicht mehr sehen, wenn der Führer im Hause ist, und ihren Negerbastard auch nicht, verstanden?«

»Verstanden, Brigadeführer.« Emil zerrte Ulla hoch und aus dem Zimmer.

Sie schlug nach ihm. »Du bist so ein mieses Schwein, Emil, nie wieder...«

»Halt endlich den Mund, für Louis«, knurrte er und riss die Tür auf. Er zerrte sie in den Vorraum, wo Claire bereits wartete.

»Ich bringe sie zu Zerbes«, sagte er zu Claire, ohne den Schritt zu verlangsamen. Er würde Ulla, wenn es sein musste, auch an den Haaren durch das Foyer schleifen. »Komm bitte mit Louis und ihren Sachen dorthin nach.«

Er zerrte Ulla weiter zum Ausgang, spürte, wie ihr Widerstand nachließ. Vielleicht hatte die Erwähnung von Louis sie zur Räson gebracht, vielleicht begriff sie auch gerade eben, in welche Lage sie nicht nur sich selbst, sondern die ganze Familie gebracht hatte.

»Du wirst wirklich Vater?«, fragte da Ulla.

»Wenn du mich davor nicht an den Galgen bringst.« Er beugte sich zu ihrem Ohr. »Verdammt, Ulla«, flüsterte er, »wenn du schon deinen und unsere Köpfe riskierst – doch nicht für 'ne nasse Hose!«

***

»Ich mache mir Sorgen, Whoolsey«, sagte Emil müde. Er fuhr mit dem Finger über die Spalten des Belegbuches.

»Wegen Fräulein Ulla? Sie ist schon immer temperamentvoll gewesen, aber jetzt ist keine gute Zeit für ein ungezügeltes Temperament.«

»Das stimmt, Whoolsey. Vielleicht ist es gut so, dass sie das Hotel an den Tagen, wenn Hitler mit seiner Entourage zu Gast ist, nicht mehr betreten darf.« Sein Finger stoppte bei der gesuchten Zimmernummer, fuhr nach rechts zu dem eingetragenen Namen. Harm Altmann. Er hatte es geahnt. Der Junge auf dem Flur, mitten in der Nacht. Der verstörte Blick. Altmanns Beharren, die Hitlerjungen bei jedem Besuch hier antanzen zu lassen, um seine Besorgungen zu erledigen, obgleich ihm genügend Hotelpagen zur Verfügung standen. Hier stimmte etwas nicht, und er würde herausfinden, was. Vorsichtig. Sehr vorsichtig. Mit sehr sorgfältiger Planung, schließlich wurde er Vater, und diesen einen Satz hatte er nicht nur gesagt, um Ulla aus Altmanns Klauen zu befreien. Er trug nun Verantwortung und verstand zum ersten Mal die Perspektive seines eigenen Vaters: Er versuchte, seine Familie zu schützen.

»Die Hitlerjungen, Whoolsey«, sagte er und blätterte das Buch wieder auf das heutige Datum. »Können Sie mir bitte notieren, wenn einer von ihnen spät abends aus dem Zimmertrakt kommt?«

»Spät abends?«, fragte Whoolsey verwundert. »Was haben die dort zu suchen?«

»Das möchte ich herausfinden«, sagte Emil leise, »aber... pssst.« Er legte den Finger an die Lippen. »Das kann sehr gefährlich werden. Wenn es das ist, was ich denke, legen wir uns mit dem Helfer des Teufels an.«

Whoolsey zog die Brauen hoch. »Ich glaube, ich kenne da jemanden, der uns vielleicht helfen könnte. Aber das braucht seine Zeit und Geld.«

Emil lächelte. »So, wie ich die Situation einschätze, haben wir beides. Wir müssen dieses Scheißspiel hier mitspielen, aber das soll uns nicht daran hindern, auch ein eigenes zu eröffnen.«

Frühjahr 1937

44 Ein Sohn! Wie im Rausch hielt Emil das rosige Bündel im Arm. Nie, absolut nie war er je so glücklich gewesen. Er drückte das kleine, zarte Wesen an sich, spürte die Liebe, die jede Faser seines Körpers durchflutete wie ein neues Lebenselixier.

»Und, wie findest du ihn, deinen Frédéric?« Claire lächelte Emil vom Bett aus matt, aber mindestens ebenso glücklich an. »Dr. Morgenstern ist sehr zufrieden mit ihm. Ein kräftiger Bursche, hat er gesagt.«

»Er ist ein kleines Wunder.« Emil beugte sich zu ihr hinunter und küsste sie. »Ich liebe dich, Claire Deltour, genauso wie unseren Sohn.«

Er schnappte sich die Decke, die Maria für das Kind gestrickt hatte, und wickelte es darin ein.

»Was hast du vor?«, fragte Claire, eine Sorgenfalte auf der Stirn.

»Unseren ersten Männerausflug!«, rief er und lief schon mit dem Säugling zur Tür, die Treppe hinab und aus dem Hotel hinaus, die Straße entlang zum Rheinufer, weiter zum Fluss.

Vorsichtig legte er seinen Sohn mit der dicken, weichen Decke auf den Uferkieseln ab und öffnete sie. Mit beiden Händen schöpfte er Wasser aus dem Rhein und träufelte es vorsichtig über das Neugeborene. »Schrei nur, mein Frédéric, damit bist du nun unverwundbar!«

Er schlug die Decke wieder um das brüllende Kind und wiegte es liebevoll im Arm, bis das Schreien verstummte und sein Sohn friedlich schlief.

»Das ist der Rhein, kleiner Frédéric«, sagte Emil leise, als sein Vater neben ihn trat.

»Frédéric«, sagte er, die Stimme ungewohnt bewegt. »Ein französischer Fritz.«

Emil nickte. Er reichte Fritz seinen Enkel in die ausgestreckten Arme.

»Werdet ihr heiraten?«, fragte Fritz, während er das Neugeborene musterte.

»Wir werden sehen, was die Zukunft bringt«, antwortete Emil ausweichend. Dass Claire nicht heiraten wollte, solange sie in Deutschland lebten und den willkürlichen Gesetzen der Nazis ausgeliefert waren, verschwieg er.

»Dachte ich mir.« Fritz gab Frédéric in Emils Arme zurück. »Dein Leben wird sich ab heute verändern, du wirst Dinge tun, die du früher niemals in Erwägung gezogen hättest. Aber du wirst sie tun, wenn du das Leben schützen musst, das dir mehr bedeutet als dein eigenes.« Fritz drehte sich um und ging zum Hotel zurück. Emil sah den von Sorgen gebückten Rücken seines Vaters. Vielleicht hatte er ihm Unrecht getan, viele Male, woher wusste er schon, wie es im Innersten seines Vaters aussah.

»Vater?«

Fritz blieb stehen und wartete, bis Emil zu ihm aufgeschlossen hatte.

»Hast du Altmann auf Hans Senkert angesetzt?«

Fritz preßte die Lippen zusammen. Sah zu Boden. Dann hob er den Kopf und blickte Emil direkt in die Augen. »Ich habe Altmann die Angelegenheit auf seine Art regeln lassen. Senkert hätte nicht geruht, bis du für den Tod seines Vaters gebüßt hättest. Es galt ›er oder du‹, und ich habe die Gelegenheit gepackt, als sie kam.«

Emil schluckte. Dann war es also wirklich wahr. Elsa hatte das belauschte Gespräch zwischen Vater und Altmann richtig interpretiert. »Du hast ihn aus dem Weg räumen lassen, weil er mich bedroht hat?«

»Hast du Schneider nicht aus dem gleichen Grund erschossen, als er fliehen wollte? Weil er eine Bedrohung war?«, fragte Fritz zurück. »Du hattest die Gelegenheit und hast dich dafür entschieden, die Bedrohung loszuwerden. Als Senkert plötzlich mit der Pistole im Foyer stand, habe auch ich die Gelegenheit genutzt.«

»Vater«, sagte Emil leise über seinen schlafenden Sohn hinweg. »Das muss endlich aufhören! Niemand darf mehr wegen dieser Sache sterben!«

Fritz legte Emil die Hand auf die Wange und sah ihn lange an. In seinen Augen las Emil Liebe und Bedauern, Sorge und Stolz. »Niemand wird mehr sterben. Es ist vorbei, Junge.«

45

»Das ist er«, sagte Whoolsey leise.

Emil betrachtete den Mann, der selbstsicher mit seinem großen Koffer auf die Rezeption zuschritt.

»Herzlich willkommen im Rheinhotel Dreesen«, sagte Emil und übergab ihm mitsamt dem bereits zur Seite gelegten Zimmerschlüssel den Umschlag mit dem sorgfältig abgezählten Geld. »Ich wünsche Ihnen einen angenehmen Aufenthalt.«

Der Mann nahm beides, ließ den Umschlag dabei so geschickt in seinem Ärmel verschwinden, dass Emil einen Moment dachte, er sei zu Boden gefallen. Der Mann tippte sich an den eleganten Hut und ging zur Treppe, genau in dem Moment, als Altmann mit seinem Vater das Foyer betrat.

»Das können Sie unmöglich von mir verlangen«, hörte Emil seinen Vater sagen. Die Stimme trotz der darin schwingenden Aufregung gedämpft.

Emil spitzte die Ohren. Was konnte Altmann nicht von seinem Vater verlangen?

»Damit nehmen Sie mir allein ein Viertel meiner Küchenmannschaft!«, schimpfte Fritz, und die beiden verschwanden in Richtung Direktionsbüro.

»Dann ist das Problem noch größer, als wir angenommen …« Altmann schloss die Tür hinter sich, und das Gespräch verschwamm zu einem unverständlichen Gebrumme.

Dennoch konnte Emil sich ausmalen, um was sein Vater und Altmann gerade rangen. Er wusste, welche Gruppe ein Viertel der Küchenmannschaft ausmachte sowie einige Zimmermädchen und Servicekräfte. Menschen, die für Altmann ein Problem darstellten: ihre jüdischen Angestellten, deren Anzahl mit den zunehmenden Repressalien, Berufsverboten und Geschäftsboykotten über die letzten Jahre immer größer geworden war. Soweit es möglich war, hatte Fritz darauf geachtet, dass die von ihm aufgenommenen Juden für die Nazis möglichst unsichtbar blieben, wenn Hitler und sein Gefolge im Haus waren. Und jetzt sollten sie trotzdem gehen. In Emils Kehle baute sich ein Kloß auf. Das Dreesen war immer ein Ort gewesen, der besonders viele jüdische Gäste angelockt hatte. Genau diese Gäste hatten das Hotel in Zeiten der Krise über Wasser gehalten, Paul Schwarz, aber auch andere jüdische Investoren hatten Vater und davor Großvater unterstützt, wenn mal wieder ein Hochwasser oder andere Umstände umfassende Renovierungen erforderten.

Wann hatten sie die falsche Abzweigung genommen? Bereits an dem verfluchten Tag im Jahr 1926, als sich Hitler das erste Mal in ihr Gästebuch einschrieb? Als staatenloser Schriftsteller, der damals bloß um ein Zimmer ersuchte und heute darüber befahl, wer in ihrem Haus arbeiten, auftreten und wohnen durfte.

Unbändiger Zorn überkam ihn. Was bildeten sich diese Männer ein? Genug war genug, das würde er sich nicht gefallen lassen, schon gar nicht von so einem Widerling wie Altmann.

»Nicht«, sagte Whoolsey leise und legte die Hand auf seine Schulter. »Sie werden es nur schlimmer machen. Vielleicht haben wir schon bald ein Ass im Ärmel, aber bis dahin... bitte keine Heldentaten.«

***

»Großmutter?«, rief Emil, kaum fähig, sitzen zu bleiben und seinen Vater nicht zu schütteln, bis er zur Besinnung gekommen war. Er musste doch sehen, dass das vollkommen außer Frage stand! »Du lässt zu, dass sie Großmutter aus ihrem eigenen Haus werfen?«

»Ich habe gesagt, dass es inakzeptabel ist.« Aufgewühlt lief Fritz um den runden Tisch in Adelheids Salon herum. Das fünfte Mal schon umkreiste er die kleine Gesellschaft: Großmutter, Maria und Emil. Zum ersten Mal war Emil froh, dass Ulla nicht hier sein durfte – spätestens jetzt würde sie komplett durchdrehen.

»Hat er diese Unverschämtheit denn zurückgenommen?«, fragte Emil.

»Nein.« Fritz blieb stehen. Direkt gegenüber von Adelheid. »Was soll ich machen? Mutter? Warten, bis sie dich abführen? Vor allen Gästen? Und uns gleich hinterher? Altmann möchte uns am liebsten alle noch heute aus dem Hotel verbannt wissen, aber das gestattet Hitler nicht.«

»Und Fräulein Braun auch nicht«, fügte Maria hinzu und wandte sich an Emil. »Sie wird darauf pochen, dass *deine* Claire bleiben darf. Aber was die Juden betrifft, die Anordnung hat die Zustimmung des Führers, da ist nichts mehr zu machen.«

»Deine Freundin Eva Braun kann sich die Mühe sparen. *Meine* Claire wird nach diesem neuerlichen Affront nicht bleiben«, presste Emil hervor. »Ulla wird ebenfalls gehen, aber was interessiert dich Ulla, du hast ja einen Ersatz gefunden, der so viel besser in dein verlogenes, katholisches Weltbild passt.«

»Lass gut sein, Emil«, sagte Adelheid ruhig, doch ihre Hände krallten sich in den Tisch, an dem sie seit vier Jahrzehnten ihren Nachmittagstee trank. Sie sah zu Maria, doch in ihrem Blick war nichts von ihrem üblichen Kampfgeist zu erkennen. Sie wirkte einfach nur müde. »Wie stolz du gewesen bist, dass Hitlers Geliebte dich zu ihrer Vertrauten auserkoren hat. Du hast dich von dem bisschen Ruhm blenden lassen, der bis zu dir geweht ist. Und das ist die freundliche Einschätzung. Denn die andere Lesart wäre, dass du für ein wenig Rampenlicht deine Familie verraten hast und nun die Gelegenheit nutzt, mich endlich loszuwerden. Und du«, wandte sie sich an Fritz, »hast mit dem Teufel einen Pakt geschmiedet. Ich glaube dir, dass du den Schutz des Hauses und der Familie im Sinn hattest, aber die Nähe zum Reichskanzler hat dir gefallen. Du hast dich einlullen lassen, von dem Charisma dieses Mannes und von dem Ruhm und der Macht, und dabei vergessen, wer du eigentlich bist.«

Fritz stand wie versteinert am selben Fleck, seine Finger krampften sich so verzweifelt in die Stuhllehne wie Adelheids in den Tisch.

»Nein, Mutter«, sagte er nach einer kleinen Ewigkeit, »ich habe Fehler gemacht, aber ich weiß, wer ich bin. Oder glaubst du, es ist Zufall, dass die Anzahl unserer jüdischen Lieferanten und Angestellten über die letzten Jahre gewachsen ist? Ich habe in vieler Hinsicht diejenigen von meiner guten Beziehung zum Reichskanzler profitieren lassen, die am meisten unter ihm leiden. Vielleicht stellst du dir selbst die Frage, ob es nicht klüger war, uns in eine Position zu bringen, aus der wir noch handeln konnten, als von vorneherein aufzugeben.« Das Knistern in der Luft war geradezu spürbar. Natürlich war es für das Geschäft zunächst klüger gewesen, die Situation zu nutzen, erst um das Hotel zu retten, dann um den Ärmsten und Verwundbarsten zu helfen und sie zumindest ein wenig vor der Willkür zu schützen. Fritz hatte dies auf seine Art getan, Emil und Claire auf die ihre. Es war keine Großtat, es war eine moralische Verpflichtung, die sie als für Altmann unsichtbares Kleingedrucktes mitunterschrieben hatten, als sie damals auf seinen Vorschlag eingegangen waren.

Aber nun hatten sich die Bedingungen geändert. Wenn ihr Pakt mit dem Teufel nicht mehr dem Schutz der Verteufelten diente, was brachte er dann noch – außer den Verkauf der eigenen Seele für eine ungewisse Leibeigenschaft?

»Falls du mir das erzählst, weil du nun eine Absolution für meine Abschiebung erhoffst...« Adelheid erhob sich. »Nein, Fritz, damit musst du leben. Lass es dir weiterhin schmecken am gedeckten Tisch des arischen Teufels.« Gemessenen Schrittes verließ sie den Salon.

»Sie hätte dir wirklich...«, hob Maria an, als Fritz sie unterbrach.

»Sag jetzt nichts, Maria. Sag einfach nichts.«

Stumm stand Emil vom Tisch auf und verließ den Raum, ohne seinen Eltern auch nur den Respekt eines Blickes zu zollen.

Sollte er seiner Großmutter nachgehen? Sie fragen, ob sie zu Georg in die Schweiz emigrieren wollte oder mit Claire, Ulla und den Kindern zusammen nach Paris? Oder ob sie tatsächlich in das jüdische Altersheim wollte, von dem Vater gefaselt hatte? Ein jüdisches Altersheim... noch nie hatte er von so einem Heim gehört. Er zögerte, schüttelte den Kopf. Nein, sie würde jetzt Zeit brauchen, um mit sich selbst ins Reine zu kommen. Es war ihr Haus, ihr Lebenswerk, erbaut mit ihrem über alles geliebten Mann, von dem sie viel zu früh hatte Abschied nehmen müssen.

46

Claire wusste, was in Emil gerade vor sich ging. Sie war die Einzige in dieser Familie, die wusste, wie es sich anfühlte, wenn Kollegen und Freunde gejagt und vertrieben wurden, weil sie nicht in das Schema der seelenlosen Machthaber passten.

Sie drückte Frédéric an sich, spürte den warmen, weichen Körper des Säuglings. Aus dem Fenster sah sie hinunter zum Lieferanteneingang. Dort stand Emil bleich und steif an der Treppe und wartete auf den Abzug der jüdischen Belegschaft. Neben ihm Fritz, genauso bleich, unter den Augen tiefe, schwarze Ringe, die von schlaflosen Nächten und kreisenden Gedanken erzählten.

Etwas abseits hatte sich Altmann positioniert, die Uniform gestärkt, die Stiefel auf Hochglanz geputzt, das Grinsen im Gesicht so abstoßend wie breit. Was lief nur falsch, dass Menschen wie Altmann das Sagen hatten?

Die ersten Angestellten kamen heraus, gedrückt von der Sorgenlast des Lebens in diesem immer grausameren Deutschland, in dem sie plötzlich weniger wert waren als der Dreck an Altmanns Stiefeln.

Halte durch, Emil, dachte sie und hoffte, dass er einen winzigen Moment nach oben sehen würde, zu ihr, zu seinem Sohn, sich erinnern würde, warum er stumm den Abzug der Belegschaft erdulden musste. Für sie, für seinen Sohn, für Ulla und Louis, für Adelheid und für all die anderen, die sein Schweigen als Abkehr deuten mussten und denen doch mehr geholfen war, wenn er sich jetzt vor Altmann zügelte und ihnen später etwas aus den Vorräten des Hotels zukommen lassen konnte.

»Sieh dir dieses Schwein an.«

Erschrocken drehte Claire sich um. Ulla war zu ihr getreten und zeigte auf Harm Altmann.

»Ulla«, rief sie leise, »was machst du hier? Du weißt, dass du nicht im Hotel sein darfst! Manchmal glaube ich wirklich, du hast einen geheimen Todeswunsch.«

»Ich wollte mit eigenen Augen sehen, wie Vater die Menschen vor die Tür setzt, die zu unserer Hotelfamilie gehören.« Sie wischte sich Tränen aus den Augen. »Ich hasse diese Welt. Ich verstehe immer noch nicht, was hier passiert. Wie können all diese Menschen diesem grauenvollen Tyrannen zujubeln? Und sag jetzt nicht, dass die alle Angst vor ihm haben, das stimmt nicht. Sie jubeln ihm zu, weil sie total beglückt sind von seiner arischen Idee.«

»Ich weiß es nicht.« Claire wandte sich vom Fenster ab. »Aber Emil ist ganz sicher nicht beglückt von alldem, und andauernd so zu tun, als gehörte er zu diesen Unmenschen, zerreibt ihn jeden Tag ein wenig mehr.«

Frédéric gab ein leises Schmatzen von sich. Ulla streckte die Hände aus. »Darf ich?«

Claire reichte Ulla den Säugling, beobachtete lächelnd, wie sie ihn liebevoll in den Arm nahm und sanft hin- und herwiegte. »Ich wünsche mir so sehr, dass wir unsere Kinder in einer besseren Welt aufziehen. Wollen wir es nicht endlich angehen? Paris...«

»Lieber heute als morgen, aber solange Emil hier noch etwas ausrichten kann, wird er bleiben. Er ist fest davon überzeugt, dass es seine Verantwortung ist, so vielen Menschen wie möglich zu helfen, und wenn es Speisereste sind, die er Freunden wie Dr. Morgenstern vorbeibringt.«

»Wieder so eine Barbarei. Ihm zu verbieten zu praktizieren, weil er Jude ist! Nach fünfundzwanzig Jahren! Das ist so...« Ulla schloss die Augen, atmete tief durch, küsste dann Frédéric auf den Kopf. »Meinst du, dein kleiner Prinz wird ein Sturkopf wie sein Vater?«

»Wie seine Tante, wolltest du sagen«, grinste Claire, wurde jedoch gleich wieder ernst. »Lieber ein Sturkopf als jemand, der dem Leid anderer Menschen tatenlos zusieht.«

»Wie meine Eltern?«, sagte Ulla bitter.

»Ach, Ulla...« Claire seufzte. »Ich bin nicht einverstanden mit dem, was deine Eltern machen, aber ich sehe, zumindest bei deinem Vater, dass auch er versucht zu helfen und, vor allem, die Hand schützend über euch hält. Er macht das auf eine andere Art als du oder Emil, aber er sieht nicht einfach nur zu.«

»Er glaubt immer noch, dass die Nazis gut für Deutschland sind.«

»Vielleicht. Vielleicht hat er inzwischen aber auch begriffen, dass er falsch abgebogen ist, kann jedoch nicht mehr zurück. Oder er kann nicht mehr unterscheiden zwischen dem, was er glaubt, und dem, was er sagen muss, um die Stellung zu halten.«

»Warum verteidigst du ihn?«, fragte Ulla missbilligend. »Er lässt zu, dass Großmutter in ein Heim geschickt wird.«

Claire stellte sich wieder ans Fenster. Noch immer verließen jüdische Mitarbeiter das Gebäude. Sorgenvoll ruhte ihr Blick auf Emil – wenn er nur nichts Unbedachtes anstellte! Sie sah Emils geballte Fäuste, selbst von hier oben erkannte sie, dass er vor Wut bebte. Sein Vater, der sonst wieselflink seine Augen und Ohren überall hatte und für jeden Gast und zu jeder Zeit ein Lächeln bereithielt, stand wie eine Salzsäule, den Blick starr geradeaus gerichtet.

»Ich sehe deinen Vater aus der Perspektive des Außenstehenden«, sagte Claire, »und da sehe ich einen Mann, der trotz aller Anstrengung die Kontrolle verliert. Dein Vater weiß, zu was die Nazis fähig sind. Und er weiß, dass seine Kinder und seine Mutter immer noch nicht begriffen haben, dass es tödlich sein kann, zur falschen Zeit die Wahrheit zu sagen.«

»Und meine Mutter?«, überging Ulla den kleinen Seitenhieb. »Hast du für sie auch einen segnenden Psalm?«

»Ich finde sie ... schwierig und habe gleichzeitig Mitleid mit ihr.«

»Mitleid?«, kiekste Ulla und senkte sogleich ihre Stimme. »Pssst, süßer Frédéric, pssst.«

»Ein Kind ist gestorben, und die beiden anderen scheinen es sich zur Aufgabe gemacht zu haben, ihr möglichst in allem zu widersprechen. Wann hast du das letzte Mal zu deiner Mutter gehalten, wenn sie mit Emil oder Adelheid eine Meinungsverschiedenheit hatte?«

»Nie«, murmelte Ulla.

»Und Emil?«

»Weiß nicht...« Ulla zuckte die Schultern. »Aber sicher nicht oft.«

»Und wie oft hält dein Vater zu ihr, wenn sie sich mit Adelheid kabbelt?«

»Er versucht, sich neutral zu verhalten...«

Claire zog die Brauen hoch und lächelte Ulla an. Es brauchte keine weiteren Beispiele, um die Stellung von Maria in der Familie zu beschreiben. Sie war die Außenseiterin.

»Sie ist selbst schuld«, sagte Ulla schließlich. »Wann hat sie das letzte Mal zu mir gehalten?«

»Ich werte nicht, ich berichte nur, was ich beobachte«, sagte Claire und nickte gleichzeitig Emil tröstend zu, der endlich einen kurzen Blick zu ihr nach oben warf. Es war so schwer für ihn, jeder Tag war schwer, er hatte es schon nicht ertragen, wenn sein Vater ihm vorschrieb, was er tun sollte. Nun hielt Altmann einen gefährlichen Trumpf in der Hand, und im Gegensatz zu Fritz ließ Altmann weder mit sich reden noch mit sich streiten. Es war nur eine Frage der Zeit, bis Emil Harm Altmann einmal zu oft reizte und Fritz auch ihn nicht mehr schützen konnte. Emil musste das Dreesen verlassen, was er jedoch verweigern würde, solange er keine Lösung für Adelheid gefunden hatte.

September 1937

47 »Alles erledigt«, sagte Zerbes verschwörerisch und stapelte den letzten flachen Stein auf den Haufen. »Alle Kopien sind versteckt, und ein Freund hat Instruktionen, falls auch mir etwas passiert.«

»Die Zeit rennt davon. Meine Mutter wurde offiziell auf den Berghof eingeladen.« Emil ließ einen flachen Stein über das Wasser hüpfen.

»Drei!«, zählte Louis und brachte sich neben ihm in Stellung. Er nahm ebenfalls einen Stein von dem zuvor gesammelten Haufen und warf. »Fünf!«, rief er triumphierend.

»Sehr gut, Louis! Da hast du viel geübt mit Zerbes.«

»Er ist schon besser als ich«, brummte Zerbes und ließ ebenfalls einen Stein hüpfen. »Immerhin, vier.« Er wandte sich an Emil. »Obersalzberg? Das ist der innerste Kreis... Deine Eltern sind jetzt also ganz oben angekommen.«

»Vor allem Mutter«, gab Emil genauso gedämpft zurück. »Und so benimmt sie sich seitdem. Sie setzt Vater die Pistole auf die Brust, weil Großmutter noch nicht ausgezogen ist.«

Von der Fischerhütte her waren Schritte zu hören. Emil drehte sich um. Claire kam die Uferböschung herab und lief über die weißen Kiesel auf sie zu.

»Louis, Zerbes«, rief sie, »Ulla braucht euch in der Hütte.«
Sie scheuchte die beiden in Richtung Hütte, setzte sich dann ans Ufer.

Emil ließ den nächsten Stein hüpfen. Schon wieder nur drei Sprünge. Wie konnte es sein, dass sein kleiner Neffe ihn nun schon beim Steinehüpfen schlug!

»Lass uns nach Paris gehen«, sagte Claire und reichte ihm einen weiteren Stein. »Wie lange soll Ulla noch bei Zerbes in der Hütte wohnen, sobald sich die Nazielite bei euch ankündigt?«

Diesmal schaffte Emil mit dem Stein nur noch zwei Sprünge. Müde ließ er sich neben Claire auf die Kiesel sinken.

»Und Großmutter? Sie hat immer zu mir gehalten. Soll ich sie jetzt im Stich lassen? Einer muss auf sie aufpassen, und wenn nicht einmal Vater das noch schafft...«

»Ach, Emile.« Claire fuhr mit den Händen durch sein Haar und zerzauste es. »Genau dafür liebe ich dich. Du bist mutig und gut, aber du hast keine Chance gegen diese Verbrecher! Wir müssen gehen, solange es noch geht, wer weiß, was ihnen als Nächstes einfällt. Und dann sind die Grenzen dicht, und wir kommen nicht mehr hinaus.«

Emil lehnte sich an Claire. Er spürte, wie sie den Arm um ihn legte, die Lippen auf seine zerzausten Haare presste. »Bitte, Emile, ich glaube, dass es immer schlimmer wird.«

Emil hörte die Angst in ihrer Stimme, das war neu. Bislang hatte Claire ihn tagein, tagaus zur Besonnenheit gemahnt, aber sie hatte nie ängstlich geklungen. Ob dies etwas mit dem harschen Auftritt zu tun hatte, den Mutter seit der Einladung auf den Berghof auch Claire gegenüber an den Tag legte?

»Ich habe auch Angst«, sagte er. »Mutter läuft blind dieser wahnwitzigen Idee hinterher! Und Vater ist zwar nicht blind, aber er kneift beide Augen zu, und letztlich glaubt auch er, dass Hitler Deutschland groß machen wird und diese Aufgabe eben von manchen Opfer erfordert. Ich weiß, wie das endet, das war 1914 nicht anders.«

Claire richtete sich kerzengerade auf. »Redest du von Krieg?«

»Ich rede schon von Krieg, seit Hitler 30.000 Wehrmachtssoldaten ins Rheinland geschickt hat. Frankreich und England haben einfach nur zugesehen, als die Soldaten dort einmarschiert sind.«

»In die entmilitarisierte Zone«, murmelte Claire. »Es war ein Aufschrei in den Pariser Zeitungen. Schon wieder ein Bruch des Versailler Vertrags, und niemand tut etwas dagegen. Sie haben ebenso wie du befürchtet, dass es Hitler die falschen Signale senden würde.«

»Ja, zuerst holt er 1935 ungehindert das Saarland zurück ins Reich, und dann das ... Heute habe ich ein Gespräch mitbekommen, dass die Kriegsindustrie in aller Heimlichkeit wieder hochgefahren wird. Die Nazis planen etwas. Und meine Eltern werden ihrer Kriegsrhetorik genauso begeistert folgen wie der von 1914.«

»Weil sie unbelehrbar sind«, schimpfte Claire. »Aber deshalb müssen wir nicht mit ins Verderben laufen.«

»Ich soll sie im Stich lassen?«

»Emile! Hör auf!« Claire sprang auf und wischte seine Bemerkung mit der Hand aus der Luft. »Du kannst nicht für alle die Verantwortung übernehmen. Deine Eltern sind alt genug, dein Sohn nicht.«

Auch Emil erhob sich. Er griff nach Claires Händen. »Du hast recht, aber ich bin auch alt genug, und Vater hat mir trotzdem zweimal das Leben gerettet.«

Claire verdrehte die Augen. »*C'est pas normal, cette famille.*« »Bist du nicht deshalb bei uns, weil dir ›normal‹ viel zu langweilig wäre?« Er versuchte, ihr ein Lächeln zu entlocken, blitzte jedoch ab. »Na gut, wahrscheinlich hast du recht. Geh mit Frédéric nach Paris. Ich bleibe, bis hier alles geklärt ist.« »Bist du verrückt?« Claire sah ihn entgeistert an. »Was für eine dumme, dumme Idee! Ohne mich sperren sie dich nach zwei Tagen in einen Kerker und werfen den Schlüssel weg!« Emil küsste ihre Hand. »Wahrscheinlich schon nach einem Tag...« Er zwinkerte. »Ist ja gut, ich komme mit. Wichtig ist, dass wir uns so bald wie möglich darauf vorbereiten. Fang am besten gleich an. Das dauert, wir wollen in Paris doch nicht ohne Möbel auf der Straße stehen. Aber wir müssen es so hinbekommen, dass keiner etwas merkt.«

Claire musterte ihn prüfend, als traue sie seinem plötzlichen Meinungswechsel nicht. Zu Recht, denn natürlich hatte er nicht vor, sich jetzt schon auf seine eigene Abreise festzulegen, wie sollte er auch? Er hatte noch einen Trumpf im Ärmel, der vielleicht ihnen allen einen Umzug ersparen würde. Oder, wenn sein Plan schiefging, ihn umso dringlicher machte. Aber genau das durfte er jetzt nicht offenbaren.

***

Emil fühlte den Umschlag gegen seine Brust drücken, den er seit dem Aufstehen in der Innentasche seines Jacketts mit sich trug. Dreimal schon hatte sich heute eine Gelegenheit ergeben, Altmann zu einem Gespräch aufzusuchen, dreimal hatte er gekniffen. Lief sein Plan gut, hätte er für sich und seine Familie Zeit erkauft, lief es schlecht, nun, dann... Er schluckte. Dann war nicht abzusehen, was Altmann sich ausdenken würde, um sich für Emils Angriff zu rächen.

Er legte das Ohr an die Tür. Rascheln. Altmann war da, er war allein, schlief nicht. Er las wohl Zeitung oder einen der vielen Berichte, die er sich so gerne von seinen Vasallen erstellen ließ. Emil holte Luft, klopfte.

»Ja?«

Aufgeregt trat Emil ein. »Ich, äh... Hätten Sie eine Minute für mich? Ich müsste etwas mit Ihnen besprechen.« Emils Blick fiel auf die Akte, die Altmann gerade zuklappte. *Maria Dreesen.* Seine Mutter wurde also beobachtet – ob sie das wusste?

»Ich wüsste nicht, was es zu besprechen gibt.« Altmann sah kurz auf, richtete seine Aufmerksamkeit dann aber sogleich wieder auf die Akte, als wäre Emil gar nicht im Raum. »Sie und Ihre Familie kosten mich noch den letzten Nerv.«

Altmann nahm die Akte und legte sie in eine Schublade, die er lautstark schloss. »Glauben Sie ja nicht, dass Sie Vorteile aus der Freundschaft Ihrer Mutter zu Eva Braun ziehen können. Und Ihr Schmierentheater können Sie sich in Zukunft auch sparen. Sie sind kein Anhänger der Bewegung und auch kein Nationalsozialist und werden nie einer sein.«

Emils Mund war staubtrocken. Er fuhr sich mit der Zunge über die Lippen, versuchte, seinen flachen Atem zu beruhigen.

»Ja... Sie...« Er räusperte sich. »Sie haben recht. Ich bin kein Anhänger und werde keiner werden. Wie auch, wenn Sie mir im Namen Ihrer Bewegung meine Großmutter wegnehmen wollen, mein Arzt mich nicht mehr behandeln darf und ein Viertel meiner Küchenmannschaft auf die Straße gesetzt wurde.«

Langsam zog Emil den Umschlag aus der Jacke und legte ihn vor Altmann auf den Tisch.

Stirnrunzelnd sah Altmann auf den Umschlag. »Was wird das?«

»Mein Angebot für ein friedliches Nebeneinander. Sie lassen meine Großmutter zusammen mit meiner Schwester und meinem Neffen in ein kleines Haus auf der anderen Straßenseite ziehen. Im Dreesen selbst leben dann nur noch arische Menschen. Auch wenn Sie und Ihre Leute nicht in unserem Haus sind, was ja bei Weitem die meiste Zeit des Jahres der Fall ist.«

Emil machte eine kurze Pause. Altmanns Brauen waren tief zur Nasenwurzel gezogen, als wundere er sich, welchen Trumpf Emil wohl in der Hand habe, um ihm eine solch vermessene Forderung zu unterbreiten. Langsam zog Altmann das erste Foto heraus.

»Vor allem jedoch werden meine Eltern und ich das Hotel wieder so weiterführen, wie wir es für richtig erachten. Wer bei uns arbeitet, ist Sache meines Vaters und mir, wobei wir Ihnen unser Wort geben, dass ausschließlich arisches Personal im Dreesen sein wird, wenn der Führer hier ist, und auch in den Zeiten, wenn Sie seinen Aufenthalt hier vorbereiten. Der Führer wird nie Anlass zur Beschwerde haben. Und Sie, Brigadeführer, werden Ihre Karriere ungestört und ungetrübt von hässlichen Skandalen fortsetzen können.«

Emil war sich nicht sicher, ob Altmann ihm überhaupt zuhörte, all seine Aufmerksamkeit war auf die Fotos gerichtet, seine Gesichtsfarbe wechselte von rot zu fahl. Hastig steckte er die Bilder zurück in den Umschlag. Altmann wusste genau, was es für ihn bedeutete, wenn ans Licht käme, zu was er diese bemitleidenswerten Jungen gezwungen hatte. Da war das abrupte Ende seiner Karriere nur der schmerzloseste Teil.

»Natürlich habe ich vorgesorgt«, sagte Emil und bemühte sich, seine Stimme ruhig wirken zu lassen. »Wenn mir oder meiner Familie etwas zustößt, werden diese Bilder ihren Adressaten finden, bevor Sie überhaupt anfangen können, danach zu suchen.«
Altmanns Blick durchbohrte ihn voller Hass.
»Ich denke«, fuhr Emil nervös fort und bewegte sich langsam auf die Tür zu, »das war dann alles, Brigadeführer. Auf ein gutes Nebeneinander.« Er spürte die Klinke im Rücken und öffnete die Tür. Erst im Flur atmete er tief aus und ein.

Wenn in den nächsten Minuten kein Schuss aus dem Zimmer kam, hatte er nicht nur seiner Familie, sondern auch seinen Angestellten auf unbestimmte Zeit ein wenig Schutz vor weiteren Übergriffen verschafft.

September 1938

48 »An der Hotelfassade hängen so viele Hakenkreuzbanner, dass man meinen könnte, sie sei damit tapeziert worden«, schimpfte Ulla und drehte sich vom Fenster weg.

»Immerhin hängt auch der Union Jack vom Fahnenmast.« Emil drehte am Knopf des rauschenden Radios, das er Ulla zum Geburtstag geschenkt hatte. Nicht den billigen Volksempfänger, sondern einen größeren, besseren Apparat, mit dem auch Sender empfangen werden konnten, die nicht von Propagandaminister Goebbels bespielt wurden. Jetzt gerade empfing er allerdings nur Rauschen.

Ulla kam zum Tisch zurück, Adelheids gutem altem Tisch, der mit in das kleine Haus umgezogen war, und setzte sich neben ihre Großmutter.

»Findest du das nicht auch grässlich, Großmama?«

»Ich bin froh, dass der Union Jack unseren Namen verdeckt.« Adelheid drehte die nächste Karte um und legte sie auf einen der Stapel ihrer Patience, deren Logik Emil nie verstehen würde. »Wenn die Herren Politiker erst wieder abgereist sind, werden auch die Hakenkreuze verschwinden, und dann werde ich auch wieder zum Fenster hinaussehen. Bis dahin bietet mir dieses Haus hier viele schöne Bilder an den Wänden zum Gucken.«

Emil grinste. Wenn nur etwas von Adelheids Gleichmut auf Ulla abfärben würde! »Ha! Jetzt!« Das Rauschen wurde geringer, dann schälte sich die Stimme eines Reporters heraus. »Noch immer kein Wort über das Ergebnis des Treffens der Anführer von zwei der großen Mächte Europas, Deutschland und Großbritannien. Hat der englische Premierminister Chamberlain der Forderung nach dem Anschluss des Sudetenlandes an das Deutsche Reich nachgegeben? Oder steht nur zwanzig Jahre nach dem Großen Krieg ein neuer Krieg im Herzen Europas bevor?«

»Mach das aus, Emil!« Ulla hielt sich die Ohren zu. »Weißt du, was das heißen würde, wenn dieser Wahnsinnige jetzt auch noch einen Krieg heraufbeschwört?«

»Ich glaube«, sagte Adelheid, »wenn das einer hier im Raum weiß, dann Emil, ihm steckt der letzte noch in den Knochen.«

»Emil, verstehst du nicht?«, rief Ulla. »Wenn es Krieg gibt und die Deutschen in ihrem Wahn bis nach Paris marschieren, dann kommen wir vom Regen in die Traufe!«

Emil sah Ulla nachdenklich an, drehte das Radio leiser. Auch wenn der Streit um die Ostgebiete ging, nicht um Frankreich selbst, so verstand Frankreich sich als Schutzmacht, die ein Erstarken Deutschlands mit größtem Argwohn betrachten musste. Demnach hatte Ulla recht. Ein Krieg könnte ihre Emigrationspläne und alles, was Claire bereits in die Wege geleitet hatte, zerstören. Er sah auf die Uhr. »Ich muss los.«

***

Gerade rechtzeitig lief Emil ins Foyer. Whoolsey hatte schon begonnen, die mit silbernen Tabletts bestückten Kellner zu inspizieren. Emil nahm sich den nächsten vor, als die Türen aufgingen und die Teilnehmer der Konferenz herausströmten. Emil gab den Kellnern durch ein Nicken zu verstehen, dass sie nun im Salon abräumen und für den abschließenden Champagnerempfang des innersten Kreises neu eindecken konnten.

Plötzlich drang Hitlers Stimme bis ins Foyer. »Diese ganze Veranstaltung ist sinnlose Zeitverschwendung! Ich sage Ihnen: Wer versucht, sich dem Schicksal des deutschen Volkes in den Weg zu stellen, den werde ich von der Landkarte fegen! Die Sache ist längst entschieden, und ich werde ...«

Wie gelähmt starrte Emil in den Salon, als Altmann hastig die Türen schloss. Emil winkte die Kellner zur Küche. *Von der Landkarte fegen.* Das hieß nichts anderes als: Krieg. Seine Befürchtungen nahmen immer konkretere Formen an.

Sein Vater näherte sich, Emil hielt ihn fest. »Hast du es gehört?«, fragte Emil tonlos. »Hitler will Krieg.«

»Sei bitte nicht so dramatisch«, gab Fritz zurück. »Ich habe volles Vertrauen in den Führer, dass es nicht zu einem Krieg kommen wird. Briten und Franzosen werden unsere berechtigten Forderungen akzeptieren. Und sollte es tatsächlich zum Krieg kommen, wird uns der Führer zum Sieg führen.«

Entsetzt sah Emil seinen Vater an. Hatte er so gar nichts aus dem letzten Krieg gelernt? War er, nun, da die Repressalien gegen Großmutter und Ulla und die jüdischen Mitarbeiter ruhten, wieder komplett blind gegenüber der brutalen Unterdrückung all derjenigen, die nicht Teil der Bewegung waren?

Schließlich wandte Emil sich ab. Es machte keinen Sinn, sei-

465

nen Vater vom Gegenteil überzeugen zu wollen. Geborgen in dem Wattebausch des inneren Kreises, in den er dank Maria eindringen konnte, war er erneut bereit, blindlings mit dem lautesten Schreihals ins Verderben zu rennen.

***

»*Thank you, Sir*«, sagte Emil, »*I hope you will have a pleasant journey back home.*« Er geleitete den britischen Sonderberichterstatter zur Drehtür und gab dem Pagen einen Wink, ihm mit dem Gepäck zu folgen.

Damit verließ nun auch der letzte Brite das Hotel. Im Salon war nur noch ein Teil der deutschen Delegation zur Nachbesprechung.

Besorgt ging er zu Whoolsey zurück, als die Türen des Salons aufflogen und die Mitglieder der deutschen Delegation ins Foyer strömten. Sie sahen erschöpft aus. Die Tage waren anstrengend gewesen für die Teilnehmer der Konferenz, aber auch für die Angestellten des Hotels und die Abordnung der SS, die von früh bis spät für die Sicherheit aller Teilnehmer hatte sorgen müssen.

Langsam leerte sich der Salon, nur noch vereinzelt standen Teilnehmer der Delegation im Raum und redeten miteinander oder mit den Männern aus Hitlers Entourage. Ein Herr lief auf Fritz und Maria zu und begrüßte sie herzlich. Emil sah ihnen nach. Wie alte Bekannte führte der Herr sie in den Salon. Emil selbst hatte den Mann vor dieser Konferenz noch nie gesehen, auch nicht als Gast im Dreesen, er musste wohl jemand sein, den sie am Berghof kennengelernt hatten. Oder auf einer der anderen Reisen, zu denen Mutter Eva Braun begleiten durfte.

Als gute Bekannte, wie Mutter zu sagen pflegte, als unbezahlte Gouvernante, wie Adelheid es bezeichnete.

»Kommen Sie bitte mit. Der Führer möchte ein paar Worte sagen.« Altmann stellte sich vor ihn und zeigte zum Salon. Kaum hatte Emil den Salon betreten, fühlte er die Dynamik in dem Raum. Ein eingeschworener Kreis an Menschen. Man kannte sich, nur er schien völlig fehl am Platz zu sein. Automatisch ging er weiter zu seinen Eltern, den einzigen vertrauten Personen im Raum, Altmann folgte ihm.

Hitler trat zu Fritz, er schien locker und gut gelaunt, erstaunlich locker für die Anstrengungen der letzten Tage. Jovial schüttelte er erst Fritz die Hand, dann Emil.

»Auch Ihnen meinen Dank. Man sagt mir, Sie waren nicht unerheblich als Gastgeber an der Organisation beteiligt!«

»Heil Hitler«, salutierte Emil, dem nichts anderes einfiel, was er darauf sagen sollte.

»Ich muss zugeben«, sagte Altmann und hielt ihm mit einem kalten Lächeln ein Glas Champagner hin, »das war eine herausragende Leistung.«

Emil ergriff das Glas. Altman hielt es weiter fest, nur den Bruchteil einer Sekunde und doch lange genug, um seine Macht zu demonstrieren – trotz der belastenden Fotos, die Emil von ihm hatte.

Hitler war mittlerweile ans Ende des Raumes getreten und hob zu seiner Rede an.

»Liebe Parteigenossen«, begann er, »ich möchte zunächst allen Anwesenden für ihren Einsatz bei der Vorbereitung...«

Eine Kellnerin lief an Emil vorbei, kinnlange rotbraune Haare, eine Brille. Stirnrunzelnd sah er ihr nach. Sie gehörte nicht zu der für den Salon zusammengestellten Mannschaft, was machte sie also in diesem Raum? Es verstieß gegen das Protokoll, jemand anderen als die dafür akkreditierten Angestellten zu Hitler in den Salon zu lassen.

»... haben nicht nur ihre Pflicht vorbildlich erfüllt, sondern der Welt auch vor Augen geführt...«, sprach Hitler weiter, während vor Emils Auge Elsas Gesicht erschien.

Elsa? Verdutzt sah er der Kellnerin nach. Nun erkannte er sie auch am Gang.

»... die Welt weiß jetzt auch, mit welcher Entschlossenheit jeder einzelne Deutsche, ob Mann oder Frau...«

Was machte Elsa hier?

»... ob Arbeiter oder Kellner, ob Sekretärin oder Soldat, hinter dieser einen und großen Idee stehen...«

Elsa ging zur Anrichte und stellte den Sektkühler ab, den sie mit beiden Armen trug.

»... Zusammenschluss aller Menschen deutschen Blutes ist durch keine Macht der Welt zu verhindern...«

Unauffällig fing Emil sie auf dem Rückweg zur Tür ab.

»Elsa«, flüsterte er, »was machst du hier?«

»Ich... Emil«, stieß sie hektisch aus und warf einen nervösen Blick an Hitler vorbei zur Anrichte. »Komm mit, ich muss mit dir sprechen.«

Emil starrte sie an. War sie verrückt? Er konnte doch nicht während Hitlers Rede einfach mit einer Kellnerin den Raum verlassen!

Ihre Augen huschten hektisch durch den Salon, zu einem Kellner, auch er gehörte nicht zu der akkreditierten Mannschaft. War das nicht...? Emil hatte das Gesicht schon einmal gesehen, nicht hier, aber im Zusammenhang mit Elsa. Als... als... in der Nacht, als Senkert eine Meute gegen seine Familie aufgehetzt hatte! Bruno Mayen, der Mann, den Elsa zu Zerbes gebracht hatte.

Was war hier los?

Er sah von Mayen zu Elsa, dann zum Sektkühler auf der Anrichte.

Nein! Sie würden doch nicht... nicht in seinem Hotel... mit ihm im Raum... mit seinen Eltern!

Sein Blick ging zurück zu Elsa. Er sah das stumme Flehen in ihren Augen.

Elsa wollte Hitler in die Luft sprengen!

Und ihn und seine Eltern und alle anderen Menschen in seiner Nähe gleich mit dazu. Er spürte den wachsamen Blick seines Vaters. Drehte ihm den Kopf zu. *Was ist los*, lag es als stumme Frage in seinen Augen, *bitte mach jetzt keinen Unsinn*.

Aber was war Unsinn, brüllte es in Emils Innerstem. Was sollte er tun? Die Bombe explodieren lassen, damit Hitler starb, zusammen mit ihm und Vater und Mutter? Und dann? Hätte der Spuk dann ein Ende oder die Bewegung im Gegenteil nur einen Märtyrer, in dessen Gedenken der nächste Krieg mit noch größerer Härte geführt würde? Er war nicht allein, der Führer, er war Teil eines gut geölten Uhrwerks, und die Bevölkerung stand fest hinter ihm.

Er sah, wie Maria Fritz' Hand nahm.

»...jeden in seine Schranken weisen, der denkt, dem deutschen Volk...«

Und was war mit Claire und Frédéric? Adelheid und Ulla? Würden sie dafür büßen müssen, wenn der Führer in ihrem Haus ermordet wurde?

»Bombe!«, brüllte er. »Raus, alle raus!«

Er rannte zu dem Sektkühler, den Elsa auf der Anrichte

abgestellt hatte, packte ihn und rannte zur Terrassentür. Hinter ihm brach Chaos los. Gebrüll, Gerenne, Gläserklirren. Er riss die Terrassentür auf, raste zur Brüstung und warf den Kübel so weit von sich, wie er nur konnte. Atemlos ging er hinter der Brüstung in die Hocke und wartete auf den Knall. Doch es blieb still.

Emil verharrte noch einen Moment, dann wagte er einen Blick über das Geländer. Er sah ein Kästchen mit Drähten, es musste aus dem Kübel herausgefallen sein, ein Draht stand lose nach oben, als wäre er aus seinem Anschluss herausgerutscht.

In dem Moment kam Elsa in sein Blickfeld. Sie rannte zum Rhein hinunter, er hörte einen Schuss, sah sie straucheln, sich fangen, weiterlaufen, hörte das wütende Geschrei der SS-Wachen. Lauf, Elsa, bitte lauf, rief er ihr still zu, als schon die ersten Wachen den Uferweg entlangtrampelten.

Von drinnen drangen immer noch Schreie und Lärm zu ihm, ein Schuss, gleichzeitig stürmte Bruno Mayen durch die Tür, rannte über die Terrasse, als ein zweiter Schuss fiel und er zusammenbrach und zu Boden fiel.

Emil sah zu Bruno Mayen, dessen tote Augen ihn anklagend anstarrten.

Was hatte er nur getan?

49

Ein Orden.

Als ob er einen Orden von diesem Regime haben wollte. Es war eher Strafe als Belohnung, auch noch daran erinnert zu werden, dass wegen ihm ein guter Mann gestorben war. Nicht auszudenken, wenn sie Elsa geschnappt hätten! Niemals hätte er sich das verzeihen können. Schlimm genug, dass er ihren Plan vereiteln musste, um sich und seine Eltern zu retten. Aber so war das nun einmal. Wenn Elsa und Bruno sich für einen Anschlag auf Hitler meldeten, dann war das ihre Sache, aber wenn sie ihn und seine Eltern als zu erbringende Opfergaben miteinbezogen, mussten sie eben auch damit rechnen, dass die unfreiwilligen Opferlämmer keine sein wollten.

»Aaaaachtung!« Eine Ehrenabordnung der SS trat auf die Terrasse. Dazu das Hauspersonal und Fritz und Maria, zu der sich Eva Braun gesellt hatte. Zum Glück würde wenigstens die Öffentlichkeit nie davon erfahren, Befehl von oben – sehr zum Leidwesen seiner Eltern, die so gerne damit geprahlt hätten, dass ihr Sohn den Führer vor einem gemeinen Anschlag gerettet hatte.

Da trat Hitler vor ihn und heftete ihm den Orden an die

Brust. »Das deutsche Volk ist Ihnen zu Dank verpflichtet! Ihre Eltern können stolz sein.«

»Heil Hitler«, sagte Emil und streckte den Arm hoch, hielt ihn noch oben, als Fritz und Maria als Erste zu ihm kamen, um ihm zu gratulieren. Am Ende trat Altmann auf ihn zu.

»Gratulation, Dreesen«, sagte er leise, »Sie überraschen mich immer wieder. Zur Feier des Tages habe ich etwas für Sie. Eine Kopie der Aussage eines gewissen Robert Harthaler über Ereignisse an der Westfront 1918. Also dann, auf ein weiterhin einvernehmliches Nebeneinander.«

Emils Blick verdüsterte sich, doch Altmann lachte und klopfte Emil gönnerhaft auf die Schulter. Er hatte wieder Oberwasser. Wie er angedroht hatte, ein Blatt konnte sich schneller drehen, als man den Wind spürte. Und er selbst hatte dafür gesorgt, dass Altmann weiterhin hier war, um sein Unwesen zu treiben.

***

Es war so weit. Die Nacht brach über Bad Godesberg herein, und mit ihr die letzten Minuten, die Emil mit seinen Liebsten verblieben.

Er betrachtete Claire. Wie behutsam sie seinen Sohn in ein warmes Jäckchen steckte, ihm seine Mütze unter dem Kinn zuband, einen Kuss auf die Stirn drückte. Ein Kloß setzte sich in seiner Kehle fest. War es die richtige Entscheidung, sie alleine ziehen zu lassen?

Er sah zu Großmutter, die Louis ein Buch in die Hand drückte. Sie wirkte gefasst, doch er kannte sie gut genug, um zu wissen, wie schmerzhaft dieser Abschied für sie war.

Claire trat zu ihm.

»Nimmst du bitte Frédéric«, sagte sie und hielt ihm seinen Sohn hin, »ich hole mir doch lieber noch einen Schal aus dem Koffer. Ich glaube, es wird kühl werden auf Zerbes' Boot.« Sie öffnete den bereits fest verschlossenen Koffer. »Du weißt gar nicht, wie froh ich bin, dass wir das meiste Gepäck schon nach Paris geschickt haben, stell dir nur vor, wir müssten das alles schleppen!«

»Oder in unserem neuen Zuhause darauf verzichten.« Ulla wuschelte durch Louis' krauses Haar und drückte ihn an sich. »Paris, mein Sohn, endlich geht es los!«

»*La France,* das Land meines Vaters«, sagte Louis in fast akzentfreiem Französisch. »*Liberté, égalité, fraternité.*«

»*Très bien!*« Ulla strahlte. Emil hoffte, dass sie keine zu hohen Erwartungen an ihre Zukunft hatte. So lange hatte sie auf diesen Tag gewartet, dass die Ernüchterung groß sein würde, wenn sie feststellte, dass Louis auch in Paris als uneheliches Mischlingskind keinen leichten Stand hatte. Selbst wenn sein Französisch mehr als ausreichend war, dafür hatten Adelheid und sie gesorgt.

Emil drückte seinen Sohn an sich. Der Gedanke, ihm schon in wenigen Augenblicken für eine unbestimmte Zeit Lebwohl sagen zu müssen, raubte ihm den Atem. Wie sollte er auch nur einen Tag ohne ihn und Claire überstehen?

Zerbes tauchte neben Claire auf und nahm ihren Koffer. »Ich wäre so weit. Die erste Station der Reise, eine exklusive, unvergessliche, letzte Bootsfahrt nach Köln.«

Dort würde die kleine Gruppe eine Nacht bei Paul Schwarz logieren, mit dem gemeinsam die Reise am nächsten Tag per Zug weitergehen sollte.

Louis hüpfte aufgeregt von Adelheid zu Zerbes, das Buch in der Hand, der Rucksack prall gefüllt.

Zerbes nahm Ullas Koffer in die andere Hand. »Auf ins Abenteuer.«

»Auf ins Abenteuer!« Ulla umarmte Adelheid ein letztes Mal, plötzlich glitzerten Tränen in ihren Augen. »Pass auf dich auf, Großmama.« Abrupt wandte sie sich ab und eilte Zerbes und Louis hinterher aus dem Haus.

»Dann... Zeit zu gehen.« Claire sah stirnrunzelnd durch den Raum. »Wo ist dein Koffer, Emile? Hast du ihn etwa vergessen? Das darf doch nicht wahr sein! *Oh! Mon dieu! C'est incroyable*...«

»Ich... ich komme nicht mit«, unterbrach Emil ihre Schimpftirade. »Ich habe hier noch etwas zu erledigen. Ich komme nach.«

Claire starrte ihn mit offenem Mund und großen Augen an. »Das ist ein Scherz, oder? Ein ganz, ganz schlechter Scherz.« Sie drohte mit dem Finger. »Emile Dreesen, wo ist dein Koffer?«

»Ich komme nach. Bald.« Emil drückte Frédéric noch fester an sich, sein Herz explodierte vor Schmerz.

»Was heißt das, du kommst nach? Wir gehen zusammen. Das hast du gesagt. Zusammen! Warum tust du mir das jetzt an?«

»Ich muss noch etwas erledigen...« Seine Stimme versagte. Wie sollte er Claire erklären, dass er sie alleine ziehen lassen wollte, um sicherzustellen, dass Altmann sich nicht auf Adelheid und die jüdischen Mitarbeiter stürzte, sobald er nicht mehr da war. Dass er Elsa aufspüren und ihr seine Unterstützung anbieten wollte. Wenn sie je noch mal ein Wort mit ihm wechselte.

Wie sollte er vor Claire rechtfertigen, dass er andere über sie und Frédéric stellte?

»Das war es also, Emile? *Au revoir*, und wir werden dich nie wiedersehen?« Claires Stimme zitterte.

»Natürlich nicht! Ich komme nach. Wenn die Situation sich ... beruhigt hat.«

»Beruhigt! Du weißt so gut wie ich, dass es sich nicht beruhigen wird!« Sie nahm ihm Frédéric ab. »*Bien, t'as décidé.* Du hast deine Entscheidung getroffen. Adieu, Emile.« Ihre Stimme brach. Abrupt wandte sie sich ab und lief aus Adelheids Haus.

»Claire«, rief Emil, als Adelheid neben ihn trat.

»Was tust du da, Emil?«, fragte sie zornig. »Bist du wirklich so ein Dämel, dass du deine Familie im Stich lässt? Wofür?«

Emils Kinn zitterte. Er konnte Großmutter weder sagen, dass er für sie dablieb, noch, dass er sich Elsa gegenüber verantwortlich fühlte.

»Ich kann sehr gut auf mich selbst achten«, sagte Adelheid. »Es ist meine Entscheidung hierzubleiben, und ich verbitte mir, dass du wegen mir auch nur eine Sekunde zögerst, in dieses Boot zu steigen. Damit legst du mir eine Bürde auf, die ich nicht zu tragen gewillt bin.«

»Großmutter ...«, begann Emil.

»Falls es andere Gründe gibt, die dich zurückhalten, dann frage dich jetzt, ob sie den Verlust deiner Familie wert sind. Geh, Emil, und wenn es dich in Paris noch immer umtreibt, kannst du jederzeit zurückkommen.«

»Aber ...«, protestierte Emil.

»Nun lauf schon!«, scheuchte Adelheid ihn davon.

Emil küsste seine Großmutter auf die Wange. »Ich liebe dich, Großmutter«, rief er und rannte aus dem Haus, die Straße hinab, am Hotel vorbei, zur Anlegestelle. Er sah, wie Zerbes die Taue löste, und sprintete über den Steg, sprang in das bereits losfahrende Boot.

»Heiliger Bimbam!«, rief Zerbes. »Hörst du jemals auf, mich zu erschrecken?«

»Karl... Passt du für mich auf Adelheid und die Eltern auf? Bitte.«

»Du meinst... so wie ich das schon immer getan habe, auf eure Familie aufzupassen? Mal für deine Eltern auf euch, nun für euch auf eure Eltern... Muss wohl mein Schicksal sein.« Zerbes zwinkerte ihm zu.

Leise schlich Emil zum Heck. Ulla und Claire sahen zum Dreesen, das Gebäude war hell erleuchtet, selbst die Hakenkreuzfahnen waren angestrahlt, als wollten sie ihnen den Abschied erleichtern.

Emil stellte sich zu Claire und legte seinen Arm um ihre Schulter. »*Ma femme*«, flüsterte er ihr ins Ohr.

Erschrocken drehte sie sich zu ihm. »Emile!« Sie schmiegte sich wortlos an ihn, aber er spürte das Zucken ihrer Schultern. Sie weinte.

Nun wandte auch Ulla ihren Kopf von dem immer kleiner werdenden Dreesen ab. »Da hast du noch mal Glück gehabt«, knurrte sie, sichtlich erleichtert, »Großmama hätte dich im Rhein ersäuft. Und ich hätte ihr den Stein dazu geschickt!«

Emil grinste und legte auch seinen zweiten Arm um Claire und seinen Sohn. Das Dreesen verschwamm zu einem undeutlichen Lichtermeer, wurde zu einem Lichtpunkt, dann war es verschwunden. Er sah in den Himmel, die Wolken waren weitergezogen und gaben den Blick auf die Sterne frei, in denen nun ihre Zukunft lag.

DANK

Dieses Buch zu schreiben war etwas ganz Neues. Ein Buch zum Film, sollte der Weg nicht andersherum sein? Da mich die Geschichte sehr reizte, biss ich an, auch wenn ich mir zunächst nicht vorstellen konnte, wie ich einen Film in ein Buch umsetzen würde.

Doch schon bald fing ich Feuer, wie gesagt, die Geschichte reizte mich. Und kurz darauf war ich unrettbar verstrickt in das Leben der teils komplett fiktiven, teils nach historischen Vorbildern gestrickten, aber natürlich fiktiv agierenden Figuren. Es hat unglaublich viel Spaß gemacht, dieses Buch zu schreiben. Und obgleich mir der Film (der damals parallel im Entstehen war) einen gewissen Rahmen setzte, hatte ich genug Freiheit, den Figuren ein von mir gefärbtes Leben einzuhauchen.

Dass ich dieses Buch schreiben konnte, verdanke ich zunächst meinem hochgeschätzten Agenten Thomas Montasser von der Montasser Medienagentur sowie der Zeitsprung Film GmbH. Nicht zu vergessen, der freundlichen Unterstützung von Herrn Fritz Georg Dreesen und Herrn Thomas Döbber-Rüther vom Rheinhotel Dreesen.

Dann natürlich dem Piper Verlag, der mir sein Vertrauen

aussprach. Frau Andrea Müller danke ich für ihre wunderbare Betreuung und Frau Ulrike Gallwitz für das kompetente und sehr angenehme Lektorat.

Besonderer Dank gilt Carlos Collado Seidel für seine scharfsichtigen und strengen Anmerkungen und Korrekturen – inklusive nachrecherchierter Details und Anekdoten am Seitenrand. Das war großes Testleserkino! Des Weiteren danke ich Gerda Leisch für die treffsicheren Kommentare bei dem Testlesedurchlauf in Warp Speed.

Meinem liebsten Mann und meiner wunderbaren Tochter danke ich für die überragende Geduld mit der Mitbewohnerin, die monatelang immer nur in ihren Computer starrte.

Und schließlich danke ich Ihnen, liebe Leserin und lieber Leser, für die Lektüre dieses Buches. Ich hoffe, ich konnte Ihnen damit vergnügliche Stunden bereiten!